O JOGADOR

Publicado pela primeira vez na Grã-Bretanha em 1988 pela Little, Brown Book Group.

The translation of this title has been made possible with the help of the Publishing Scotland translation fund.

A tradução desta obra foi possível com a ajuda do fundo de tradução Publishing Scotland.

Título original: *The player of games*

Direção editorial: Victor Gomes
Acompanhamento editorial: Aline Graça e Cintia Oliveira
Tradução: Edmundo Barreiros
Preparação: Bonie Santos
Revisão: Natália Mori Marques
Design de capa e projeto gráfico: Frede Tizzot
Diagramação: Gustavo Cardoso

Dados Internacionais de Catalogação na Publicação (CIP)

B218j Banks, M. Iain
O jogador/ Iain M. Banks; Tradução Edmundo Barreiros. – São Paulo:
Editora Morro Branco, 2021.
p. 368; 14x21 cm.

ISBN: 978-65-86015-34-8

1. Literatura escocesa. 2. Ficção científica. I. Barreiros, Edmundo. II. Título.
CDD 891.6

Todos os direitos desta edição reservados à:
EDITORA MORRO BRANCO
Alameda Santos, 1357, 8º andar
01419-908 – São Paulo, SP – Brasil
Telefone (11) 3373-8168
www.editoramorrobranco.com.br
Impresso no Brasil
2021

Publishing Scotland
Foillseachadh Alba

IAIN M. BANKS

O JOGADOR

SÉRIE

A CULTURA

TRADUÇÃO
EDMUNDO BARREIROS

1

PLACA DA CULTURA

ESTA é a história de um homem que viajou para muito longe e por muito tempo só para jogar um jogo. Este jogador se chama "Gurgeh". A história começa com uma batalha que não é uma batalha e termina com um jogo que não é um jogo.

Eu? Vou falar sobre mim depois.

A história começa assim.

Poeira subia a cada passo. Ele mancava pelo deserto, seguindo a figura vestida com um traje à frente. A arma estava silenciosa em suas mãos. Deviam estar quase lá; o ruído das ondas distantes ecoava pelo campo sonoro do capacete. Estavam se aproximando de uma duna alta, de onde deviam ser capazes de ver a costa. De algum modo, ele tinha sobrevivido; isso era inesperado.

Estava claro, quente e seco do lado de fora, mas o traje o protegia do sol e do ar calcinante, deixando-o confortável e fresco. Um canto do visor, onde o capacete tinha sido atingido, estava escuro, e a perna direita se flexionava de um jeito estranho, também danificada, fazendo-o mancar, mas fora isso ele tinha tido sorte. A última vez que haviam sido atacados fora um quilômetro antes, e agora estavam quase fora de alcance.

Em um arco reluzente, o grupo de mísseis iluminou o morro mais próximo. Ele demorou para vê-los por causa do visor com defeito. Achou que os projéteis já tinham começado a disparar, mas era apenas a luz do sol refletida nos corpos lustrosos. O grupo mergulhou e fez uma curva em conjunto, como uma revoada de pássaros.

Quando eles de fato começaram a atirar, isso foi sinalizado pelas pulsações estroboscópicas de luz vermelha. Ele ergueu a arma para contra-atacar; as outras figuras com trajes no grupo já tinham começado a disparar. Algumas mergulharam para o chão poeirento do deserto, outras se apoiaram sobre um joelho. Ele era o único de pé.

Os mísseis fizeram outra curva, virando todos ao mesmo tempo, e em seguida se separaram para tomar direções diferentes. Os disparos mais próximos levantaram poeira ao redor dos pés dele. Tentou mirar em uma das pequenas máquinas, mas elas se movimentavam incrivelmente rápido, e a arma parecia grande e estranha em suas mãos. O traje emitia um sinal por cima do barulho distante dos tiros e gritos das outras pessoas; luzes piscavam no interior do capacete, detalhando os danos. O traje estremeceu e a perna direita, de repente, ficou dormente.

— Acorde, Gurgeh!

Yay riu ao lado dele. Ela girou sobre um joelho quando dois pequenos mísseis viraram de repente na direção de sua seção do grupo, sentindo que ali era o lado mais fraco. Gurgeh viu as máquinas se aproximando, mas a arma cantava loucamente em suas mãos e parecia sempre apontar para onde os mísseis já não estavam mais. As duas máquinas se lançaram depressa no espaço entre ele e Yay. Um dos mísseis se iluminou uma vez, então se desintegrou; Yay gritou, exultante. O outro passou entre os dois e ela o atacou com o pé, tentando chutá-lo. Gurgeh se virou de um jeito estranho para atirar no alvo, espalhando disparos acidentais no traje de Yay ao fazer isso. Ele a ouviu gritar e então xingar. Ela cambaleou, mas tornou a posicionar a arma; jatos de poeira eclodiram ao redor do segundo míssil quando o projétil se virou para enfrentá-los outra vez, a pulsação vermelha iluminando o traje de Gurgeh e escurecendo o visor. Ele se sentiu dormente do pescoço para baixo e desabou no chão. Tudo ficou escuro e muito silencioso.

— Você está morto — disse a ele uma vozinha nítida.

Gurgeh estava deitado no chão do deserto invisível. Ouvia ruídos distantes e abafados, sentia vibrações no chão. Ouvia o próprio coração bater e o fluxo respiratório. Tentou prender o fôlego para desacelerar os batimentos, mas estava paralisado, aprisionado, sem controle.

O nariz coçava. Era impossível alcançá-lo. *O que estou fazendo aqui?*, perguntou a si mesmo.

As sensações voltaram. Pessoas falavam, e ele olhou fixamente pelo visor para a poeira lisa do deserto a um centímetro do nariz. Antes que conseguisse se mexer, alguém o puxou para cima pelo braço.

Ele soltou o capacete. Yay Meristinoux, também sem capacete, estava em pé olhando para ele e sacudindo a cabeça em desaprovação. As mãos dela estavam nos quadris, e a arma, pendurada em um dos pulsos.

— Você foi horrível — disse ela, embora não sem simpatia.

Yay tinha o rosto de uma criança bonita, mas a voz lenta e profunda era astuta e maliciosa; uma voz contida.

Os outros estavam sentados por perto em pedras e poeira, conversando. Alguns já voltavam para a sede do clube. Yay pegou a arma de Gurgeh e a entregou a ele, que coçou o nariz e em seguida negou com a cabeça, recusando-se a pegá-la.

— Yay — falou —, isso é para crianças.

Ela fez uma pausa, pendurou a própria arma nas costas com um braço e deu de ombros (e os canos das duas armas balançaram à luz do sol, brilhando por um momento, e ele viu a linha de mísseis acelerando de novo e ficou atordoado por um segundo).

— E daí? — disse ela. — Não é entediante. Você disse que estava entediado; achei que podia gostar de dar uns tiros.

Ele sacudiu a poeira do corpo e se virou na direção da sede do clube. Yay o seguiu lado a lado. Drones de recuperação passaram pelos dois, recolhendo os componentes das máquinas destruídas.

— É infantil, Yay. Por que desperdiçar seu tempo com essa bobagem?

Eles pararam no alto da duna. A sede baixa do clube ficava a cem metros de distância, entre os dois e a areia dourada e as ondas brancas como neve. O mar estava brilhando sob o sol a pino.

— Não seja tão pomposo — disse Yay.

O cabelo castanho curto dela se movimentava com o mesmo vento que soprava a crista das ondas e lançava os borrifos resultantes das quebras em espirais de volta para o mar. Ela se abaixou onde alguns pedaços de um míssil destruído estavam parcialmente enterrados na duna. Pegou-os, soprou grãos de areia da superfície reluzente e mexeu os componentes de um lado para o outro nas mãos.

— Eu gosto — afirmou Yay. — Gosto do tipo de jogos de que você gosta, mas... gosto disso também. — Tinha uma expressão intrigada no rosto. — *Isso* é um jogo. Você não tem *nenhum* prazer com esse tipo de coisa?

— Não. E você também não vai ter, depois de um tempo.

Ela deu de ombros, relaxada.

— Até lá, então.

Yay lhe entregou as peças da máquina desintegrada. Ele as examinou enquanto um grupo de rapazes passava, seguindo na direção dos estandes de tiro.

— Senhor Gurgeh? — Um dos jovens parou, olhando-o intrigado. Uma breve expressão de irritação passou pelo rosto do homem mais velho, mas foi substituída pela tolerância divertida que Yay já tinha visto em situações como aquela.

— Jernau *Morat* Gurgeh? — disse o jovem, sem ter muita certeza.

— Sou eu mesmo.

Gurgeh deu um sorriso gracioso e – Yay viu – esticou as costas minimamente, para ficar um pouco mais alto. O rosto do jovem se iluminou. Ele fez uma reverência rápida e formal. Gurgeh e Yay se entreolharam.

— É uma *honra* conhecê-lo, sr. Gurgeh — falou o rapaz, com um largo sorriso. — Meu nome é Shuro... Eu... — Ele riu. — Eu acompanho todos os seus jogos. Tenho o conjunto completo de seu trabalho teórico arquivado...

Gurgeh assentiu.

— É muito abrangente de sua parte.

— Sério. Eu ficaria honrado se, a qualquer momento em que estiver aqui, o senhor jogasse comigo uma partida de... bom, qualquer coisa. Mobilização é provavelmente meu melhor jogo; faço partidas de três pontos, mas...

— Entretanto, minha fraqueza, infelizmente, é a falta de tempo — disse Gurgeh. — Mas sem dúvida, se surgir uma oportunidade, ficarei feliz em jogar contra você. — Ele acenou de leve com a cabeça para o jovem. — Foi um prazer conhecê-lo.

O rapaz enrubesceu e recuou, sorrindo.

— O prazer é todo meu, sr. Gurgeh... até logo... até logo. — Ele sorriu meio sem graça, então virou de costas e saiu andando para se juntar aos companheiros.

Yay o observou se afastar.

— Você gosta dessa coisa toda, não é, Gurgeh? — Ela sorriu.

— Nem um pouco — disse ele abruptamente. — É irritante.

Yay continuou observando o rapaz se afastar, olhando-o de cima a baixo enquanto ele seguia pela areia. Ela suspirou.

— Mas e você? — Gurgeh encarou desgostoso as peças de míssil que tinha nas mãos. — Gosta de toda essa... destruição?

— Está longe de ser destruição — respondeu Yay com a voz arrastada. — Os mísseis são desmantelados ao explodirem, não destruídos. Posso montar uma coisa dessas de volta em meia hora.

— Então é falso.

— E o que não é?

— Conquistas intelectuais. O exercício de habilidades. Os sentimentos humanos.

Yay retorceu a boca em ironia e disse:

— Estou vendo que temos um longo caminho pela frente antes de compreendermos um ao outro, Gurgeh.

— Então me deixe ajudar você.

— Ser sua protegida?

— Isso.

Yay desviou o olhar para a direção onde o mar quebrava na praia dourada, então fitou-o mais uma vez. Enquanto o vento soprava e as ondas estouravam, ela levou devagar a mão à parte de trás da cabeça, puxou o capacete do traje para a frente e o prendeu no lugar. Gurgeh ficou encarando o reflexo do próprio rosto no visor. Passou uma das mãos pelas mechas negras do cabelo.

Yay puxou o visor para cima.

— A gente se vê, Gurgeh. Chamlis e eu vamos à sua casa depois de amanhã, não vamos?

— Se vocês quiserem.

— Eu quero.

Então lhe deu uma piscadela e tornou a descer a encosta de areia. Ele a observou se afastar. Yay entregou a arma a um drone de recuperação que passou, carregado de destroços reluzentes de metal.

Gurgeh ficou parado por um momento, segurando as partes da máquina destruída. Então deixou os fragmentos caírem mais uma vez na areia estéril.

*

Ele sentia o cheiro da terra e das árvores em torno do raso lago abaixo da sacada. Era uma noite nublada e muito escura, apenas com um fraco brilho diretamente acima, das nuvens iluminadas pela luz diurna das placas resplandecentes do lado distante do orbital. Ondas quebravam e se chocavam com estrondo contra os cascos de barcos invisíveis na escuridão. Luzes cintilavam às margens do lago, onde prédios baixos da faculdade estavam dispostos em meio às árvores. A festa era uma presença às costas dele, algo não visto, crescendo como o som e cheiro de um trovão vindo do prédio dos professores; música e risada e o cheiro de perfumes e comida e vapores exóticos não identificados.

A onda de *azul agudo* o cercou, o invadiu. Carregadas na maré de barulho feito pelas pessoas, as fragrâncias no ar quente da noite derramavam-se da linha de portas abertas atrás e eram como correntes separadas de ar, fibras se desenredando de uma corda, cada uma com cor e presença distintas. As fibras se tornaram como que porções de terra, algo a ser esfregado entre os dedos; absorvido, identificado.

Ali: aquele cheiro rubro-negro de carne assada; de acelerar o sangue, salivante; tentador e um pouco desagradável ao mesmo tempo em que partes separadas do cérebro dele avaliavam o odor. A raiz animal farejou combustível; alimentos ricos em proteínas; o tronco do mesencéfalo registrou as células mortas, incineradas... enquanto o dossel do prosencéfalo ignorou os dois sinais, porque sabia que o estômago estava cheio e a carne assada era cultivada.

Ele também podia detectar o mar; um cheiro salgado de dez ou mais quilômetros de distância além da planície e das colinas baixas, outra conexão entremeada, como a rede e teia de rios e canais que ligavam o lago escuro ao oceano incansável e sempre em movimento para lá das campinas fragrantes e florestas perfumadas.

Azul agudo era uma secreção de jogador, um produto padrão das glândulas generreparadas da Cultura na parte baixa do crânio de Gurgeh, sob as antigas camadas inferiores do cérebro, evoluídas como as de um animal. O arsenal de drogas manufaturadas internamente do qual a vasta maioria dos indivíduos da Cultura era capaz de escolher era formado por até trezentos compostos diferentes, de diversos graus de popularidade e sofisticação; *azul agudo* era uma das menos usadas porque não proporcionava um prazer direto e exigia uma concentração considerável para ser produzida. Mas era boa para jogos. O que parecia complicado se tornava simples; o que aparentava ser insolúvel se tornava solúvel; o que era incompreensível se tornava óbvio. Uma droga utilitária; um modificador de abstração; não um amplificador sensorial ou um estimulante sexual ou um reforço fisiológico.

E ele não precisava dela.

Isso é o que era revelado assim que a primeira onda se dissipava e a fase de platô assumia a cena. O homem contra quem ele estava prestes a jogar, a cuja partida anterior de Quatro-Cores ele havia acabado de assistir, tinha um estilo elusivo, mas de fácil assimilação. Parecia impressionante, mas era na maior parte espetáculo; moderno, intricado, mas vazio e delicado, também; ao fim, vulnerável. Gurgeh escutava os sons da festa, os sons das águas do lago e os sons que vinham dos outros prédios da universidade do outro lado do lago. A lembrança do estilo de jogo do rapaz permanecia clara.

Ele não precisava daquilo, decidiu naquele momento. Que o feitiço desmoronasse.

Alguma coisa dentro de si relaxou, como um membro fantasma se distensionando; um truque da mente. O feitiço, o equivalente no cérebro a um subprograma pequenino, simples e repetitivo, desmoronou, apenas deixou de ser dito.

Gurgeh permaneceu no terraço junto ao lago por um tempo, então se virou e voltou para a festa.

— Jernau Gurgeh, achei que você tinha fugido.

Ele se virou para olhar o pequeno drone que tinha flutuado em sua direção quando retornava ao salão ricamente mobiliado. As pessoas estavam de pé, conversando, ou aglomeradas em torno de tabuleiros e mesas de jogos sob os grandes estandartes de tapeçarias antigas. Também havia dezenas de drones no cômodo, alguns jogando, alguns assistindo, alguns conversando com humanos, outros nos arranjos semelhantes a treliças que significavam que estavam se comunicando por transreceptor. Mawhrin-Skel, o drone que tinha lhe dirigido a palavra, era de longe a menor das máquinas presentes; caberia sem problemas em um par de mãos. Parecia um modelo de uma espaçonave antiga e intricada, cuja aura tinha toques movediços de cinza e marrom no interior da faixa azul.

Gurgeh franziu o cenho para a máquina enquanto ela o seguia pela multidão até a mesa de Quatro-Cores.

— Achei que talvez este menino tivesse assustado você — disse o drone quando Gurgeh chegou à mesa do jovem e se sentou em uma cadeira alta de madeira, extremamente ornamentada, que acabara de ser esvaziada às pressas pelo predecessor recém-derrotado. O drone tinha falado alto o bastante para o "menino" citado – um homem de cabelo despenteado com cerca de trinta anos – escutar. O rapaz pareceu magoado.

Gurgeh sentiu as pessoas ao redor ficarem um pouco mais quietas. A aura de Mawhrin-Skel mudou para uma mistura de vermelho e marrom; prazer bem-humorado e desprazer, juntos; um sinal de contrariedade, quase um insulto direto.

— Ignore essa máquina — disse Gurgeh ao adversário, em resposta ao aceno de cabeça dele. — Ela gosta de irritar as pessoas. — Então puxou a cadeira para perto da mesa e ajustou a jaqueta folgada e de mangas largas, bem fora de moda. — Eu sou Jernau Gurgeh. E você?

— Stemli Fors — disse o homem, engolindo em seco de leve.

— É um prazer conhecê-lo. Agora, que cor você escolhe?

— Ah... verde.

— Está bem. — Gurgeh se recostou na cadeira. Ele fez uma pausa, em seguida gesticulou na direção do tabuleiro. — Bom, você primeiro.

Stemli Fors fez o primeiro movimento. Gurgeh chegou para a frente no assento para fazer o seu e o drone Mawhrin-Skel se apoiou no ombro dele, cantarolando para si mesmo. Gurgeh bateu com um dedo na lataria da máquina, e ela flutuou um pouco para longe. Pelo resto da partida, o drone imitou o som entrecortado que as pirâmides de ponta móvel faziam quando eram clicadas.

Gurgeh derrotou o jovem com facilidade. Ele até refinou um pouco o encerramento, tirando proveito da confusão de Fors para produzir um belo padrão no final, deslizando uma peça em torno de quatro diagonais com o barulho de metralhadora das pirâmides em rotação, desenhando os contornos de um quadrado sobre o tabuleiro, vermelho como um corte. Várias pessoas aplaudiram; outras sussurraram em aprovação. Gurgeh agradeceu o adversário e se levantou.

— Um truque barato — disse Mawhrin-Skel para que todos ouvissem. — O garoto era um alvo fácil. Você está perdendo o jeito. — A aura brilhava em vermelho forte, e a máquina saiu quicando pelo ar, afastando-se acima das cabeças das pessoas.

Gurgeh sacudiu a cabeça em desaprovação, então saiu andando.

O pequeno drone o irritava na mesma medida em que o divertia. Ele era rude, ofensivo e o enfurecia com frequência, mas era uma mudança refrescante em relação à educação enjoativa da maioria das pessoas. Sem dúvida tinha ido irritar mais alguém depois dele. Gurgeh cumprimentou algumas pessoas com a cabeça ao atravessar a multidão. Viu o drone Chamlis Amalk-ney perto de uma mesa baixa e comprida, conversando com uma das professoras menos insuportáveis. Dirigiu-se até eles, pegando um drinque de uma bandeja que passou flutuando.

— Ah, meu amigo... — disse Chamlis Amalk-ney. O drone ancião tinha um metro e meio de altura e mais de meio metro de largura e profundidade, a lataria simples e fosca devido ao desgaste acumulado de milênios. Ele virou a faixa sensível em direção ao jogador. — A professora e eu estávamos agora mesmo falando de você.

A expressão severa da professora Boruelal se transformou em um sorriso irônico.

— Renovado após mais uma vitória, Jernau Gurgeh?

— É visível? — perguntou ele, levando o copo aos lábios.

— Eu aprendi a reconhecer os sinais — disse a professora. Com o dobro da idade de Gurgeh, ela já estava bem na metade do segundo século, mas ainda era alta, bonita e impressionante. A pele pálida e o cabelo branco, cortado curto, eram como sempre tinham sido. — Mais um de meus alunos humilhado?

Gurgeh deu de ombros. Então esvaziou o copo e olhou ao redor à procura de uma bandeja onde colocá-lo.

— Permita-me — murmurou Chamlis Amalk-ney, pegando com delicadeza o objeto da mão dele e colocando-o em uma bandeja que passava a bons três metros de distância. O campo amarelo da máquina trouxe de volta uma taça cheia do mesmo vinho saboroso. Gurgeh aceitou a bebida.

Boruelal usava um traje escuro de tecido macio, iluminado no pescoço e nos joelhos por delicadas correntes prateadas. Os pés dela estavam descalços, o que, pensou Gurgeh, não realçava a roupa como, digamos, um par de botas de salto alto poderia ter feito. Mas era de uma excentricidade mínima em comparação com aqueles de alguns membros da equipe docente da universidade. Gurgeh sorriu, olhando para os dedos da mulher, bronzeados sobre o piso de madeira alourado.

— Você é tão destrutivo, Gurgeh — disse Boruelal. — Por que, em vez disso, você não nos ajuda? Torna-se parte do corpo docente em vez de um palestrante convidado itinerante?

— Já lhe disse, professora, estou ocupado demais. Tenho jogos mais que suficientes para jogar, artigos para escrever, cartas para responder, viagens a fazer como convidado... e, além disso... eu ficaria entediado. Me entedio com facilidade, sabe — disse Gurgeh, e afastou o olhar.

— Jernau Gurgeh seria um professor muito ruim — concordou Chamlis Amalk-ney. — Se um aluno não conseguisse entender alguma coisa de imediato, não importa o quanto fosse complicada e difícil, Gurgeh perderia a paciência no mesmo instante e muito provavelmente derramaria bebida nele... se não fizesse algo pior.

— Ouvi dizer isso mesmo. — A professora assentiu com gravidade.

— Isso foi há um ano — argumentou Gurgeh, franzindo o cenho. — E Yay mereceu. — Ele olhou de cara fechada para o velho drone.

— Bom — disse a professora, dirigindo-se a Chamlis por um momento —, talvez tenhamos encontrado um adversário à sua altura, Jernau Gurgeh. Há uma jovem...

Então houve um estrondo ao longe e o burburinho no salão aumentou. Todos se viraram ao som de pessoas gritando.

— Ah, outra comoção de novo, não — protestou a professora, com um ar cansado.

Naquela mesma noite, um dos jovens palestrantes já tinha perdido o controle de uma ave de estimação, que saíra pelo salão gritando e voando, emaranhando-se no cabelo de várias pessoas antes que o drone Mawhrin-Skel interceptasse o animal em pleno ar e o derrubasse, inconsciente, para grande decepção da maioria das pessoas na festa.

— O que foi agora? — Boruelal suspirou. — Com licença. — Ela deixou distraidamente o copo e o petisco no topo amplo e liso de

Chamlis Amalk-ney e foi embora, pedindo licença através da multidão e caminhando em direção à fonte da bagunça.

A aura do velho drone tremeluziu em um cinza e branco descontente. Ele pôs o copo ruidosamente sobre a mesa e jogou o petisco em uma lata de lixo distante.

— É aquela máquina horrível, Mawhrin-Skel — falou Chamlis irritado.

Gurgeh olhou além da multidão, em direção à origem do barulho.

— Sério? — perguntou ele. — Causando todo esse tumulto?

— Eu realmente não entendo por que você o acha tão interessante — disse o drone antigo.

Ele pegou o copo de Boruelal outra vez e derramou o vinho dourado-pálido em um campo estendido, de modo que o líquido ficou suspenso em pleno ar, como se estivesse em um copo invisível.

— Mawhrin-Skel me diverte — respondeu Gurgeh e olhou para Chamlis. — Boruelal disse algo sobre encontrar um adversário à minha altura. Era sobre isso que vocês estavam conversando antes?

— Era, sim. Uma nova estudante que eles encontraram; pirralha de cabine do VGS com um dom para Fulminado.

Gurgeh ergueu uma sobrancelha. Fulminado era um dos jogos mais complexos no repertório dele. Também era um dos que se saía melhor. Havia outros jogadores humanos na Cultura que talvez tivessem capacidade para derrotá-lo — embora fossem todos especialistas no jogo, não jogadores genéricos como ele —, mas nenhum podia garantir uma vitória, e eles eram poucos e raros, provavelmente apenas dez em toda a população.

— Então, quem é essa criança talentosa?

O barulho do outro lado do salão tinha diminuído.

— Uma jovem — disse Chamlis, derramando o líquido que estava suspenso no campo e deixando que escorresse através de finos fios de força vazia e invisível. — Acabou de chegar aqui. Veio da *Culto à Carga*; ainda está se adaptando.

O Veículo Geral de Sistemas *Culto à Carga* tinha parado no Orbital Chiark dez dias antes e zarpado há apenas dois. Gurgeh jogara algumas partidas múltiplas de exibição na nave (e ficado feliz em segredo por ter obtido sobre eles uma vitória plena; ele não tinha sido derrotado em nenhum dos vários jogos), mas não havia jogado Fulminado. Alguns dos adversários tinham mencionado alguma coisa sobre um jovem jogador supostamente brilhante (embora tímido) no veículo, mas até onde Gurgeh sabia, ele ou ela não tinha aparecido, e imaginou que os relatos dos poderes desse prodígio fossem muito exagerados. Pessoas dos veículos tinham uma tendência a ter um orgulho peculiar das próprias naves; gostavam de sentir que, embora tivessem sido derrotadas pelo grande jogador, a nave ainda era páreo para ele, em algum ponto (claro, a *nave* em si era, mas isso não contava; referiam-se às pessoas; humanos ou drones de valor 1.0).

— Você é uma máquina perversa e teimosa — disse Boruelal para o drone Mawhrin-Skel, que flutuava ao lado dela, com a aura laranja de bem-estar, mas circundado por pequenas partículas roxas de um remorso nada convincente.

— Ah — disse animadamente Mawhrin-Skel. — Você acha mesmo?

— Fale com essa máquina terrível, Jernau Gurgeh — falou a professora, franzindo o cenho por um momento na direção do topo da lataria de Chamlis Amalk-ney e pegando um copo novo em seguida. (Chamlis serviu o líquido com o qual estava brincando no copo original de Boruelal e o recolocou sobre a mesa.)

— O que você andou aprontando? — Gurgeh perguntou a Mawhrin-Skel quando o drone flutuou perto do rosto dele.

— Lição de anatomia — respondeu, o halo se desfazendo em uma mistura de formalidade azul e mau humor marrom.

— Um chirlip foi encontrado no terraço — explicou Boruelal, olhando de forma acusatória para o pequeno drone. — Estava ferido. Alguém o trouxe para dentro e Mawhrin-Skel se ofereceu para tratar dele.

— Eu estava disponível — interveio Mawhrin-Skel de forma razoável.

— Ele o matou e dissecou na frente das pessoas. — A professora suspirou. — Elas ficaram transtornadas.

— A criatura teria morrido pelo choque de qualquer maneira — disse Mawhrin-Skel. — São seres fantásticos, os chirlips. Essas bolinhas fofas de pelos ocultam ossos em cantiléver, e o sistema digestivo em formato de *loop* é extremamente fascinante.

— Mas não quando as pessoas estão comendo — disse Boruelal, escolhendo outro petisco da bandeja. — Ele ainda estava se mexendo — acrescentou mal-humorada, e em seguida comeu o petisco.

— Capacitância sináptica residual — explicou Mawhrin-Skel.

— Ou "mau gosto", como nós, máquinas, falamos — disse Chamlis Amalk-ney.

— Você é um especialista nisso agora, Amalk-ney? — indagou Mawhrin-Skel.

— Eu me curvo aos seus talentos superiores nesse campo — retrucou Chamlis.

Gurgeh sorriu. Chamlis Amalk-ney era um velho - e antigo - amigo. O drone tinha sido construído há mais de quatro mil anos (dizia ter se esquecido da data exata, e ninguém tinha sido mal-educado o suficiente para ir atrás da verdade). Gurgeh o conhecia a vida toda; ele era amigo da família havia séculos.

Mawhrin-Skel era um conhecido mais recente. A maquininha irascível e de maus modos tinha chegado ao Orbital Chiark apenas algumas centenas de dias atrás; mais uma figura nada típica atraída até ali pela reputação exagerada de excentricidade daquele mundo.

Mawhrin-Skel tinha sido projetado como um drone das Circunstâncias Especiais para a seção de Contato da Cultura; era, na verdade, uma máquina militar com uma variedade de sistemas sensoriais e de armas sofisticadas e resistentes que teriam sido desnecessários e inúteis por completo na maioria dos drones. Como ocorria com todos os constructos sencientes da Cultura, a personalidade precisa dele não tinha sido totalmente mapeada antes da construção, mas tivera a possibilidade de se desenvolver enquanto a mente do drone era montada. A Cultura via esse fator imprevisível na produção de máquinas sencientes como o preço a ser pago pela individualidade, mas o resultado era que nem todo drone criado era de fato adequado às tarefas para as quais tinha sido projetado a princípio.

Mawhrin-Skel era um desses drones rebeldes. A personalidade dele, tinha sido decidido, não era apropriada para o Contato, nem mesmo para as Circunstâncias Especiais. O drone era instável, beligerante e insensível. (E essas eram apenas as características fracassadas que ele escolhera contar às pessoas.) Haviam lhe dado a escolha entre passar por uma alteração radical de personalidade, na qual ele teria pouco ou nada a decidir sobre o próprio caráter final, ou viver uma vida fora do Contato, com a personalidade intacta, mas tendo as armas e os sistemas sensoriais e de comunicação mais complexos removidos para deixá-lo um pouco mais próximo do nível de um drone padrão.

Ele tinha, amargamente, escolhido a segunda opção. E seguira para o Orbital Chiark, onde esperava poder se adequar.

— Cérebro de carne — disse Mawhrin-Skel a Chamlis Amalk-ney, e saiu zunindo na direção das janelas abertas. A aura do drone mais velho brilhou branca de raiva, e um ponto cintilante e tremeluzente de luz arco-íris revelou que ele estava usando o transreceptor de feixe concentrado de energia para se comunicar com a máquina que estava indo embora. Mawhrin-Skel parou em pleno ar e se virou. Gurgeh prendeu a respiração, se perguntando o que Chamlis poderia ter dito e o que o drone menor poderia dizer em resposta, sabendo que Mawhrin-Skel não se daria o trabalho de manter em segredo as próprias observações como o velho drone tinha feito.

— Eu me ressinto — respondeu devagar, a alguns metros de distância. — Não do que perdi, mas do que ganhei por me assemelhar, mesmo que só um pouco, a um idoso cansado e desgastado como você, que não tem nem a decência humana de morrer quando fica obsoleto. Você é um desperdício de matéria, Amalk-ney.

Mawhrin-Skel se transformou em uma esfera espelhada e, nesse modo ostensivamente incomunicável, saiu voando do salão para a escuridão.

— Filhote cretino — disse Chamlis, com a aura de um azul gélido.

Boruelal deu de ombros.

— Eu sinto pena dele.

— Eu não — disse Gurgeh. — Acho que ele se diverte muito. — Então se virou para a professora. — Quando vou conhecer essa sua jovem gênio do Fulminado? Você não a está escondendo para treiná-la, está?

— Não. Só estamos dando tempo a ela para se adaptar. — Boruelal limpou os dentes com a extremidade pontuda do palito do petisco. — Pelo que eu soube, a garota teve uma criação muito protetora. Parece que praticamente nunca saiu do VGS. Deve se sentir estranha por estar aqui. Além disso, ela não está aqui para fazer teoria dos jogos, Jernau Gurgeh, acho melhor deixar isso claro. Vai estudar filosofia.

Gurgeh pareceu surpreso na medida certa.

— Uma criação protetora? — disse Chamlis Amalk-ney. — Em um VGS? — A aura cor de metal escuro indicava que ele estava confuso.

— Ela é tímida.

— Deve ser.

— Eu preciso conhecê-la — disse Gurgeh.

— Você vai — disse Boruelal. — Logo, talvez; ela disse que poderia ir comigo a Tronze para o próximo show. Hafflis promove um jogo por lá, não é?

— Com frequência — concordou Gurgeh.

— Talvez ela o enfrente lá. Mas não fique surpreso se você apenas intimidá-la.

— Eu vou ser a epítome da gentileza e dos bons modos — assegurou-lhe Gurgeh.

Boruelal assentiu pensativa. Então olhou para a festa e pareceu distraída por um segundo quando um grande viva soou do centro do salão.

— Com licença. Acho que estou detectando o princípio de uma comoção — disse ela, e se afastou. Chamlis Amalk-ney chegou para o lado a fim de evitar ser usado como mesa outra vez; a professora levou o copo consigo.

— Você encontrou Yay esta manhã? — perguntou Chamlis a Gurgeh.

O jogador assentiu.

— Ela fez com que eu vestisse um traje, carregasse uma arma e atirasse em mísseis de brinquedo que, ao explodir, se desmantelavam.

— Você não gostou.

— Não mesmo. Eu tinha muitas esperanças em relação àquela garota, mas se ela exagerar naquele tipo de bobagem, acho que a inteligência dela vai explodir e se desmantelar.

— Bom, essas diversões não são para todo mundo. Yay só estava querendo ajudar. Você disse que estava se sentindo inquieto, procurando alguma coisa nova.

— Bom, não era aquilo — disse Gurgeh, e foi atingido por uma triteza súbita e inexplicável.

Os dois observaram quando as pessoas começaram a passar por eles, seguindo na direção da longa fileira de janelas que se abriam para o terraço. Havia uma sensação de zumbido abafado dentro da cabeça de Gurgeh; tinha se esquecido por completo que sair do *azul agudo* exigia um grau de monitoramento interno se quisesse evitar uma ressaca desconfortável. Ele observou as pessoas passarem com uma leve sensação de náusea.

— Deve ser a hora dos fogos de artifício — disse Chamlis.

— É... vamos pegar um pouco de ar fresco, que tal?

— É exatamente do que eu preciso — disse Chamlis, com a aura de um vermelho embotado.

Gurgeh deixou o copo em uma superfície e, juntos, ele e o velho drone se juntaram ao fluxo de pessoas que se derramava do salão claro e cheio de tapeçarias para o terraço iluminado que dava para o lago escuro.

*

A chuva atingia as janelas com um barulho que parecia o crepitar de lenha no fogo. A vista da casa em Ikroh – que descia até o pé da encosta íngreme e era coberta de mata, ia até o fiorde e, para além dele, até as montanhas do outro lado – estava deformada e distorcida pela água que escorria pelo vidro, e às vezes nuvens baixas rodeavam as torres e cúpulas da casa de Gurgeh como se fossem fumaça molhada.

Yay Meristinoux pegou um atiçador grande de ferro da lareira e, colocando um dos pés calçados com botas sobre a pedra elaboradamente esculpida do entorno do fogo e uma mão marrom-clara na borda em forma de corda do consolo enorme da lareira, espetou um dos tições que queimavam sobre a grelha. Fagulhas subiram pela chaminé alta para se encontrarem com a chuva que caía.

Chamlis Amalk-ney estava flutuando perto da janela, observando as nuvens cinza fosco.

A porta de madeira em um dos cantos da sala se abriu e Gurgeh apareceu, carregando uma bandeja com bebidas quentes. Estava usando uma túnica solta e leve por cima de calças escuras e largas. Os chinelos faziam barulho ao bater nos pés conforme ele atravessava a sala. Apoiou a bandeja e olhou para Yay.

— Já conseguiu pensar em um movimento?

Yay se aproximou para lançar um olhar moroso ao tabuleiro de jogo, negando com a cabeça.

— Não — respondeu —, acho que você ganhou.

— Olhe — disse Gurgeh, ajustando algumas peças.

As mãos dele se moviam com rapidez, como as de um mágico, sobre o tabuleiro, embora Yay seguisse cada movimento. Ela assentiu.

— É, estou vendo. Mas... — A garota tocou um dos hexágonos nos quais Gurgeh havia reposicionado uma das peças dela, criando uma formação com potencial vencedor. — Só se, dois movimentos antes, eu tivesse protegido duplamente aquela peça de bloqueio.

Yay se sentou no sofá, levando a bebida consigo. Ergueu o copo na direção do homem que sorria em silêncio no sofá em frente e disse:

— Um brinde. Ao vencedor.

— Você quase ganhou — disse Gurgeh. — Quarenta e quatro movimentos. Está ficando muito boa.

— Mais ou menos — falou Yay, bebendo. — Só mais ou menos.

Ela se recostou no profundo sofá enquanto Gurgeh recolocava as peças nas posições iniciais e Chamlis Amalk-ney flutuava até eles para pairar quase entre os dois.

— Sabe — disse Yay, olhando para o teto ornamentado —, sempre gosto de como essa casa *cheira*, Gurgeh. — Então se virou para olhar o drone. — Você não, Chamlis?

O campo da aura da máquina pendeu um pouco para um lado; um dar de ombros de drone.

— Gosto. Provavelmente porque a madeira que nosso anfitrião está queimando é *bonise*; ela foi desenvolvida milênios atrás pela velha civilização waveriana devido à fragrância quando acesa.

— Bem, é um cheiro gostoso — falou Yay, levantando-se e voltando-se para as janelas. Então balançou a cabeça. — Mas com toda a certeza aqui chove pra caramba, Gurgeh.

— São as montanhas — explicou o homem.

Yay olhou ao redor, com uma das sobrancelhas arqueada.

— Não diga!

Gurgeh sorriu e passou a mão sobre a barba bem aparada.

— Como *vai* a paisagem, Yay?

— Não quero falar sobre isso. — Ela sacudiu a cabeça em desaprovação diante do temporal contínuo. — Um clima e tanto. — Virou o copo de bebida. — Não espanta que você more sozinho, Gurgeh.

— Ah, isso não é pela chuva, Yay — respondeu o jogador. — Isso sou eu. Ninguém aguenta viver comigo por muito tempo.

— Ele quer dizer — interveio Chamlis — que ele não aguentaria viver com ninguém por muito tempo.

— Eu acredito nos dois — disse Yay, voltando outra vez para o sofá, sentando-se de pernas cruzadas e brincando com uma das peças do tabuleiro. — O que você achou da partida, Chamlis?

— Você chegou ao provável limite de sua habilidade técnica, mas seu talento continua a se desenvolver. Eu, porém, duvido que algum dia derrote Gurgeh.

— Ei — retrucou ela, fingindo orgulho ferido. — Sou apenas uma júnior. Vou melhorar. — Então bateu as unhas de uma das mãos contra as da outra e fez um ruído de desaprovação com a boca. — Como falam sobre o meu paisagismo.

— Você está com problemas? — perguntou Chamlis.

Por um momento, Yay pareceu não ter ouvido; em seguida suspirou e tornou a se recostar no sofá.

— É... Aquela babaca da Elrstrid e aquela droga de máquina Preashipleyl. Elas são muito pouco aventureiras. Simplesmente não escutam.

— Não escutam o quê?

— Ideias! — gritou Yay para o teto. — Alguma coisa diferente, alguma coisa que, para variar, não seja tão conservadora pra caramba. Só porque sou jovem não me dão atenção.

— Achei que estivessem satisfeitos com o seu trabalho — disse Chamlis.

Gurgeh estava sentado no outro sofá, girando a bebida no copo e apenas observando Yay.

— Ah, gostam que eu faça todas as coisas fáceis — disse ela, parecendo cansada de repente. — Montar uma ou duas cordilheiras, escavar alguns lagos... Mas estou falando do plano geral, coisas realmente radicais. Tudo o que estamos fazendo é construir apenas mais uma placa aqui perto. Podia ser uma entre um milhão em qualquer lugar na galáxia. Qual o objetivo disso?

— Para que as pessoas possam viver nelas? — sugeriu Chamlis, com a aura rosada.

— As pessoas podem viver em qualquer lugar! — protestou Yay, erguendo-se do sofá para olhar o drone, os olhos verdes brilhantes. — Não estão faltando placas; estou falando de arte!

— O que você tinha em mente? — perguntou Gurgeh.

— Que tal — disse Yay — campos magnéticos sob o material base e ilhas magnetizadas flutuando acima de oceanos? Nada de terra *comum*; apenas grandes blocos de rocha flutuante com rios, lagos, vegetação e algumas pessoas intrépidas. Isso não parece mais empolgante?

— Mais empolgante do que o quê? — perguntou Gurgeh.

— Mais empolgante do que isso! — Meristinoux pulou para ficar de pé e foi até a janela. Ela tocou a vidraça antiga. — Olhe para isso; você podia muito bem estar em um planeta. Mares e montanhas e chuva. Não preferiria viver em uma ilha flutuante, navegando pelo ar e *acima* da água?

— E se as ilhas colidirem? — perguntou Chamlis.

— E se colidirem? — Yay se virou para olhar o homem e a máquina. Estava ficando ainda mais escuro lá fora e as luzes da sala aos poucos tornavam-se mais brilhantes. Ela deu de ombros. — Enfim, daria para fazer com que elas não colidissem... Mas vocês não acham que é uma ideia maravilhosa? Por que uma velha e uma máquina deviam ser capazes de me impedir?

— Bem — disse Chamlis —, eu conheço a máquina Preashipleyl, e se ela achasse sua ideia boa, não iria só ignorá-la; tem muita experiência e...

— É — disse a jovem. — Experiência demais.

— *Isso* não é possível, mocinha — falou o drone.

Yay Meristinoux respirou fundo e parecia prestes a retrucar, mas apenas abriu os braços, revirou os olhos e se voltou outra vez para a janela.

— Veremos — disse ela.

A tarde, que escurecera com consistência até então, de repente foi iluminada do outro lado do fiorde por uma faixa grande e clara de luz solar que atravessou as nuvens e a chuva que amainava. A sala se encheu pouco a pouco com um brilho aquoso, e logo as luzes da casa diminuíram outra vez. O vento movia a copa das árvores que gotejavam.

— Ah — falou Yay, esticando as costas e flexionando os braços. — Não é nada para se preocupar. — Ela inspecionou a paisagem exterior de forma crítica. — Droga. Eu vou dar uma corrida — anunciou e se dirigiu para a porta no canto da sala, tirando primeiro uma bota, depois a outra, jogando o colete em cima de uma cadeira e desabotoando a blusa. — Vocês vão ver. — Então agitou um dedo na direção dos dois. — Ilhas flutuantes. Chegou a hora delas.

O drone não disse nada. Gurgeh pareceu cético. Yay saiu.

Chamlis foi até a janela e observou a garota – agora vestida com um short – correr pela trilha que descia da casa, entre os gramados e a floresta. Ela acenou uma vez, sem olhar para trás, e desapareceu na mata. A máquina piscou o campo em resposta, embora Yay não pudesse ver.

— Ela é bonita — disse Chamlis.

O jogador se recostou no sofá.

— Ela faz com que eu me sinta velho.

— Ah, você *não comece* a sentir pena de si mesmo — falou Chamlis enquanto flutuava de volta da janela.

Gurgeh olhou para as pedras da lareira.

— Tudo parece... sem graça neste momento, Chamlis. Às vezes começo a pensar que estou me repetindo, que mesmo os jogos novos são apenas os velhos disfarçados, e que, de qualquer forma, nenhum deles vale a pena ser jogado.

— Gurgeh — disse Chamlis de forma prosaica e fez algo raro, de fato se instalando no sofá, deixando que recebesse o peso dele. — Decida-se. Nós estamos falando sobre jogos ou a vida?

O homem jogou a cabeça de cachos escuros para trás e riu.

— Jogos — prosseguiu Chamlis — têm sido sua vida. Se eles estão começando a perder a graça, entendo que você pode não estar mais tão feliz com nenhuma outra coisa.

— Talvez eu esteja apenas desiludido com jogos — disse Gurgeh, girando uma peça esculpida de jogo nas mãos. — Eu costumava pensar que o contexto não importava; um bom jogo era um bom jogo e havia uma pureza na manipulação de regras que se traduziam com perfeição de sociedade para sociedade... Mas agora tenho dúvidas. Veja este: Mobilização. — Ele apontou com a cabeça para o tabuleiro à frente. — Este é estrangeiro. Algum planeta atrasado o descobriu apenas algumas décadas atrás. Pessoas jogam isso por lá e fazem apostas;

eles o tornam importante. Mas o que nós temos para apostar? Qual seria o sentido de eu apostar Ikroh, por exemplo?

— Yay, com certeza, não aceitaria a aposta — falou Chamlis, divertindo-se. — Ela acha que chove demais.

— Mas você está vendo? Se alguém quisesse uma casa como esta, já teria uma construída; se quisessem qualquer coisa aqui dentro — Gurgeh gesticulou em torno da sala —, já teriam encomendado, já teriam a coisa. Sem dinheiro, sem bens, uma grande parte da diversão que as pessoas que inventaram este jogo experimentavam quando o jogavam apenas... desaparece.

— Você chama de diversão perder sua casa, seus títulos, suas propriedades; seus filhos, talvez; que esperem que você saia na sacada com uma arma e exploda seus miolos? Isso é diversão? Estamos muito bem livres disso. Você quer uma coisa que não pode ter, Gurgeh. Aproveita a vida na Cultura, mas ela não pode lhe proporcionar ameaças suficientes; o verdadeiro apostador precisa da excitação da perda em potencial, mesmo da ruína, para se sentir vivo de verdade. — O homem permaneceu em silêncio, iluminado pelo fogo e pelo brilho suave das luzes ocultas da sala. — Você chamou a si mesmo de "Morat" quando completou seu nome, mas talvez não seja o jogador perfeito, afinal de contas; talvez devesse ter se chamado de "Shequi"; apostador.

— Sabe — falou Gurgeh devagar, com a voz ligeiramente mais alta do que a lenha crepitante na lareira —, na verdade estou com um pouco de medo de jogar com essa garota. — Ele olhou para o drone. — Sério. Porque eu gosto de ganhar, porque tenho uma coisa que ninguém pode copiar, algo que mais ninguém pode ter. Eu sou eu. Sou um dos melhores. — Lançou um olhar rápido e breve para a máquina de novo, como se estivesse envergonhado. — Mas de vez em quando, eu me preocupo, *sim,* com perder. Penso: e se houver por aí algum jovem, especialmente um jovem, alguém mais novo e naturalmente mais talentoso, capaz de tirar isso de mim? Isso me preocupa. Quanto melhor eu me saio, piores ficam as coisas, porque eu tenho mais a perder.

— Você é antiquado — disse Chamlis. — O jogo é o que importa. Essa é a sabedoria convencional, não é? O importante é a diversão, não a vitória. Vangloriar-se da derrota do outro, precisar desse orgulho, é mostrar que você é incompleto e inadequado, para começo de conversa.

Gurgeh assentiu devagar.

— É o que dizem. É no que todas as outras pessoas acreditam.

— Mas você não?

— Eu... — O homem parecia estar com dificuldade para encontrar a palavra certa. — Eu... *fico exultante* quando ganho. É melhor do que amor, é melhor do que sexo ou qualquer outra substância glandular. É o único instante em que me sinto... — Ele sacudiu a cabeça, com os lábios apertados —... verdadeiro. Eu mesmo. No resto do tempo... me sinto um pouco como aquele pequeno drone ex-Circunstâncias Especiais, Mawhrin-Skel; como se eu tivesse tido algum tipo de... direito inato tirado de mim.

— Ah, essa é a afinidade que você sente em relação a ele? — respondeu Chamlis com frieza, com a aura correspondente ao tom de voz. — Eu estava me perguntando o que você teria visto naquela máquina horrível.

— Amargura — disse Gurgeh, tornando a se recostar. — Foi isso o que eu vi nela. Pelo menos tem o valor de ser única — Ele se levantou e foi até o fogo, mexendo no carvão com o atiçador de ferro e colocando mais um pedaço de lenha, segurando-o de maneira atrapalhada com pinças pesadas.

— Esta não é uma era heroica — disse ele ao drone, fitando o fogo. — O indivíduo está obsoleto. Por isso a vida é tão confortável para todos nós. Não importamos, por isso estamos seguros. Nenhuma pessoa pode mais ter qualquer efeito real.

— O Contato usa indivíduos — observou Chamlis. — Ele põe em sociedades mais jovens pessoas que têm um efeito dramático e decisivo nos destinos de metacivilizações inteiras. Em geral são "mercenários", não da Cultura, mas são humanos, pessoas.

— Eles são selecionados e usados. Como peças de jogo. Não contam. — Gurgeh parecia impaciente. Deixou a lareira alta e voltou para o sofá. — Além disso, não sou um deles.

— Então se preserve para quando chegar uma era mais heroica.

— Hum — resmungou Gurgeh, sentando-se outra vez. — Se isso algum dia acontecer. De qualquer forma, ia parecer trapaça.

O drone Chamlis Amalk-ney ouvia a chuva e o fogo.

— Bem — disse ele devagar —, se é o valor de algo único que você quer, procure as pessoas do Contato, esqueça as CE.

— Não tenho intenção de me inscrever para me juntar ao Contato — disse Gurgeh. — Ficar trancado em uma UCG com um bando de samaritanos empolgados à procura de bárbaros a quem ensinar não é minha ideia de diversão nem de realização pessoal.

— Não foi o que eu quis dizer, e sim que o Contato tem as melhores Mentes, mais informação. São capazes de ter algumas ideias. Todas as vezes que eu me envolvi com eles, fizeram o que tinha de ser feito. Mas veja bem, é um último recurso.

— Por quê?

— Porque eles são traiçoeiros. Sorrateiros. São apostadores também e acostumados a ganhar.

— Hum — respondeu Gurgeh e acariciou a barba escura. — Eu não saberia como lidar com isso.

— Bobagem — disse Chamlis. — Enfim, tenho os meus contatos lá. Eu...

Uma porta bateu.

— Puta *merda*, está frio lá fora! — Yay irrompeu na sala, se sacudindo. Os braços dela estavam cruzados com firmeza sobre o peito e o short fino estava grudado às coxas. Todo o corpo tremia. Gurgeh se levantou do sofá.

— Venha aqui para o fogo — sugeriu Chamlis à garota. Yay permaneceu tremendo diante da janela, pingando água. — Não fique aí parado — falou o drone a Gurgeh. — Vá buscar uma toalha.

O jogador lançou um olhar crítico para a máquina, em seguida saiu da sala.

Quando voltou, Chamlis tinha convencido Yay a se ajoelhar em frente ao fogo; ele posicionou um campo de aura curvado sobre a nuca dela para manter a cabeça abaixada perto do fogo, enquanto o outro campo escovava o cabelo. Pequenas gotas de água caíam dos cachos encharcados para dentro da lareira, chiando sobre as lajotas quentes.

Chamlis pegou a toalha das mãos de Gurgeh, e o homem observou enquanto a máquina a esfregava pelo corpo da jovem. Em certo momento afastou os olhos, sacudindo a cabeça, e se sentou no sofá outra vez, suspirando.

— Seus pés estão imundos — disse ele à garota.

— Ah, mas foi uma boa corrida. — Yay riu debaixo da toalha.

Com muitos sopros, assovios e "brr-brrs", a jovem ficou seca. Ela manteve a toalha em torno do corpo e se sentou, com as pernas encolhidas para cima, no sofá.

— Estou faminta — anunciou de repente. — Você se importa se eu fizer alguma coisa para...

— Deixe que eu faço — disse Gurgeh. Ele saiu pela porta no canto, reaparecendo por um momento para pendurar a calça de couro de Yay na mesma cadeira onde ela tinha deixado o colete.

— Do que vocês estavam falando? — perguntou a jovem a Chamlis.

— Da insatisfação de Gurgeh.

— Deu algum resultado?

— Não sei — admitiu o drone.

Yay pegou as roupas e se vestiu depressa. Ela se sentou diante do fogo por algum tempo, observando-o enquanto a luz do dia diminuía e as luzes da sala ficavam mais fortes.

Gurgeh trouxe uma bandeja carregada de doces e bebidas.

Depois que Gurgeh e Yay terminaram de comer, os três jogaram um jogo de cartas complicado do tipo que Gurgeh mais gostava; um que envolvia blefes e só um pouco de sorte. Estavam no meio do jogo quando amigos dos dois humanos chegaram, a aeronave deles aterrissando em um gramado da casa que Gurgeh preferia que não tivessem usado. Chegaram animados, barulhentos e rindo; Chamlis recuou para um canto perto da janela.

Gurgeh agiu como o bom anfitrião, mantendo os convidados abastecidos de bebidas e comidas. Levou um novo copo para Yay onde ela estava parada, ouvindo, com um grupo, duas pessoas discutindo sobre educação.

— Você vai embora com esse pessoal, Yay? — Ele se recostou na parede forrada de tapeçarias atrás de si, baixando a voz um pouco para que ela tivesse de se desviar da discussão para ficarem cara a cara.

— Talvez — respondeu a jovem devagar. O rosto dela brilhava à luz do fogo. — Você vai me pedir para ficar outra vez, não vai? — Ela girou a bebida no copo, observando-a.

— Ah — disse Gurgeh, negando com a cabeça e erguendo os olhos para o teto. — Duvido. Fico entediado quando repito os mesmos movimentos e as mesmas reações.

Yay sorriu.

— Nunca se sabe — disse ela. — Um dia eu posso mudar de ideia. Você não devia deixar que isso o aborrecesse, Gurgeh. É quase uma honra.

— Você quer dizer ser tamanha exceção?

— Uhmm. — Ela bebeu.

— Não entendo você — disse ele.

— Porque eu recuso você?

— Porque você não recusa mais ninguém.

— Não de forma tão consistente. — Yay assentiu, franzindo o cenho para a bebida.

— Então, por que não? — Pronto. Enfim ele tinha dito.

Yay apertou os lábios.

— Porque — disse ela, erguendo os olhos para encará-lo — é importante para você.

— Ah — ele assentiu, olhando para baixo e esfregando a barba —, eu deveria ter fingido indiferença. — Então olhou direto para ela. — Sério, Yay.

— Eu sinto que você quer... ficar comigo — disse Yay. — Como se eu fosse uma peça, uma área. Para ser tomada; para ser... possuída. — De repente, ela pareceu muito confusa. — Tem alguma coisa muito... não sei, primitiva, talvez, em relação a você, Gurgeh. Nunca mudou de sexo, mudou? — Ele negou com a cabeça. — Ou dormiu com um homem? — Ele negou outra vez. — Eu achei que não mesmo — falou Yay. — Você é estranho, Gurgeh. — Ela esvaziou o copo.

— Porque eu não acho homens atraentes?

— É, *você é* um homem! — Ela riu.

— Portanto eu devo sentir atração por mim mesmo?

Yay o estudou por algum tempo, com um leve lampejo de sorriso no rosto. Então riu e baixou os olhos.

— Bom, não fisicamente, de qualquer maneira.

Ela sorriu para ele e lhe entregou o copo vazio. Gurgeh tornou a enchê-lo. A garota se voltou ao grupo.

Gurgeh deixou Yay discutindo sobre o lugar da geologia na política educacional da Cultura e foi falar com Ren Myglan, uma jovem que ele esperava que o visitasse naquela noite.

Uma das pessoas tinha levado um animal de estimação; um enumerador stygliano protossenciente que circulava pela sala, contando em voz muito baixa. A criatura esguia de três membros, de pelos loiros e da altura da cintura dos demais, sem uma cabeça discernível, mas com vários calombos significativos, começou a contar as pessoas. Havia 23 na sala. Então começou a contar peças de mobília, depois se concentrou nas pernas. Em seguida andou até onde estavam Gurgeh e Ren Myglan. O homem olhou para o animal que espiava os pés dele e fazia movimentos vagos, balançantes e apalpadores na direção dos chinelos. Ele o tocou com o dedão.

— Diga seis — murmurou o enumerador e saiu andando. Gurgeh continuou a conversar com a mulher.

Depois de alguns minutos parado próximo, conversando, aproximando-se pouco a pouco, ele estava sussurrando em seu ouvido e uma ou duas vezes levou a mão às costas dela para passar o dedo sobre a espinha através do vestido sedoso que ela usava.

— Eu disse que iria com os outros — sussurrou Ren Myglan, olhando para baixo, mordendo o lábio e levando a mão para trás para segurar a dele onde Gurgeh alisava a parte de baixo das costas.

— Uma banda chata, um cantor se apresentando para todo mundo? — ele a censurou com delicadeza, tirando a mão e sorrindo. — Você merece uma atenção mais individual, Ren.

A mulher riu em silêncio e o cutucou.

Depois de algum tempo, ela deixou a sala e não voltou. Gurgeh foi até onde Yay fazia gestos loucos e exaltava as virtudes da vida em ilhas magnéticas flutuantes, então viu Chamlis no canto, ignorando muito deliberadamente o bicho de estimação de três patas, que olhava para a máquina e tentava coçar um dos calombos dela sem cair. Ele enxotou o animal e conversou por algum tempo com o drone.

Enfim o grupo de pessoas foi embora, pegando garrafas e, às escondidas, algumas bandejas de doces. A aeronave sibilou e voou noite adentro.

Gurgeh, Yay e Chamlis terminaram o jogo de cartas; Gurgeh ganhou.

— Bem, eu preciso ir — disse Yay, se levantando e se espreguiçando. — Chamlis?

— Eu também. Vou com você. Podemos dividir um carro.

Gurgeh os acompanhou até o elevador da casa. Yay abotoou a capa. Chamlis se voltou para o anfitrião.

— Quer que eu diga alguma coisa para o Contato?

Gurgeh, que olhava distraído para a escada que levava à casa principal, voltou-se confuso para Chamlis. Yay fez o mesmo.

— Ah, sim — respondeu, sorrindo, e deu de ombros. — Por que não? Ver o que os nossos melhores têm a oferecer. O que eu tenho a perder? — Ele riu.

— Adoro ver você feliz — disse Yay, dando-lhe um beijo leve.

Ela entrou no elevador; Chamlis a seguiu. Yay piscou para Gurgeh enquanto a porta se fechava.

— Minhas lembranças a Ren. — Ela sorriu.

Gurgeh ficou olhando para a porta fechada por um momento, então sacudiu a cabeça, sorrindo consigo mesmo. Ele voltou para a sala de estar, onde dois drones-remotos domésticos estavam fazendo a arrumação. Tudo parecia estar de volta no devido lugar, como deveria ser. Foi até o tabuleiro de jogo disposto entre os sofás escuros e ajustou uma das peças de Mobilização para ficar no centro do hexágono de partida, então olhou para o sofá onde Yay havia se sentado depois de voltar da corrida. Havia uma faixa de umidade quase se esvaindo ali, escuro sobre escuro. Ele hesitou ao estender a mão, tocou-a, cheirou os dedos, então riu de si mesmo. Pegou um guarda-chuva e saiu para inspecionar o dano causado pela aeronave ao gramado antes de voltar para casa, onde uma luz na torre principal não muito alta dizia que Ren o aguardava.

O elevador desceu duzentos metros através da montanha, em seguida do leito rochoso abaixo dela; reduziu a velocidade para girar em uma câmara de rotação, desceu com delicadeza através do material básico ultradenso e parou sob a placa orbital em uma galeria de trânsito, onde alguns carros subterrâneos esperavam e as telas externas mostravam a luz do sol queimando a base da placa. Yay e Chamlis entraram em um carro, disseram aonde queriam ir e se sentaram enquanto o veículo destravou, acelerou e saiu.

— Contato? — perguntou a jovem para o drone. O piso do pequeno carro escondia o sol e, para além das telas laterais, as estrelas brilhavam com intensidade. O carro passou zunindo pela gama de equipamento obscuro vital mas em geral indecifrável que pendia sob cada placa. — Eu ouvi o nome do grande espectro benigno ser mencionado?

— Sugeri que Gurgeh se comunicasse com o Contato — disse Chamlis. Ele flutuou até uma tela, que se soltou, ainda mostrando a vista do exterior, e flutuou para cima pela parede do carro até que o decímetro de espaço que a espessura dela havia ocupado na casca do veículo foi revelado. Onde a tela fingia ser uma janela havia agora uma janela de verdade; uma placa de cristal transparente com forte vácuo e o resto do universo do outro lado. O drone olhou para as estrelas.

— Ocorreu a mim que eles podiam ter algumas ideias; alguma coisa para ocupá-lo.

— Achei que você tivesse reservas em relação ao Contato.

— Em geral, tenho, mas eu conheço algumas das Mentes. Ainda possuo algumas conexões... Eu confiaria na ajuda deles, acho.

— Não sei — disse Yay. — Todos nós estamos levando isso muito a sério. Ele vai sair dessa. Tem amigos. Nada muito terrível vai acontecer com ele enquanto os amigos estiverem por perto.

— Hum — respondeu o drone. O carro parou em um dos tubos elevadores que atendiam a aldeia onde Chamlis Amalk-ney vivia. — Vemos você em Tronze? — perguntou.

— Não, tenho uma conferência na mesma noite — falou Yay. — E, além disso, tem esse rapaz que vi no jogo de tiros outro dia... Eu marquei de esbarrar com ele também.

— Entendi — disse Chamlis. — Entrando em modo predatório, hein? Bom, aproveite esse esbarrão.

Yay riu.

— Vou tentar.

Os dois se desejaram boa noite, então Chamlis saiu pela porta hermética que fechava o carro – a lataria antiga e muito surrada de repente brilhante no facho de luz do sol que vinha de baixo – e subiu direto pelo poço, sem esperar pelo elevador. Yay sorriu e sacudiu a cabeça diante dessa precocidade geriátrica enquanto o carro dava partida outra vez.

*

Ren dormia, meio coberta por um lençol. O cabelo preto dela se derramava pelo alto da cama. Gurgeh estava sentado à mesa ocasional perto das janelas da sacada, olhando para a noite. A chuva tinha passado, as nuvens rarearam e se separaram, e agora a luz das estrelas e das quatro placas do lado mais distante e balanceado do Orbital Chiark – a três milhões de quilômetros de distância e com as faces internas voltadas para a luz diurna – projetava um brilho prateado nas nuvens que passavam e fazia com que as águas escuras do fiorde cintilassem.

Ele ligou o tablet de mesa, pressionou a margem calibrada algumas vezes até encontrar as publicações relevantes, então leu um pouco; artigos sobre teoria dos jogos por outros jogadores respeitados, resenhas de alguns dos jogos dele, análises de jogos novos e jogadores promissores.

Depois, abriu as janelas e saiu para a sacada circular, tremendo um pouco quando o ar frio da noite tocou a nudez dele. Gurgeh tinha levado o terminal de bolso consigo e enfrentou a friagem por algum tempo, conversando com as árvores escuras e o fiorde silencioso, ditando um novo artigo sobre jogos.

Quando tornou a entrar, Ren Myglan ainda dormia, mas com a respiração acelerada e errática. Intrigado, foi até ela e se agachou ao lado da cama, olhando com atenção para o rosto da mulher enquanto ele se retorcia e se contorcia no sono. A respiração dela estava difícil na garganta e no nariz delicado, e as narinas se dilatavam.

Gurgeh ficou ali abaixado por mais alguns minutos, com uma expressão estranha na face, algo entre escárnio e um sorriso triste, perguntando-se – com uma sensação vaga de frustração, mesmo de remorso – que tipo de pesadelos a jovem estaria tendo para fazê-la estremecer, arfar e choramingar tanto.

Os dois dias seguintes transcorreram com relativa tranquilidade. Gurgeh passou a maior parte do tempo lendo artigos de outros jogadores e teóricos, e terminou a redação de um artigo próprio que tinha começado quando Ren Myglan passara a noite lá. Ren tinha ido embora no dia seguinte durante o café da manhã, após uma discussão; ele gostava de trabalhar naquele momento do dia, e ela queria conversar. Desconfiou de que a mulher estivesse apenas irritadiça depois de não ter dormido bem.

Gurgeh leu algumas correspondências. A maioria eram pedidos: para que visitasse outros mundos, participasse de grandes torneios, escrevesse artigos, comentasse novos jogos, se tornasse professor/palestrante em várias instituições educacionais, fosse convidado em qualquer um dos vários Veículos Gerais de Sistemas, enfrentasse tal e tal criança prodígio... era uma lista longa.

Ele recusou todos. Isso lhe deu uma sensação bastante prazerosa.

Havia um comunicado de uma UCG que afirmava ter descoberto um mundo no qual havia um jogo baseado na topografia exata de flocos de neve individuais; um jogo que, por essa razão, nunca era jogado no mesmo tabuleiro duas vezes. Gurgeh nunca tinha ouvido falar em um jogo desses, e não conseguiu encontrar nenhuma menção nos arquivos em geral atualizados que o Contato coletava para pessoas como ele. Desconfiou de que fosse falsificado – UCGs eram notoriamente maliciosas –, mas enviou uma resposta refletida e pertinente (mesmo que também bastante irônica), porque a piada, se é que era uma piada, o agradara.

Então observou uma competição de voo a vela sobre as montanhas e os penhascos do outro lado do fiorde.

Ele ligou a holotela da casa e assistiu a um entretenimento recente do qual tinha ouvido falar. Era sobre um planeta cujos habitantes inteligentes eram geleiras sencientes e, os filhos, icebergs. Esperara desprezar a falta de lógica do programa, mas achou-o bastante divertido. Esboçou um jogo sobre geleiras, com base nos tipos de minerais que poderiam ser extraídos das rochas, montanhas que poderiam ser destruídas, rios que poderiam ser represados, paisagens que poderiam ser criadas, além de baías que poderiam ser bloqueadas se – como no entretenimento – as geleiras pudessem liquefazer e recongelar partes de si mesmas à vontade. O jogo era bastante divertido, mas não continha nada original; abandonou-o após cerca de uma hora.

Gurgeh passou grande parte do dia seguinte nadando na piscina no subsolo de Ikroh; quando nadava de costas, também ditava, o terminal de bolso o seguindo de um lado para o outro da piscina, logo acima da cabeça dele.

No fim da tarde, uma mulher e a jovem filha chegaram a cavalo pela floresta e pararam diante de Ikroh. Nenhuma delas mostrava qualquer sinal de ter ouvido falar nele; só estavam passando por acaso. Convidou-as a ficar para um drinque e fez um almoço tardio para as duas; elas prenderam as montarias altas e arquejantes à sombra ao lado da casa, onde os drones lhes deram água. Aconselhou a mulher sobre a rota mais bonita a seguir quando retomassem a viagem e deu à criança uma peça de um jogo altamente ornamentado de Bataos que ela tinha admirado.

Ele jantou no terraço, com a tela do terminal aberta mostrando as páginas de um antigo tratado bárbaro sobre jogos. O livro – com um milênio de idade, quando a civilização tinha sido contatada, dois mil anos antes – era limitado na própria apreciação, é claro, mas Gurgeh nunca deixava de se fascinar pela forma como os jogos de uma sociedade revelavam tanto sobre o *ethos*, a filosofia, a própria alma da civilização que os inventara. Além disso, sociedades bárbaras sempre o haviam intrigado, mesmo antes que os jogos delas o fizessem.

A obra era interessante. Ele descansou os olhos vendo o sol se pôr, em seguida voltou a ela conforme a escuridão se aprofundava. Os drones da casa lhe trouxeram bebidas, um casaco mais pesado, um lanche leve, como lhes pediu. Então disse à casa para recusar todas as ligações que recebesse.

As luzes do terraço ficaram mais fortes pouco a pouco. O lado mais distante de Chiark brilhava branco acima, cobrindo tudo de prata; estrelas cintilavam em um céu sem nuvens. Gurgeh continuou a ler.

O terminal emitiu um bipe. Ele encarou com severidade o olho da câmera em um dos cantos da tela.

— Casa — falou. — Você está ficando surda?

— Por favor, perdoe a intromissão — disse da tela uma voz bastante impertinente e nada apologética que Gurgeh não reconheceu. — Estou falando com Chiark-Gevantsa Jernau Morat Gurgeh dam Hassease?

O jogador encarou desconfiado para o olho da tela. Não ouvia o próprio nome completo ser pronunciado havia anos.

— Está.

— Meu nome é Loash Armasco-Iap Wu-Handrahen Xato Koum.

Gurgeh ergueu uma sobrancelha.

— Bom, isso vai ser muito fácil de lembrar.

— Permita que eu o interrompa, senhor?

— Já fez isso. O que você quer?

— Falar com o senhor. Apesar de minha intromissão, isso não constitui uma emergência, mas só posso falar com o senhor diretamente esta noite. Estou aqui representando a Seção do Contato, por solicitação de Dastaveb Chamlis Amalk-ney Ep-Handra Thedreiskre Ostlehoorp. Posso me dirigir até sua casa?

— Desde que você consiga parar com essa coisa dos nomes completos, pode.

— Irei direto até aí.

Gurgeh fechou a tela. Ele bateu com o terminal que parecia uma caneta na borda da mesa de madeira e olhou para o fiorde escuro, vendo as luzes opacas de algumas casas na outra margem.

Ouviu um ronco no céu e ergueu os olhos para ver acima um rastro de vapor iluminado por trás, em um ângulo agudo e apontando para a encosta sobre Ikroh. Houve um estrondo abafado acima da floresta e da casa, e um barulho como uma rajada súbita de vento; depois, zunindo pelo lado da residência, veio um drone pequeno, com os halos azul-claro e listrados de amarelo.

A máquina flutuou na direção de Gurgeh. Era aproximadamente do mesmo tamanho de Mawhrin-Skel; ela podia, pensou Gurgeh, ter parado no prato retangular de sanduíches sobre a mesa sem nenhum problema. A lataria de metal escuro parecia um pouco mais complicada e intrincada do que a de Mawhrin-Skel.

— Boa noite — disse Gurgeh enquanto o pequeno drone passava por cima do muro do terraço.

A máquina parou sobre a mesa ao lado do prato de sanduíches.

— Boa noite, Morat Gurgeh.

— Contato, é? — perguntou Gurgeh, guardando o terminal em um bolso do robe. — Isso foi rápido. Eu falei com Chamlis apenas duas noites atrás.

— Eu estava por acaso no volume — explicou a máquina com a voz entrecortada —, em trânsito entre a UCG *Conduta Flexível* e o VGS

Infeliz Conflito de Indícios, a bordo da UOR (D) *Zelote*. Como eu era o operativo do Contato mais próximo, fui a escolha óbvia para visitá-lo. Entretanto, como digo, só posso ficar por pouco tempo.

— Ah, que pena — disse Gurgeh.

— Sim. O senhor tem um orbital muito charmoso aqui. Talvez em uma próxima vez.

— Bom, espero que não tenha sido uma viagem perdida para você, Loash... Na verdade, eu não estava esperando uma audiência com um operativo do Contato. Meu amigo Chamlis só achou que o Contato pudesse... não sei, ter alguma coisa interessante que não estivesse em circulação geral. Eu não esperava nada, talvez só informação. Posso perguntar o que você está fazendo aqui?

Gurgeh se debruçou apoiando os dois cotovelos na mesa, inclinando-se sobre a pequena máquina. Havia sobrado apenas um sanduíche no prato bem em frente ao drone. Ele o pegou e comeu, mastigando e observando o recém-chegado.

— Sem dúvida. Estou aqui para averiguar o quanto o senhor está aberto a sugestões. O Contato pode conseguir encontrar algo que talvez lhe interesse.

— Um jogo?

— Pelo que me foi informado, tem conexão com um jogo.

— Isso não significa que você tem que jogar um comigo — disse Gurgeh, esfregando as mãos para limpar os farelos sobre o prato. Alguns voaram na direção da máquina, como esperava que pudessem fazer, mas o drone não foi atingido por nenhum deles, usando o campo de aura para jogá-los de maneira organizada no centro do prato à frente.

— Tudo o que sei, senhor, é que o Contato *pode* ter encontrado alguma coisa que lhe interesse. Acredito que tenha conexão com um jogo. Fui instruído a descobrir o quanto o senhor estaria disposto a viajar. Portanto, suponho que o jogo, se for esse o caso, deva ser jogado em um lugar fora de Chiark.

— Viajar? — perguntou Gurgeh. Ele se recostou na cadeira. — Para onde? A que distância? Por quanto tempo?

— Eu não sei exatamente.

— Bom, tente uma aproximação.

— Eu não gostaria de dar um simples palpite. Quanto tempo o senhor teria disponível para passar longe de casa?

Os olhos de Gurgeh se estreitaram. O máximo de tempo que passara longe de Chiark fora ao viajar uma vez em um cruzeiro, trinta anos antes. Não tinha gostado da experiência em particular. Fora mais porque era uma coisa que se fazia naquela idade do que por desejar fazê-lo. Os sistemas estelares diferentes eram espetaculares, mas era possível ter uma visão tão boa quanto em uma holotela, e ele ainda não entendia o que as pessoas viam em ter de fato estado em qualquer sistema específico. Planejara passar alguns anos naquele cruzeiro, mas desistiu depois de um.

Gurgeh esfregou a barba.

— Talvez meio ano, mais ou menos. É difícil dizer sem saber os detalhes. Mas digamos que seja isso, meio ano... Não que eu veja necessidade disso. É raro que a cor local acrescente tanto assim a um jogo.

— Normalmente, é verdade. — A máquina fez uma pausa. — Eu entendo que esse pode ser um jogo bastante complicado; pode levar um bom tempo para aprender. É provável que o senhor tenha de se dedicar a ele por algum tempo.

— Tenho certeza de que vou conseguir — disse Gurgeh. O maior tempo que ele levara para aprender qualquer jogo havia sido três dias. E jamais se esquecera da regra de nenhum a vida toda, nem teve de aprender algum duas vezes.

— Muito bem — falou de repente o pequeno drone. — Com base nisso, devo voltar e apresentar um relatório. Até logo, Morat Gurgeh. — Ele começou a acelerar na direção do céu.

Gurgeh ergueu os olhos, boquiaberto, resistindo a uma forte vontade de pular de pé.

— É só isso? — perguntou.

A máquina parou alguns metros acima.

— Isso é tudo o que eu tenho permissão para falar. Perguntei o que devia ter perguntado. Agora volto para apresentar meu relatório. Por quê? Há mais alguma coisa que o senhor gostaria de saber com a qual eu possa ajudar?

— Sim — disse Gurgeh, agora irritado. — Eu vou ter mais alguma informação sobre o jogo e o lugar de que você está falando?

O dronezinho parecia oscilar no ar. Os campos de aura não haviam mudado desde a chegada. Depois de algum tempo, ele disse:

— Jernau Gurgeh?

Houve um longo momento em que os dois ficaram em silêncio. O jogador olhou fixo para a máquina, então se levantou, pôs as duas mãos nos quadris, a cabeça para um lado, e gritou:

— Sim?

— Provavelmente não — retrucou o drone e subiu direto no mesmo instante, os halos se apagando. Gurgeh ouviu o ronco e viu o rastro de vapor se formar. No início, era apenas uma nuvenzinha, porque ele estava bem embaixo dela, depois se estendeu devagar por alguns segundos antes de parar de crescer de repente. Ele sacudiu a cabeça.

Pegou o terminal de bolso.

— Casa — falou. — Pesquise sobre aquele drone. — Ele continuava a encarar o céu.

— Que drone, Jernau? — perguntou a casa. — Chamlis?

Gurgeh olhou para o terminal.

— Não! Aquele desprezível do Contato, Loash Armasco-Iap Wu-Handrahen Xato Koum, ele! O que estava aqui agora mesmo!

— Aqui? — indagou a casa, com a voz intrigada.

Ele esmoreceu. Então se sentou.

— Você não viu nem ouviu nada agora há pouco?

— Nada além de silêncio pelos últimos onze minutos, Gurgeh, desde que você me mandou segurar todas as ligações. Houve duas desde então, mas...

— Não importa. — Gurgeh suspirou. — Chame o Polo para mim.

— Aqui é o Polo. Makil Stra-bey, subseção Mente. Jernau Gurgeh, o que podemos fazer por você?

Ele ainda estava olhando para o céu, em parte porque era para lá que tinha ido o drone do Contato (o fino rastro de vapor estava começando a se expandir e ser levado pelo vento), em parte porque as pessoas costumavam olhar na direção do Polo quando estavam conversando com ele.

Reparou na estrela extra pouco antes que ela começasse a se mover. O ponto de luz estava perto do fim do rastro de vapor iluminado por trás do pequeno drone. Ele franziu o cenho. Quase de imediato, ela se moveu; no início, apenas moderadamente rápido; depois, depressa demais para o olho avistar.

Em seguida desapareceu. Gurgeh ficou em silêncio por um momento, então disse:

— Polo, uma nave do Contato acabou de partir daqui?

— Está fazendo isso agora mesmo, Gurgeh. A Unidade Ofensiva Rápida (Desmilitarizada)...

— *Zelote* — disse Gurgeh.

— Ho, ho! Foi *você*, não foi? Achamos que ia levar *meses* para que descobríssemos. Você acabou de presenciar uma visita privada, jogador Gurgeh. Negócio do Contato, não é para nós sabermos. *Uau*, mas nós estávamos curiosos. *Muito* glamoroso, Jernau, se é possível dizer isso. Aquela nave fez uma parada rápida de pelo menos quarenta quiloluzes e um desvio de vinte anos... ao que parece só para ter um papo de cinco minutos com você. Isso é um sério gasto de energia... ainda mais por estar acelerando de volta na mesma velocidade. Veja aquela coisa ir embora... Ah, desculpe, você não pode ver. Bem, acredite em nós: estamos impressionados. Importaria-se de contar a um humilde Polo da subseção Mente do que se tratou a conversa?

— Alguma chance de entrar em contato com a nave? — indagou Gurgeh, ignorando a pergunta.

— Afastando-se desse jeito? Com a extremidade agressiva apontada direto para uma mera máquina civil como nós...? — O Polo da subseção Mente pareceu estar achando graça. — É... acho que sim.

— Eu quero um drone que está nela chamado Loash Armasco-Iap Wu-Handrahen Xato Koum.

— Puta merda, Gurgeh, com *o que* você está se envolvendo aqui? Handrahen? Xato? Isso é nomenclatura de equivalente técnico do nível de espionagem das CE. Bagunça da pesada... Merda... Vamos tentar... Só um momento.

Gurgeh esperou em silêncio por alguns segundos.

— Nada — disse a voz do terminal. — Gurgeh, isso é o Polo Inteiro falando aqui, não uma subseção, eu todo. A nave está recebendo a mensagem, mas afirma não haver nenhum drone com esse nome nem nada parecido a bordo.

Gurgeh se largou na cadeira. O pescoço estava rígido. Ele baixou os olhos das estrelas para a mesa.

— Não diga — falou.

— Devo tentar de novo?

— Acha que vai adiantar alguma coisa?

— Não.

— Então não.

— Gurgeh, isso me perturba. O que está acontecendo?

— Eu gostaria de saber — disse Gurgeh. Ele olhou para as estrelas outra vez. O rastro de vapor fantasmagórico daquele pequeno drone tinha quase desaparecido. — Ligue para Chamlis Amalk-ney, por favor.

— Está na linha... Jernau?

— O quê, Polo?

— Tenha cuidado.

— Ah, obrigado. Muito obrigado.

— Você deve tê-lo irritado — disse Chamlis pelo terminal.

— É bem provável — disse Gurgeh. — Mas o que você acha?

— Eles o estavam avaliando para alguma coisa.

— Você acha?

— Sim. Mas você simplesmente recusou o acordo.

— Recusei?

— Recusou. E considere-se com sorte por ter feito isso.

— O que você quer dizer com isso? Essa ideia foi sua.

— Olhe, você está fora. Acabou. Mas é óbvio que o meu pedido foi mais longe e mais rápido do que eu imaginava. Nós provocamos alguma coisa. Mas você os dissuadiu. Eles não estão mais interessados.

— Hum, imagino que você esteja certo.

— Gurgeh, peço desculpas.

— Não tem importância — disse Gurgeh à velha máquina. Ele ergueu os olhos para as estrelas. — Polo?

— Ei, nós estamos interessados. Se tivesse sido apenas pessoal, não teríamos escutado nem uma palavra, juramos, e, além disso, seria notificado em seu demonstrativo diário de comunicação se estivéssemos ouvindo.

— Não se preocupe com nada disso. — Gurgeh sorriu, sentindo um alívio estranho por a Mente do orbital ter escutado. — Só me diga a que distância está a UOR.

— Em relação à palavra "está", ela estava a 1 minuto e 49 segundos daqui; a um mês-luz de distância, já fora do sistema e bem longe de nossa jurisdição, temos muito prazer em dizer. Acelerando em uma direção um pouco além do Cerne Galáctico. Parece que está seguindo para o VGS *Infeliz Conflito de Indícios*, a menos que algum deles esteja querendo enganar alguém.

— Obrigado, Polo. Boa noite.

— Para você também. E, dessa vez, está por sua conta, prometemos.

— Obrigado, Polo. Chamlis?

— Você pode ter perdido a oportunidade de uma vida, Gurgeh... Mas é mais provável que tenha escapado por pouco. Desculpe por sugerir o Contato. Eles vieram rápido e investiram pesado demais para ser acidental.

— Não se preocupe tanto, Chamlis — respondeu Gurgeh. Então olhou mais uma vez para as estrelas, se recostou na cadeira e botou os pés em cima da mesa. — Eu lidei com a situação. Nós conseguimos. Vejo você amanhã em Tronze?

— Talvez. Não sei. Vou pensar. Boa sorte contra a tal criança prodígio no Fulminado, caso eu não veja você amanhã.

Ele sorriu com melancolia para o escuro.

— Obrigado. Boa noite, Chamlis.

— Boa noite, Gurgeh.

O trem saiu do túnel para a luz forte do sol. Ele continuou pelo restante da curva, em seguida entrou pela ponte estreita. Gurgeh olhou por cima do corrimão e viu os pastos verdes luxuriantes e um rio sinuoso e brilhante a meio quilômetro de distância no leito do vale. Havia sombras de montanhas sobre as campinas estreitas; sombras de nuvens pontilhavam os próprios morros cobertos de árvores. O vento provocado pela velocidade do trem despenteou seu cabelo enquanto ele inspirava o ar perfumado da montanha e esperava pelo retorno do adversário. Aves voavam à distância em círculos acima do vale, quase no mesmo nível da ponte. Os grasnidos ecoavam pelo ar imóvel, pouco audíveis acima do som do vento provocado pela passagem do trem.

Normalmente teria esperado até a hora de estar em Tronze naquela noite e iria para lá pelo subterrâneo, mas naquela manhã estava com vontade de se afastar de Ikroh. Calçara as botas, a calça de estilo conservador e uma jaqueta curta e aberta, depois pegara as trilhas das colinas, subindo a pé a montanha e descendo do outro lado.

Ele se sentara ao lado da velha estrada de ferro, glandulando uma leve onda e se divertindo jogando pedrinhas de magnetita no campo magnético dos trilhos e vendo-as ser expelidas de volta. Pensara sobre as ilhas flutuantes de Yay.

Também pensara sobre a visita misteriosa do drone do Contato, na noite anterior, mas de algum modo isso simplesmente não ficava claro; era como se tivesse sido um sonho. Tinha verificado o informativo da comunicação e dos sistemas da residência: até onde a casa sabia, não houvera visita; mas a conversa com o Polo de Chiark estava logada, com hora registrada e fora testemunhada por outras subseções do Polo, e pelo Polo Inteiro por algum tempo. Então tinha mesmo acontecido.

Gurgeh sinalizara para o trem antigo quando ele aparecera e, enquanto embarcava, fora reconhecido por um homem de meia-idade chamado Dreltram, que também estava a caminho de Tronze. O sr. Dreltram valorizaria mais uma derrota para o grande Jernau Gurgeh do que a vitória sobre qualquer outra pessoa; ele jogaria? Gurgeh estava bem acostumado a essa lisonja – em geral ela mascarava uma ambição não realista, mas levemente feroz –, mas sugeriu que jogassem Possessão. O jogo compartilhava conceitos de regras suficientes com Fulminado para fazer dele um exercício decente de aquecimento.

Eles encontraram um jogo de Possessão em um dos bares e o levaram para o deque no teto, onde se sentaram atrás de um quebra-vento para que as cartas não saíssem voando. Eles deveriam ter tempo suficiente para terminar o jogo; o trem levaria a maior parte do dia para chegar a Tronze, uma viagem que um carro subterrâneo podia realizar em dez minutos.

O trem deixou a ponte e entrou em uma ravina profunda e estreita, com o ruído provocado pela passagem produzindo um eco assustador nas rochas nuas dos dois lados. Gurgeh olhou para o tabuleiro. Ele estava jogando limpo, sem a ajuda de nenhuma substância produzida por glândulas; o adversário usava uma mistura potente sugerida pelo próprio Gurgeh. Além disso, dera ao sr. Dreltram uma vantagem de sete peças no começo, que era o máximo permitido. O homem não era um mau jogador e no início chegara perto de superá-lo quando tinha a vantagem ao máximo, mas Gurgeh se defendera bem, e era provável que a chance do adversário tivesse passado, embora ainda houvesse a possibilidade de que restassem algumas minas em lugares inesperados.

Pensando em tais surpresas desagradáveis, Gurgeh percebeu que não tinha olhado para onde estava a própria peça escondida. Esse tinha sido outro jeito não oficial de tornar o jogo mais equilibrado. Possessão é jogado em uma rede de quarenta quadrados; as peças de cada jogador são distribuídas em um grupo principal e dois menores. Até três peças podem ser escondidas em intersecções diferentes e a princípio desocupadas. As localizações são inseridas – e trancadas – em três cartas circulares; bolachas finas de cerâmica que só são viradas quando o jogador quer colocar essas peças em jogo. O sr. Dreltram já tinha revelado todas as três peças ocultas dele (uma, por acaso, estava na intersecção em que Gurgeh tinha, de forma muito arriscada, plantado todas as nove minas, o que na verdade foi azar).

Gurgeh girara os mostradores na única bolacha de peça escondida e a colocara virada para baixo sobre a mesa sem olhar. Ele não sabia onde ela estava tanto quanto o sr. Dreltram. Podia até ser uma posição ilegal, o que poderia muito bem fazer com que ele perdesse o jogo, ou (menos provável) a peça poderia aparecer em um lugar de utilidade estratégica bem dentro do território do adversário. Gurgeh gostava de jogar desse jeito se não era um jogo sério; assim como de dar ao oponente uma vantagem extra provavelmente necessária; isso deixava a partida muito mais interessante e menos previsível, acrescentava um tempero a mais aos processos.

Supunha que precisava descobrir onde a peça estava; o ponto do octagésimo movimento, quando ela tinha de ser revelada de qualquer maneira, estava se aproximando depressa.

Ele não conseguia ver a peça escondida. Olhou para a carta e a mesa cheia de bolachas. O sr. Dreltram não era o mais organizado dos jogadores; as cartas, bolachas e peças não utilizadas ou removidas estavam espalhadas pela maior parte da mesa, incluindo a parte que deveria ser de Gurgeh. Uma lufada de vento quando entraram em um túnel uma hora antes quase soprara para longe algumas das cartas mais leves, e eles as prenderam com taças e pesos de papel de cristal de *chumbo*, o que aumentou a impressão de confusão, assim como o costume estranho, mesmo que um pouco afetado, do sr. Dreltram de anotar todos os movimentos à mão em um tablet (ele contou que a memória interna de um tabuleiro quebrara uma vez, fazendo com que perdesse todos os registros de uma das melhores partidas que já jogara). Gurgeh começou a erguer itens e peças, cantarolando para si mesmo e procurando a bolacha achatada.

Ele ouviu uma inspiração repentina, depois o que pareceu uma tosse um tanto desconcertada logo atrás de si. Virou-se e viu o sr. Dreltram atrás, parecendo muito estranho. Franziu o cenho quando o oponente, recém-chegado do banheiro, com os olhos arregalados pela mistura de drogas glanduladas e seguido por uma bandeja carregada de bebidas, se sentou mais uma vez, olhando fixamente para as mãos de Gurgeh.

Só então, quando a bandeja pôs os copos sobre a mesa, Gurgeh percebeu que as cartas que por acaso estava segurando, que erguera para procurar a bolacha escondida, eram as cartas de mina restantes do sr. Dreltram. Olhou para elas – ainda estavam viradas para baixo – e entendeu o que o oponente devia estar pensando.

Então devolveu as cartas para onde as havia encontrado e riu.

— Sinto muito. Eu estava procurando minha peça oculta.

Ele a viu enquanto dizia as palavras. A bolacha circular estava sobre a mesa, descoberta, quase à frente dele.

— Ah — falou, e só então sentiu o sangue subir ao rosto. — Aqui está ela. Hmm... Eu estava olhando para ela e não percebi.

Riu novamente e, ao fazer isso, sentiu uma sensação estranha, de aperto, circular pelo corpo, parecendo esmagar as entranhas em algo entre o terror e o êxtase. Nunca experimentara nada como aquilo. O mais perto que qualquer sensação jamais chegara, pensou (de repente, com clareza), tinha sido quando ele ainda era um menino e experimentara o primeiro orgasmo, nas mãos de uma garota alguns anos mais velha. Bruta, puramente básica e humana, como um único instrumento tocando um tema simples, uma nota de cada vez (em comparação com as sinfonias geradas por drogas glandulares que o sexo mais tarde se tornaria), aquela primeira experiência, mesmo assim, tinha sido uma das mais memoráveis; não só porque então era uma novidade, mas porque parecera abrir todo um mundo novo e fascinante, um tipo totalmente diferente de sensação e existência. Acontecera o mesmo quando jogara a primeira partida de competição, ainda criança, representando Chiark contra uma equipe júnior de outro orbital, e o mesmo de novo quando as próprias glândulas de drogas amadureceram, alguns anos após a puberdade.

O sr. Dreltram também riu e secou o rosto com um lenço.

Gurgeh jogou com fúria pelos movimentos seguintes e teve de ser lembrado pelo adversário quando o limite das oitenta jogadas chegou. Gurgeh virou a peça oculta sem tê-la verificado primeiro, arriscando que ela ocupasse o mesmo quadrado de uma das peças expostas.

A peça oculta, em uma probabilidade de 1.600 para 1, estava na mesma posição que o Coração, a peça mais importante do jogo, a peça da qual o adversário estava tentando tomar posse.

Gurgeh encarou a intersecção onde a peça de Coração bem defendida estava, depois mais uma vez para as coordenadas que digitara aleatoriamente na bolacha, duas horas antes. Eram as mesmas, não restava dúvida. Se ele tivesse olhado um movimento antes, podia ter movido o Coração para fora de perigo, mas não havia feito isso. Tinha perdido as duas peças; e com o Coração perdido, o jogo estava perdido; ele tinha perdido.

— Que azar — disse o sr. Dreltram, limpando a garganta.

Gurgeh assentiu.

— Acredito que seja o costume, nesses momentos de desastre, o jogador derrotado ganhar o Coração como lembrança — falou, mexendo na peça perdida.

— Hum... é o meu entendimento — disse o sr. Dreltram, obviamente ao mesmo tempo desconcertado em solidariedade a Gurgeh e felicíssimo com a própria boa sorte.

Gurgeh assentiu. Então pousou o Coração e levantou a bolacha de cerâmica que o havia traído.

— Acho que prefiro ficar com isso. — Ele a ergueu para o sr. Dreltram, que concordou com a cabeça.

— Bem, é claro. Quero dizer, por que não? Eu sem dúvida não me oporia.

O trem entrou silenciosamente em um túnel, reduzindo a velocidade por causa de uma estação localizada nas cavernas no interior da montanha.

— Toda a realidade é um jogo. A física mais fundamental, o próprio tecido de que é feito o universo, resulta diretamente da interação entre certas regras bastante simples e o acaso. A mesma descrição pode ser aplicada aos melhores jogos, os mais elegantes e satisfatórios tanto na estética quanto intelectualidade. Por ser desconhecido, por resultar de eventos que, em nível subatômico, não podem ser totalmente previstos, o futuro permanece maleável e preserva a possibilidade de mudança, a esperança de vir a ter sucesso; vitória, para usar uma palavra fora de moda. Assim, o futuro é um jogo; o tempo é uma das regras. Geralmente, todos os melhores jogos mecanicistas – aqueles que podem ser jogados "perfeitamente", como Rede, Telescópio Pralliano, 'Nkraytle, Xadrez, Dimensões Fárnicas – podem ser ligados a civilizações sem uma visão relativista do universo (muito menos da realidade). Eles também se originam sem exceção, devo acrescentar, de sociedades pré-máquinas sencientes.

"Os próprios jogos de primeiro nível reconhecem o elemento do acaso, mesmo que corretamente restrinjam a sorte pura e simples. Tentar construir um jogo sobre quaisquer outras bases, por mais complicadas e sutis que sejam as regras, e não importando a escala, diferenciação do volume de jogo e variedade dos poderes e atributos das peças, é inevitável se algemar a um resumo que está a várias eras atrás da nossa em um nível não apenas social quanto tecnológico. Como exercício histórico, isso poderia ter algum valor. Como um trabalho do intelecto, é apenas perda de tempo. Se quer fazer alguma coisa à moda antiga, por que não construir um veleiro de madeira ou um motor a vapor? Eles são tão complicados e exigentes quanto um jogo mecanicista, e você vai se manter em forma ao mesmo tempo."

Gurgeh fez uma reverência irônica para o jovem que o abordara com uma ideia para um jogo. O homem parecia sem jeito. Ele respirou fundo e abriu a boca para falar. Gurgeh estava esperando por isso; como tinha feito nas últimas cinco ou seis ocasiões em que o rapaz havia tentado dizer alguma coisa, Gurgeh o interrompeu antes mesmo que ele começasse.

— Estou falando muito sério, sabe; não há nada intelectualmente inferior em usar as mãos para construir algo em vez de usar apenas o cérebro. As mesmas lições podem ser aprendidas, as mesmas habilidades adquiridas, nos únicos níveis que de fato importam.

Então fez outra pausa. Podia ver o drone Mawhrin-Skel flutuando na direção dele acima da cabeça das pessoas que enchiam a praça ampla.

O show principal tinha terminado. Os picos das montanhas em torno de Tronze ecoavam com os sons de várias bandas menores enquanto as pessoas gravitavam na direção das formas musicais específicas que elas preferiam; algumas formais, algumas improvisadas, algumas para dançar, algumas para experimentar sob um transe de droga específico. Era uma noite quente e nublada; uma pequena luz distante projetava um halo leitoso bem acima, nas nuvens altas. Tronze, a maior cidade tanto na placa quanto no orbital, tinha sido construída na borda do grande maciço central da Placa Gevant, no local onde o Lago Tronze, a um quilômetro de altura, derramava-se da borda do platô e vertia as águas na direção da planície abaixo, onde elas caíam como uma chuva permanente sobre a floresta tropical.

Tronze era o lar de menos de cem mil pessoas, mas para Gurgeh ainda parecia cheia demais, apesar das casas e praças espaçosas, das galerias, das áreas comerciais e dos terraços amplos, das milhares de casas-barco e de torres elegantes ligadas por pontes. Tronze, levando-se em conta o fato de que Chiark era um orbital bastante recente, com apenas cerca de mil anos de idade, já era quase tão grande quanto qualquer comunidade no orbital chegava a ser; as verdadeiras cidades da Cultura ficavam em grandes naves, os Veículos Gerais de Sistemas. Os orbitais eram um interior rústico, onde pessoas gostavam de se espalhar com muito espaço entre si. Em termos de escala, quando comparada a um dos maiores VGS contendo bilhões de pessoas, Tronze mal passava de um vilarejo.

Gurgeh normalmente ia ao show do 64º Dia de Tronze. E em geral era agarrado por entusiastas. Na maioria das vezes, era civilizado, mesmo que abrupto em algumas ocasiões. Essa noite, depois do fiasco no trem e daquele pulso de emoção estranho, excitante e vergonhoso que ele experimentara como resultado de ter sido suspeito de trapacear, sem falar do leve nervosismo que sentiu por ouvir falar que a menina vinda do VGS *Culto à Carga* estava na verdade ali, em Tronze, nessa mesma noite, e ansiosa para conhecê-lo, Gurgeh não estava no clima para aturar os tolos de bom grado.

Não que o rapaz azarado fosse necessariamente um idiota completo; tudo o que ele fizera tinha sido rascunhar o que, afinal de contas, era uma ideia nada má para um jogo; mas Gurgeh caíra sobre ele como uma avalanche. A conversa – se é que se pode chamar assim – se tornara um jogo.

O objetivo era continuar falando; não falar sem parar, coisa que qualquer idiota podia fazer, mas parar apenas quando o rapaz não estivesse sinalizando – por meio de linguagem corporal ou facial, ou de fato começando a falar – que queria interromper. Em vez disso, Gurgeh parava inesperadamente no meio de um argumento ou logo depois de dizer algo só um pouco insultuoso, mas enquanto ainda dava a impressão de que iria continuar o discurso. Além disso, estava fazendo citações quase literais de um dos artigos mais famosos que escrevera sobre teoria dos jogos; um insulto a mais, pois era bem provável que o jovem conhecesse o texto tão bem quanto ele.

— Sugerir — prosseguiu Gurgeh, quando a boca do rapaz começava a se abrir mais uma vez — que é possível remover o elemento da sorte, do acaso na vida por...

— Jernau Gurgeh, não estou interrompendo nada, estou? — perguntou Mawhrin-Skel.

— Nada importante — disse o jogador, virando-se para a pequena máquina. — Como vai você, Mawhrin-Skel? Andou aprontando alguma recentemente?

— Nada importante — repetiu o pequeno drone enquanto o jovem com quem Gurgeh estava falando se afastava. Gurgeh estava sentado em uma pérgula coberta de trepadeiras localizada perto de uma das bordas da praça, próxima às plataformas de observação que se estendiam acima da cortina ampla da cachoeira, onde borrifos se erguiam de corredeiras que ficavam entre a borda do lago e a queda vertical até a floresta um quilômetro abaixo. O ronco da cachoeira fornecia um ruído branco ao fundo.

— Encontrei sua jovem adversária — anunciou o pequeno drone. Ele estendeu um campo azul-claro reluzente e pegou uma flor noturna de uma trepadeira que crescia ali.

— Hm? — disse Gurgeh. — Ah, a jovem, hm... jogadora de Fulminado?

— Isso mesmo — disse Mawhrin-Skel sem emoção. — A jovem, hm... jogadora de Fulminado. — Ele dobrou para trás algumas das pétalas da flor noturna, arrancando-as do caule.

— Eu ouvi dizer que ela estava aqui — disse Gurgeh.

— Ela está à mesa de Haffli. Vamos lá conhecê-la?

— Por que não? — O jogador se levantou; a máquina saiu flutuando.

— Nervoso? — perguntou Mawhrin-Skel enquanto eles seguiam através da multidão na direção de um dos terraços elevados ao nível do lago, onde ficavam os apartamentos de Haffli.

— Nervoso? — respondeu Gurgeh. — Por causa de uma criança?

Mawhrin-Skel flutuou em silêncio por um momento enquanto Gurgeh subia alguns degraus – o jogador cumprimentou com um aceno de cabeça e disse olá para algumas pessoas –, então a máquina se aproximou dele e disse em voz baixa, enquanto arrancava devagar as pétalas da flor moribunda:

— Quer que eu lhe diga seus batimentos cardíacos, o nível de receptividade da sua pele, a assinatura de seus feromônios, o estado da sua função neuronal...? — A voz dele se calou quando Gurgeh parou, a meio caminho do lance de escadas largas.

Ele se virou para encarar o drone, olhando através de olhos semicerrados a máquina pequenina. Música fluía sobre o lago, e o ar estava cheio do aroma almiscarado das flores noturnas. As luzes colocadas nas balaustradas de pedra iluminavam de baixo o rosto do jogador. Pessoas descendo os degraus vindas do terraço acima, rindo e brincando, desviavam do homem como água em torno de uma pedra e – percebeu Mawhrin-Skel – ficavam estranhamente quietas ao fazer isso. Depois de alguns segundos em que Gurgeh ficou ali parado em silêncio, respirando em ritmo constante, o pequeno drone soltou uma risada.

— Nada mal — disse a máquina. — Nada mal mesmo. Ainda não consigo dizer o que suas glândulas estão produzindo, mas esse é um nível de controle bem impressionante. Tudo centrado nos parâmetros, bastante próximo. Menos sua função e seu estado neuronal; isso está ainda menos normal do que o habitual, mas, na verdade, é provável que um drone civil médio não conseguisse identificar isso. Muito bem.

— Não se prenda por mim, Mawhrin-Skel — disse Gurgeh com frieza. — Tenho certeza de que você pode encontrar alguma outra coisa para diverti-lo além de me ver jogar algo. — Então prosseguiu pelos degraus largos.

— Nada que esteja atualmente neste orbital é capaz de me prender, caro sr. Gurgeh — disse o drone de forma prosaica, arrancando a última pétala da flor noturna. Ele jogou o talo no canal de água que corria ao longo do alto da balaustrada.

— Gurgeh, é bom ver você. Venha, sente-se.

O grupo de cerca de trinta pessoas de Estray Hafflis estava sentado em torno de uma enorme mesa retangular de pedra situada em uma sacada que se projetava acima da cachoeira e era coberta por arcos de pedra recheados de trepadeiras de flores noturnas e lanternas de papel de brilho suave; havia músicos em uma das extremidades, sentados na borda da grande laje com tambores e instrumentos de corda e sopro; eles estavam rindo e tocando mais para si mesmos, cada um tentando tocar rápido demais para os outros acompanharem.

No centro da mesa havia uma longa e estreita área funda cheia de carvão em brasa; uma espécie de corrente de "transporte de baldes" em miniatura andava acima do fogo, carregando pequenos pedaços de carne e vegetais de uma ponta da mesa até a outra; eram espetados na linha em uma das extremidades por um dos filhos de Hafflis e removidos na outra ponta, embalados em papel comestível e jogados com um razoável grau de precisão para qualquer um que os desejasse pelo filho mais novo da prole, de apenas seis anos. Hafflis era incomum por ter tido sete filhos; em geral, as pessoas pariam um e eram pais de outro. A Cultura não gostava de tamanha prodigalidade, mas Hafflis simplesmente gostava de engravidar. Ele, porém, no momento, estava em um estágio masculino, tendo mudado de sexo alguns anos antes.

Ele e Gurgeh falaram de amenidades, então Hafflis levou o jogador até um assento ao lado da professora Boruelal, que sorria alegre e se balançava na própria cadeira. Ela vestia uma túnica preta e branca comprida e, quando viu Gurgeh, lhe deu um beijo ruidoso nos lábios. A professora tentou beijar Mawhrin-Skel também, mas o drone se afastou.

Ela riu e espetou um pedaço de carne malpassada da linha acima do centro da mesa com um garfo comprido.

— Gurgeh! Conheça a adorável Olz Hap! Olz, Jernau Gurgeh. Venham, apertem as mãos.

O jogador se sentou e apertou a mão pequena e pálida da menina de aparência assustada à direita de Boruelal. Ela vestia algo escuro e sem forma e estava no início da adolescência, no máximo. Gurgeh sorriu com um leve franzir de testa, olhando para a professora, tentando compartilhar a piada da embriaguez dela com a jovem garota loira, mas Olz Hap estava olhando para a mão dele, não para o rosto. A garota deixou que a própria mão fosse tocada, mas então a retirou quase de imediato. Ela se sentou em cima das palmas e ficou encarando seu prato.

Boruelal respirou fundo, parecendo se recompor. Ela bebeu de um copo alto à frente.

— Bem — falou, olhando para Gurgeh como se ele tivesse acabado de aparecer. — Como vai você, Jernau?

— Vou indo. — Ele observou Mawhrin-Skel manobrar ao lado de Olz Hap, flutuando acima da mesa ao lado do prato dela, com os campos todos em azul formal e verde amistoso.

— Boa noite. — Ouviu o drone dizer na voz mais afável possível. A garota ergueu a cabeça para olhar a máquina, e Gurgeh ouviu a conversa deles ao mesmo tempo em que ele e Boruelal falavam.

— Olá.

— Está bem o bastante para uma partida de Fulminado?

— O nome é Mawhrin-Skel. Olz Hap, correto?

— Acho que sim, professora. Você está bem o bastante para fiscalizar?

— Sim. Como vai você?

— Cacete, de jeito nenhum. Estou completamente bêbada. É preciso arranjar outra pessoa. Acho que eu poderia melhorar a tempo, mas... nah...

— Oh, ah, vamos dar um aperto de campo e mão, hein? Isso foi muito gentil, tão poucas pessoas se dão ao trabalho. Como é bom conhecê-la. Todos já ouvimos muito a seu respeito.

— E a moça em si?

— Ah, minha nossa.

— O que foi?

— Qual é o problema? Eu disse alguma coisa errada?

— Ela está pronta para jogar?

— Não, é só...

— Jogar o quê?

— Ah, você é tímida. Não precisa ser. Ninguém vai forçá-la a jogar. Muito menos Gurgeh, acredite em mim.

— O jogo, Boruelal.

— Bom, eu...

— O quê, você quer dizer agora?

— Eu, se fosse você, não me preocuparia. Sério.

— Agora ou a qualquer hora.

— Bom, *eu* não sei. Vamos perguntar a ela! Ei, garota...

— Bor... — Gurgeh começou a dizer, mas a professora já tinha se virado para a garota.

— Olz, quer jogar esse jogo, então?

A garota olhou direto para Gurgeh. Os olhos dela estavam brilhantes sob a luz do fogo que corria pelo centro da mesa.

— Se o sr. Gurgeh quiser, quero.

Os campos de Mawhrin-Skel cintilaram vermelhos de prazer, por um momento mais vívidos do que as brasas.

— Ah, *ótimo* — disse ele. — Uma luta.

Hafflis tinha emprestado seu antigo jogo de Fulminado. Levou alguns minutos para que um drone de suprimentos trouxesse um de uma loja na cidade. Eles o montaram em uma extremidade da sacada, perto da borda de onde se avistava a cachoeira branca e barulhenta. A professora Boruelal mexeu no terminal dela e fez a solicitação de alguns drones julgadores para supervisionar o jogo. Fulminado era suscetível a trapaça de alta tecnologia, e um jogo sério exigia que alguns passos fossem dados para garantir que nada desleal acontecesse. Um drone do Polo de Chiark que estava visitando se ofereceu como voluntário, assim como um drone manufatureiro do estaleiro abaixo do maciço de montanhas. Uma das máquinas próprias da universidade representaria Olz Hap.

Gurgeh se voltou para Mawhrin-Skel, para pedir que o representante, mas o drone disse:

— Jernau Gurgeh, achei que você quisesse que Chamlis Amalk-ney o representasse.

— Chamlis está aqui?

— Chegou há pouco. Ele tem me evitado. Vou perguntar.

O terminal no botão de Gurgeh emitiu um bipe.

— Sim? — disse ele.

A voz de Chamlis falou do botão.

— O titica de mosca acabou de me pedir que representasse você em uma arbitragem de Fulminado. Quer que eu faça isso?

— Eu gostaria que você o fizesse, sim — respondeu Gurgeh, observando os campos de Mawhrin-Skel brilharem brancos de raiva à frente.

— Estarei aí em vinte segundos — disse Chamlis, fechando o canal.

— Vinte e um vírgula dois — disse Mawhrin-Skel com acidez, exatamente 21,2 segundos depois, quando Chamlis apareceu acima da borda da sacada, com a lataria escura contra a catarata às costas. Chamlis voltou sua faixa sensível para a máquina menor.

— Obrigado — disse Chamlis, de maneira calorosa. — Apostei comigo mesmo que você ia contar os segundos para minha chegada.

Os campos de Mawhrin-Skel reluziram em uma forte e dolorosa luz branca, iluminando toda a sacada por um segundo; as pessoas pararam de falar e se viraram; a música hesitou. O drone pequenino pareceu quase literalmente tremer com uma raiva irracional.

— Vão se foder! — gritou ele por fim e pareceu desaparecer, deixando para trás na noite apenas uma imagem persistente de cegueira reluzente como o sol. Os carvões em brasa brilhavam, um vento chicoteava nas roupas e nos cabelos, várias das lanternas de papel saltaram, balançaram e caíram; folhas e flores noturnas desceram flutuando dos dois arcos logo acima de onde Mawhrin-Skel estivera pairando.

Chamlis Amalk-ney, vermelho de felicidade, se inclinou para olhar o céu escuro, onde um pequeno buraco surgiu por um instante na cobertura de nuvens.

— Ah, minha nossa — disse ele. — Você acha que eu falei alguma coisa que o aborreceu?

Gurgeh sorriu e se sentou diante do jogo.

— Você planejou isso, Chamlis?

Amalk-ney fez uma reverência no ar para os outros drones e Boruelal.

— Não exatamente. — Ele se virou para Olz Hap, sentada em frente a Gurgeh do outro lado da teia de jogo. — Ah, que contraste... Uma bela humana.

A menina enrubesceu e baixou os olhos. A professora fez as apresentações.

Fulminado é jogado em uma teia tridimensional estendida no interior de um cubo de um metro. Os materiais tradicionais são obtidos de um certo animal no planeta de origem; tendão curado para a teia, marfim de presas para a estrutura. O jogo que Gurgeh e Olz Hap iam usar era sintético. Os dois ergueram as telas dobráveis, pegaram os sacos de globos vazios e contas coloridas (conchas e pedras no original) e selecionaram as contas que queriam, trancando-as nos globos. Os drones de arbitragem garantiam que não havia possibilidade de que alguém visse que contas estavam em quais invólucros. Então, cada um, o homem e a garota, pegou um punhado das pequenas esferas e as colocou em vários lugares no interior da teia. O jogo havia começado.

Ela era boa. Gurgeh estava impressionado. Olz Hap era impetuosa, mas astuta; corajosa, mas não idiota. Também tinha muita sorte. Mas havia sorte e sorte. Às vezes você podia sentir o cheiro dela, reconhecer que as coisas estavam indo bem e provavelmente continuariam dessa maneira, e jogar de acordo com isso. Se as coisas continuassem a dar certo, lucros extravagantes seriam obtidos. Se a sorte não persistisse, bem, você apenas jogava com as porcentagens.

A garota estava com esse tipo de sorte naquela noite. Acertou ao adivinhar onde as peças de Gurgeh estavam, capturando várias contas fortes em disfarces fracos; antecipou movimentos que ele havia selado nas conchas de prognóstico; e ignorou as armadilhas e dissimulações tentadoras que eram armadas.

De algum modo, Gurgeh continuou lutando, criando defesas desesperadas e improvisadas contra cada ataque, mas tudo era pouco lógico, demasiado extemporâneo e tático. Ele não estava tendo o tempo necessário para desenvolver as peças ou planejar estratégias. Estava respondendo, seguindo, reagindo. Como jogador, preferia ter a iniciativa.

Levou algum tempo para que percebesse o quanto a garota estava sendo audaciosa. Ela estava planejando uma teia total, a captura simultânea de todos os pontos restantes no espaço do jogo. Não estava apenas tentando vencer, mas fazer uma jogada que apenas alguns dos melhores jogadores de Fulminado tinham conseguido, e que ninguém na Cultura – até onde Gurgeh sabia – havia alcançado ainda. Ele mal podia acreditar, mas era o que estava acontecendo. A garota drenava peças, mas não as destruía, recuando depois de cada movimento; atacava por todas as avenidas de fraqueza dele e se mantinha lá.

Ela o estava convidando a reagir, é claro, dando-lhe uma chance melhor de vencer e, na verdade, de alcançar o mesmo resultado grandioso, embora com muito menos expectativa de que conseguisse. Mas que autoconfiança! A experiência e a arrogância que aquele processo implicava!

Ele olhou para a menina frágil e de rosto calmo através da teia de fios finos e pequenas esferas suspensas e não conseguiu evitar admirar a ambição, a habilidade altiva e a crença dela em si mesma. A adversária estava jogando pelo gesto grandioso e para a galeria, não se conformando com uma vitória razoável, apesar do fato de que seria uma vitória razoável sobre um jogador famoso e respeitado. E Boruelal achou que a menina podia se sentir intimidada! Bem, bom para ela.

Gurgeh chegou para a frente na cadeira, esfregando a barba, alheio às pessoas que agora enchiam a sacada, assistindo em silêncio à partida.

De algum modo, conseguiu voltar ao jogo. Em parte por sorte, em parte por ter mais habilidade do que até ele mesmo achava que tinha. O jogo ainda pendia para uma vitória de teia total, e ela ainda era quem tinha mais chances de conseguir isso, mas pelo menos a posição dele parecia menos desesperadora. Alguém lhe trouxe um copo de água e alguma coisa para comer. Gurgeh tinha uma lembrança vaga de ter ficado agradecido.

O jogo continuou. As pessoas iam e vinham ao redor. A teia continha toda a fortuna dele; as pequenas esferas, guardando os tesouros e as ameaças secretos, tornavam-se pacotes discretos de vida e morte, pontos únicos de probabilidade que podiam ser inferidos, mas nunca confirmados até serem desafiados, abertos e olhados. Toda a realidade parecia presa a esses feixes infinitesimais de significado.

Ele não sabia mais que drogas glanduladas corriam pelo próprio corpo, tampouco podia adivinhar o que a garota estava usando. Tinha perdido toda a sensação de si mesmo e do tempo.

O jogo se deixou levar por alguns movimentos, quando os dois perderam a concentração, depois ganhou vida outra vez. Gurgeh tomou consciência, muito devagar, muito gradualmente, de que tinha um modelo de complexidade absurda em disputa na cabeça, algo denso demais, planejado de maneira diversificada.

Ele olhou para esse modelo e o torceu.

O jogo mudou.

Viu um jeito de vencer. A teia total permanecia uma possibilidade. Dele, agora. Tudo dependia. Outra *virada*. Sim, ele ia ganhar. Era quase certo. Mas não era mais suficiente. A teia total o chamava, tentadora, sedutora, de forma hipnótica...

— Gurgeh? — Boruelal o sacudiu. O jogador ergueu os olhos. Havia sinais do amanhecer acima das montanhas. O rosto da professora parecia abatido e sóbrio. — Gurgeh, uma pausa. Faz seis horas. Você concorda? Uma pausa, sim?

Ele olhou através da teia para o rosto pálido e encerado da menina. Olhou ao redor, em uma espécie de atordoamento. A maioria das pessoas tinha ido embora. As lanternas de papel também haviam desaparecido; Gurgeh lamentou vagamente ter perdido o pequeno ritual de jogar as luminárias acesas pela borda do terraço e vê-las flutuar até a floresta.

Boruelal o sacudiu mais uma vez.

— Gurgeh?

— Sim, uma pausa. Sim, está bem — disse ele, com a voz rouca. Então se levantou, rígido e dolorido, com os músculos protestando e as juntas estalando.

*

Chamlis teve de permanecer com o jogo, para garantir a arbitragem. Um amanhecer cinzento se espalhava pelo céu. Alguém deu a Gurgeh um pouco de sopa quente, que ele bebeu enquanto comia alguns biscoitos e caminhava através das arcadas silenciosas por algum tempo, onde algumas pessoas dormiam ou ainda estavam sentadas conversando, ou dançavam uma música baixa, gravada. Ele se debruçou na balaustrada acima da queda de um quilômetro, tomando a sopa e mastigando, atordoado e aéreo por causa do jogo, ainda jogando-o e tornando a jogá-lo em algum lugar no interior da própria mente.

As luzes das cidades e dos vilarejos da planície enevoada abaixo, além do semicírculo de floresta tropical escura, pareciam pálidas e vacilantes. Picos de montanhas distantes brilhavam rosa e nus.

— Jernau Gurgeh? — disse uma voz suave.

Gurgeh olhou para a planície. O drone Mawhrin-Skel flutuava a um metro do rosto dele.

— Mawhrin-Skel — disse ele em voz baixa.

— Bom dia.

— Bom dia.

— Como está o jogo?

— Bem, obrigado. Acho que agora vou vencer… Na verdade, tenho quase certeza disso. Mas há uma chance de que eu vença… — então se sentiu sorrir —… de um jeito que vai ficar famoso.

— Sério?

Mawhrin-Skel continuava a flutuar ali, acima da queda à frente. Mantinha a voz baixa, embora não houvesse ninguém por perto. Os campos da máquina estavam desligados. A superfície dele era uma mistura estranha e matizada de tons de cinza.

— É — disse Gurgeh, e explicou rapidamente uma vitória de teia total.

O drone pareceu entender.

— Então você ganhou, mas poderia ganhar a teia total, coisa que ninguém na Cultura já fez, exceto em uma demonstração para provar sua possibilidade.

— Isso! — Gurgeh assentiu e olhou para a planície pontilhada de luzes. — Isso mesmo.

Ele terminou os biscoitos e esfregou as mãos para limpar os farelos. Deixou a tigela de sopa equilibrada sobre a balaustrada.

— Importa mesmo quem ganha primeiro uma teia total? — disse Mawhrin-Skel, pensativo.

— Hm? — disse Gurgeh.

Mawhrin-Skel flutuou para mais perto.

— Importa mesmo quem ganha uma primeiro? Alguém um dia vai fazer isso, mas conta muito quem for? Isso parece um acontecimento improvável em qualquer jogo... Tem mesmo tanto a ver com habilidade?

— Não além de um certo ponto — admitiu Gurgeh. — É preciso um gênio com sorte.

— Mas esse pode ser você.

— Talvez. — Gurgeh sorriu em meio a uma lufada de ar frio da manhã e apertou a jaqueta em torno do corpo. — Depende totalmente da disposição de certas contas coloridas em certas esferas de metal. — Ele riu. — Uma vitória que iria repercutir em toda a galáxia jogadora, e isso depende de onde uma criança colocou... — Então se calou. Olhou para o drone pequenino mais uma vez e franziu o cenho. — Desculpe, estou ficando um pouco melodramático. — Deu de ombros e se apoiou na borda de pedra. — Seria... agradável vencer, mas, infelizmente, é improvável. Alguma outra pessoa vai fazer isso em algum outro momento.

— Mas *podia muito bem ser você* — sibilou Mawhrin-Skel, flutuando ainda mais para perto.

Gurgeh teve de se afastar para conseguir focar na máquina.

— Bem...

— Por que deixar isso para o acaso, Jernau Gurgeh? — disse o drone, se afastando um pouco. — Por que abandonar isso à mera sorte idiota?

— Do que você está falando? — perguntou Gurgeh devagar, estreitando os olhos. O transe da droga estava se dissipando, o feitiço sendo quebrado. Ele se sentiu ávido, ativo; nervoso e empolgado ao mesmo tempo.

— Eu posso lhe dizer que contas estão em que globos — disse Mawhrin-Skel.

Gurgeh riu com delicadeza.

— Bobagem.

O drone flutuou para mais perto.

— Eu posso. Eles não tiraram tudo de mim quando me removeram das CE. Tenho mais sentidos do que cretinos como Amalk-ney sequer ouviram falar. — Ele se aproximou. — Deixe-me usá-los. Deixe-me lhe contar o que está e onde está em seu jogo de contas. Deixe-me ajudá-lo a chegar a uma teia total.

Gurgeh se afastou da balaustrada, sacudindo a cabeça.

— Você não pode. Os outros drones...

—... são simplórios e fracos, Gurgeh — insistiu Mawhrin-Skel. — Eu sei como eles são, acredite em mim. Confie. Outra máquina das CE, com certeza não; um drone do Contato, provavelmente não... Mas esse grupo de obsoletos? Eu poderia descobrir onde cada conta que a garota colocou está. Cada uma delas!

— Você não ia precisar de todas — disse Gurgeh, parecendo perturbado, acenando com a mão.

— Bom, então! Melhor ainda! Deixe-me fazer isso! Só para provar para você! Para mim mesmo!

— Você está falando em *trapacear*, Mawhrin-Skel — disse o jogador, olhando ao redor da praça. Não havia ninguém por perto. As lanternas de papel e as abóbodas em cruzaria em que ficavam penduradas estavam invisíveis de onde ele estava.

— Você vai ganhar, que diferença faz?

— Ainda é trapacear.

— Você mesmo disse que é tudo sorte. Você ganhou...

— Não por completo.

— Quase com certeza. A chance de derrota é de uma para mil.

— Provavelmente uma probabilidade menor do que essa — admitiu Gurgeh.

— Então o jogo acabou. A garota não pode perder mais do que já perdeu. Deixe que ela faça parte de um jogo que vai entrar para a história. Dê isso a ela.

— Isso... — disse Gurgeh, batendo com a mão na pedra trabalhada. — Ainda... — Mais um tapa. — É... — Tapa. — Trapacear!

— Mantenha a voz baixa — murmurou Mawhrin-Skel. Ele recuou um pouco. Falava tão baixo que Gurgeh precisava debruçar acima da queda para ouvi-lo. — É sorte. Tudo é sorte quando a habilidade se esgota. Foi a sorte que me deixou com um rosto que não se encaixava no Contato, foi a sorte que fez de você um grande jogador, foi a sorte que trouxe você aqui esta noite. Nenhum de nós foi totalmente planejado, Jernau Gurgeh; seus genes determinaram você, e a generreparação de sua mãe garantiu que não fosse um aleijado nem tivesse um intelecto anormal. O resto é o acaso. Eu fui criado com a liberdade de ser eu mesmo. Se o que esse plano geral e essa sorte em particular produziram é algo que uma maioria (uma *maioria*, veja bem, não todos) de uma das comissões de admissão das CE decide que não é o que buscavam a princípio, isso é *minha* culpa? É?

— Não. — Gurgeh suspirou e olhou para baixo.

— Ah, tudo é tão maravilhoso na Cultura, não é, Gurgeh? Ninguém tem fome e ninguém morre de doença nem de desastres naturais, e ninguém nem nada é explorado, mas ainda há sorte, sofrimento e alegria, ainda há o acaso e a vantagem e a desvantagem.

O drone pairava acima da queda e da planície que despertava. O jogador observou o nascimento do orbital se erguer, balançando na borda do mundo.

— Apodere-se de sua sorte, Gurgeh. Aceite o que estou lhe oferecendo. Só dessa vez, vamos nós dois fazer nossa própria sorte. Você já sabe que é um dos melhores na Cultura. Não estou tentando lisonjeá-lo, sabe disso. Mas esta vitória iria garantir essa fama para sempre.

— Se é possível... — disse Gurgeh, então ficou em silêncio. Cerrou o maxilar. O drone sentiu que ele estava tentando se controlar do jeito que tinha feito na escada para a casa de Hafflis sete horas antes.

— Se não for, pelo menos tenha a coragem de *saber* — disse Mawhrin-Skel, com a voz modulada em um extremo de súplica.

O homem ergueu os olhos para os azuis e rosas claros do amanhecer. A planície ondulada e enevoada parecia uma grande cama desarrumada.

— Você é louco, drone. Nunca poderia fazer isso.

— Sei o que *eu* posso fazer, Jernau Gurgeh — disse a máquina, tornando a se afastar e pairando no ar, olhando para ele.

Gurgeh pensou naquela manhã, sentado no trem, naquela onda deliciosa de medo. Como um presságio, agora.

Sorte, puro acaso.

Sabia que o drone estava certo. Sabia que era errado, mas também que era certo. Tudo dependia dele.

Gurgeh se apoiou na balaustrada. Algo no bolso se afundou em seu peito. Ele levou a mão até lá e apanhou a bolacha escondida que tinha pegado como lembrança depois do desastroso jogo de Possessão. Virou a peça na mão algumas vezes. Olhou para o drone e, de repente, se sentiu muito velho e infantil ao mesmo tempo.

— Se — disse ele devagar — alguma coisa der errado, se você for descoberto, eu estou morto. Vou me matar. Morte cerebral, completa e definitiva. Sem restos mortais.

— Nada vai dar errado. Para mim, é a coisa mais simples do mundo descobrir o que há no interior daqueles globos.

— Mas e se você for descoberto? E se houver um drone das CE aqui por perto em algum lugar ou se o Polo estiver vigiando?

O drone não disse nada por um momento.

— Eles já teriam percebido a essa altura. Já está feito.

Gurgeh abriu a boca para falar, mas o drone flutuou depressa para mais perto e continuou calmamente.

— Para o meu próprio bem, Gurgeh... para minha própria paz de espírito. Eu queria saber, também. Eu voltei há muito tempo. Estou assistindo ao jogo pelas últimas cinco horas, muito fascinado. Não consegui resistir a descobrir se era possível... Para ser honesto, ainda não sei, o jogo está além de mim, é muito complicado para a forma como minha mente que visa a alvos é configurada... mas eu tive de tentar. Eu tive. Então, sabe, o risco eu já corri, Gurgeh. A coisa está feita. Posso lhe dizer o que você precisa saber... E não peço nada em troca, isso está em suas mãos. Talvez você possa fazer alguma coisa por mim algum dia, mas sem obrigação. Acredite em mim, por favor, acredite em mim. Nenhuma obrigação, mesmo. Estou fazendo isso porque quero ver você, alguém, qualquer pessoa, fazer isso.

Gurgeh olhou para o drone. Estava com a boca seca. Podia ouvir alguém gritando ao longe. O terminal no botão no ombro da jaqueta tocou. Ele respirou fundo para falar, mas então ouviu a própria voz dizer:

— Sim?

— Pronto para recomeçar, Jernau? — disse Chamlis do botão.

E ouviu a própria voz responder:

— Estou a caminho.

O jogador encarou o drone enquanto o terminal emitia um bipe e desligava.

Mawhrin-Skel flutuou para mais perto.

— Como eu disse, Jernau Gurgeh, posso enganar essas calculadoras, sem nenhum problema. Depressa, agora. Você quer saber ou não? A teia total, sim ou não?

Gurgeh olhou ao redor, na direção dos apartamentos de Hafflis. Ele se voltou e se debruçou sobre a queda, na direção do drone.

— Está bem — sussurrou. — Só os cinco pontos principais e os quatro verticais mais perto do centro, do lado de cima. Não mais do que isso.

Mawhrin-Skel contou a ele.

Foi quase o suficiente. A garota lutou de forma brilhante até o fim e o impediu no movimento final.

A teia total desmoronou e ele ganhou por 31 pontos, dois a menos do que o recorde vigente da Cultura.

Um dos drones domésticos de Estray Hafflis ficou um pouco confuso ao descobrir, enquanto limpava embaixo da grande mesa de pedra muito mais tarde naquela manhã, uma bolacha de cerâmica quebrada e estilhaçada com mostradores numéricos tortos instalados na superfície rachada e distorcida.

O objeto não fazia parte do jogo Possessão daquela casa.

O cérebro não senciente, mecanicista e totalmente previsível da máquina pensou sobre isso por algum tempo, depois enfim decidiu jogar aquele remanescente misterioso fora junto com o resto do lixo.

*

Quando Gurgeh acordou naquela tarde, foi com a lembrança da derrota. Levou algum tempo até que se lembrasse de que tinha, na verdade, vencido a partida de Fulminado. A vitória nunca tinha sido tão amarga.

Ele tomou o café da manhã sozinho no terraço, observando uma frota de veleiros navegar pelo fiorde, com as velas claras em uma brisa fresca. A mão direita doía um pouco enquanto segurava a tigela e a xícara; chegara perto de tirar sangue quando esmagara a bolacha do jogo de Possessão no fim da partida de Fulminado.

Gurgeh se vestiu com um casaco comprido, calça e um kilt curto e saiu para uma longa caminhada, até a margem do fiorde e depois ao longo dela, em direção à costa do mar e às dunas açoitadas pelo vento onde ficava Hassease, a casa onde ele nascera, onde alguns membros distantes de sua família ainda viviam. Andou pela trilha da costa na direção da casa, através das formas semidestruídas e retorcidas de árvores deformadas pelo vento. O capim fazia ruídos murmurantes ao redor e aves marinhas gritavam. A brisa estava fria e refrescante sob nuvens irregulares. No mar, além da aldeia de Hassease, de onde o mau tempo estava chegando, ele podia ver véus altos de chuva sob uma parede escura de nuvens de tempestade. Apertou o casaco ao redor do corpo e correu na direção da silhueta distante da casa larga e decrépita, pensando que deveria ter pegado um carro subterrâneo. O vento levantava areia da praia distante e a soprava para terra. O jogador piscou, com os olhos lacrimejando.

— Gurgeh.

A voz era bem alta, mais alta que o som do capim suspirante e dos galhos de árvores perturbados pelo vento. Ele protegeu os olhos e olhou para um lado.

— Gurgeh — disse a voz outra vez.

O jogador olhou na sombra de uma árvore atrofiada e inclinada.

— Mawhrin-Skel, é você?

— Eu mesmo — disse o pequeno drone, flutuando adiante acima da trilha.

Gurgeh olhou para o mar. Então começou a descer a trilha mais uma vez na direção da casa, mas o drone não o seguiu.

— Bom — disse ele ao drone, olhando para trás a alguns passos de distância —, eu preciso ir andando. Vou ficar molhado se...

— Não — disse Mawhrin-Skel. — Não vá. Preciso falar com você. É importante.

— Então me conte enquanto eu ando — disse Gurgeh, irritado de repente, e saiu andando. O drone fez a volta depressa e foi para a frente dele, ao nível do rosto, de modo que o jogador teve de parar ou teriam colidido.

— É sobre o jogo. Fulminado. De ontem à noite e hoje de manhã.

— Acredito que já disse obrigado — disse ele à máquina.

Então olhou além dela. A parte frontal da tempestade estava atingindo a outra extremidade da baía do vilarejo, depois de Hassease. As nuvens escuras estavam quase acima dele, projetando uma grande sombra.

— E eu acredito ter dito que você podia ser capaz de me ajudar um dia.

— Ah — disse Gurgeh, com uma expressão que era mais de desdém do que um sorriso. — E o que *eu* devo ser capaz de fazer por *você*?

— Me ajudar. — Mawhrin-Skel falou baixo, com a voz quase perdida no barulho do vento. — Me ajudar a voltar para o Contato.

— Não diga absurdos — disse Gurgeh, e estendeu uma das mãos para afastar a máquina do caminho. Forçou a passagem por ela.

Quando se deu conta, tinha sido empurrado para o chão, para o capim ao lado da trilha, como se tivesse sido atacado no ombro por alguém invisível. Surpreso, ele ergueu os olhos para a máquina pequenina flutuando acima, enquanto as mãos sentiam o chão úmido por baixo do corpo e a grama sibilava dos dois lados.

— Seu pequeno... — falou, tentando se levantar. Foi empurrado para o chão mais uma vez, e ficou ali sentado, incrédulo, simplesmente sem acreditar. Nenhuma máquina jamais havia usado força contra ele. Isso era algo inédito. Gurgeh tentou se levantar de novo, com um grito de raiva e frustração se formando na garganta.

Ele ficou paralisado. O grito morreu na boca.

Ele se sentiu cair novamente na grama.

Ficou ali deitado, olhando para as nuvens escuras no céu. Podia mover os olhos. Mais nada.

Lembrou-se do disparo do míssil e da imobilidade imposta quando o traje fora atingido com muita frequência. Isso era pior.

Isso era paralisia. Não havia nada a ser feito.

Ele se preocupou que a respiração parasse, que o coração parasse, que a língua bloqueasse a garganta e os intestinos relaxassem.

Mawhrin-Skel entrou flutuando no campo de visão.

— Me escute, Jernau Gurgeh. — Algumas gotas frias de chuva começaram a tamborilar no capim e no rosto do jogador. — Me escute... Você vai me ajudar. Tenho toda a nossa conversa, cada palavra e gesto seu desta manhã gravados. Se não me ajudar, vou divulgar essa gravação. Todo mundo vai saber que você trapaceou no jogo contra Olz Hap. — O drone fez uma pausa. — Está entendendo, Jernau Gurgeh? Fui claro? Você se dá conta do que estou dizendo? Tem um nome, um nome antigo, para o que estou fazendo, caso ainda não tenha adivinhado. Chama-se chantagem.

A máquina estava louca. Qualquer um podia inventar qualquer coisa que quisesse; som, imagens em movimento, cheiros, toques... havia máquinas que faziam exatamente isso. Era possível encomendá-las em uma loja e pintar com eficiência quaisquer imagens, paradas ou em movimento, que quisesse, e com tempo e paciência suficientes, conseguir deixá-las tão realistas quanto as verdadeiras, gravadas com uma câmera comum. Qualquer sequência de filme que alguém quisesse podia apenas ser inventada.

Algumas pessoas usavam essas máquinas apenas por diversão ou vingança, criando histórias nas quais coisas aterradoras ou só engraçadas aconteciam com inimigos ou amigos. Quando nada podia ser autenticado, a chantagem se tornou tanto inútil quanto impossível; em uma sociedade como a Cultura, em que quase nada era proibido, e tanto o dinheiro quanto o poder individual estavam quase extintos, isso era duplamente irrelevante.

A máquina devia mesmo estar louca. Gurgeh se perguntou se ela pretendia matá-lo. Ele revirou a ideia na mente, tentando acreditar que pudesse acontecer.

— Sei o que está passando pela sua cabeça, Gurgeh — continuou o drone. — Você está pensando que não posso provar isso. Eu poderia ter inventado. Ninguém vai acreditar em mim. Errado. Eu tinha um link em tempo real com um amigo meu, uma Mente das Circunstâncias Especiais simpática à minha causa, que sempre soube que eu daria um operativo perfeito e trabalhou em meu recurso. O que se passou entre nós esta manhã está gravado com perfeição de detalhes em uma Mente com credenciais morais irrepreensíveis e um nível de fidelidade percebida inalcançável com o tipo de estrutura em geral disponível.

"O que eu tenho sobre você não poderia ter sido falsificado, Gurgeh. Se não acredita em mim, pergunte a seu amigo Amalk-ney. Ele vai confirmar tudo o que eu estou dizendo. Aquela máquina pode ser estúpida e ignorante, mas deve saber onde encontrar a verdade."

A chuva atingia o rosto impotente e relaxado de Gurgeh. O maxilar estava frouxo e a boca, aberta, e ele se perguntou se talvez acabaria se afogando com a chuva que caía.

O pequeno corpo do drone respingava e gotejava água acima dele à medida que as gotas ficavam maiores e caíam com mais força.

— Você está se perguntando o que quero de você? — disse o drone. Gurgeh tentou movimentar os olhos para dizer "não", só para irritá-lo, mas a máquina não pareceu notar. — Ajuda — continuou Mawhrin-Skel. — Eu preciso de sua ajuda. Preciso que fale por mim. Preciso que você vá até o Contato e junte sua voz àquelas que estão pedindo meu retorno ao serviço ativo.

A máquina desceu depressa na direção do rosto dele. Gurgeh sentiu a gola do casaco ser puxada. A cabeça e a parte superior do tronco foram erguidas do chão molhado com um solavanco, até que ele ficou olhando impotente para a lataria azul-cinzenta do pequeno drone. *Tamanho de bolso*, pensou, desejando poder piscar, e feliz pela chuva porque não conseguia fazer isso. *Tamanho de bolso*. Caberia em um dos bolsos grandes do casaco.

Gurgeh teve vontade de rir.

— Você não entende o que eles fizeram comigo, *cara*? — disse a máquina, sacudindo-o. — Eu fui castrado, esterilizado, paralisado! Como você se sente agora: impotente, sabendo que seus membros estão aí, mas incapaz de fazê-los funcionar! Assim, mas sabendo que eles *não estão* lá! Consegue entender isso? Consegue? Sabia que em nossa história as pessoas costumavam perder membros inteiros, para sempre? Você se lembra de sua história social, pequeno Jernau Gurgeh? Hein? — O drone o sacudiu. Gurgeh sentiu e ouviu os dentes baterem. — Você se lembra de ver aleijados, de antes que braços e pernas tornassem a crescer? Na época, humanos perdiam membros, explodidos, cortados ou amputados, mas ainda acreditavam tê-los, ainda achavam que podiam senti-los; eles os chamavam de "membros-fantasma". Esses braços e pernas irreais podiam coçar e doer, mas não podiam ser usados. Pode imaginar? Pode imaginar *isso*, homem da Cultura com sua regeneração generreparada, seu coração ultraprojetado, suas glândulas modificadas, seu cérebro filtrado de coágulos, seus dentes impecáveis e seu sistema imunológico perfeito? *Pode imaginar*?

A máquina o deixou cair no chão mais uma vez. O maxilar de Gurgeh se moveu de repente, e ele sentiu os dentes mordiscarem a ponta da língua. Um gosto salgado encheu a boca. Então ia mesmo se afogar, pensou. No próprio sangue. Esperou por medo de verdade. A chuva encheu os olhos, mas ele não conseguia chorar.

— Bom, imagine isso vezes oito; vezes mais do que oito. Imagine o que sinto, todo preparado para ser o bom soldado lutando por tudo o que é importante para nós, para procurar e destruir os bárbaros à nossa volta! Isso acabou, Jernau Gurgeh, foi destruído, acabou. Meus sistemas sensoriais, minhas armas, minha própria capacidade de memória, tudo foi reduzido, arruinado: aleijado. Eu olho no interior dos globos em um jogo de Fulminado, ponho-o no chão com um campo de força oito e o seguro ali com uma desculpa para um efetuador eletromagnético... Mas isso não é nada, Jernau Gurgeh, nada. Um eco, uma sombra... nada...

O drone flutuou mais alto, para longe de Gurgeh.

Então lhe devolveu o uso do corpo. O jogador fez um esforço para sair do chão molhado e tocou a língua com uma das mãos. O sangue tinha parado de escorrer, havia estancado. Gurgeh se sentou, um pouco grogue, e passou a mão na parte de trás da cabeça onde ela atingira o chão. Não estava machucada. Ele olhou para o corpo pequeno e gotejante da máquina, flutuando acima da trilha.

— Eu não tenho nada a perder, Gurgeh — disse Mawhrin-Skel. — Ajude-me, ou vou destruir sua reputação. Não pense que eu não faria isso. Mesmo que não significasse quase nada para você, coisa de que duvido, eu faria apenas pela diversão de lhe causar até a menor quantidade de vergonha. E se significa tudo, e você realmente se mataria, coisa de que também duvido muito, eu faria mesmo assim. Nunca matei um humano antes. É possível que eu tivesse a chance, em algum lugar, em algum momento, se tivesse tido permissão de me juntar às CE... Mas eu me conformaria em causar um suicídio.

Gurgeh ergueu uma das mãos. O casaco estava pesado. A calça, encharcada.

— Acredito em você — disse ele. — Tudo bem. Mas o que posso fazer?

— Eu já lhe falei — disse o drone, mais alto do que o barulho do vento uivando nas árvores e da chuva que caía sobre as hastes oscilantes de capim. — Intervenha a meu favor. Você tem mais influência do que imagina. Use-a.

— Mas eu *não*, eu...

— Eu vi sua correspondência, Gurgeh — disse a máquina, cansada. — Você não sabe o que um convite de um VGS significa? É o mais perto que o Contato chega de oferecer um posto diretamente. Alguém já lhe ensinou alguma coisa além de jogos? O Contato quer você. De maneira oficial, eles nunca recrutam. É preciso se inscrever. Então, depois que você entra, é o contrário. Para se juntar às CE, é necessário esperar um convite. Mas querem você, isso é certo... Pelos deuses, homem, não consegue perceber uma *insinuação*?

— Mesmo que você tenha razão, o que eu devo fazer, apenas procurar o Contato e dizer: "Recebam esse drone de volta"? Não seja idiota. Não sei nem como começar a fazer isso. — Gurgeh não quis dizer nada sobre a visita do drone do Contato na outra noite.

Mas não precisaria.

— Eles já não entraram em contato com você? — perguntou Mawhrin-Skel. — Anteontem, à noite?

O jogador se levantou trêmulo. Limpou um pouco de terra arenosa do casaco. A chuva era soprada pelo vento. O vilarejo na costa e a casa ampla da infância dele estavam quase invisíveis sob as camadas escuras de chuva forte.

— Sim, eu tenho observado você, Jernau Gurgeh — disse o drone. — Sei que o Contato está interessado. Só não tenho ideia do que eles podem *querer* de você, mas sugiro que descubra. Mesmo que não queira entrar no jogo, é melhor fazer um grande apelo em meu nome. Vou estar observando, por isso saberei se fizer isso ou não... Vou provar a você. Veja.

Uma tela se desdobrou da frente do corpo do drone como uma estranha flor achatada, se expandindo para um quadrado de mais ou menos 25 centímetros de comprimento. Ela se acendeu na escuridão da chuva para mostrar o próprio Mawhrin-Skel, de repente reluzindo em um branco ofuscante e luminoso acima da mesa de pedra na casa de Hafflis. A cena era filmada do alto, provavelmente de perto de uma das abóbodas em cruzaria sobre o terraço. Gurgeh assistiu a ela outra vez enquanto a linha de brasas brilhava forte e as lanternas e flores caíam. Ouviu Chamlis dizer:

— Ah, minha nossa. Você acha que eu falei alguma coisa que o aborreceu?

Ele se viu sorrir ao se sentar em frente ao jogo de Fulminado.

A cena escureceu até desaparecer. Foi substituída por outra imagem embaçada vista de cima. Uma cama, a cama dele, no quarto principal em Ikroh. Gurgeh reconheceu as mãos pequenas e com anéis de Ren Myglan massageando suas costas desde a base. Havia som, também.

—... ah, Ren, minha criança, minha querida, meu amor...

—... Jernau...

— Seu merda — falou ao drone.

A cena escureceu e o som terminou. A tela se desmontou e voltou para dentro do corpo da máquina.

— É isso, e não se esqueça, Jernau Gurgeh — disse Mawhrin-Skel. — Esses trechos eram bem falsificáveis, mas você e eu sabemos que eles foram reais, não sabemos? Como eu disse, estou de olho em você.

Gurgeh sugou o sangue na boca e cuspiu.

— Você não pode fazer isso. Ninguém tem permissão de se comportar assim. Não vai conseguir...

—... me safar disso? Bom, talvez não. Mas a questão é: se eu não me safar, não me importo. Não vou ficar em situação pior. Ainda vou tentar. — O drone fez uma pausa, sacudiu o corpo para se livrar da água, em seguida produziu um campo esférico em torno de si mesmo, limpando a umidade da lataria, deixando-a imaculada e limpa e abrigando-a da chuva.

— Você não consegue entender o que eles fizeram comigo, cara? Seria melhor que eu nunca tivesse sido criado do que ser forçado a perambular para sempre pela Cultura sabendo o que perdi. Chamam de compaixão extrair minhas garras, remover meus olhos e me jogar à deriva em um paraíso feito para outros. Eu chamo de tortura. É obsceno, Gurgeh, é bárbaro, *diabólico*; reconhece essa palavra antiga? Vejo que sim. Bem, tente imaginar como eu posso me sentir e o que posso fazer... Pense nisso, Gurgeh. Pense no que você pode fazer por mim e no que eu posso fazer a você.

A máquina se afastou outra vez, recuando através da chuva que caía. As gotas frias respingavam no alto do globo invisível de campos, e pequenos filetes de água escorriam em torno da superfície transparente daquela esfera e gotejavam abaixo, caindo em um fluxo constante na grama.

— Eu manterei contato. Até logo, Gurgeh — disse Mawhrin-Skel.

O drone foi embora depressa, voando sobre a vegetação e na direção do céu em um cone cinza de vapor. O jogador o perdeu de vista em segundos.

Ele ficou parado por um tempo, limpando areia e pedaços de grama das roupas encharcadas, então fez a volta e saiu andando na direção de onde viera, em meio à chuva que caía e ao vento forte.

Olhou para trás, uma vez, para ver a casa onde havia crescido, mas o temporal, que envolvia os cumes baixos das dunas em movimento, tinha obscurecido por completo a estrutura caótica e de formato irregular.

— Mas Gurgeh, qual é o *problema?*

— Não posso contar!

Gurgeh foi até a parede dos fundos da sala principal do apartamento de Chamlis, se virou e caminhou de volta até parar perto da janela. Olhou para a praça do lado de fora.

Pessoas caminhavam ou estavam sentadas a mesas sob os toldos e as arcadas das galerias pálidas de pedra verde que circundavam a praça principal do vilarejo. Fontes jorravam, pássaros voavam de árvore em árvore, e sobre as telhas do coreto/palco/abrigo da holotela, estava esparramado um tzile totalmente negro quase do tamanho de um humano adulto, com uma perna pendurada da beirada. A tromba, a cauda e as orelhas dele se contraíam enquanto ele sonhava; os anéis, as pulseiras e os brincos reluziam à luz do sol. Enquanto Gurgeh observava, a tromba esguia da criatura se articulou de forma preguiçosa, se esticando por cima da cabeça para coçar indolentemente a nuca, perto da gola terminal. Então a tromba escura retornou como se estivesse exausta e balançou de um lado para o outro por alguns segundos. Ouviam-se risadas pelo ar quente vindas de algumas mesas próximas. Um dirigível vermelho flutuava acima de montanhas distantes, como uma enorme bolha de sangue no céu azul.

O jogador se voltou para a sala outra vez. Alguma coisa na praça, em todo o vilarejo, o desagradava e enraivecia. Yay tinha razão: tudo era seguro, agradável e comum demais. Poderiam muito bem estar em um planeta. Ele andou até onde Chamlis estava flutuando, perto do aquário comprido de peixes. A aura do drone estava tingida de frustração cinza. A velha máquina teve um tremor exasperado e pegou um pequeno recipiente de comida para peixes; a tampa do aquário se ergueu, e Chamlis jogou alguns grãos de alimento sobre a água; os peixes-espelho se moveram com suavidade até a superfície, com as bocas trabalhando de maneira ritmada.

— Gurgeh — disse Chamlis com bom senso. — Como posso ajudá-lo se você não me contar qual é o problema?

— Só me diga uma coisa: você tem como descobrir mais sobre o que o Contato queria conversar? Posso entrar em contato com eles outra vez? Sem que mais ninguém saiba? Ou... — Gurgeh sacudiu a cabeça e levou as mãos a ela. — Não. Imagino que as pessoas vão saber, mas isso não importa... — Parou em frente à parede e ficou olhando para os blocos quentes de arenito entre as pinturas. Os apartamentos tinham sido construídos em um estilo antiquado; a argamassa entre os blocos era escura, cravejada de pequenas pérolas brancas. Ele olhou para a rica decoração das linhas e tentou pensar, tentou ter certeza do que poderia pedir e o que havia que pudesse fazer.

— Posso entrar em contato com as duas naves que conheço — disse Chamlis. — As que procurei a princípio. Posso perguntar a elas. Podem saber o que o Contato ia sugerir. — O velho drone observava os peixes prateados se alimentando em silêncio. — Posso fazer isso agora, se você quiser.

— Por favor, faça isso — disse Gurgeh, e deu as costas para o arenito manufaturado e as pérolas cultivadas. Os sapatos dele fizeram barulho sobre as lajotas padronizadas da sala. A praça iluminada pelo sol outra vez. O tzile ainda dormindo. Podia ver o maxilar da criatura em movimento e se perguntou que palavras estranhas estavam sendo ditas em sono.

— Vai levar algumas horas até que eu tenha alguma notícia — disse Chamlis. A tampa do aquário de peixes se fechou; o drone pôs o recipiente de alimento fresco em uma gaveta de uma mesinha delicada próxima. — As duas naves estão muito distantes. — Chamlis bateu no lado do aquário com um campo prateado, e os peixes-espelho nadaram até lá para investigar. — Mas por quê? — indagou o drone, olhando para o jogador. — O que mudou? Em que tipo de problema você está... você *pode* estar envolvido? Gurgeh, por favor, conte-me. Eu quero ajudar.

A máquina flutuou para mais perto do humano alto, que estava parado olhando para a praça abaixo com as mãos entrelaçadas e apertando uma na outra sem perceber. O velho drone nunca o tinha visto tão angustiado.

— Nada — disse Gurgeh com desesperança, sacudindo a cabeça, sem olhar para o amigo. — Nada mudou. Não tem nenhum problema, eu só preciso saber algumas coisas.

Gurgeh voltara direto para Ikroh na véspera. Tinha ficado parado no salão principal, onde a casa acendera o fogo algumas horas antes, depois de ouvir a previsão do tempo, e tirado as roupas molhadas e sujas, jogando-as todas no fogo. Havia tomado um banho quente e feito uma sauna a vapor, suando, arquejando e tentando se sentir limpo. O banho de imersão estava tão frio que havia uma fina camada de gelo na superfície. Ele mergulhara, com um pouco de esperança de que o coração parasse de bater com o choque.

Sentara-se no salão principal, observando os troncos queimarem. Tentara se recompor, e, assim que se sentira capaz de pensar com clareza, chamara o Polo de Chiark.

*

— Gurgeh, é Makil Stra-bey de novo, a seu serviço. Como estão as coisas? Não houve outra visita do Contato, certo?

— Não. Mas tenho a sensação de que eles deixaram algo para trás quando estiveram aqui, alguma coisa para me vigiar.

— O quê? Você está falando de uma escuta, um microssistema ou algo assim?

— Estou — disse Gurgeh, se recostando no sofá largo.

Ele estava usando uma túnica simples. Sentia a pele esfregada e muito limpa depois dos banhos. De algum modo, a voz amiga e compreensiva do Polo fez com que se sentisse melhor. Tudo ia ficar bem, ia pensar em alguma coisa. Provavelmente estava preocupado por nada. Mawhrin-Skel era apenas uma máquina demente e insana com ilusões de poder e grandeza. Ela não seria capaz de provar nada, e ninguém acreditaria nela se fizesse apenas alegações infundadas.

— O que faz você pensar que está sendo vigiado?

— Não posso lhe dizer — falou Gurgeh. — Desculpe. Mas eu vi algumas provas. Você pode mandar alguma coisa, drones ou seja lá o que for, para Ikroh a fim de fazer uma varredura no local? Conseguiria encontrar alguma coisa se eles tivessem realmente deixado algo?

— Se for coisa de tecnologia comum, sim. Mas depende do nível de sofisticação. Uma nave de guerra pode espionar de forma passiva, usando um efetuador eletromagnético. Eles podem observá-lo sob cem quilômetros de cobertura rochosa lá do próximo sistema estelar e lhe dizer qual foi sua última refeição. Tecnologia de hiperespaço. Há defesas contra ela, mas não há como detectar que está ativa.

— Nada tão complicado, só uma escuta, uma câmera ou algo assim.

— Deve ser possível. Vamos enviar uma equipe de drones para você em cerca de um minuto. Quer que protejamos este canal de comunicação? Não é possível deixá-lo totalmente à prova de escutas, mas podemos tornar isso difícil.

— Por favor.

— Sem problemas. Solte o fone do alto-falante e enfie-o em seu ouvido. Vamos proteger o exterior com um campo de som.

Gurgeh fez o que o Polo pediu. Ele já se sentia melhor. O Polo parecia saber o que estava fazendo.

— Obrigado, Polo — disse ele. — Eu agradeço por tudo isso.

— Ei, não é preciso agradecer, Gurgeh. É para isso que estamos aqui. Além disso, é divertido!

Gurgeh sorriu. Houve um barulho seco e distante em algum lugar acima da casa quando a equipe de drones do Polo chegou.

As máquinas fizeram uma varredura na casa à procura de equipamento sensorial e protegeram as construções e o terreno; polarizaram as janelas e fecharam as cortinas; colocaram um tipo especial de tapete embaixo do sofá em que Gurgeh estava sentado. Até instalaram uma espécie de filtro ou válvula no interior da chaminé da lareira.

Gurgeh se sentiu agradecido e bem cuidado; ao mesmo tempo que importante e tolo.

Em seguida, começou a trabalhar. Usou o terminal para sondar os bancos de informação do Polo. Eles continham em constante atualização quase todo conhecimento que a Cultura já havia acumulado, mesmo que de importância, significado ou utilidade moderados; um oceano quase infinito de fatos, sensações, teorias e obras de arte ao qual a rede de informação da Cultura acrescentava mais dados em um ritmo torrencial a cada segundo do dia.

Era possível descobrir a maioria das coisas fazendo-se as perguntas certas. E mesmo que não fossem feitas, ainda dava para descobrir muito. A Cultura tinha, em teoria, total liberdade de informação; o problema consistia no fato de a consciência ser privada, e a informação guardada em uma Mente – ao contrário de um sistema inconsciente, como os bancos de memória do Polo – era vista como parte da existência dela e, portanto, tão sacrossanta quanto o conteúdo de um cérebro humano; uma Mente podia guardar qualquer conjunto de fatos e opiniões que quisesse sem ter de contar a ninguém o que sabia ou pensava, nem por quê.

Portanto, enquanto o Polo protegia a própria privacidade, Gurgeh descobriu, sem ter de perguntar a Chamlis, que o que Mawhrin-Skel havia dito podia ser verdade. Havia mesmo níveis de gravação de eventos que não podiam ser falsificados e que drones de especificação acima da média tinham potencialmente a capacidade de usar. Essas gravações, em especial se tivessem sido testemunhadas por uma Mente em um link em tempo real, seriam aceitas como autênticas. O otimismo renovado dele começou a deixá-lo mais uma vez.

Além disso, havia uma Mente das CE, a da Unidade Ofensiva Limitada *Canhoneira Diplomática,* que havia apoiado o apelo de Mawhrin-Skel contra a decisão que removera o drone das Circunstâncias Especiais.

A sensação de enjoo e tontura começou a tomá-lo de novo.

Não conseguiu descobrir quando Mawhrin-Skel e a UOL tinham estado em contato pela última vez. Isso, novamente, contava como informação particular. Privacidade. Isso levou um riso amargo à boca de Gurgeh, pensando na privacidade que tivera nos últimos dias e nas últimas noites.

Mas ele descobriu que um drone como Mawhrin-Skel, mesmo em forma civil, era capaz de sustentar um link em tempo real em apenas um sentido com uma nave dessas por distâncias milenares, desde que a nave estivesse na escuta do sinal e soubesse onde procurar. Naquele exato momento, não conseguiu descobrir onde a *Canhoneira Diplomática* estava na galáxia – naves das CE mantinham via de regra a própria localização em segredo –, mas fez um pedido para que a nave revelasse a posição para ele.

Pelo que podia dizer da informação que descobrira, a afirmação de Mawhrin-Skel de que a Mente havia gravado a conversa dos dois não se sustentaria se a nave estivesse a mais de vinte milênios de distância. Se, na verdade, a nave estivesse do outro lado da galáxia, então sem dúvida o drone tinha mentido e Gurgeh estaria em segurança.

Ele torceu para que a nave estivesse do outro lado da galáxia, torceu para que estivesse a cem mil anos-luz de distância ou mais, ou que ela tivesse enlouquecido e entrado em um buraco negro ou decidido ir para outra galáxia, ou esbarrado com uma nave alienígena hostil poderosa o bastante para explodi-la dos céus... Qualquer coisa, desde que não estivesse perto nem fosse capaz de estabelecer aquele link em tempo real.

Caso contrário, tudo o que Mawhrin-Skel tinha dito conferia. Aquilo podia ser feito. Ele podia ser chantageado. Ficou sentado no sofá, enquanto o fogo queimava e os drones do Polo flutuavam pela casa, zunindo e emitindo estalidos para si mesmos, e ele olhou fixamente para as cinzas, desejando que nada fosse real, desejando que aquilo não tivesse acontecido, xingando a si mesmo por deixar que o pequeno drone o tivesse convencido a trapacear.

Por quê?, perguntou a si mesmo. *Por que eu fiz isso? Como pude ter sido tão idiota?* Na hora, parecera uma coisa glamorosa e perigosamente sedutora. Um pouco louca, mas afinal, ele não era diferente das outras pessoas? Não era o grande jogador, por isso lhe eram permitidas excentricidades, e tinha a liberdade de fazer as próprias regras? Não quisera glorificação para si mesmo. Na verdade, não. E já tinha vencido o jogo. Só queria que *alguém* na Cultura tivesse completado uma teia total, não é? Não era do estilo dele trapacear. Nunca tinha feito isso antes. Nunca faria de novo... Como Mawhrin-Skel pôde fazer isso com ele? *Por que ele tinha feito aquilo?* Por que não podia apenas não ter acontecido? Por que eles não tinham viagens no tempo, por que não podia voltar e impedir que acontecesse? Havia naves que podiam circum-navegar a galáxia em poucos anos e contar todas as células de um corpo a anos-luz de distância, mas ele não podia voltar uma droga de dia e alterar uma pequena decisão estúpida, idiota e vergonhosa...

Gurgeh cerrou os punhos, tentando quebrar o terminal que tinha na mão direita, mas o objeto não quebrava. Sua mão doeu de novo.

Ele tentou pensar com calma. E se o pior acontecesse? A Cultura, em geral, desprezava a fama individual, e portanto estava da mesma forma desinteressada em escândalos – havia, afinal, pouco que *fosse* escandaloso –, mas Gurgeh não tinha dúvidas de que se Mawhrin-Skel liberasse as gravações que dizia ter feito, elas iam se propagar, as pessoas iam saber.

Havia muitos índices e redes de notícias e assuntos atuais na multiplicidade de comunicação que conectava todos os habitats da Cultura, fosse nave, rocha, orbital ou planeta. Alguém em algum lugar ia gostar muito de divulgar as gravações de Mawhrin-Skel. Gurgeh conhecia alguns índices de jogos recém-criados cujos editores, escritores e correspondentes o viam, e viam a maioria dos outros jogadores e das autoridades bem conhecidos, como uma espécie de hierarquia reduzida e com privilégios demais. Achavam que se dava muita atenção a pouquíssimos jogadores e procuravam desacreditar o que chamavam de velha-guarda (o que o incluía, para seu divertimento). Eles iam amar o material de Mawhrin-Skel. Gurgeh podia negar tudo quando fosse divulgado, e algumas pessoas, sem dúvida, iam acreditar nele apesar da força das evidências, mas os outros jogadores importantes e os índices responsáveis bem estabelecidos e com autoridade iriam saber a verdade, e isso era o que ele não conseguiria suportar.

Ainda conseguiria jogar e teria permissão de publicar, de registrar artigos como abertos para a disseminação, e provavelmente muitos deles seriam aceitos; não com a mesma frequência de antes, talvez, mas ele não seria excluído por completo. Pior do que isso: seria tratado com compaixão, compreensão, tolerância. Mas jamais perdoado.

Será que algum dia conseguiria se conformar com isso? Será que poderia enfrentar a tempestade de abuso e olhares sabedores, a compaixão alegre dos rivais? Será que tudo acabaria perdendo força com a passagem de alguns anos e seria esquecido o bastante? Achava que não. Não para ele. Aquilo sempre estaria ali. Não podia confrontar Mawhrin-Skel com aquele fato; se fosse tornado público, seria o fim. O drone estava certo: aquilo iria destruir sua reputação, iria destruí-lo.

Gurgeh observou os troncos na grelha ampla ficarem de um vermelho menos brilhante, então se tornarem macios e cinzentos. Disse ao Polo que tinha terminado; a casa voltou ao normal em silêncio, e ele ficou sozinho com os próprios pensamentos.

Acordou na manhã seguinte e ainda estava no mesmo universo. Não tinha sido um pesadelo e o tempo não havia voltado. Tudo ainda tinha acontecido.

Ele pegou o transporte subterrâneo para Celleck, o vilarejo onde Chamlis Amalk-ney vivia sozinho, em uma aproximação antiquada e estranha da domesticidade humana, cercado por quadros nas paredes, móveis antigos, paredes decoradas, aquários de peixes e viveiros de insetos.

*

— Vou descobrir tudo o que puder, Gurgeh. — Chamlis suspirou, flutuando ao lado dele, olhando para a praça. — Mas não posso garantir que consiga fazer isso sem que quem quer que tenha estado por trás de sua última visita do Contato descubra. Podem achar que você está interessado.

— Talvez eu esteja — disse Gurgeh. — Talvez eu queira conversar com eles de novo, não sei.

— Bem, eu mandei a mensagem para meus amigos, mas...

Gurgeh teve uma ideia súbita e paranoica. Ele se voltou para Chamlis com urgência.

— Esses seus amigos são naves.

— São — disse o velho drone. — Os dois.

— Como elas se chamam?

— *Claro que ainda te amo* e *Leia as Instruções.*

— Elas não são naves de guerra?

— Com nomes assim? Elas são UCGs, o que mais seriam?

— Ótimo — disse Gurgeh, relaxando um pouco, olhando novamente para a praça. — Ótimo. Isso é ótimo. — Então respirou fundo.

— Gurgeh, você pode, por favor, me contar qual o problema? — A voz de Chamlis estava suave, até mesmo triste. — Sabe que isso não vai sair daqui. Deixe-me ajudar. Eu sofro vendo-o assim. Se houver alguma coisa que eu possa...

— Nada — disse Gurgeh, tornando a olhar para a máquina. Ele sacudiu a cabeça. — Não há nada, mais nada que você possa fazer. Eu lhe digo se houver. — Em seguida saiu andando pela sala. Chamlis o observou. — Preciso ir agora. Até logo, Chamlis.

Gurgeh desceu para o subterrâneo. Sentou-se no carro, olhando para o chão. Por volta da quarta solicitação, percebeu que o carro estava falando com ele, perguntando aonde queria ir. Ele lhe disse.

Estava olhando para uma das telas de parede, observando as estrelas estáveis, quando o terminal emitiu um sinal sonoro.

— Gurgeh? Makil Stra-bey, mais uma vez de novo novamente.

— O quê? — perguntou o jogador com rispidez, irritado com o companheirismo insincero da Mente.

— Aquela nave acabou de responder com a informação que você pediu.

Ele franziu o cenho.

— Que nave? Que informação?

— A *Canhoneira Diplomática*, nosso jogador. A localização dela.

O coração de Gurgeh disparou e a garganta pareceu fechar.

— Sim — disse ele, esforçando-se para expelir a palavra. — E?

— Bom, ela não respondeu diretamente. Enviou seu VGS doméstico *Indiscrição Juvenil* e fez com que ele confirmasse a localização.

— E então? Onde ela está?

— No aglomerado Altabien-Norte. Enviou coordenadas, embora elas só sejam precisas para...

— Não importam as coordenadas! — gritou Gurgeh. — Onde é o aglomerado? A que *distância* ele fica daqui?

— Ei, calma. Fica a cerca de 2,5 milênios de distância.

Ele se recostou e fechou os olhos. O carro começou a desacelerar.

Dois mil e quinhentos anos-luz. Era, como as pessoas educadas e bem viajadas em um VGS diriam, um longo caminho. Mas perto o bastante – com muita facilidade – para uma nave de guerra localizar precisamente um efetuador, lançar um campo sensorial de um segundo-luz de diâmetro pelo céu e captar o lampejo fraco mas inegável de luz HS coerente vinda de uma máquina pequena o bastante para caber no bolso.

Gurgeh tentou dizer a si mesmo que isso ainda não era prova, que Mawhrin-Skel ainda poderia estar mentindo, mas mesmo quando pensava isso, viu algo sinistro no fato de a nave de guerra não ter dado uma resposta direta. Ela tinha usado o VGS, uma fonte de informação ainda mais confiável, para confirmar o próprio paradeiro.

— Quer o resto da mensagem da UOL? — disse o Polo. — Ou você vai arrancar minha cabeça de novo?

Gurgeh estava intrigado.

— Que resto da mensagem? — perguntou.

O carro subterrâneo fez uma curva e reduziu ainda mais a velocidade. O jogador podia ver a galeria de trânsito de Ikroh, pendurada sob a superfície da placa como se fosse um prédio de cabeça para baixo.

— Cada vez mais misterioso — disse o Polo. — Você tem se comunicado com essa nave pelas minhas costas, Gurgeh? A mensagem é: "É bom ter notícias suas novamente".

*

Três dias se passaram. Gurgeh não conseguia sossegar. Tentou ler – artigos, livros antigos, o próprio material no qual estava trabalhando – mas toda vez se via lendo e relendo o mesmo trecho, página ou tela, várias e várias vezes, se esforçando muito para compreender, mas sentindo o pensamento desviar a todo tempo das palavras, dos diagramas e das ilustrações à frente, se recusando a absorver qualquer coisa, voltando repetidas vezes para o mesmo ciclo de questionamento e arrependimento monótono, repetitivo, autodevorador e eternamente sem sentido. Por que ele tinha feito aquilo? Havia alguma saída?

Tentou glandular drogas tranquilizadoras, mas isso levou tanto tempo para fazer efeito que ele só se sentiu grogue. Usou *azul agudo*, *tensão* e *focal* para se forçar a se concentrar, mas isso lhe deu apenas uma sensação desagradável em algum lugar no fundo do crânio e o exauriu. Não valeu a pena. O cérebro queria se preocupar e se afligir, e não adiantava tentar frustrá-lo.

Gurgeh recusou todas as chamadas. Ele ligou para Chamlis algumas vezes, mas nunca encontrava nada para dizer. Tudo o que o velho drone podia lhe dizer era que as duas naves do Contato que conhecia tinham dado notícias; cada uma delas disse que tinha passado a mensagem para algumas outras Mentes. As duas se surpreenderam por Gurgeh ter sido contatado tão depressa. As duas iam transmitir o pedido dele para ter mais informações; nenhuma delas sabia mais nada sobre o que estava acontecendo.

Ele não teve notícias de Mawhrin-Skel. Pediu ao Polo para encontrar a máquina, só para saber onde ela estava, mas o Polo não conseguiu, o que, é óbvio, irritou muito a Mente do orbital. Gurgeh fez com que o Polo enviasse a equipe de drones mais uma vez e eles fizeram uma nova varredura na casa. O Polo deixou uma das máquinas para monitorar o tempo todo em busca de sistemas de vigilância.

Gurgeh passou muito tempo andando pelas florestas e montanhas em torno de Ikroh, caminhando e fazendo trilhas, todos os dias percorrendo vinte ou trinta quilômetros, só pelo efeito soporífico natural de, à noite, estar morto de cansaço, exausto.

No quarto dia, estava quase começando a sentir que se não fizesse nada, não falasse com ninguém nem se comunicasse, escrevesse ou saísse de casa, nada iria acontecer. Talvez Mawhrin-Skel tivesse desaparecido para sempre. Talvez o Contato tivesse aparecido para levá-lo ou dito que ele podia voltar para a comunidade. Talvez o drone tivesse ficado completamente louco e voado para o espaço. Talvez tivesse levado a sério a velha piada sobre enumeradores styglianos e ido contar todos os grãos de areia em uma praia.

Estava um dia bonito. Gurgeh se sentou nos galhos baixos e amplos de uma árvore-de-pão-de-sol no jardim em Ikroh, olhando através do dossel de folhas para onde um pequeno bando de feyls tinha emergido da floresta para comer os pés de bagas-de-vinha no final do gramado mais baixo. Os animais pálidos e tímidos, magros como varas e de pele camuflada, puxavam nervosos os arbustos baixos, com as cabeças triangulares pulando e balançando, as mandíbulas trabalhando.

Gurgeh olhou mais uma vez para a casa, visível através dos movimentos delicados das folhas da árvore.

Viu um drone diminuto, pequeno e cinza-claro perto de uma das janelas da casa. Congelou. Poderia não ser Mawhrin-Skel, disse a si mesmo. Estava longe demais para ter certeza. Poderia ser Loash-não-sei-das-quantas. O que quer que fosse, estava a bons quarenta metros de distância, e ele devia estar quase invisível ali sentado na árvore. Não podia ser localizado; havia deixado o terminal em casa, coisa que tinha passado a fazer com cada vez mais frequência recentemente, embora fosse um ato perigoso e irresponsável, ficar afastado da rede de informação do Polo, de fato isolado do restante da Cultura.

Gurgeh prendeu a respiração e ficou sentado, sem mover um músculo.

A pequena máquina pareceu hesitar em pleno ar, em seguida apontou na direção dele. Ela flutuou direto até onde Gurgeh estava.

Não era Mawhrin-Skel nem Loash, o verborrágico; não era nem o mesmo tipo de máquina. Era um pouco maior e mais gordo e não tinha nenhuma aura. O drone parou logo abaixo da árvore e disse em uma voz agradável:

— Senhor Gurgeh?

O jogador pulou da árvore. O bando de feyls se assustou e desapareceu, saltando para a floresta em uma confusão de formas verdes.

— Sim? — disse ele.

— Boa tarde. Meu nome é Worthil. Eu sou do Contato. É um prazer conhecê-lo.

— Olá.

— Que lugar adorável. O senhor mandou construir a casa?

— Mandei — disse Gurgeh. Uma conversa fútil e irrelevante. Uma pergunta de um nanossegundo às memórias do Polo teria dito à máquina exatamente quando Ikroh foi construída e por quem.

— Muito bonita. Não consegui deixar de notar que a inclinação do telhado tem mais ou menos o mesmo ângulo agudo que as encostas de montanha ao redor. Ideia sua?

— Uma teoria estética particular — admitiu Gurgeh, um pouco mais impressionado. Nunca tinha mencionado aquilo para ninguém. A máquina sem campos fez questão de que ele a visse olhando ao redor.

— Hmm. Sim, uma bela casa em um cenário impressionante. Mas agora, posso chegar à razão de minha visita?

Gurgeh se sentou de pernas cruzadas junto da árvore.

— Por favor, faça isso.

O drone desceu um pouco para se manter ao nível do rosto dele.

— Primeiro de tudo, deixe que eu me desculpe se nós o aborrecemos antes. Acho que o drone que o visitou anteriormente pode ter tomado as instruções de forma um pouco literal demais, embora, para dar a ele algum crédito, o tempo seja bastante limitado... Enfim, estou aqui para lhe contar tudo o que o senhor quer saber. Nós, como é provável que o senhor desconfiasse, encontramos algo que achamos que possa lhe interessar. Entretanto... — O drone lhe deu as costas para olhar de novo a casa e o jardim. — Eu não o culparia se o senhor não quisesse deixar sua bela residência.

— Então envolve viajar.

— Sim. Por algum tempo.

— Quanto tempo? — perguntou Gurgeh.

O drone pareceu hesitar.

— Posso, primeiro, lhe contar o que encontramos?

— Está bem.

— Infelizmente, isso deve ser confidencial — disse a máquina, desculpando-se. — O que vim lhe contar precisa permanecer restrito por enquanto. O senhor vai entender o porquê depois que eu explicar. Pode me dar sua palavra de que não vai deixar que isso saia daqui?

— O que acontece se eu disser não?

— Eu vou embora. Só isso.

Gurgeh deu de ombros e limpou um pouco de casca de árvore da barra da túnica amassada que estava vestindo.

— Tudo bem. Então, em segredo.

Worthil subiu um pouco, virando a frente para Ikroh por um momento.

— Vai levar algum tempo para explicar. Podemos nos retirar para sua casa?

— É claro.

Gurgeh se levantou.

Gurgeh se sentou na sala da tela principal de Ikroh. As janelas estavam vazias e a holotela da parede estava ligada. O drone do Contato estava controlando os sistemas da sala. Ele apagou as luzes. A tela ficou vazia, depois mostrou a galáxia principal, em 2D, de uma distância considerável. As duas Nuvens eram as mais próximas do ponto de vista de Gurgeh: a Nuvem Maior era uma semiespiral com uma cauda longa que se afastava da galáxia, e a Nuvem Menor tinha uma forma vaga de Y.

— As Nuvens Maior e Menor — disse o drone Worthil. — Cada uma a cerca de cem mil anos-luz de onde estamos agora. Sem dúvida você as admirava de Ikroh no passado. São bem visíveis, embora o senhor esteja na parte inferior da galáxia em relação a elas, e por isso olhe para as duas através dela. Nós encontramos o que o senhor pode considerar um jogo muito interessante… aqui. — Um ponto verde apareceu perto do centro da Nuvem Menor.

Gurgeh olhou para o drone.

— Isso não é um pouco longe? — disse ele. — Entendo que você está sugerindo que eu vá até lá.

— É uma grande distância, e estamos sugerindo exatamente isso. A viagem vai levar quase dois anos nas naves mais rápidas, devido à natureza da rede de energia; é mais tênue lá fora, entre os agrupamentos. No interior da galáxia essa viagem levaria menos de um ano.

— Mas isso significa que eu ficaria fora por quatro anos — disse Gurgeh, olhando para a tela. A boca dele tinha ficado seca.

— Mais para cinco — disse o drone de forma objetiva.

— Isso é... muito tempo.

— É mesmo, e sem dúvida vou entender se o senhor recusar nosso convite. Embora acreditemos que vai achar o jogo em si interessante. Antes de mais nada, porém, preciso explicar um pouco sobre a ambientação, que é o que torna o jogo único.

O ponto verde se expandiu, virou quase um círculo. A tela ficou 3D de repente, enchendo a sala de estrelas. O círculo verde grosseiro de sóis se tornou uma esfera ainda mais grosseira. Gurgeh experimentou a sensação momentânea de estar nadando que às vezes sentia quando estava cercado pelo espaço ou a impressão dele.

— Essas estrelas — começou Worthil, ao que estrelas verdes, pelo menos alguns milhares de sóis, piscaram uma vez — estão sob o controle do que só pode ser descrito como um império. Agora... — O drone se virou para encarar o jogador. A pequena máquina estava no espaço como uma nave gigante, com estrelas tanto à frente quanto atrás. — Não é comum, para nós, descobrir um sistema de poder imperial no espaço. A regra geral é que essas formas arcaicas de autoridade colapsam muito antes que a espécie relevante saia do planeta natal ou sequer chegue a solucionar o problema da velocidade da luz, o que, é claro, é preciso fazer para governar com eficiência qualquer volume que valha a pena.

"De vez em quando, porém, o Contato perturba alguma rocha em particular e descobre alguma coisa feia por baixo dela. Em toda ocasião, há uma razão específica e singular, alguma circunstância especial a qual possibilita que a regra geral seja ignorada. No caso do conglomerado que você está vendo à frente (além dos fatores óbvios, como o fato de que não chegamos lá até bem recentemente e a falta de qualquer outra influência poderosa na Nuvem Menor), essa circunstância especial é um jogo."

Isso levou algum tempo para ser absorvido. Gurgeh olhou para a máquina.

— Um *jogo*? — disse ele.

— Esse jogo é chamado de "Azad" pelos nativos. É tão importante que o próprio império ganhou o nome por causa do jogo. O senhor está olhando para o Império de Azad.

Gurgeh fez exatamente isso. O drone prosseguiu.

— A espécie dominante é humanoide, mas, o que é muito incomum, e certas análises afirmam que isso também foi um fator para a sobrevivência do império como sistema social, é composta de três sexos.

Três figuras apareceram no centro do campo de visão de Gurgeh, como se estivessem paradas no meio da esfera irregular de estrelas. Eram bem mais baixas que o jogador, caso a escala estivesse certa. Cada uma delas parecia estranha de maneira diferente, mas elas compartilhavam o que pareceu para Gurgeh serem pernas bem curtas e um pouco inchadas e rostos chatos e muito pálidos.

— O da esquerda — disse Worthil — é um macho, carregando testículos e pênis. O do meio está equipado com uma espécie de vagina reversível e ovários. A vagina vira e projeta-se para fora para implantar o óvulo fertilizado no terceiro sexo, à direita, que tem um útero. O do meio é o sexo dominante.

Gurgeh precisou pensar sobre aquilo.

— É o quê? — disse ele.

— O sexo dominante — repetiu Worthil. — Impérios são sinônimos de estruturas de poder centralizadas, mesmo que às vezes haja alguns cismas, e hierarquizadas, nas quais a influência é restrita a uma classe economicamente privilegiada que preserva suas vantagens, em geral, por meio de um uso criterioso de opressão e manipulação habilidosa dos sistemas de disseminação da sociedade, mas também, como uma regra independente apenas no nome, de seus sistemas menores de poder. Em suma, tudo se trata de dominação. O sexo intermediário, ou ápice, que você vê parado aí no meio, controla a sociedade e o império. Via de regra, os indivíduos do sexo masculino são usados como soldados e os do sexo feminino, como propriedades. Claro, é um pouco mais complicado que isso, mas você entende a ideia?

— Bem… — Gurgeh sacudiu a cabeça. — Não entendo como isso funciona, mas se você diz que funciona… tudo bem. — Ele esfregou a barba. — Significa que essas pessoas não podem mudar de sexo, eu suponho.

— Correto. Genetecnologicamente, está ao alcance deles há centenas de anos, mas é proibido. Ilegal, se você lembra o que isso significa. — Gurgeh assentiu. A máquina continuou: — Parece perverso e um desperdício para nós, mas se tem uma coisa da qual um império não se trata é o uso eficiente de recursos e a disseminação da felicidade. Os dois acabam sendo alcançados apesar do curto-circuito econômico endêmico ao sistema, principalmente corrupção e favoritismo.

— Está bem — disse Gurgeh. — Depois vou ter muitas perguntas a fazer, mas continue. E o jogo?

— É verdade. Aqui está um dos tabuleiros.

—... Você está brincando — murmurou Gurgeh por fim. Ele se inclinou no assento, encarando a imagem holográfica aberta e congelada à frente.

As estrelas e os três humanoides tinham desaparecido, e Gurgeh e o drone chamado Worthil estavam, ao que parecia, em uma extremidade de uma sala enorme muitas vezes maior do que aquela que de fato ocupavam. Diante deles se estendia um piso coberto com um padrão de mosaico abstrato e irregular, de uma complexidade impressionante e à primeira vista caótico, que em alguns lugares se elevava como montanhas ou afundava como vales. Olhando com mais atenção, podia-se ver que os morros não eram sólidos, mas empilhados, níveis afunilados do mesmo metapadrão desconcertante, criando pirâmides conectadas e em múltiplas camadas sobre a paisagem fantástica que, diante de uma inspeção ainda mais atenta, tinha o que pareciam peças de jogo esculpidas em formatos bizarros sobre a superfície desordenadamente colorida. Toda a construção devia medir pelo menos vinte metros de lado.

— Isso é um tabuleiro? — perguntou Gurgeh.

Ele engoliu em seco. Nunca tinha visto, nunca tinha ouvido falar, nunca tivera a menor ideia de um jogo tão complicado quanto aquele sem dúvida devia ser, se aquelas eram peças e áreas individuais.

— Um deles.

— Quantos são?

Aquilo não podia ser real. Era uma piada. Estavam zombando dele. Nenhum cérebro humano seria capaz de lidar com um jogo em tal escala. Era impossível. Tinha de ser.

— Três. Todos desse tamanho, além de vários menores. Ele é jogado com cartas também. Deixe-me explicar um pouco sobre o jogo.

"Primeiro, o nome. 'Azad' significa 'máquina' ou talvez 'sistema' no sentido amplo que incluiria qualquer entidade funcional, como um animal ou uma flor, além de algo como eu ou uma roda d'água. O jogo foi desenvolvido ao longo de vários milhares de anos, chegando a sua forma atual cerca de oito séculos atrás, por volta da mesma época da institucionalização da religião ainda existente da espécie. Desde então o jogo sofreu poucas alterações. Ele data, em sua forma finalizada, então, de aproximadamente a mesma época da hegemonização do planeta natal do Império, Eä, e da primeira exploração relativista do espaço próximo."

A imagem se transformou em um planeta, pairando enorme na sala diante de Gurgeh; azul, branco e brilhante, e girando bem, bem devagar, sobre um fundo de espaço escuro.

— Eä — disse o drone. — Agora, o jogo é usado como parte absolutamente integral do sistema de poder do império. Colocando nos termos mais simples, quem quer que vença o jogo se torna imperador.

Gurgeh olhou sem pressa para o drone, que também olhou para ele.

— Não estou brincando — falou a máquina, ríspida.

— Você está falando sério? — disse o jogador mesmo assim.

— Com certeza — disse o drone. — Tornar-se imperador constitui um... prêmio um tanto incomum — explicou. — E toda a verdade, como você pode imaginar, é muito mais complicada do que isso. O jogo de Azad não é usado tanto para determinar que pessoa vai governar, mas que tendência dentro da classe dominante do Império vai ter a supremacia, qual ramo da teoria econômica vai ser seguido, quais dogmas serão reconhecidos dentro do aparato religioso e que políticas serão seguidas. O jogo também é usado como prova tanto para a entrada quanto promoção nas instituições religiosas, educacionais, civis, administrativas, judiciais e militares.

"A ideia, sabe, é que o Azad é tão complexo, tão sutil, tão flexível e tão exigente que é um modelo de vida tão preciso e compreensivo quanto é possível construir. Quem quer que tenha sucesso no jogo tem sucesso na vida. As mesmas qualidades são necessárias em ambos para garantir a dominação."

— Mas... — Gurgeh olhou para o drone ao lado dele e pareceu sentir a presença do planeta diante dos dois como uma força quase física, algo pelo qual se sentiu instigado, atraído. — Isso é *verdade?*

O planeta desapareceu e ambos tornaram a olhar para o amplo tabuleiro do jogo. O holograma agora estava em movimento, embora em silêncio, e era possível ver as pessoas alienígenas se movimentando por ele, movendo peças e paradas nas bordas do tabuleiro.

— Não precisa ser uma verdade plena — disse o drone. — Mas causa e efeito não são perfeitamente polarizados aqui. O esquema supõe que o jogo e a vida são a mesma coisa, e essa natureza dominante na *ideia* do jogo é tão forte dentro da sociedade que, só por acreditar nisso, faz com que seja assim. Torna-se verdade, é imposto na realidade pela vontade. Enfim, eles não podem estar muito errados, ou o Império nem existiria. É, por definição, um sistema volátil e instável. Azad, o jogo, parece ser a força que o mantém unido.

— Espere um momento — disse Gurgeh, olhando para a máquina. — Nós dois sabemos que o Contato tem a reputação de ser sorrateiro. Vocês por acaso não estão esperando que eu vá lá e me torne imperador ou algo assim, estão?

Pela primeira vez, o drone mostrou uma aura, que piscou brevemente em vermelho. Havia riso na voz dele, também.

— Eu não esperaria que o senhor fosse muito longe nessa tentativa. Não, o Império cai na definição geral de um "Estado", e uma coisa que Estados sempre tentam fazer é assegurar a perpetuidade da própria existência. A ideia de um forasteiro chegar e tentar tomar o Império iria horrorizá-los. *Se* o senhor decidir que quer ir, e *se* conseguir aprender durante a viagem o suficiente para jogar bem, então talvez haja uma chance, nós achamos, considerando seu desempenho passado como jogador, de que o senhor possa se qualificar como um funcionário do serviço civil ou um tenente do Exército. Não esqueça: essas pessoas estão cercadas por esse jogo desde o nascimento. Eles têm drogas antiagáticas, e os melhores jogadores têm cerca de duas vezes a sua idade. Mesmo eles, é claro, ainda estão aprendendo.

"A questão não é o que o senhor conseguiria alcançar em termos das condições sociais semibárbaras que o jogo é estruturado para apoiar, mas se pode sequer dominar a teoria e a prática dele. As opiniões no Contato diferem sobre ser possível até para um jogador de sua estatura competir com sucesso, apenas com princípios gerais sobre o jogo e um curso rápido sobre as regras e a prática."

Gurgeh observava as figuras alienígenas silenciosas se movimentarem pela paisagem artificial do enorme tabuleiro. Não conseguiria fazer isso. Cinco anos? Era loucura. Ele poderia muito bem deixar Mawhrin-Skel divulgar a vergonha dele. Em cinco anos, poderia ter feito uma vida nova, saindo de Chiark, encontrando outra coisa que o interessasse além de jogos, mudando de aparência... talvez mudando de nome. Nunca tinha ouvido falar em ninguém que tivesse feito isso, mas devia ser possível.

Sem dúvida, o jogo de Azad, se existisse mesmo, era muito fascinante. Mas por que Gurgeh não tinha ouvido nada sobre isso até então? Como o Contato podia manter algo assim em segredo, e por quê? Ele esfregou a barba, ainda observando os alienígenas silenciosos andando pelo tabuleiro amplo, parando para movimentar peças ou fazer com que outros as movimentassem.

Eram alienígenas, mas pessoas, humanoides. *Eles* tinham dominado esse jogo bizarro e exorbitante.

— Não são superinteligentes, são? — perguntou ele ao drone.

— Dificilmente, preservando um sistema social nesse estágio de desenvolvimento tecnológico, com ou sem jogo. É provável que, na média, o sexo intermediário ou ápice seja um pouco menos inteligente do que um humano médio da Cultura.

Gurgeh estava perplexo.

— Isso implica que há uma diferença entre os sexos.

— Agora há — disse Worthil.

O jogador não entendeu direito o que a máquina quis dizer, mas o drone prosseguiu antes que ele pudesse fazer mais perguntas.

— Na verdade, temos esperanças razoáveis de que o senhor consiga jogar uma partida acima da média de Azad se estudar pelos dois anos que levaria a viagem de ida. Isso exigiria o uso contínuo e abrangente da memória e de secreções para aumentar o aprendizado, é claro, e eu devo observar que a mera posse de glândulas de drogas iria desqualificá-lo de realmente conquistar qualquer posto dentro do Império por meio de seu desempenho, mesmo que você não fosse um alienígena, de qualquer jeito. Há uma proibição rígida de que qualquer influência "não natural" seja usada durante o jogo. Todos os salões de jogo são protegidos de forma eletrônica para impedir o uso de um link de computador e testes toxicológicos são realizados depois de cada partida. Sua química corporal, assim como sua natureza alienígena e o fato de que para eles o senhor é um pagão, significam que iria, se decidisse ir, tomar parte apenas em situação honorária.

— Drone... Worthil... — disse Gurgeh, virando-se para olhá-lo. — Não acho que eu vá fazer essa viagem, não para tão longe nem por tanto tempo... Mas adoraria conhecer mais sobre esse jogo. Quero discuti-lo, analisá-lo junto com outros...

— Não é possível — disse o drone. — Tenho permissão de lhe contar tudo o que estou contando, mas nada disso pode sair daqui. O senhor deu sua palavra, Jernau Gurgeh.

— E se eu não cumprir com ela?

— Todo mundo vai achar que você inventou. Não há nada nos registros acessíveis que mostre qualquer coisa diferente.

— Por que isso tudo é tão secreto, afinal? Do que vocês têm medo?

— A verdade é que não sabemos o que fazer, Jernau Gurgeh. Este é um problema maior do que aqueles com os quais o Contato normalmente tem de lidar. Em geral, é possível seguir as regras. Reunimos experiência o suficiente com todo tipo de sociedade bárbara para saber o que funciona e o que não funciona com cada tipo. Nós monitoramos, usamos controles, fazemos avaliações cruzadas e modelos de Mentes, e tentamos tomar todas as precauções possíveis para nos assegurar de fazer a coisa certa... Mas uma coisa como Azad é única. Não há modelos, nenhum precedente confiável. Temos de agir de acordo com a situação, e isso é uma responsabilidade muito grande, lidando com um império estelar inteiro. Foi por isso que as Circunstâncias Especiais se envolveram. Estamos acostumados a lidar com situações difíceis. E, sendo sincero, estamos procedendo com cautela. Se deixarmos que todos saibam sobre Azad, podemos ser pressionados a tomar uma decisão apenas pelo peso da opinião pública... O que pode não parecer uma coisa ruim, mas pode se revelar desastroso.

— Para quem? — disse Gurgeh com ceticismo.

— Para as pessoas do Império e para a Cultura. Nós podemos ser forçados a uma intervenção ostensiva contra eles. Mal seria uma guerra propriamente dita, porque estamos muito à frente deles no quesito de tecnologia, mas teríamos de nos tornar uma força de ocupação para controlá-los, o que significaria um grande escoadouro de nossos recursos e de nosso moral. No fim, seria quase certo que uma aventura dessas acabaria sendo percebida como um erro, não importa o entusiasmo popular por ela na hora. As pessoas do Império iriam sair perdendo ao se unirem contra nós em vez de contra o regime corrupto que as controla, dessa forma voltando o relógio um ou dois séculos, e a Cultura ia perder por imitar aqueles que desprezamos: invasores, ocupantes e pessoas com pensamento hegemônico.

— Você parece muito seguro de que haveria uma onda de opinião pública.

— Deixe-me lhe explicar uma coisa, Jernau Gurgeh — disse o drone. — O jogo de Azad é um jogo de apostas, muitas vezes até nos níveis mais altos. A forma que essas apostas assumem às vezes é macabra. Eu duvido muito que você se envolveria nos tipos de nível em que estaria jogando se concordasse em participar, mas é muito comum que apostem prestígio, honra, bens, escravos, favores, terras e até licenças físicas no resultado dos jogos.

Gurgeh esperou, mas depois de algum tempo suspirou e disse:

— Tudo bem… O que é licença física?

— Os jogadores apostam torturas e mutilações um contra o outro.

— Você está dizendo que se perder um jogo… essas coisas… são feitas com você?

— Exato. Uma pessoa pode apostar, digamos, a perda de um dedo contra o estupro retal agravado de um indivíduo do sexo masculino sobre um ápice.

Gurgeh lançou um olhar firme para a máquina por alguns segundos, então disse devagar, assentindo:

— Bom… isso *é* bárbaro.

— Na verdade, é um desenvolvimento posterior do jogo e visto como uma concessão bastante liberal pela classe governante, pois em teoria permite que uma pessoa pobre aposte de igual para igual contra uma pessoa mais rica. Antes da introdução da opção de licença física, os ricos sempre podiam fazer lances mais altos do que os pobres.

— Ah.

Gurgeh podia ver a lógica, só não a moralidade.

— Azad não é o tipo de lugar sobre o qual é fácil pensar com frieza, Jernau Gurgeh. Eles fizeram coisas que uma pessoa média da Cultura acharia... inomináveis. Um programa de manipulação eugênica reduziu a inteligência média dos machos e das fêmeas. Esterilização seletiva para controle de natalidade, privação de alimentos em determinada área, deportação em massa e sistemas de impostos com base na raça produziram o equivalente a um genocídio, e o resultado é que quase todo mundo no planeta natal é da mesma cor e da mesma constituição. O tratamento deles a alienígenas capturados, suas sociedades e obras é igualmente...

— Olhe, isso tudo é sério?

Gurgeh se levantou do assento e adentrou o campo do holograma, olhando para o piso de jogo fabulosamente complicado, que parecia estar sob seus pés, mas, na verdade, e ele sabia, estava a uma terrível distância no espaço.

— Você está me dizendo a verdade? Esse império existe mesmo?

— É verdade sim, Jernau Gurgeh. Se quiser confirmar tudo o que eu disse, posso conseguir que receba direito de acesso especial, direto dos VGS e de outras Mentes que são responsáveis por isso. O senhor pode saber o que quiser sobre o Império de Azad, desde o primeiro contato até os mais recentes relatos de notícias em tempo real. É tudo verdade.

— E quando vocês fizeram esse primeiro contato? — perguntou Gurgeh, voltando-se para o drone. — Há quanto tempo estão mantendo isso em sigilo?

O drone hesitou.

— Não muito — falou por fim. — Setenta e três anos.

— Vocês sem dúvida não apressam as coisas, não é?

— Só quando não temos escolha — concordou Worthil.

— E o que o Império acha de nós? — perguntou Gurgeh. — Deixe-me adivinhar: não contaram a eles sobre a Cultura.

— Muito bem, Jernau Gurgeh — disse a máquina, com o que era quase um riso na voz. — Não, não contamos tudo a eles. O drone que mandaríamos com o senhor teria de mantê-lo na linha. Desde o começo nós iludimos o Império em relação a nossa distribuição, nossos números, nossos recursos, nosso nível tecnológico e nossas intenções fundamentais… Embora, é claro, só a relativa ausência de sociedades avançadas na região relevante da Nuvem Menor tenha tornado isso possível. Os azadianos não sabem, por exemplo, que a Cultura é baseada na galáxia principal. Acreditam que viemos da Nuvem Maior, e que nossos números são apenas duas vezes os deles. Não têm ideia do nível de generreparação nos humanos da Cultura, nem da sofisticação de nossas inteligências maquinárias. Nunca ouviram falar da Mente de uma nave nem viram um VGS.

"Eles, claro, têm tentado descobrir sobre nós desde o primeiro contato, mas sem sucesso. É provável que acreditem num planeta natal nosso ou algo assim. Eles próprios ainda são muito orientados por planetas, usando técnicas de formação de planos para criar ecosferas utilizáveis ou, em geral, apenas tomando globos já ocupados. Numa perspectiva ecológica e moral, são catastroficamente ruins. A razão por que estão tentando descobrir sobre nós é para nos invadir. Querem conquistar a Cultura. O problema é que, como acontece com todas as mentes de valentões, eles estão muitíssimo *assustados*. Xenofóbicos e paranoicos ao mesmo tempo. Nós ainda não ousamos permitir que conheçam toda a extensão e o poder da Cultura, caso todo o Império se autodestrua… Coisas assim já aconteceram antes, embora, claro, tenha sido muito antes da própria formação do Contato. Nossa técnica atual é melhor. Mesmo assim, ainda é tentador — disse o drone, como se estivesse pensando alto, não falando com Gurgeh.

— Eles parecem… — disse o jogador. —… bastante… — Ele ia dizer "bárbaros", mas isso não pareceu forte o suficiente —… animalescos.

— Hmm — disse o drone. — Tome cuidado. É assim que eles chamam as espécies que subjugam: animais. Claro que os azadianos são animais, assim como o senhor, assim como eu sou uma máquina. Mas são totalmente conscientes e têm uma sociedade no mínimo tão complicada quanto a nossa. De certas maneiras, ainda mais complicada. Foi pura sorte nós os termos conhecido quando a civilização deles nos parece primitiva. Uma era do gelo a menos em Eä, e poderia muito bem ser o contrário.

Gurgeh assentiu, pensativo, e observou os alienígenas silenciosos se movimentarem pelo tabuleiro de jogo, sob luz reproduzida de um sol distante e alienígena.

— Mas — acrescentou Worthil com animação. — As coisas não aconteceram assim, por isso não há com o que se preocupar. Agora... — disse ele, e de repente estavam de volta à sala em Ikroh, com a holotela desligada e as janelas liberadas; Gurgeh piscou diante da repentina claridade. — Tenho certeza de que o senhor percebe que ainda há uma enorme quantidade de informações a lhe contar, mas agora tem nossa proposta, em seu esboço mais simples. Não estou lhe pedindo para dizer "sim" de modo inequívoco neste estágio, mas faz algum sentido que eu continue ou o senhor já decidiu que sem dúvida não quer ir?

Gurgeh esfregou a barba, olhando pela janela na direção da floresta acima de Ikroh. Era coisa demais para absorver. Se fosse de fato genuíno, então Azad era o jogo mais significativo que já havia encontrado na vida... talvez mais do que todo o resto junto. Como o maior dos desafios, o excitava e horrorizava em medidas iguais. Sentia-se atraído por ele de maneira instintiva, quase sexual, mesmo naquele momento, sabendo tão pouco... Mas não sabia ao certo se tinha a autodisciplina para estudar com tamanha intensidade por dois anos inteiros, ou se seria capaz de guardar na cabeça um modelo mental de um jogo de uma complexidade tão incrível. Gurgeh continuava a voltar ao fato de que os próprios azadianos conseguiam fazer isso, mas, como disse a máquina, eles estavam submersos no jogo desde o nascimento. Talvez Azad só pudesse ser dominado por alguém que tivesse o processo cognitivo moldado pelo próprio jogo...

Mas cinco anos! Era muito tempo. Não só longe dali, mas pelo menos metade, talvez mais, desse período passado sem disponibilidade para se manter atualizado sobre os desenvolvimentos nos outros jogos, para ler artigos ou escrevê-los, ou para qualquer outra coisa, exceto esse jogo absurdo e obsessivo. Gurgeh iria mudar. Seria uma pessoa diferente no fim. Não poderia evitar a mudança, pegar algo do próprio jogo para si. Isso seria inevitável. E será que conseguiria se atualizar de novo quando voltasse? Seria esquecido como jogador. Ficaria fora por tanto tempo que o resto do universo de jogos da Cultura iria apenas tratá-lo com indiferença. Tornaria-se uma figura histórica. E quando voltasse, teria permissão de falar sobre o que tivesse vivido? Ou o embargo de sete décadas do Contato iria continuar?

Mas se ele fosse, poderia conseguir subornar Mawhrin-Skel. Poderia fazer do preço do drone seu preço. Deixá-lo voltar para as CE. Ou – ocorreu-lhe naquele momento – fazer com que o silenciassem, de algum modo.

Um bando de aves voou pelo céu, manchas brancas contra os verdes escuros da floresta na montanha; elas pousaram no jardim em frente à janela, andando de um lado para o outro e beliscando migalhas no chão. Gurgeh se voltou mais uma vez para Worthil e cruzou os braços.

— Até quando vocês precisam da resposta? — perguntou ele. Ainda não havia se decidido. Tinha de protelar, descobrir primeiro tudo o que pudesse.

— Teria de ser nos próximos três ou quatro dias. O VGS *Malandrinho* está seguindo nessa direção desde o meio da galáxia no momento e vai partir para as Nuvens dentro dos próximos cem dias. Caso o perdesse, a viagem iria durar muito mais; sua nave vai ter de manter a velocidade máxima até o ponto de encontro, mesmo na atual situação.

— *Minha* nave? — disse Gurgeh.

— Você vai precisar de um veículo próprio, primeiro para levá-lo até o *Malandrinho* a tempo, e depois na outra ponta, para viajar da maior aproximação do VGS da Nuvem Menor até o próprio império.

O jogador observou por algum tempo. as aves brancas como neve procurarem comida no gramado. Ele se perguntou se devia mencionar Mawhrin-Skel naquele momento. Parte de si queria fazer isso, só para superar o problema, caso concordassem de imediato e ele pudesse parar de se preocupar com a ameaça do drone (e começar a se preocupar com aquele jogo absurdamente complicado). Mas sabia que não devia fazer isso. Sabedoria é paciência, como dizia o ditado. Devia esconder aquilo, se resolvesse ir (embora, é claro, ele não fosse, não podia ir, era loucura sequer considerar aquilo), então fazê-los pensar que não havia nada que quisesse em troca. Permitir que tudo fosse arranjado, então deixar sua condição clara... Se Mawhrin-Skel esperasse todo aquele tempo antes de voltar a pressioná-lo.

— Está bem — falou ao drone do Contato. — Não estou dizendo que irei, mas vou pensar. Conte-me mais sobre Azad.

*

Histórias ambientadas na Cultura nas quais as Coisas Davam Errado costumavam começar com humanos perdendo, se esquecendo ou deixando de propósito para trás o terminal. Era uma abertura convencional, o equivalente a sair do caminho na floresta selvagem em uma época ou ao carro quebrar à noite em uma estrada solitária em outra. Um terminal, na forma de um anel, botão, pulseira, caneta ou o que quer que fosse, era a ligação com todo mundo e todas as coisas na Cultura. Com um terminal, você nunca estava a mais que uma pergunta ou um grito de distância de quase tudo o que quisesse saber ou de qualquer ajuda que você possivelmente pudesse precisar.

Havia histórias (verdadeiras) de pessoas caindo de penhascos e do terminal transmitindo o grito a tempo de uma unidade do Polo acessar a câmera interna, perceber o que estava acontecendo e enviar um drone para pegar quem estava caindo em pleno ar. Havia outras histórias de terminais gravando o decepar da cabeça do dono em um acidente e convocando um drone médico a tempo de salvar o cérebro, deixando o indivíduo sem corpo apenas com o problema de descobrir maneiras de passar o tempo durante os meses que um corpo novo levava para crescer.

Um terminal era segurança.

Por isso Gurgeh levava o dele nas caminhadas mais longas.

Estava sentado, alguns dias depois da visita do drone Worthil, em um banquinho de pedra perto da linha das árvores a alguns quilômetros de Ikroh. Respirava com dificuldade após a subida pela trilha. Era um dia claro e ensolarado, e a terra tinha um cheiro doce. Gurgeh usou o terminal para tirar algumas fotografias da vista da pequena clareira. Havia um pedaço enferrujado de um instrumento de ferro ao lado do banco; um presente de uma antiga amante do qual ele tinha quase se esquecido. Tirou algumas fotos disso, também. Então o terminal apitou.

— Aqui quem fala é a sua casa, Gurgeh. Você disse para eu lhe dar a escolha em relação às ligações de Yay. Ela diz que esta é mais ou menos urgente.

Gurgeh não estava atendendo ligações da amiga. Durante os últimos dias, ela havia tentado entrar em contato várias vezes. Ele deu de ombros.

— Vá em frente — falou, deixando o terminal flutuar em pleno ar diante de si.

A tela se desenrolou para revelar o rosto sorridente de Yay.

— Ah, o recluso. Como você está, Gurgeh?

— Estou bem.

Yay se inclinou para a frente, olhando para a própria tela.

— Você está sentado ao lado de quê?

Gurgeh olhou para o instrumento de ferro ao lado do banco.

— Isso é um canhão — disse ele.

— Foi o que pensei.

— Foi um presente de uma amiga — explicou Gurgeh. — Ela gostava muito de forjar e fundir. Evoluiu de atiçadores e grelhas para canhões. Achou que eu poderia achar divertido disparar grandes esferas de metal no fiorde.

— Entendi.

— Mas é preciso pólvora de combustão rápida para fazer com que ele funcione, e eu nunca consegui obter nenhuma.

— Melhor assim. Essa coisa provavelmente teria explodido e detonado seu cérebro.

— Isso também me ocorreu.

— Bom para você. — O sorriso de Yay se alargou. — Ei, sabe de uma coisa?

— O quê?

— Estou de partida em um cruzeiro. Convenci Shuro de que ele precisa ampliar os horizontes. Você se lembra de Shuro, no jogo de tiros?

— Ah, sim, eu me lembro. Quando você vai?

— Já fui. Acabamos de partir do porto de Tronze; no veleiro *Parafuso Solto*. Esta era a última chance que eu tinha de ligar para você em tempo real. O atraso temporal vai significar cartas, no futuro.

— Ah. — Gurgeh desejou, naquele momento, não ter aceitado essa chamada também. — Por quanto tempo você vai ficar fora?

— Um ou dois meses. — O rosto animado e sorridente de Yay se franziu. — Vamos ver. Shuro pode se cansar de mim antes disso. Em geral, o garoto está interessado em outros homens, mas estou tentando convencê-lo do contrário. Desculpe não poder me despedir antes de partir, mas não é por muito tempo. Eu vou...

A tela ficou vazia e se recolheu para o interior do terminal quando ele caiu no chão e ficou, silencioso e sem energia, sobre o solo coberto de árvores da clareira. Gurgeh encarou o dispositivo. Então inclinou para a frente e o pegou. Algumas agulhas e pedaços de grama ficaram presos na tela quando ela tornara a se enrolar para dentro. Ele os puxou para fora. A máquina estava sem vida; a pequena luzinha reveladora na base estava desligada.

— Então, Jernau Gurgeh? — disse Mawhrin-Skel, que chegava flutuando de um dos lados da clareira.

Gurgeh pegou o terminal com as duas mãos. Ficou de pé, encarando o drone enquanto este se movia pelo ar, reluzente sob a luz do sol. O jogador se obrigou a relaxar, guardando o terminal em um bolso da jaqueta e se sentando, de pernas cruzadas, sobre o banco.

— Então o quê, Mawhrin-Skel?

— Uma decisão. — A máquina flutuou ao nível do rosto. Os campos dela estavam de um azul formal. — Você vai interceder por mim?

— E se eu fizer isso e nada acontecer?

— Você só vai ter de se esforçar mais. Eles vão escutar, se for persuasivo o suficiente.

— Mas e se você estiver errado e não escutarem?

— Aí vou ter de pensar se libero seu pequeno entretenimento ou não. Seria, sem dúvida, divertido... Mas posso guardá-lo, caso você acabe sendo útil para mim de algum outro jeito. Nunca se sabe.

— Não mesmo.

— Vi que você recebeu uma visita outro dia.

— Achei que você pudesse ter notado.

— Parecia um drone do Contato.

— E era.

— Eu gostaria de fingir que sei o que ele lhe disse, mas depois que você entrou em casa, tive de parar de escutar. Algo sobre viajar, acredito ter ouvido você dizer.

— Uma espécie de cruzeiro.

— Isso é tudo?

— Não.

— Hmm. Meu palpite era que eles podiam querer que você se juntasse ao Contato, tornar-se um referente, um de seus planejadores; algo assim. Não é?

Gurgeh sacudiu a cabeça. O drone balançava de um lado para o outro no ar, um gesto que o jogador não sabia ao certo se entendia.

— Entendo. E você já me mencionou?

— Não.

— Acho que você deveria fazer isso, não?

— Não sei se vou fazer o que eles estão pedindo. Ainda não decidi.

— Por que não? O que estão pedindo que você faça? Isso pode ser comparado à vergonha...

— Vou fazer o que *eu* quiser fazer — disse Gurgeh, se levantando. — Posso muito bem fazer isso, afinal de contas, drone, não posso? Mesmo que eu consiga convencer o Contato a recebê-lo de volta, você e sua amiga *Canhoneira Diplomática* ainda terão a gravação. O que impediria os dois de fazer tudo isso de novo?

— Ah, então sabe o nome dela. Eu me perguntei o que você e o Polo de Chiark estavam tramando. Bom, Gurgeh, só pergunte uma coisa a si mesmo: o que mais eu poderia querer de você? Isso é tudo o que quero, ter a permissão de ser aquilo que fui criado para ser. Quando eu for restaurado a esse estado, vou ter tudo o que possivelmente poderia desejar. Não haveria mais nada sobre o que você pudesse possivelmente ter algum controle. Eu quero lutar, Gurgeh, foi para isso que fui projetado: para usar habilidade, astúcia e *força* para vencer batalhas para nossa querida e amada Cultura. Não estou interessado em controlar os outros, nem em tomar as decisões estratégicas. Esse tipo de poder não me interessa. O único destino que quero controlar é o meu.

— Belas palavras — disse o jogador.

Então pegou o terminal apagado no bolso e o girou nas mãos. De alguns metros de distância, Mawhrin-Skel pegou o objeto das mãos de Gurgeh, segurou-o abaixo da lataria e o dobrou ao meio com cuidado. Dobrou-o mais uma vez, em quatro; a máquina em forma de caneta estalou e quebrou. Mawhrin-Skel amassou os restos em uma bolinha irregular.

— Estou ficando impaciente, Jernau Gurgeh. Quanto mais rápido você pensa, mais lento fica o tempo, e eu penso muito rápido mesmo.

Digamos mais quatro dias, o que acha? Você tem 128 horas antes que eu diga à *Canhoneira* para torná-lo ainda mais famoso do que você já é.

Então jogou o terminal quebrado para Gurgeh, que o pegou.

O pequeno drone saiu flutuando na direção da borda da clareira.

— Vou ficar esperando sua ligação — disse ele. — Mas é melhor conseguir um terminal novo. E tome cuidado na caminhada de volta para Ikroh; é perigoso estar na mata sem maneiras de pedir ajuda.

— Cinco anos? — disse Chamlis, pensativo. — Bom, é um jogo e tanto, concordo, mas você não vai perder contato ao longo desse tipo de período? Pensou bem sobre isso, Gurgeh? Não deixe que o apressem a fazer nada de que possa se arrepender depois.

Eles estavam no porão mais baixo em Ikroh. Gurgeh tinha levado Chamlis até ali para lhe contar sobre Azad. Primeiro fez com que o drone jurasse segredo. Os dois haviam deixado o drone residente do Polo contra vigilância de guarda na entrada do porão, e Chamlis fizera o possível para verificar que não havia nada nem ninguém escutando, além de ter produzido uma impressão razoável de um campo de silêncio em torno deles. Conversaram sobre um fundo de tubulações e dutos de serviço que roncavam e chiavam na escuridão ao redor, com as paredes nuas de rocha suando e brilhando no escuro.

Gurgeh sacudiu a cabeça. Não havia lugar nenhum onde se sentar no porão e o teto era baixo demais para que ele ficasse totalmente ereto. Então estava de pé, com a cabeça curvada.

— Acho que vou aceitar — disse o jogador, sem olhar para Chamlis. — Sempre posso voltar, se for difícil demais, se eu mudar de ideia.

— Difícil demais? — repetiu o drone, surpreso. — Isso não é do seu feitio, Gurgeh. Concordo que é um jogo difícil, mas...

— Enfim, eu posso voltar — disse ele.

Chamlis ficou em silêncio por um momento.

— Pode. É claro que pode.

Gurgeh ainda não sabia se estava fazendo a coisa certa. Tinha tentado refletir sobre aquilo, aplicar ao próprio impasse o mesmo tipo de análise lógica e fria que em geral utilizaria em uma situação difícil num jogo, mas simplesmente não parecia capaz de fazer isso; era como se essa habilidade só pudesse olhar com calma para problemas distantes e abstratos e fosse incapaz de se concentrar em algo enredado de tal forma ao próprio estado emocional.

Ele queria ir para se afastar de Mawhrin-Skel, mas, tinha de admitir para si mesmo, estava atraído por Azad. Não apenas pelo jogo. Isso ainda era um pouco irreal, complicado demais para já ser levado a sério. O Império em si lhe interessava.

E, ainda assim, é claro que queria ficar. Tinha aproveitado a vida até aquela noite em Tronze. Nunca havia ficado satisfeito por completo, mas afinal, quem havia? Em retrospecto, a vida que tinha levado parecia idílica. Podia perder um jogo de vez em quando, sentir que outro jogador era enaltecido sem justificativa acima dele, desejar Yay Meristinoux e se sentir irritado por ela preferir outros, mas esses eram sofrimentos muito, muito pequenos, na verdade, em comparação tanto ao que Mawhrin-Skel tinha contra ele quanto aos cinco anos de exílio que tinha pela frente.

— Não — falou, assentindo e olhando para o chão. — Eu acho que vou.

— Tudo bem... mas isso não parece nem um pouco com você, Gurgeh. Sempre foi tão... contido. No controle.

— Você faz com que eu pareça uma máquina — disse o jogador, cansado.

— Não, mas mais... previsível que isso; mais compreensível.

Gurgeh deu de ombros e olhou para o chão irregular de rocha.

— Chamlis — disse ele. — Eu sou apenas humano.

— Isso, meu caro amigo, nunca foi uma desculpa.

Gurgeh se sentou no carro subterrâneo. Tinha ido à universidade para ver a professora Boruelal; levara consigo uma carta lacrada e escrita à mão para ela guardar, para ser aberta apenas se ele morresse, explicando tudo o que havia acontecido, desculpando-se com Olz Hap, tentando deixar claro como ele se sentia, o que o levara a fazer uma coisa tão terrível e estúpida... Mas no fim, não entregou a carta. Ficou aterrorizado com a ideia de Boruelal abri-la, talvez por acidente, e lê-la enquanto ele ainda estivesse vivo.

O carro subterrâneo correu pela base da placa, seguindo de volta para Ikroh. Gurgeh usou o terminal novo e ligou para o drone chamado Worthil. O drone tinha partido após o encontro deles para explorar um dos planetas gigantes gasosos do sistema, mas ao receber a ligação, fez com que o Polo de Chiark o despachasse para a base subterrânea. Worthil entrou pela porta do carro em velocidade.

— Jernau Gurgeh — falou, com a condensação congelando sobre a lataria, a presença dele entrando no interior quente do carro como um vento frio. — O senhor chegou a uma decisão?

— Cheguei — disse o jogador. — Eu vou.

— Ótimo! — disse o drone. Então pôs um pequeno recipiente, com cerca de metade do tamanho dele, sobre um dos assentos acolchoados do carro. — Flora de gasosa gigante — explicou.

— Espero não ter abreviado indevidamente sua expedição.

— De jeito nenhum. Deixe-me oferecer minhas congratulações. Acho que você fez uma escolha sábia, até corajosa. Passou pela minha cabeça que o Contato só estivesse lhe oferecendo essa oportunidade para deixá-lo mais satisfeito com sua vida atual. Se isso era o que as grandes Mentes estavam esperando, fico satisfeito ao vê-lo desconcertando-as. Muito bem.

— Obrigado. — Gurgeh tentou sorrir.

— Sua nave vai ser preparada agora mesmo. Ela deve estar a caminho ainda hoje.

— Que tipo de nave é?

— Uma antiga UOG de classe Assassina remanescente da Guerra Idirana. Ficou em armazenamento profundo a cerca de seis décadas daqui pelos últimos setecentos anos. Chama-se *Fator Limitante.* Ela ainda está em perfeitas condições de batalha no momento, mas as armas serão removidas e um conjunto de tabuleiros de jogos e um hangar de módulo serão instalados. Entendo que a Mente não seja nada espetacular; essas formas de naves de guerra não podem se dar ao luxo de ter inteligências brilhantes nem de ser artistas de destaque, mas acredito que seja um dispositivo bastante amigável. Ela vai ser sua adversária durante a viagem. Se quiser, pode levar mais alguém com você, mas vamos mandar um drone para acompanhá-lo de qualquer forma. Há um enviado humano em Groasnachek, a capital de

Eä, e ele vai ser seu guia, também... Você estava pensando em levar companhia?

— Não — disse Gurgeh. Na verdade, pensara em convidar Chamlis, mas sabia que o velho drone sentia já ter tido empolgação, e tédio, suficientes na vida. Não queria colocar a máquina na posição de ter de dizer não. Se Chamlis quisesse ir, ele tinha certeza de que o drone não teria medo de perguntar.

— Provavelmente uma decisão sábia. E em relação a bens pessoais? Pode ser estranho se o senhor quiser levar qualquer coisa maior do que um módulo pequeno, digamos, ou um animal maior do que um humano.

Gurgeh sacudiu a cabeça.

— Nada perto disso. Algumas caixas de roupas... talvez um ou dois ornamentos... mais nada. Que tipo de drone você estava pensando em mandar?

— Basicamente um diplomata-tradutor pronto para tarefas gerais. É provável que seja um antigo com alguma experiência com o Império. Ele vai precisar ter um conhecimento abrangente de todos os maneirismos sociais, formas de tratamento e outras coisas do tipo. O senhor não iria acreditar em como é fácil cometer gafes em uma sociedade como essa. O drone vai mantê-lo limpo no que se refere à etiqueta. Ele vai ter uma biblioteca, também, e talvez um grau limitado de capacidade ofensiva.

— Eu não quero um drone armado, Worthil — disse Gurgeh.

— É aconselhável, para sua segurança. O senhor vai estar sob a proteção das autoridades imperiais, é claro, mas elas não são infalíveis. Ataques físicos não são desconhecidos durante um jogo, e há grupos dentro da sociedade que podem querer lhe fazer mal. Devo observar que a *Fator Limitante* não vai ser capaz de ficar por perto depois de deixá-lo em Eä. Os militares do Império insistiram que não vão permitir uma nave de guerra estacionada acima de seu planeta natal. A única razão para deixarem que ela se aproxime de Eä é porque estamos removendo todo o armamento. Depois que a nave partir, esse drone vai ser a única proteção totalmente confiável que o senhor vai ter.

— Mas ele não vai me deixar invulnerável, vai?

— Não.

— Então prefiro correr o risco com o Império. Me dê um drone de maneiras delicadas. Com certeza nada armado, nada... que vise a alvos.

— Eu realmente aconselho muito...

— Drone — disse Gurgeh. — Para jogar este jogo de maneira adequada, vou precisar me sentir tanto quanto possível como um dos nativos, com as mesmas vulnerabilidades e preocupações. Não quero sua máquina como minha guarda-costas. Não faz sentido ir se eu souber que não preciso levar o jogo tão a sério quanto todos os outros.

O drone não disse nada por algum tempo.

— Bem, se o senhor tem certeza — falou por fim, parecendo insatisfeito.

— Tenho.

— Muito bem. Se o senhor insiste. — O drone fez um som de suspiro. — Acho que isso resolve tudo. A nave deve estar aqui em...

— Tem uma condição — disse Gurgeh.

— Uma... *condição?* — repetiu o drone. Os campos dele se tornaram visíveis por um momento, uma mistura cintilante de azul, marrom e cinza.

— Tem um drone aqui, chamado Mawhrin-Skel — disse Gurgeh.

— Sim — disse Worthil com cautela. — Fui informado de que esse dispositivo vive aqui agora. O que tem ele?

— Foi exilado das Circunstâncias Especiais; expulso. Nós nos tornamos... amigos desde que ele chegou aqui. Prometi que se eu algum dia tivesse alguma influência no Contato, faria o que pudesse para ajudá-lo. Infelizmente, só posso jogar Azad sob a condição de que o drone retorne às CE.

Worthil não disse nada por um momento.

— Essa foi uma promessa tola de se fazer, sr. Gurgeh.

— Admito que nunca pensei que estaria em posição de cumpri-la. Mas estou, por isso tenho que fazer disso uma condição.

— Você não quer levar essa máquina *com* você, quer? — Worthil pareceu intrigado.

— Não! — disse Gurgeh. — Só prometi que tentaria colocá-lo em serviço de novo.

— Aham. Bem, na verdade não estou em posição de fazer esse tipo de acordo, Jernau Gurgeh. Essa máquina foi tornada civil porque era perigosa e se recusou a ser submetida à terapia de reconstrução. O caso dela não é algo que eu possa decidir. É uma questão para o conselho de admissões interessado.

— Mesmo assim, preciso insistir.

Worthil emitiu um ruído de suspiro, ergueu o recipiente esférico que pusera sobre o assento e pareceu estudar a superfície vazia.

— Vou fazer o que puder — disse ele, com um traço de irritação na voz. — Mas não posso prometer nada. Os conselhos de admissões e apelações odeiam ser pressionados; eles ficam terrivelmente moralistas.

— Preciso ser liberado de minha obrigação com Mawhrin-Skel de algum jeito — falou Gurgeh em voz baixa. — Não posso partir daqui com ele capaz de dizer que eu não tentei ajudá-lo.

O drone do Contato não parecia escutar. Então disse:

— Hmm. Bem, vamos ver o que podemos fazer.

O carro subterrâneo voou através da base do mundo, silencioso e veloz.

— A Gurgeh: um grande jogador, um grande homem!

Hafflis estava no parapeito em uma extremidade do terraço, com a queda de um quilômetro às costas, uma garrafa em uma das mãos e um pote de drogas fumegante na outra. A mesa de pedra estava cheia de gente que tinha ido até ali para se despedir de Gurgeh. Havia sido anunciado que ele partiria no dia seguinte, para viajar até as Nuvens no VGS *Malandrinho* e ser um dos representantes da Cultura nos Jogos Pardethillisianos, a grande convocação lúdica realizada aproximadamente a cada 22 anos pela Meritocracia Pardethillisi na Nuvem Menor.

Gurgeh tinha de fato sido convidado para esse torneio, da mesma forma que havia sido chamado para os jogos anteriores a esses, da mesma forma que era para vários milhares de competições e convocações de diversos tamanhos e características todos os anos, fosse dentro da Cultura ou fora dela. Ele havia recusado esse convite, assim como recusava todos eles, mas a história passara a ser que ele tinha mudado de ideia e iria até lá jogar pela Cultura. Os próximos jogos seriam realizados em três anos e meio, o que tornava a necessidade de partir tão depressa um tanto complicada de explicar, mas o Contato tinha feito um cronograma bem criativo e contado algumas mentiras deslavadas que pareceriam ao curioso eventual que só o *Malandrinho* poderia levar Gurgeh até lá a tempo de fazer os longos registros formais e o demorado período de qualificação exigido.

— Um brinde!

Hafflis inclinou a cabeça para trás e levou a garrafa à boca. Todo mundo em torno da grande mesa se juntou a ele, bebendo de uma dúzia de tipos diferentes de potes, copos, cálices e canecas. Hafflis se inclinava cada vez mais para trás enquanto esvaziava o conteúdo do recipiente; algumas pessoas gritaram alertas ou jogaram pedaços de comida nele, que só teve tempo de baixar a garrafa e estalar os lábios molhados de vinho antes de se desequilibrar e desaparecer pela borda do parapeito.

— Oops — disse a voz abafada dele.

Dois de seus filhos mais novos, sentados brincando de Três Potes com um enumerador stygliano completamente mistificado, foram até o parapeito e arrastaram o pai de volta do campo de segurança. Ele caiu sobre o terraço e foi cambaleante até o próprio assento, rindo.

Gurgeh estava sentado entre a professora Boruelal e uma das antigas paixões dele: Vossle Chu, a mulher cujos hobbies tinham, no passado, incluído a fundição de ferro. Ela viera de Rombree, do lado oposto de Gevant em Chiark, para se despedir de Gurgeh. Havia pelo menos dez de suas ex-amantes em meio ao grupo que se espremia em torno da mesa. Ele se perguntou, de forma um pouco indistinta, o que significaria o fato de que, dessas dez, seis tinham escolhido mudar de sexo e se tornar – e permanecer – homens ao longo dos últimos anos.

Gurgeh, junto com todo o resto, estava ficando bêbado, como era tradicional em ocasiões como essa. Hafflis havia prometido que eles não fariam com Gurgeh o que tinham feito com um amigo em comum alguns anos antes. O jovem tinha sido aceito no Contato e Hafflis fizera uma festa para comemorar. No fim da noite, eles deixaram o sujeito nu e o jogaram por cima do parapeito... mas o campo de segurança tinha sido desligado; o novo recruta do Contato tinha caído novecentos metros – seiscentos deles com os intestinos vazios – antes que três drones domésticos de Hafflis preposicionados se erguessem sem pressa da floresta abaixo para pegá-lo e levá-lo de volta para cima.

A Unidade Ofensiva Geral (Desmilitarizada) *Fator Limitante* havia chegado sob Ikroh naquela tarde. Gurgeh tinha descido até a galeria de trânsito para inspecioná-la. A nave tinha trezentos metros de comprimento, era muito elegante e de aparência simples; um nariz pontudo, três bolhas compridas como grandes cabines levando até o nariz e mais outras cinco bolhas grandes no meio do veículo. A traseira era achatada e lisa. A nave lhe cumprimentara, dissera que estava ali para levá-lo para o VGS *Malandrinho* e perguntara se ele tinha alguma exigência especial de dieta.

Boruelal deu um tapinha nas costas de Gurgeh.

— Vamos sentir sua falta.

— Igualmente — disse o jogador, balançando, e se sentiu um tanto emotivo.

Ele se perguntou quando seria hora de jogar as lanternas de papel pelo parapeito para descerem flutuando até a floresta tropical. Tinham acendido as luzes atrás da cachoeira, por toda a extensão do penhasco, e um dirigível itinerante, ao que parecia tripulado principalmente por fãs de jogos, havia ancorado acima da planície ao nível de Tronze, prometendo uma exibição de fogos de artifício mais tarde. Gurgeh tinha ficado bem emocionado com essas demonstrações de respeito e afeição.

— Gurgeh — chamou Chamlis.

O jogador se virou, ainda segurando o copo, para olhar a máquina antiga. Ela colocou um pacote pequeno na mão dele.

— Um presente — disse o drone. Gurgeh olhou para o pequeno embrulho; papel amarrado com fita. — Só uma velha tradição — explicou Chamlis. — Abra quando estiver no caminho.

— Obrigado — disse Gurgeh, assentindo devagar. Ele guardou o presente na jaqueta, então fez algo que raramente fazia com drones: abraçou a máquina antiga, passando os braços em torno dos campos de aura. — Obrigado, muito, muito obrigado.

A noite escureceu. Uma pancada rápida de chuva quase apagou o carvão em brasa no centro da mesa, mas Hafflis mandou que drones de abastecimento levassem engradados de bebidas destiladas e todos se divertiram jogando-as no carvão para mantê-lo aceso em poças de chamas azuis que queimaram metade das lanternas de papel, calcinaram as trepadeiras floridas, fizeram muitos buracos em roupas e queimaram a pele do enumerador stygliano. Um relâmpago brilhou nas montanhas acima do lago; a cachoeira cintilava, fabulosa e iluminada por trás, e os fogos de artifício do dirigível provocaram aplausos e mais fogos de artifício em resposta e lasers nas nuvens acima de toda Tronze. Gurgeh foi jogado nu no lago, mas retirado de lá cuspindo água pelos filhos de Hafflis.

Ele acordou na cama de Boruelal, na universidade, um pouco depois do amanhecer. Saiu de fininho, logo cedo.

Gurgeh olhou ao redor do cômodo. O sol do início da manhã inundava a paisagem em torno de Ikroh e se lançava pela sala de estar, entrando pelas janelas do lado do fiorde, atravessando o local e saindo pelos vidros abertos para os jardins que subiam a encosta. Pássaros enchiam o ar frio e imóvel de música.

Não havia mais nada a pegar, mais nada a guardar. Ele tinha mandado os drones domésticos descerem com um baú de roupas na noite anterior, mas naquele momento se perguntava por que havia se dado ao trabalho; não precisaria de muitas mudas de roupa na nave de guerra e, quando chegassem ao VGS, poderia encomendar o que quisesse. Tinha colocado na mala alguns ornamentos pessoais e fez com que a casa copiasse o estoque dela de imagens paradas e em movimento para a memória da *Fator Limitante.* A última coisa que fez foi queimar a carta que escrevera para deixar com Boruelal e remexer nas cinzas da lareira até ficarem finas como pó. Não restava mais nada.

— Está pronto? — perguntou Worthil.

— Estou — respondeu Gurgeh. Sua cabeça estava desanuviada e não doía mais, mas ele se sentia cansado e sabia que dormiria bem naquela noite. — Ele já chegou?

— Está a caminho.

Esperavam por Mawhrin-Skel. Haviam dito ao drone que o apelo dele tinha sido reaberto; como um favor para Gurgeh, era provável que a máquina recebesse uma função nas Circunstâncias Especiais. Mawhrin-Skel tinha recebido a notícia, mas não havia aparecido. Iria se encontrar com os dois quando Gurgeh partisse.

O jogador se sentou para esperar.

Alguns minutos antes da hora de partir, o pequeno drone apareceu, descendo flutuando pela chaminé para pairar acima da grelha vazia da lareira.

— Mawhrin-Skel — disse Worthil. — Bem a tempo.

— Acredito que estou sendo chamado de volta para o serviço — disse o drone menor.

— Você está mesmo — disse Worthil com animação.

— Ótimo. Tenho certeza de que meu amigo, a UOL *Canhoneira Diplomática*, vai acompanhar minha futura carreira com grande interesse.

— É claro — disse o outro drone. — Eu espero que sim.

Os campos de Mawhrin-Skel brilharam laranja e vermelhos. Ele flutuou até Gurgeh, com o corpo cinza brilhando muito, todos os campos quase apagados sob a luz forte do sol.

— Obrigado — falou. — Eu lhe desejo uma boa viagem e muita sorte.

O jogador se sentou no sofá e encarou a pequena máquina. Pensou em várias coisas para dizer, mas não pronunciou nenhuma delas. Em vez disso, levantou-se, arrumou a jaqueta, olhou para Worthil e disse:

— Acho que agora estou pronto para ir.

Mawhrin-Skel o observou deixar a sala, mas não tentou segui-lo.

Gurgeh embarcou na *Fator Limitante*.

Worthil lhe mostrou os três grandes tabuleiros de jogo dispostos em três das protuberâncias efetuadoras em torno do centro da nave e apontou para o hangar do módulo abrigado na quarta bolha e a piscina instalada pelo estaleiro na quinta, já que não conseguiram pensar em mais nada em tão pouco tempo e não quiseram deixar a bolha apenas vazia. Os três efetuadores no nariz tinham sido deixados, mas estavam desconectados, para serem removidos quando a *Fator Limitante* atracasse no *Malandrinho*. Worthil o guiou até os alojamentos, que pareciam perfeitamente adequados.

Com uma rapidez surpreendente, era hora de partir, e Gurgeh se despediu do drone do Contato. Ele se sentou na seção de acomodação, observou a pequena máquina flutuar pelo corredor até a entrada da nave de guerra e em seguida pediu à tela à frente que mudasse para visão do exterior. O corredor temporário que juntava a nave à galeria de trânsito de Ikroh se retraiu, e o tubo comprido do casco interno da nave voltou do exterior para o lugar.

Então, sem nenhum aviso ou barulho, a vista da base da placa se afastou, encolhendo. Enquanto a nave partia, a placa se mesclou com as outras três daquele lado do orbital para se tornar parte de uma única linha grossa, e então essa linha diminuiu depressa até se tornar um ponto, atrás do qual a estrela do sistema de Chiark brilhou forte, antes de também muito rapidamente perder o brilho e encolher, e assim Gurgeh percebeu que estava a caminho do Império de Azad.

2

IMPERIUM

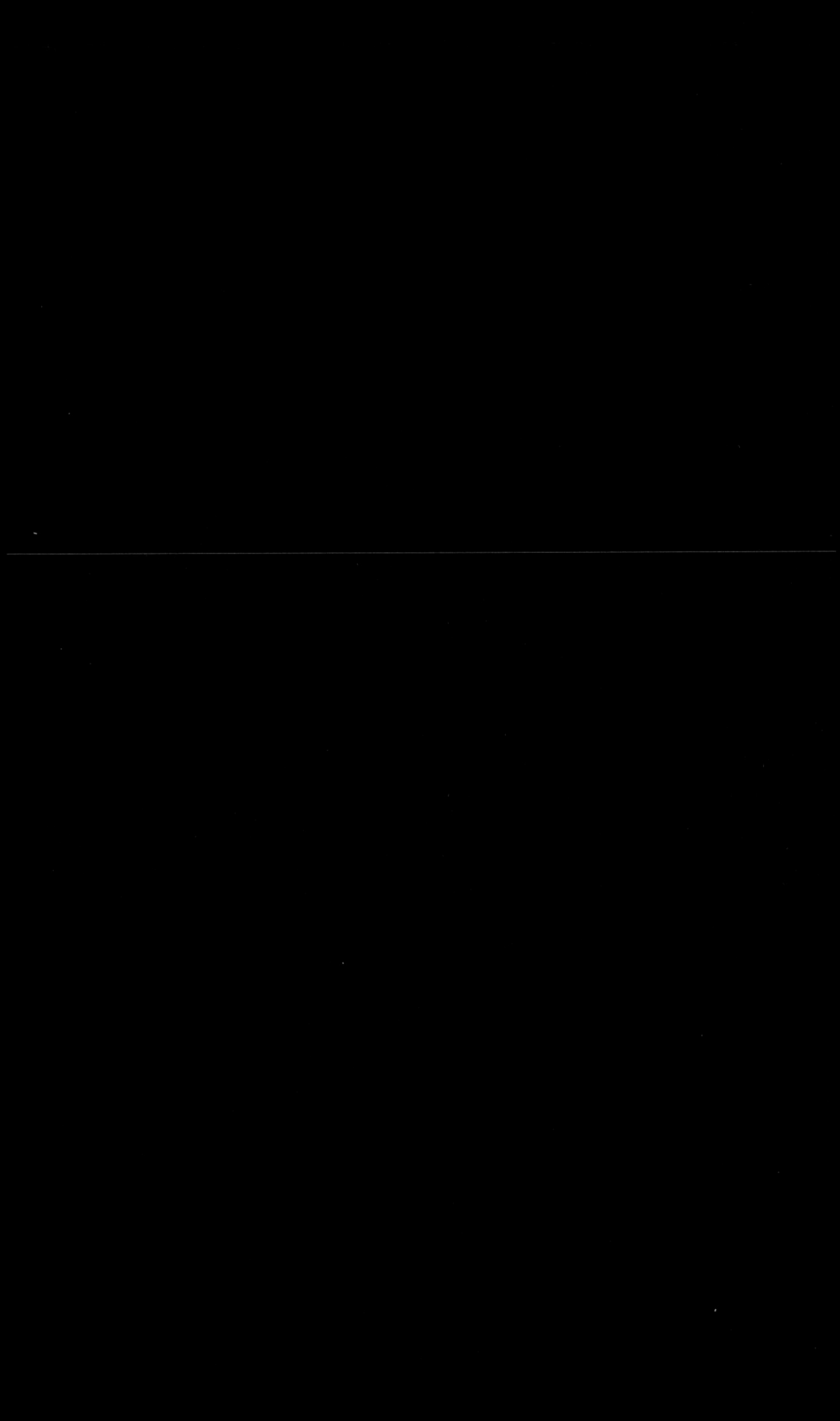

AINDA comigo?

Uma pequena nota textual para vocês aqui (tenham paciência comigo).

Aqueles sem sorte o suficiente para ler ou ouvir isso em marain podem muito bem estar usando uma língua sem o número ou o tipo de pronomes pessoais exigidos, então é melhor eu explicar esse detalhe da tradução.

Marain, a língua maravilhosa por excelência da Cultura (é o que a Cultura vai lhes dizer), tem, como qualquer criança sabe, um pronome pessoal para cobrir indivíduos do sexo feminino, sexo masculino, intermediários, neutros, crianças, drones, Mentes, outras máquinas sencientes e toda forma de vida capaz de reunir qualquer coisa remotamente parecida com um sistema nervoso e os rudimentos de uma linguagem (ou uma boa desculpa para não ter nenhum dos dois). Como consequência, *há* meios de especificar o sexo de uma pessoa em marain, mas eles não são usados nas conversas cotidianas; na arquetípica língua-como-arma-moral-e-com-orgulho-disso, a mensagem é que é o cérebro que importa, crianças; quase não vale a pena fazer distinção entre gônadas.

Então, na continuação, Gurgeh está muito satisfeito pensando nos azadianos assim como pensaria em quaisquer outros (ver a lista anterior)... Mas e você, ó cidadão desafortunado, possivelmente ignorante, provavelmente efêmero e sem dúvida desfavorecido de alguma sociedade externa à Cultura, em especial aquelas dotadas de forma injusta (e os azadianos diriam inferior) apenas do número médio de gêneros?!

Como podemos nos referir ao triunvirato dos sexos azadianos sem recorrer a termos alienígenas que pareçam engraçados ou expressões, não palavras, de estranheza incômoda?

Podem ficar tranquilos; decidi usar os pronomes óbvios e naturais para indivíduos do sexo masculino e feminino, e representar os intermediários – ou ápices – com qualquer termo pronominal que melhor indique o lugar desses indivíduos na sociedade em relação ao equilíbrio de poder sexual existente no seu mundo. Em outras palavras, a tradução precisa vai depender de sua civilização (pois vamos errar em favor da generosidade terminológica) ser dominada por indivíduos do sexo masculino ou feminino.

(Aqueles que podem de forma justa alegar não ser dominados por nenhum dos dois, é claro, terão o próprio termo adequado.)

Enfim, basta disso.

Vejamos agora: enfim tiramos o velho Gurgeh da Placa Gevant, do Orbital Chiark, e ele está viajando a uma boa velocidade em uma nave militar despojada de equipamento, seguindo para um encontro com o Veículo Geral de Sistemas *Malandrinho* com destino às Nuvens.

Pontos para Refletir:

Gurgeh entende mesmo o que fez e o que pode acontecer com ele? Será que sequer começou a se dar conta de que pode ter sido enganado? E sabe mesmo no que está se metendo?

Claro que não!

Isso é parte da diversão!

Gurgeh tinha feito cruzeiros muitas vezes na vida e – naquele mais longo, trinta anos antes – viajado a alguns milhares de anos-luz de Chiark, mas algumas horas após a partida a bordo da *Fator Limitante* estava sentindo a distância de anos-luz que a nave, ainda em processo de aceleração, colocava entre ele e seu lar com um imediatismo que não havia antecipado. Passou algum tempo observando a tela, onde a estrela de Chiark brilhava branca-amarelada e diminuía pouco a pouco, mas mesmo assim se sentia ainda mais longe dela do que até mesmo a tela mostrava.

Nunca havia sentido a falsidade dessas representações antes, mas ali, sentado nas velhas acomodações da área social, olhando para a tela retangular na parede, não conseguiu evitar se sentir como um ator ou componente nos circuitos da nave: como parte da falsa vista do espaço real pendurada à frente e, portanto, tão falso quanto ela.

Talvez fosse o silêncio. Ele esperara barulho, por alguma razão. A *Fator Limitante* estava viajando através de algo chamado de ultraespaço com aceleração crescente; a velocidade da nave estava se aproximando depressa do máximo, com uma rapidez que, quando mostrada em números na tela da parede, entorpecia o cérebro de Gurgeh. Ele nem sabia o que era o ultraespaço. Era a mesma coisa que hiperespaço? Pelo menos disso ouvira falar, mesmo que não soubesse muito sobre o assunto... enfim. Com toda a velocidade aparente, a nave era quase perfeitamente silenciosa, e o jogador experimentou uma sensação assustadora enervante, como se a antiga nave de guerra, fora de circulação por todos esses séculos, de algum modo ainda não tivesse despertado por completo, e os eventos dentro do casco elegante ainda se movessem em um ritmo diferente, mais lento, metade feito de sonhos.

A nave também não parecia querer conversar, o que em geral não teria incomodado Gurgeh, mas naquela circunstância incomodava. Ele deixou a cabine privativa e saiu para dar uma volta, descendo o corredor estreito de cem metros de comprimento que levava até o interior da nave. No corredor vazio, com pouco mais de um metro de largura e tão baixo que era possível tocar o teto sem precisar se esticar, ele achou que podia ouvir um zumbido muito sutil, vindo dos arredores. No fim dessa passagem, pegou outra, que parecia subir em um ângulo de pelo menos trinta graus, mas que aparentemente se nivelou assim que Gurgeh pisou (com um momento de tontura) sobre ela. Esse corredor terminava em uma bolha efetuadora, onde um dos grandes tabuleiros de jogo tinha sido montado.

O tabuleiro se abria à frente, um remoinho de formas geométricas e cores variadas; uma paisagem que se estendia por quinhentos metros quadrados, com as cadeias baixas de pirâmides de território tridimensional empilhado aumentando ainda mais esse total. Gurgeh caminhou até a beira do tabuleiro enorme, se perguntando se, no fim das contas, dera um passo maior que as pernas.

Ele olhou ao redor da velha bolha efetuadora. O tabuleiro ocupava pouco mais da metade do espaço do piso, apoiado sobre o forro de espuma de metal leve que o estaleiro havia instalado. Metade do volume do ambiente estava sob os pés de Gurgeh; o corte transversal do abrigo efetuador era circular, e a estrutura e o tabuleiro descreviam um diâmetro através dele, mais ou menos nivelado com o casco da nave além da bolha. O teto do abrigo se curvava, cinza-escuro e sem brilho, em um arco doze metros acima.

Gurgeh entrou por baixo do forro no espaço côncavo sob o piso de espuma de metal por meio de uma escotilha flutuante. O espaço ecoante estava ainda mais vazio que o de cima. Com a exceção de algumas escotilhas e alguns nichos rasos na superfície côncava, a remoção da massa de armamentos tinha sido realizada sem deixar rastros. O jogador se lembrou de Mawhrin-Skel e se perguntou como a *Fator Limitante* se sentia por ter tido as garras arrancadas.

— Jernau Gurgeh.

Ele se virou quando seu nome foi pronunciado e viu um cubo de componentes esqueléticos flutuando perto de si.

— Sim?

— Nós agora chegamos a nosso Ponto Terminal de Agregação e estamos mantendo uma velocidade de aproximadamente 8,5 quiloluzes no ultraespaço um positivo.

— É mesmo? — disse Gurgeh. Ele olhou para o cubo de meio metro e se perguntou que partes eram os olhos.

— É — disse o drone remoto. — Nós devemos nos encontrar com o VGS *Malandrinho* dentro de aproximadamente 102 dias. Estamos recebendo em tempo real instruções do *Malandrinho* sobre como jogar Azad, e a nave me instruiu a lhe dizer que em breve ela vai poder jogar. Quando você quer começar?

— Bem, não agora — falou Gurgeh. Então tocou os controles da escotilha flutuante, subindo pelo chão na direção da luz. O drone remoto subiu acima dele. — Quero me instalar primeiro — disse ele. — Preciso de mais trabalho teórico antes de começar a jogar.

— Muito bem. — O drone começou a ir embora, então parou. — A nave deseja avisá-lo que seu modo normal de operação inclui monitoramento interno total, eliminando a necessidade de um terminal. Isso é satisfatório ou você prefere desligar os sistemas internos de observação e usar o seu terminal para entrar em contato com a nave?

— O terminal — disse Gurgeh no mesmo instante.

— O monitoramento interno foi reduzido ao status apenas emergencial.

— Obrigado — falou o jogador.

— Não há de quê — disse o drone, indo embora flutuando.

Gurgeh o observou desaparecer no corredor e então se virou de novo para o vasto tabuleiro, sacudindo a cabeça mais uma vez.

Durante os trinta dias seguintes, Gurgeh não tocou em uma única peça de Azad; passou o tempo inteiro aprendendo a teoria do jogo, estudando a história quando ela fosse útil para uma melhor compreensão da forma de jogar, memorizando os movimentos que cada peça podia fazer, assim como os valores delas, as simetrias, a força moral potencial e real, as intersecções variadas de curvas de tempo/força e as habilidades harmônicas específicas em relação a áreas diferentes dos tabuleiros. Ele se debruçava sobre tabelas e gráficos que mostravam as qualidades inerentes aos conjuntos, números, níveis e grupos de cartas associados e se intrigava com o lugar que os tabuleiros menores ocupavam no jogo como um todo – e a forma com que as imagens elementares nos estágios posteriores se encaixavam com a atuação mecânica das peças, dos tabuleiros e das combinações nas primeiras rodadas –, enquanto, ao mesmo tempo, tentava encontrar um jeito de conectar à própria mente as táticas e a estratégia do jogo como era habitualmente jogado, tanto no modo de jogo único – uma pessoa contra outra – quanto nas versões de jogos múltiplos, quando até dez competidores podiam se enfrentar na mesma partida, com todo o potencial para alianças, intrigas, ações coordenadas, pactos e traições que esse formato tornava possível.

Gurgeh viu os dias passarem quase despercebidos. Dormia apenas duas ou três horas por noite e, pelo resto do tempo, estava diante da tela ou às vezes parado no meio de um dos tabuleiros enquanto conversava com a nave, que desenhava diagramas holográficos no ar e movia as peças de lugar. Ele glandulava o tempo todo, a corrente sanguínea cheia de drogas secretadas, o cérebro mergulhado em químicos generreparados enquanto a glândula principal muito atarefada – cinco vezes o tamanho básico humano que tinha em seus ancestrais primitivos – bombeava ou instruía outras glândulas a bombear os químicos codificados no corpo.

Chamlis enviou algumas mensagens. Fofocas sobre a placa, principalmente. Mawhrin-Skel tinha desaparecido; Hafflis falava em voltar a ser mulher para poder ter outro filho; os paisagistas do Polo e da placa marcaram uma data para a inauguração de Tepharne, a última e distante placa a ser construída, que ainda passava por climatização quando Gurgeh partira. Ela seria aberta ao público em alguns anos. Chamlis desconfiava de que Yay não ficaria satisfeita por não ter sido consultada antes que o anúncio fosse feito. O velho drone desejou o melhor para Gurgeh e perguntou como ele estava.

A comunicação de Yay foi pouco mais do que um cartão-postal com uma imagem em movimento. Ela estava deitada em uma Rede-G, diante de uma tela grande ou um porto enorme de observação mostrando um planeta gasoso azul e vermelho, e dizia que estava aproveitando o cruzeiro com Shuro e alguns amigos dele. Não parecia totalmente sóbria. Ela agitou um dedo para Gurgeh, dizendo que ele tinha sido malvado por ter partido tão depressa e por tanto tempo, sem esperar até que ela voltasse... então pareceu ver alguém fora do campo de visão do terminal e desligou, dizendo que entraria em contato depois.

Gurgeh disse à *Fator Limitante* para confirmar o recebimento das comunicações, mas não respondia diretamente. As ligações faziam com que se sentisse um pouco sozinho, mas voltava a mergulhar no jogo toda vez, e então todo o resto era lavado da mente.

Ele conversava com a nave. Ela era mais acessível do que o drone remoto tinha sido. Como dissera Worthil, a *Fator Limitante* era agradável, mas de jeito nenhum brilhante, exceto em jogar Azad. Na verdade, ocorreu a Gurgeh que a velha nave estava extraindo mais do jogo que ele; havia aprendido-o com perfeição e parecia gostar de lhe ensinar, além de simplesmente glorificar o próprio jogo como um sistema belo e complexo. A nave admitiu que nunca havia disparado os efetuadores por raiva e talvez estivesse descobrindo algo no Azad que perdera em lutas de verdade.

A *Fator Limitante* era uma Unidade Ofensiva Geral classe Assassina número 50.017 e, como tal, fora uma das últimas construídas, finalizada 716 anos antes, nos últimos estágios da Guerra Idirana, quando o conflito no espaço estava quase terminado. Em teoria, a nave vira serviço ativo, mas em nenhum momento estivera em perigo.

*

Depois de trinta dias, Gurgeh começou a mexer com as peças.

Uma proporção das peças de jogo do Azad era feita de biotecnologia: artefatos esculpidos de células criadas por engenharia genética que mudavam de características desde o momento em que eram abertas e posicionadas no tabuleiro; parte vegetal, parte animal, elas indicavam o próprio valor e a própria habilidades por cor, forma e tamanho. A *Fator Limitante* afirmava que era impossível diferenciar as peças que havia produzido das verdadeiras, embora Gurgeh achasse provável que isso era um pouco otimista.

Só quando começou a tentar avaliar as peças, a sentir e a cheirar o que elas eram e no que podiam se tornar – mais fracas ou mais poderosas, mais rápidas ou mais lentas, de vida mais curta ou mais longa –, foi que ele se deu conta de como aquele jogo seria difícil.

Gurgeh simplesmente não conseguia entender as peças biotecnológicas. Elas eram como montes de vegetais esculpidos e coloridos e ficavam como coisas mortas nas mãos. Esfregava-as até as palmas ficarem manchadas, as cheirava e as encarava, mas quando elas estavam no tabuleiro, faziam coisas bastante inesperadas; mudavam para se tornar bucha de canhão quando ele achava que eram naves de batalha, alterando-se do equivalente a premissas filosóficas posicionadas bem no fundo dos próprios territórios para peças de observação mais apropriadas a terrenos elevados ou uma linha de frente.

Depois de quatro dias, Gurgeh estava desesperado e pensando seriamente em exigir ser levado de volta para Chiark, admitir tudo para o Contato e torcer para que eles se apiedassem dele e mantivessem Mawhrin-Skel ligado ou silenciado. Qualquer coisa, menos continuar com essa charada desmoralizante, frustrante e apavorante.

A *Fator Limitante* sugeriu que ele esquecesse as peças biotecnológicas por enquanto e se concentrasse nos jogos subsidiários que, se fossem ganhos, lhe dariam um grau de escolha sobre até onde as peças biotecnológicas deveriam ser usadas nos estágios seguintes. Gurgeh fez o que a nave sugeriu e se saiu até que bem, mas ainda se sentia deprimido e pessimista, e às vezes percebia que a *Fator Limitante* estava falando havia alguns minutos enquanto ele pensava em um aspecto completamente diferente do jogo, e então tinha de pedir à nave para se repetir.

Os dias passavam e, de vez em quando, a nave sugeria que Gurgeh mexesse com uma peça biotecnológica e lhe aconselhava quais secreções acumular antes disso. Ela até sugeriu que ele levasse algumas das peças mais importantes para a cama, para que dormisse segurando ou abraçando-as, como se fosse um bebezinho. Gurgeh sempre se sentia um pouco tolo quando acordava e agradecia por não haver ninguém ali para vê-lo de manhã (mas então ele se perguntava se isso era verdade; a experiência com Mawhrin-Skel podia tê-lo deixado demasiado sensível, mas duvidava de que algum dia voltaria a ter certeza de não estar sendo observado. Talvez a *Fator Limitante* o estivesse espionando, talvez o Contato o estivesse observando, avaliando-o... mas – decidiu – não ligava mais se estavam ou não).

Ele tirava folga a cada dez dias, mais uma vez por sugestão da nave; explorou o veículo mais a fundo, embora houvesse pouca coisa para ver. Gurgeh estava acostumado com naves civis, que podiam ser comparadas em densidade e design a prédios comuns habitáveis por humanos, com paredes comparativamente finas encerrando grandes volumes de espaço, mas a nave de guerra era mais como um único pedaço sólido de rocha ou metal; como um asteroide, com apenas alguns tubos escavados e pequenas cavernas adequados para humanos circularem. Mas ele caminhava, escalava e flutuava de um lado para outro dos corredores e das passagens que havia ali e parava em uma das três bolhas do nariz por algum tempo, olhando para o amontoado de maquinaria e equipamento de aspecto congelado e ainda não removido.

O efetuador primário, cercado por interruptores de campos, escâneres, rastreadores, iluminadores, deslocadores e sistemas secundários de armamentos, avolumava-se sob a luz mortiça e parecia um globo ocular gigante e de lente cônica incrustado de protuberâncias metálicas retorcidas. Todo o conjunto sólido tinha facilmente vinte metros de diâmetro, mas a nave lhe disse – Gurgeh achou que com certo orgulho – que quando tudo estava conectado, ela podia girar e deter toda a instalação tão depressa que, para um humano, pareceria apenas tremeluzir por um momento; se você piscasse, perderia.

Ele inspecionou o hangar vazio em uma das bolhas centrais; no futuro, iria abrigar um módulo do Contato que estava sendo convertido no VGS que estavam a caminho de encontrar. Esse módulo seria o lar de Gurgeh quando ele chegasse a Eä. O jogador tinha visto hologramas de como seria a aparência do interior. Era até que bastante espaçoso, mesmo que dificilmente nos padrões de Ikroh.

Gurgeh aprendeu mais sobre o próprio Império, a história, política, filosofia e religião, as crenças, os costumes e a mistura de subespécies e sexos.

Aquilo lhe parecia um emaranhado insuportavelmente vívido de contradições; ao mesmo tempo patologicamente violento e lugubremente sentimental, incrivelmente bárbaro e surpreendentemente sofisticado, fabulosamente rico e opressivamente pobre (mas também, era inegável, absolutamente fascinante).

E era verdade que, como lhe haviam dito, havia uma constante em toda a variedade entorpecente da vida azadiana; o jogo de Azad permeava todos os níveis da sociedade, como um único tema constante quase enterrado em uma cacofonia de barulho, e Gurgeh começou a entender o que o drone Worthil quisera dizer quando falara das suspeitas do Contato de que o jogo mantinha o Império unido. Nada mais parecia fazer isso.

Ele nadava na piscina na maioria dos dias. O abrigo do efetuador havia sido convertido para incluir um projetor holográfico, e a *Fator Limitante* começou mostrando um céu azul e nuvens brancas na superfície interna da bolha de 25 metros de largura, mas Gurgeh ficou cansado de olhar para isso e disse à nave para produzir a vista que ele veria se estivesse viajando no espaço real; a vista ajustada equivalente, como a nave a chamava.

Então ele nadava sob o negrume irreal do espaço e das pequenas partículas brancas e duras das estrelas em movimento lento, nadando e mergulhando sob a superfície suavemente iluminada por baixo da água morna como se ele mesmo fosse uma imagem delicada e invertida de uma nave.

Por volta do nonagésimo dia, Gurgeh sentiu que estava começando a desenvolver um entendimento das peças biotecnológicas; podia jogar uma partida limitada contra a nave em todos os tabuleiros menores e em um dos tabuleiros maiores, e quando ele ia dormir, passava todas as três horas de cada noite sonhando com pessoas e a vida dele, revivendo a própria infância, a adolescência e os anos desde então em uma mistura estranha de memória, fantasia e desejos não realizados. Sempre tinha a intenção de escrever – ou gravar alguma coisa – para Chamlis, Yay ou qualquer das outras pessoas em Chiark que lhe enviaram mensagens, mas o momento nunca parecia certo, e quanto mais ele protelava, mais difícil se tornava a tarefa. Aos poucos, as pessoas pararam de enviar mensagens, o que fez com que Gurgeh se sentisse ao mesmo tempo culpado e aliviado.

*

Cento e um dias depois de deixar Chiark e a muito mais de dois mil anos-luz do orbital, a *Fator Limitante* realizou seu encontro com o superrebocador classe Rio *Não enche o saco.* A nave dupla, então enclausurada no interior de um campo elipsoide, começou a aumentar a velocidade para igualá-la a do VGS. Isso levaria algumas horas, ao que parecia, então Gurgeh foi para a cama como de costume.

A *Fator Limitante* o acordou quando ele estava no meio do sono. Ela ligou a tela da cabine.

— O que está acontecendo? — perguntou Gurgeh, sonolento, apenas começando a se preocupar. A tela que formava uma das paredes da cabine estava com o holograma invertido, por isso parecia uma janela. Antes de desligá-la e ir dormir, mostrava a parte traseira do superrebocador contra o campo estrelado.

Naquele momento, ela mostrava uma paisagem; um panorama em movimento lento de lagos e montanhas, rios e florestas, tudo visto diretamente de cima.

Uma aeronave voou devagar sobre a vista como um inseto preguiçoso.

— Achei que você gostaria de ver isso — disse a nave.

— Onde é isso? — perguntou Gurgeh, esfregando os olhos. Ele não estava entendendo. Achou que toda a ideia de encontrar o superrebocador era para que o VGS com que eles iriam se encontrar em breve não tivesse de reduzir a velocidade; o superrebocador devia rebocá-los ainda mais rápido para que pudessem alcançar a nave gigantesca. Em vez disso, pareciam ter parado acima de um orbital ou planeta ou algo ainda maior.

— Nós agora nos encontramos com o VGS *Malandrinho* — disse a nave.

— Encontramos? Onde ele está? — perguntou Gurgeh, jogando os pés para fora da cama.

— Você está olhando para o parque superior, na parte traseira dele.

A vista, que devia estar ampliada mais cedo, retrocedeu, e Gurgeh compreendeu que estava olhando para uma nave enorme acima da qual a *Fator Limitante* se movia devagar. O parque parecia ter um formato quadrado; ele não conseguia adivinhar com quantos quilômetros de lado. À distância brumosa adiante, havia o indício de cânions imensos e regulares; costelas naquela vasta superfície descendo para níveis mais distantes. Toda a extensão de ar, terra e água era iluminada direto de cima, e o jogador percebeu que não conseguia ver a sombra da *Fator Limitante*.

Ele fez algumas perguntas, ainda encarando a tela.

Embora tivesse apenas quatro quilômetros de altura, o Veículo Geral de Sistemas classe Placa *Malandrinho* tinha 53 de comprimento e 22 na parte mais larga do casco. O parque superior na parte traseira cobria uma área de quatrocentos quilômetros quadrados e o comprimento total da nave, de uma extremidade a outra do campo mais externo, era um pouco maior do que noventa quilômetros. Ela pendia mais para a construção de naves do que acomodações, por isso havia apenas 250 milhões de pessoas a bordo.

Nos quinhentos dias que o *Malandrinho* levou para atravessar da galáxia principal até a região das Nuvens, Gurgeh aos poucos aprendeu o jogo de Azad, e até achou tempo livre suficiente para conhecer e fazer amizade com algumas pessoas.

Era gente do Contato. Metade delas formava a tripulação do próprio VGS, não tanto para conduzir a nave – qualquer uma do triunvirato de Mentes era bastante capaz de fazer isso –, mas para administrar a própria sociedade humana a bordo. E para testemunhar e estudar a torrente infinita de dados enviada por novas descobertas feitas por unidades distantes do Contato e de outros VGS; para aprender e ser os representantes humanos da Cultura entre os sistemas estelares e os sistemas de sociedades sencientes que o Contato estava ali para descobrir, investigar e, de vez em quando, mudar.

A outra metade era composta de tripulações de naves menores; alguns estavam ali por recreação e paradas para se reequipar, outros pegavam uma carona da mesma forma que Gurgeh e a *Fator Limitante*, alguns eram deixados no caminho para explorar mais os aglomerados e agrupamentos de estrelas que existiam entre a galáxia e as Nuvens, enquanto outras pessoas estavam esperando que as naves fossem construídas, naves e veículos menores que eles um dia tripulariam existindo apenas como mais um número na lista de espaçonaves a serem construídas a bordo em algum momento do futuro.

O *Malandrinho* era o que o Contato chamava de um VGS de alto rendimento. Ele agia como uma espécie de ponto de manobra para humanos e materiais; pegando pessoas e reunindo-as em tripulações para as unidades, VVLS, VVM e classes menores de VGS que ele construía. Outros tipos de VGS grandes tendiam para acomodações e eram autossuficientes em tripulações humanas para as novas naves.

Gurgeh passou alguns dias no parque no alto da nave, caminhando por ele ou voando acima dele em uma das aeronaves com asas reais e impulsionadas por propulsores que na época estavam na moda no VGS. Ele até aprendeu a voar bem o suficiente para entrar em uma corrida, durante a qual vários milhares dos frágeis aviões faziam acrobacias acima do veículo, através de um dos acessos cavernosos que percorriam a extensão da nave, saindo do outro lado e por baixo.

A *Fator Limitante*, abrigada em uma das baias principais perto de uma galeria de passagem, o encorajou a fazer isso, dizendo que proporcionava um relaxamento muito necessário. Gurgeh não aceitou nenhuma das ofertas para jogar contra pessoas, mas aceitava alguns da torrente de convites para festas, eventos e outras reuniões; passava alguns dias e noites fora da *Fator Limitante*, e a velha nave de guerra por sua vez recebeu um número selecionado de jovens convidadas do sexo feminino.

A maior parte do tempo, porém, ele passava sozinho no interior da nave, debruçado sobre tabelas de números e registros de jogos anteriores, esfregando as peças biotecnológicas nas mãos e caminhando pelos três grandes tabuleiros, com o olhar passeando pela disposição de território e peças, com a mente acelerada, à procura de padrões e oportunidades, pontos fortes e fracos.

Gurgeh passou cerca de vinte dias fazendo um curso rápido de eäquico, a língua imperial. A princípio imaginara falar em marain como sempre e usar um intérprete, mas desconfiava que havia ligações sutis entre o idioma e o jogo, e só por essa razão aprendeu a língua. A nave lhe contou depois que isso, de qualquer forma, teria sido desejável. A Cultura estava tentando manter até as complexidades do próprio idioma em segredo do Império de Azad.

Pouco depois de chegar, um drone lhe fora enviado, uma máquina ainda menor do que Mawhrin-Skel. Ele tinha um plano circular e era composto de seções giratórias separadas; anéis rotativos em torno de um cerne estacionário. Apresentou-se como um drone biblioteca com treinamento diplomático chamado Trebel Flere-Imsaho Ephandra Lorgin Estral. Gurgeh o cumprimentou e se assegurou de que o próprio terminal estava ligado. Assim que a máquina foi embora, enviou uma mensagem a Chamlis Amalk-Ney com uma gravação do encontro com o drone diminuto. Chamlis avisou mais tarde que o dispositivo parecia ser o que dizia: um novo modelo de drone biblioteca. Não o veterano que podiam estar esperando, mas provavelmente bastante inofensivo. Chamlis nunca tinha ouvido falar em uma versão ofensiva daquele tipo.

O velho drone encerrou com um pouco de fofoca sobre a Placa Gevant. Yay Meristinoux estava falando sobre deixar Chiark para prosseguir com a carreira de paisagista em outro lugar. Ela havia desenvolvido um interesse por coisas chamadas vulcões. Gurgeh já tinha ouvido falar deles? Hafflis estava mudando de sexo de novo. A professora Boruelal mandava lembranças, mas não mandaria mais mensagens até que ele escrevesse em resposta. Mawhrin-Skel ainda estava, felizmente, ausente. O Polo estava irritado, ao que parecia, por ter perdido a máquina horrenda; na teoria, o infeliz ainda estava dentro da jurisdição da Mente do orbital, que teria de responder por ele de algum modo no próximo inventário e censo.

Por alguns dias após conhecer Flere-Imsaho, Gurgeh se perguntou o que achava perturbador no pequenino drone biblioteca. A máquina era tão pequena que quase chegava a ser patético – podia se esconder dentro de um par de mãos em concha –, mas havia algo nela que fazia com que Gurgeh se sentisse estranhamente desconfortável em sua presença.

Ele descobriu o que era, ou melhor, acordou sabendo certa manhã depois de um pesadelo no qual tinha ficado preso dentro de uma esfera de metal e rolava de um lado para o outro em um jogo bizarro e cruel... Flere-Imsaho, com as seções externas giratórias e a lataria que lembrava um disco, parecia uma bolacha oculta de um jogo de Possessão.

*

Gurgeh sentava-se relaxado em uma cadeira de um conforto envolvente sob árvores com copas luxuriantes e observava as pessoas patinando no rinque abaixo. Vestia apenas colete e short, mas havia um campo de escape entre a área de observação e o rinque de gelo, mantendo quente o ar em torno do jogador. Ele dividia o tempo entre a tela do terminal, onde estava memorizando algumas equações de probabilidades, e o rinque, em que algumas pessoas conhecidas deslizavam entre as superfícies pastel esculpidas.

— Bom dia, Jernau Gurgeh — cumprimentou o drone Flere-Imsaho em uma vozinha esganiçada, pousando com delicadeza sobre o braço roliço da cadeira. Como sempre, o campo de aura da máquina estava verde e amarelo; uma acessibilidade branda.

— Olá — respondeu Gurgeh, olhando de relance para ele. — E o que você tem feito?

Então tocou a tela do terminal para inspecionar outro conjunto de tabelas e equações.

— Ah, bem, na verdade estive estudando algumas das espécies de aves que vivem aqui, no interior da nave. Acho aves interessantes, você não?

— Hmm. — Gurgeh assentiu de maneira vaga, observando as tabelas mudarem. — Eu não consegui descobrir uma coisa — disse ele. — Quando você sai para dar uma volta no parque da parte superior, vê excrementos, como era de se esperar, mas aqui dentro tudo é imaculado. O VGS tem drones para limpar a sujeira dos pássaros ou o quê? Sei que eu poderia apenas perguntar, mas queria descobrir por conta própria. Deve haver uma resposta.

— Ah, isso é fácil — disse a pequena máquina. — É só usar as aves e árvores com uma relação simbiótica; as aves defecam apenas nas cápsulas de algumas árvores; do contrário, a fruta da qual dependem não cresce.

Gurgeh olhou para o drone.

— Entendi — disse ele friamente. — Bom, eu estava mesmo ficando cansado do problema.

Em seguida voltou para as equações, ajustando o terminal flutuante para que a tela escondesse Flere-Imsaho de vista. O drone permaneceu em silêncio, ficou uma mistura confusa de roxo contrito e prata-não--perturbe e foi embora voando.

Flere-Imsaho se mantinha reservado na maior parte do tempo, visitando Gurgeh apenas uma vez por dia, mais ou menos, e não ficava a bordo da *Fator Limitante.* O jogador estava satisfeito com isso; a jovem máquina – ela disse que tinha só treze anos – às vezes podia ser difícil. A nave lhe garantiu que o drone estaria em condições de prevenir gafes sociais e mantê-lo informado sobre os pontos linguísticos mais sofisticados quando eles chegassem ao Império, e – contou a Gurgeh depois – havia garantido a Flere--Imsaho que o homem não o desprezava de verdade.

Havia mais notícias de Gevant. Gurgeh tinha na verdade respondido por escrito para algumas pessoas ou gravado mensagens para elas, uma vez que sentia estar começando a entender o Azad e podia gastar esse tempo. Ele e Chamlis se correspondiam a cada cinquenta dias, mais ou menos – embora Gurgeh achasse que tinha pouca coisa a dizer –, e a maioria das notícias chegava da outra direção. Hafflis estava totalmente transformada; pronta para conceber, mas não grávida. Chamlis estava compilando uma história definitiva de algum planeta primitivo que tinha visitado uma vez. A professora Boruelal estava tirando um meio ano sabático, morando em um retiro na montanha na Placa Osmolon, sem terminal. Olz Hap, a criança prodígio, tinha saído da concha; já estava dando palestras sobre jogos na universidade e tinha se tornado uma presença constante e brilhante nos melhores circuitos de festas. Ela tinha ficado alguns dias em Ikroh, só para conseguir encontrar uma ligação com Gurgeh; foi gravada dizendo que ele era o melhor jogador na Cultura. A análise de Hap do famoso jogo de Fulminado naquela noite na casa de Hafflis foi a mais bem recebida primeira obra de que todos podiam se lembrar.

Yay mandou uma mensagem para dizer que estava de saco cheio de Chiark; ela tinha partido, não estava mais lá. Recebera ofertas de coletivos de construtores de placas e ia aceitar pelo menos uma delas, só para mostrar o que era capaz de fazer. Passou a maior parte da comunicação explicando as próprias teorias sobre vulcões artificiais para placas, descrevendo com detalhes gestuais como era possível captar a luz do sol com lentes para focalizá-la na parte de baixo da placa, derretendo a rocha do outro lado, ou apenas usar geradores para fornecer o calor. Anexou vídeos de erupções em planetas, com explicações sobre os efeitos e as notas sobre como eles podiam ser melhorados.

Gurgeh pensou que compartilhar um mundo com vulcões fazia com que a ideia de viver em ilhas flutuantes não parecesse tão ruim assim, afinal de contas.

*

— Você viu *isso*?! — gritou Flere-Imsaho um dia, flutuando depressa até a cabine de fluxo de ar da piscina, onde Gurgeh estava se secando. Atrás da pequena máquina, presa a ela por um fio delgado de campo ainda colorido de verde e amarelo (mas pontilhado de branco raivoso), flutuava um drone grande, um tanto antiquado e de aparência complicada.

Gurgeh estreitou os olhos para a máquina.

— O que tem ele?

— Eu tenho que usar essa droga de coisa! — lamentou-se Flere-Imsaho.

O fio de campo que o unia ao outro drone piscou e a lataria de aspecto antiquado se abriu. A velha concha corporal parecia estar completamente vazia, mas quando Gurgeh – intrigado – olhou mais de perto, viu que no centro havia um pequeno berço de malha, do tamanho exato para conter Flere-Imsaho.

— Ah — disse Gurgeh, e se virou, esfregando a água das axilas e sorrindo.

— Eles não me disseram isso quando me ofereceram o emprego! — protestou o minúsculo drone, fechando de repente a concha corporal. — Dizem que é porque o Império não deve saber como nós, drones, somos pequenos! Por que, então, não arranjaram um maior? Por que me impuseram esse… esse…

— Traje elegante? — sugeriu Gurgeh, passando a mão pelo cabelo e saindo do fluxo de ar.

— *Elegante*? — gritou o drone biblioteca. — *Elegante*? É *desmazelado*, isso sim; trapos! Pior do que isso, eu devo fazer um ruído como um "zumbido" e produzir muita *eletricidade estática*, só para convencer esses bárbaros idiotas de que não sabemos como construir *drones* direito! — A voz da pequena máquina se elevou em um guincho. — Um "zumbido"! Um absurdo, não acha?!

— Talvez você possa pedir transferência — disse Gurgeh, calmo, ao vestir o robe.

— Ah, posso — disse Flere-Imsaho, com amargura e um traço do que quase poderia ser sarcasmo. — E pegar todos os trabalhos de merda daqui em diante porque não fui cooperativo. — Ele lançou um campo e bateu na lataria antiga. — Estou preso a essa pilha de lixo.

— Drone — falou Gurgeh. — Nem sei como expressar o quanto eu sinto por você.

A *Fator Limitante* abriu caminho para fora da baia principal. Dois rebocadores fizeram a volta com a nave até deixá-la de frente para o corredor com vinte quilômetros de extensão. A nave e os pequenos rebocadores avançaram devagar saindo do corpo do VGS no nariz. Outras naves e outros equipamentos se movimentavam na concha de ar que cercava o *Malandrinho;* UCGS e superrebocadores, aviões e balões de ar quente, dirigíveis a vácuo e planadores, pessoas flutuando em módulos, carros ou arneses.

Alguns observavam a velha nave de guerra partir. Os rebocadores se afastaram.

A nave subiu, passando nível após nível por portas de baias, casco desnudo, jardins suspensos e toda disposição amontoada de seções abertas de acomodação, onde as pessoas caminhavam, dançavam, estavam sentadas comendo ou apenas olhando para fora, observando a confusão de atividade aérea, ou praticavam esportes ou jogavam jogos. Alguns acenaram. Gurgeh assistia a isso na tela da área de estar e até reconheceu algumas pessoas que passaram voando em uma aeronave, gritando adeus.

Oficialmente, ele iria em um cruzeiro solo de férias antes de viajar para os Jogos Pardethillisianos. Já tinha dado dicas de que poderia desistir do torneio. Alguns dos jornais e teóricos ficaram interessados o suficiente na partida repentina de Chiark – e na interrupção também abrupta de publicações – para fazer com que representantes deles no *Malandrinho* o entrevistassem. Em uma estratégia que já tinha sido acordada com o Contato, Gurgeh dera a impressão de que estava ficando entediado com jogos em geral, e que a viagem e a entrada no grande torneio eram tentativas de resgatar o próprio interesse enfraquecido.

As pessoas pareciam ter acreditado nisso.

A nave passou pelo topo do VGS, erguendo-se ao lado do parque superior salpicado de nuvens. Ela subiu para o ar mais rarefeito acima, encontrou o superrebocador *Força Motriz*, e juntos desceram pouco a pouco para o lado do envelope atmosférico do VGS. Eles passaram devagar pelas muitas camadas de campos; o campo de choque, o isolante, o sensorial, o sinalizador e o receptor, o de energia e tração, o do casco, o sensorial externo e, por fim, o horizonte, até que finalmente estavam livres no hiperespaço mais uma vez. Depois de algumas horas de desaceleração para velocidades com as quais o motor da *Fator Limitante* podia lidar, a nave de guerra desarmada ficou por conta própria e o *Força Motriz* se afastou de novo, em busca de seu VGS.

—... por isso seria aconselhável que você permanecesse celibatário; vão achar bastante difícil levar um indivíduo do sexo masculino a sério, mesmo que pareça bizarro para eles, mas se você tentasse formar qualquer relacionamento sexual, é quase certo que tomariam isso como um insulto grosseiro.

— Mais alguma boa notícia, drone?

— Também não diga nada sobre alterações sexuais. Eles sabem sobre glândulas de drogas, mesmo que não conheçam seus efeitos precisos, mas não sabem sobre a maioria dos aperfeiçoamentos físicos. Quero dizer, pode mencionar calosidades sem bolhas e esse tipo de coisa, isso não é importante; mas mesmo o trabalho de reencanamento grosseiro envolvido no design do seu genital causaria um verdadeiro furor se fosse descoberto.

— É mesmo? — disse Gurgeh.

Ele estava sentado na principal área de estar da *Fator Limitante*. Flere-Imsaho e a nave estavam lhe fazendo um resumo do que ele podia e não podia dizer e fazer no Império. Estavam a alguns dias de viagem da fronteira.

— É, eles ficariam com inveja — disse o pequeno drone em sua voz aguda e um pouco áspera. — E provavelmente bem enojados, também.

— Mas acima de tudo com inveja — disse a nave através do drone remoto, fazendo um barulho de suspiro.

— Bem, sim — disse Flere-Imsaho. — Mas sem dúvida eno…

— O que você precisa lembrar, Gurgeh — interrompeu depressa a nave —, é que a sociedade deles é baseada em posse. Tudo que vir e tocar, tudo com que entrar em contato, vai pertencer a alguém ou a uma instituição; vai ser deles, vão ter a propriedade. Da mesma forma, todo mundo que você conhecer vai ter consciência tanto da própria posição na sociedade quanto da relação com os outros ao redor.

"Em especial, é importante lembrar que a posse de humanos também é possível; não em termos de verdadeira escravidão, que eles se orgulham de ter abolido, mas no sentido de que, dependendo da classe e do sexo que uma pessoa pertença, pode em parte ser posse de outra ou outras por ter de vender o trabalho ou os talentos para alguém com meios de comprá-los. No caso de indivíduos do sexo masculino, eles se entregam quase totalmente quando se tornam soldados; os funcionários das forças armadas são como escravos, com pouca liberdade pessoal, e vivem sob ameaça de morte se desobedecerem. Indivíduos do sexo feminino vendem os corpos, em geral,entrando em contratos legais de 'casamento, com intermediários, que lhes pagam por favores sexuais por…"

— Ah, nave, pare com isso!

Gurgeh riu. Tinha feito a própria pesquisa sobre o Império, lendo as próprias histórias e assistindo às gravações explicativas. A visão que a nave tinha dos costumes e das instituições parecia tendenciosa, injusta e terrivelmente centrada na Cultura.

Flere-Imsaho e o drone remoto da nave olharam um para o outro sem nenhuma discrição, então o pequeno drone biblioteca coloriu-se de amarelo acinzentado em resignação e disse com a voz aguda:

— Tudo bem, vamos voltar para o começo.

*

A *Fator Limitante* estava no espaço acima de Eä, o belo planeta azul e branco que Gurgeh tinha visto pela primeira vez quase dois anos antes na sala da tela principal em Ikroh. De cada lado da nave havia um cruzador de batalha imperial, cada um deles duas vezes o tamanho da nave da Cultura.

As duas naves de guerra se encontraram com a nave menor nos limites do agrupamento de estrelas onde ficava o sistema de Eä, e a *Fator Limitante*, já em uma propulsão de deflexão lenta em vez de na propulsão normal do hiperespaço – outra coisa sobre a qual o Império nada deveria saber –, havia parado. As oito bolhas efetuadoras estavam transparentes, mostrando os três tabuleiros de jogo, o hangar do módulo e a piscina nos ambientes no meio da nave, e os espaços vazios nas três posições no nariz alongado, já que os armamentos tinham sido removidos no *Malandrinho*. Ainda assim, os azadianos enviaram uma nave pequena até lá com três agentes de segurança. Dois ficaram com Gurgeh enquanto o terceiro verificou uma bolha de cada vez, depois deu uma olhada geral na nave inteira.

Esses ou outros agentes permaneceram a bordo pelos cinco dias que levou para de fato chegarem a Eä. Eles eram como Gurgeh esperava, com rostos largos e achatados e a pele lisa quase branca. Eram menores do que ele, percebeu quando pararam à frente, mas de algum modo os uniformes faziam com que parecessem muito maiores. Esses eram os primeiros uniformes de verdade que Gurgeh via, e ele sentiu algo estranho e estonteante quando os viu; uma sensação de deslocamento e estranheza, assim como uma mistura esquisita de medo e admiração.

Sabendo o que sabia, não se surpreendeu com o modo como agiam em relação a ele. Pareciam tentar ignorá-lo, raramente lhe dirigindo a palavra, e nunca o olhando nos olhos quando faziam isso; Gurgeh nunca tinha se sentido tão desprezado na vida.

Os agentes pareciam estar interessados na nave, mas não em Flere-Imsaho – que, de qualquer forma, estava se mantendo bem fora do caminho deles – nem no drone remoto da nave. Flere-Imsaho tinha, apenas alguns minutos antes da chegada dos agentes a bordo, enfim e com uma relutância volúvel, se envolvido na carapaça falsa da lataria antiga de drone. Ficou furioso por alguns minutos enquanto Gurgeh lhe dizia quão atraente e parecido com uma antiguidade valiosa era aquele traje antigo e sem aura, depois saiu flutuando depressa quando os agentes subiram a bordo.

Grande ajuda, pensou Gurgeh, *com os detalhes linguísticos estranhos e as complexidades de etiqueta.*

O drone remoto da nave não foi muito mais útil. Seguia Gurgeh aonde ele ia, mas estava se fingindo de bobo, e fazia questão de esbarrar nas coisas de vez em quando. Duas vezes Gurgeh havia se virado e quase caído por cima do cubo lento e desajeitado. O jogador ficou muito tentado a chutá-lo.

Restou a Gurgeh tentar explicar que não havia ponte nem cabine de comando ou sala de controle do qual ele tivesse conhecimento na nave, mas ficou com a impressão de que os agentes azadianos não acreditaram nele.

Quando chegaram acima de Eä, os agentes contataram os cruzadores de batalha e falaram rápido demais para que Gurgeh entendesse, mas a *Fator Limitante* interveio e começou a falar também; houve uma discussão acalorada. O jogador olhou ao redor à procura de Flere-Imsaho para traduzir, mas ele havia desaparecido mais uma vez. Gurgeh ouviu a troca de palavras sem sentido por alguns minutos com frustração crescente. Decidiu deixá-los terminar a discussão e se virou para ir embora e se sentar. Tropeçou no drone remoto, que estava flutuando perto do chão logo atrás dele. Ele mais caiu do que se sentou no sofá. Os agentes se viraram por um instante para olhá-lo, e ele se sentiu corar. O drone remoto afastou-se flutuando com hesitação antes que Gurgeh pudesse lhe dar um pontapé.

Grande Flere-Imsaho, pensou ele. Grande planejamento supostamente impecável e astúcia estupenda do Contato. Seu representante juvenil nem se preocupou em ficar por perto e fazer o trabalho. Preferiu se esconder para cuidar de sua autoestima patética.

Gurgeh sabia o suficiente sobre o funcionamento do Império para perceber que não deixariam esse tipo de coisa acontecer; o povo azadiano sabia o que deveres e ordens significavam, e levavam a própria responsabilidade a sério ou, se não o fizessem, sofriam as consequências.

Faziam o que lhes era mandado; tinham disciplina.

Ao final, depois que os três agentes conversaram entre si por algum tempo, e depois com a própria nave mais uma vez, eles o deixaram e foram inspecionar o hangar do módulo. Quando foram embora, Gurgeh usou o terminal para perguntar à *Fator Limitante* sobre o que estavam discutindo.

— Eles queriam trazer mais pessoal e equipamento para cá — disse-lhe a nave. — Eu falei que não podiam fazer isso. Nada com que se preocupar. É melhor você arrumar suas coisas e ir para o hangar do módulo. Vou deixar o espaço imperial dentro de uma hora.

Gurgeh se virou para seguir na direção da cabine.

— Não seria terrível — disse ele — se você se esquecesse de dizer a Flere-Imsaho que está de partida e eu tivesse de visitar Eä por conta própria? — Só estava meio brincando.

— Seria impensável — disse a nave.

No corredor, Gurgeh passou pelo drone remoto, que girava devagar em pleno ar e balançava erraticamente para cima e para baixo.

— E isso é mesmo necessário? — perguntou ao drone.

— Só estou fazendo o que me mandaram — respondeu a máquina, irritada.

— Só está exagerando — murmurou Gurgeh, e foi arrumar suas coisas.

Enquanto arrumava as malas, um pequeno embrulho caiu de uma capa que ele não usava desde que deixara Ikroh; ele quicou no chão macio da cabine. Gurgeh o pegou e abriu o pacote fechado com fita, se perguntando de quem seria; qualquer uma das várias mulheres no *Malandrinho*, imaginou.

Era um bracelete fino, um modelo de um orbital muito amplo e completo, com a superfície interna meio iluminada e meio escura. Ao aproximá-lo dos olhos, pôde ver pontinhos de luz minúsculos, quase imperceptíveis, na metade noturna; o lado diurno mostrava um mar azul e faixas de terra sob pequenos sistemas de nuvens. Toda a cena interior reluzia com a própria iluminação, abastecida por alguma fonte no interior da fita estreita.

Gurgeh o pôs sobre a mão; ele brilhou sobre o pulso. *Um presente estranho para ser dado por alguém em um* VGS, pensou.

Então viu o bilhete no embrulho, pegou-o e leu.

"Só para lembrá-lo, quando você estiver naquele planeta. Chamlis."

Gurgeh franziu o cenho ao ler o nome, então – primeiro de forma distante, mas com uma sensação crescente e irritante de vergonha – se lembrou da noite anterior à partida de Gevant, dois anos antes.

É claro.

Chamlis tinha lhe dado um presente.

Ele havia esquecido.

— O que é aquilo? — perguntou Gurgeh. Ele estava sentado na parte frontal do módulo convertido que a *Fator Limitante* havia pegado do VGS. Ele e Flere-Imsaho tinham embarcado no módulo e se despedido da velha nave de guerra, que deveria permanecer fora do Império, esperando para ser chamada de volta. A bolha do hangar tinha girado e o módulo, escoltado por duas fragatas, havia mergulhado na direção do planeta enquanto a *Fator Limitante* se afastava de maneira vistosa, muito devagar e hesitante, do poço de gravidade com os dois cruzadores de batalha.

— O que é o quê? — retrucou Flere-Imsaho, flutuando ao lado dele, com o disfarce descartado e jogado no chão.

— Aquilo — disse Gurgeh apontando para a tela, que exibia a vista olhada direto para baixo. O módulo estava voando sobre terra na direção de Groasnachek, a capital de Eä; o Império não gostava de naves entrando na atmosfera diretamente acima de suas cidades, por isso desceram sobre o oceano.

— Ah — disse Flere-Imsaho. — Aquilo. Aquilo é a Prisão Labirinto.

— Uma prisão? — disse Gurgeh.

O complexo de muros e prédios compridos e contorcidos de forma geométrica passou por baixo deles, e então a periferia da vasta capital invadiu a tela.

— Sim. A ideia é que pessoas que desobedecem às leis sejam postas ali, o local preciso sendo determinado pela natureza da ofensa. Além de ser um labirinto físico, é construído para ser o que se pode chamar de labirinto moral e comportamental também (a aparência externa não fornece pistas da planta interna, por falar nisso; é apenas para exibição). O prisioneiro deve dar respostas certas ou não vai avançar, e pode até mesmo ser posto mais para longe da saída. Em teoria, uma pessoa perfeitamente boa consegue sair do labirinto em questão de dias, enquanto uma pessoa totalmente má ficará presa para sempre. Para impedir a superlotação, há um limite de tempo que, se excedido, resulta na transferência do detento para uma colônia penal por toda a vida.

A prisão havia desaparecido de debaixo deles quando o drone terminou; a cidade, em vez disso, tomava a tela, os padrões intricados de ruas, prédios e cúpulas parecendo outro tipo de labirinto.

— Parece engenhoso — disse Gurgeh. — Funciona?

— É o que eles nos fizeram acreditar. Na verdade, é usado como desculpa para não dar um julgamento apropriado para as pessoas. E, de qualquer modo, os ricos se safam com subornos. Então, sim, até onde interessa aos governantes, funciona.

O módulo e as duas fragatas pousaram em um grande porto de transportadores às margens de um rio largo, lamacento e atravessado por pontes, ainda a alguma distância do centro da cidade, mas cercado por prédios de meia altura e cúpulas geodésicas baixas. Gurgeh saiu da nave com Flere-Imsaho – no disfarce antigo, zunindo alto e crepitando de estática – ao lado. Ele se viu parado em um quadrado enorme de grama sintética que havia sido desenrolado até a traseira do módulo. Parados na grama havia talvez quarenta ou cinquenta azadianos em vários estilos de uniforme e roupas. Gurgeh, que estava se esforçando muito para descobrir como reconhecer os vários sexos, percebeu que eles eram em maioria do sexo intermediário ou ápice, com apenas um pequeno número de indivíduos dos sexos masculino e feminino. Depois deles, havia várias fileiras de indivíduos do sexo masculino em uniformes idênticos, portando armas. Mais atrás, outro grupo tocava uma música um tanto estridente e de sonoridade impetuosa.

— Os sujeitos armados são apenas a guarda de honra — disse Flere-Imsaho através do disfarce. — Não fique assustado.

— Não estou — disse Gurgeh.

Ele sabia que era assim que as coisas eram feitas no Império; de maneira formal, com grupos oficiais de boas-vindas compostos de burocratas imperiais, guardas de segurança, funcionários das organizações dos jogos, mulheres e concubinas associadas e pessoas representando agências de notícias. Um dos ápices caminhou adiante na direção do jogador.

— Dirija-se a este como "senhor" em eäquico — sussurrou Flere-Imsaho.

— O quê? — disse Gurgeh. Ele mal conseguia ouvir a máquina acima do zunido constante dela. Zumbia e crepitava alto o suficiente para quase abafar o som da banda cerimonial, e a estática produzida fez o cabelo de Gurgeh se arrepiar de um lado.

— Eu disse que ele é chamado de *senhor* em eäquico — sibilou Flere-Imsaho acima do zumbido. — Não toque nele, mas quando ele erguer uma das mãos, você ergue duas e diz sua parte. Lembre-se: não toque nele.

O ápice parou bem à frente de Gurgeh, ergueu uma das mãos e disse:

— Bem-vindo a Groasnachek, Eä, no Império de Azad, Murat Gurgee.

Gurgeh conteve uma careta, ergueu as duas mãos (para mostrar que estavam livres de armas, explicaram os livros antigos) e disse em eäquico cuidadoso:

— Estou honrado por pisar no solo sagrado de Eä.

— Bom começo — murmurou o drone.

O resto das boas-vindas passou em uma espécie de ofuscamento. A cabeça de Gurgeh girava; o jogador suava sob o calor do binário reluzente acima enquanto estava do lado de fora (esperava-se que a guarda de honra fosse inspecionada por ele, sabia, embora exatamente o que devia procurar nunca tivesse sido explicado). Quando entraram para a recepção, os cheiros alienígenas dos prédios do hangar fizeram com que ele sentisse, com mais força do que havia esperado, que estava em um lugar muito diferente. Foi apresentado a muitas pessoas, mais uma vez, ápices em maioria, e sentiu que adoravam quando falava com eles no que era, ao que parecia, um eäquico passável. Flere-Imsaho lhe disse para fazer e dizer certas coisas, e Gurgeh se viu articular as palavras corretas e se sentiu desempenhar os gestos aceitáveis, mas a impressão geral que teve foi a de movimento caótico e pessoas barulhentas que não escutavam – pessoas de cheiro muito forte, também, embora tivesse certeza de que elas pensavam a mesma coisa dele. Também tinha a sensação estranha de que estavam rindo à sua custa em algum lugar por trás das expressões faciais.

Além das diferenças físicas óbvias, todos os azadianos pareciam muito compactos, rígidos e determinados em comparação com as pessoas da Cultura; mais vigorosos e até mesmo – se Gurgeh fosse ser crítico – neuróticos. Os ápices, pelo menos, eram. Do pouco que viu dos indivíduos do sexo masculino, pareciam de algum modo mais embotados, menos tensos e mais fleumáticos, assim como eram fisicamente mais volumosos, enquanto os indivíduos do sexo feminino pareciam mais calados – de algum modo mais profundos – e de aparência mais delicada.

Perguntou-se qual seria sua aparência para eles. Tinha consciência de que olhava um pouco fixamente para a estranha arquitetura alienígena e os interiores confusos, assim como para as pessoas... Mas, por outro lado, percebeu muita gente – mais uma vez, na maioria ápices – o encarando. Em algumas ocasiões, Flere-Imsaho tinha de repetir o que dizia antes que Gurgeh percebesse que o drone lhe dirigia a palavra. O zumbido monótono e o crepitar da estática do disfarce, nunca distantes naquela tarde, pareciam apenas acrescentar ao ar de irrealidade ofuscante e onírica.

Comes e bebes foram servidos em honra ao jogador; a biologia da Cultura e a azadiana eram próximas o bastante para que alguns alimentos e várias bebidas fossem digeríveis por ambas espécies, incluindo álcool. Gurgeh bebeu tudo o que lhe deram, mas contornou a bebida alcoólica. Estavam sentados em um prédio comprido e baixo do hangar, de estilo simples no exterior, mas com um interior de mobília ostentatória, em torno de uma mesa comprida cheia de comidas e bebidas. Indivíduos do sexo masculino uniformizados os serviam; lembrou-se de não falar com eles. Descobriu que a maior parte das pessoas com quem conversava falava ou rápido demais ou meticulosamente devagar, mas se esforçou mesmo assim ao longo de muitas conversas. Várias pessoas lhe perguntaram por que tinha vindo sozinho, e depois de diversos mal-entendidos, ele parou de tentar explicar que estava acompanhado pelo drone e apenas dizia que gostava de viajar sem companhia.

Alguns perguntaram o quanto ele era bom em Azad. Gurgeh respondeu com sinceridade que não tinha ideia; a nave nunca lhe contara. Disse que esperava conseguir jogar bem o suficiente para não fazer com que os anfitriões se arrependessem de tê-lo convidado para participar. Alguns pareceram impressionados com a resposta, mas, pensou ele, só do jeito que adultos ficam impressionados com uma criança educada.

Um ápice, sentado à direita do jogador e vestindo um uniforme justo e de aparência desconfortável parecido com aquele usado pelos três agentes de segurança que subiram a bordo da *Fator Limitante*, insistia em lhe perguntar sobre a viagem e a nave na qual a fizera. Gurgeh se ateve à história combinada. O ápice sempre tornava a encher o cálice de cristal ornamentado do convidado com vinho; o jogador era obrigado a beber em todas as ocasiões em que se propunha um brinde. Contornar a bebida para evitar ficar bêbado significava que ele tinha de ir ao banheiro com bastante frequência (para beber água, assim como para urinar). Sabia que esse era um tema delicado com os azadianos, mas aparentemente estava usando a forma correta de palavras toda vez; ninguém parecia chocado e Flere-Imsaho continuava calmo.

Depois de algum tempo, o ápice à esquerda de Gurgeh, cujo nome era Lo Pequil Monenine sênior e que era um oficial de ligação com a Agência de Assuntos Alienígenas, perguntou ao jogador se ele estava pronto para partir para o hotel. Gurgeh respondeu que achava que ficaria a bordo do módulo. Pequil começou a falar bastante rápido e pareceu surpreso quando Flere-Imsaho interveio, falando tão rápido quanto ele. A conversa resultante foi um pouco rápida demais para o jogador acompanhar inteira, mas o drone depois de algum tempo explicou que eles tinham chegado a um acordo; Gurgeh ficaria no módulo, mas o módulo permaneceria estacionado no telhado do hotel. Guardas e seguranças seriam fornecidos para proteção, e o serviço de bufê do hotel, que era um dos melhores, ficaria à disposição.

Gurgeh achou que tudo isso parecia razoável. Convidou Pequil para ir com ele no módulo até o hotel e o ápice aceitou de bom grado.

*

— Antes que você pergunte a nosso amigo por cima de que estamos passando agora — disse Flere-Imsaho, pairando e zumbindo perto do ombro de Gurgeh. — Isso se chama gueto, e é de onde a cidade obtém o excedente de trabalhadores não especializados.

O jogador franziu o cenho na direção do drone com o disfarce volumoso. Lo Pequil estava parado ao lado de Gurgeh na rampa traseira do módulo, que tinha se aberto para formar uma espécie de sacada. A cidade se descortinava abaixo deles.

— Achei que não devíamos usar marain diante dessas pessoas — disse Gurgeh para a máquina.

— Ah, nós estamos em segurança aqui; esse cara está grampeado, mas o módulo pode neutralizar isso.

Gurgeh apontou para o bairro pobre.

— O que é isso? — perguntou ele a Pequil.

— É onde as pessoas que deixaram o campo pelas luzes brilhantes da cidade em geral acabam. Infelizmente, muitos deles são apenas vagabundos.

— Expulsos da terra — acrescentou Flere-Imsaho em marain. — Por um sistema de impostos sobre propriedade engenhoso e injusto e a reorganização oportunista e de cima para baixo do aparato de produção agrícola.

Gurgeh se perguntou se aquela última expressão significava "fazendas", mas se voltou para Pequil e disse:

— Entendi.

— O que diz sua máquina? — indagou Pequil.

— Ela estava citando... poesia — disse Gurgeh ao ápice. — Sobre uma cidade grandiosa e bela.

— Ah. — Pequil assentiu; uma série de movimentos bruscos de cabeça para cima. — Seu povo gosta de poesia, não é?

Gurgeh fez uma pausa, então disse:

— Bom, algumas pessoas gostam, outras não, sabe?

Pequil assentiu com sabedoria.

O vento acima da cidade soprou sobre o campo refreador em torno da sacada e trouxe com ele um cheiro vago de queimado. Gurgeh debruçou-se sobre a bruma do campo e olhou para a cidade enorme que passava abaixo. Pequil parecia relutante em se aproximar demais da beirada.

— Ah, eu tenho uma boa notícia para você — disse Pequil com um sorriso (revirando os dois lábios para trás).

— O que é?

— Meu gabinete — disse o ápice, devagar e com seriedade — conseguiu obter permissão para você acompanhar o progresso dos jogos da Série Principal até Echronedal.

— Ah, onde as últimas partidas são jogadas.

— Isso mesmo. É o ponto alto do Grande Ciclo de seis anos completos no próprio planeta de fogo. Eu lhe garanto, você é muito privilegiado por ter permissão de comparecer. É bastante raro que jogadores convidados recebam essa honra.

— Entendo. Eu estou realmente honrado. Ofereço meus sinceros agradecimentos a você e seu gabinete. Quando eu voltar para casa, vou contar ao meu povo que os azadianos são gente muito generosa. Vocês fizeram com que eu me sentisse muito bem-vindo. Obrigado. Estou em dívida com você.

Pequil pareceu satisfeito com isso. Ele assentiu e sorriu. Gurgeh assentiu, também, embora tenha achado melhor não tentar o sorriso.

— Então?

— Então o quê, Jernau Gurgeh? — disse Flere-Imsaho, com os campos verdes e amarelos se estendendo da lataria diminuta como as asas de algum inseto exótico. Ele colocou uma túnica cerimonial sobre a cama do jogador. Eles estavam no módulo, que agora descansava no jardim do telhado do Grande Hotel de Groasnachek.

— Como eu me saí?

— Você se saiu muito bem. Você não chamou o ministro de "senhor" quando eu lhe disse para fazer isso e em alguns momentos foi um pouco vago, mas no geral, se saiu bem. Não causou nenhum incidente diplomático catastrófico nem insultou ninguém de forma grave... Eu diria que não está mal para o primeiro dia. Quer se virar e olhar para o inversor? Quero ter certeza de que essa coisa tem um bom caimento.

Gurgeh se virou e estendeu os braços enquanto o drone alisava a túnica sobre as costas dele. Olhou para si mesmo no campo inversor.

— É comprida demais e não é do meu tamanho — falou.

— Tem razão, mas é o que você tem de vestir para o grande baile no palácio esta noite. Vai servir. Eu posso subir a bainha. A propósito, o módulo me disse que a túnica por acaso está grampeada, então cuidado com o que você disser quando estiver fora dos campos do módulo.

— Grampeada? — Gurgeh olhou para a imagem do drone no inversor.

— Monitor de posição e microfone. Não se preocupe; eles fazem isso com todo mundo. Fique parado. Isso, acho que essa bainha precisa subir. Vire para cá.

Gurgeh se virou.

— Você gosta de me dar ordens, não é, máquina? — disse ele ao pequeno drone.

— Não seja bobo. Certo. Experimente.

O jogador vestiu a túnica e olhou para a própria imagem no inversor.

— Para que serve essa faixa lisa no ombro?

— É onde ficariam suas insígnias, se você tivesse alguma.

Gurgeh passou os dedos pela área desnuda da túnica pesadamente bordada.

— Nós não poderíamos ter feito uma? Ela parece um pouco vazia.

— Acho que poderíamos — disse Flere-Imsaho, puxando o traje para ajustá-lo. — Mas você precisa ter cuidado ao fazer esse tipo de coisa. Nossos amigos azadianos ficam sempre bastante desconcertados com nossa falta de bandeira ou símbolo, e o representante da Cultura aqui (você vai conhecê-lo esta noite, se ele se lembrar de aparecer) achou uma pena não haver um hino da Cultura para ser tocado por bandas quando nosso povo vem ao planeta, então ele assoviou a primeira música que passou pela cabeça e eles têm tocado isso em recepções e cerimônias pelos últimos oito anos.

— Achei que tinha reconhecido uma das músicas que eles tocaram — admitiu Gurgeh.

O drone empurrou os braços dele para cima e fez mais alguns ajustes.

— É, mas a primeira música que passou pela cabeça do sujeito foi "Me lambe". Você já ouviu a letra?

— Ah — Gurgeh deu um sorriso. — *Essa* música. É, isso podia ser estranho.

— Pode apostar. Se eles descobrirem, provavelmente vão declarar guerra. As lambanças habituais do Contato.

Gurgeh riu.

— E eu costumava achar o Contato tão organizado e eficiente. — Ele sacudiu a cabeça.

— É bom saber que alguma coisa funciona — murmurou o drone.

— Bom, vocês mantiveram todo esse império em segredo por sete décadas. Isso também funcionou.

— Mais sorte do que habilidade — disse Flere-Imsaho. Ele flutuava de um lado para o outro à frente, inspecionando a túnica. — Você quer mesmo uma insígnia? Nós podemos arrumar alguma coisa se isso for deixar você mais feliz.

— Não se dê ao trabalho.

— Está bem. Vamos usar seu nome completo quando anunciarem você no baile esta noite. Ele parece razoavelmente impressionante. Eles não conseguem entender que nós também não temos nenhuma posição hierárquica, por isso talvez veja que eles usam "Morat" como uma espécie de título. — O pequeno drone mergulhou para consertar um fio de ouro solto perto da bainha. — Tudo, no fim, é para o bem. São um pouco cegos em relação à Cultura, só porque não conseguem compreendê-la nos próprios termos hierarquizados. Não conseguem nos levar a sério.

— Que surpresa.

— Hmm. Tenho a sensação de que isso é tudo parte de um plano. Até esse representante delinquente... embaixador, perdão, é parte dele. Você também, eu acho.

— Você acha? — perguntou o jogador.

— Eles o construíram, Gurgeh — falou o drone, erguendo-se até a altura da cabeça e penteando o cabelo dele um pouco para trás. Gurgeh, por sua vez, afastou o campo intrometido da testa. — O Contato contou ao Império que você é um grande jogador. Eles acham que você pode chegar ao nível de coronel, bispo ou secretário ministerial.

— O quê? — disse Gurgeh, parecendo horrorizado. — Não foi isso o que eles me disseram!

— Nem para mim — disse o drone. — Eu mesmo descobri olhando para uma compilação de notícias uma hora atrás. Eles estão armando para você, cara. Querem manter o Império feliz e o estão usando para fazer isso. Primeiro, eles os deixam bem preocupados dizendo que você pode derrotar alguns de seus melhores jogadores; depois, quando, como provavelmente vai acontecer, você for derrotado na primeira rodada, vão tranquilizar o Império de que a Cultura é só uma piada. Nós entendemos as coisas errado, somos facilmente humilhados.

Gurgeh olhou com firmeza para o drone, os olhos estreitos.

— Primeira rodada, você acha mesmo? — disse ele com muita calma.

— Ah. Desculpe. — O pequeno drone recuou um pouco no ar, parecendo envergonhado. — Você ficou ofendido? Eu só estava supondo que... Bem, eu o vi jogar... Quero dizer... — A voz da máquina se calou.

Gurgeh tirou a túnica pesada e a largou no chão.

— Acho que vou tomar um banho — disse ele ao drone. A máquina hesitou, então pegou a túnica e deixou depressa a cabine. Gurgeh se sentou na cama e esfregou a barba.

Na verdade, o drone não o havia ofendido. Ele tinha os próprios segredos. Tinha certeza de que poderia se sair melhor no jogo do que o Contato esperava. Pelos últimos cem dias na *Fator Limitante*, sabia que não tinha se estendido; não estava tentando perder nem cometer erros deliberados, mas também não estava se concentrando tanto quanto tinha intenção nos jogos vindouros.

Ele mesmo não tinha certeza de por que estava se refreando desse jeito, mas de algum modo parecia importante não deixar que o Contato soubesse de tudo, guardar alguma coisa. Era uma pequena vitória contra eles, um joguinho, um gesto sobre um tabuleiro menor; um golpe contra os elementos e os deuses.

O Grande Palácio de Groasnachek ficava ao lado do rio largo e turvo que dera nome à cidade. Nessa noite, havia um grande baile para as pessoas mais importantes que jogariam Azad durante o meio ano seguinte.

Eles foram levados até lá em um carro terrestre, seguindo por alamedas largas e arborizadas iluminadas por refletores altos. Gurgeh estava sentado no fundo do veículo com Pequil, que já estava no carro quando ele chegou ao hotel. Um indivíduo do sexo masculino uniformizado dirigia, ao que parecia no controle total da máquina. Gurgeh tentou não pensar em acidentes. Flere-Imsaho se sentou no chão com o disfarce volumoso, zumbindo baixo e atraindo pequenas fibras do revestimento felpudo do piso da limusine.

O palácio não era tão imenso quanto o jogador esperava, embora ainda fosse bastante impressionante; tinha uma decoração ornamentada e era bem iluminado, e em cada uma das muitas espiras e torres, estandartes compridos e finamente decorados ondulavam com sinuosidade, ondas lentas e brilhantes de heráldica contra o céu laranja e escuro.

No pátio coberto por um toldo onde o carro parou, havia uma enorme quantidade de estruturas douradas, sobre as quais queimavam doze mil velas de vários tamanhos e várias cores, uma para cada pessoa que entrasse nos jogos. O baile em si era para mais de mil pessoas, cerca de metade delas jogadores; o resto era em maioria parceiros dos jogadores ou funcionários do governo, sacerdotes, agentes e burocratas que estavam satisfeitos o suficiente com a própria posição atual – e que tinham obtido a segurança da estabilidade nos cargos, o que significava que não podiam ser desalojados, não importando como os subordinados pudessem se sair nos jogos – para não querer competir.

Os mentores e administradores das faculdades de Azad – as instituições de ensino do jogo – formavam o restante dos presentes e estavam igualmente livres da necessidade de participar do torneio.

A noite estava quente demais para o gosto do jogador; um calor denso, estagnado e cheio do odor da cidade. A túnica era pesada e surpreendentemente desconfortável; Gurgeh se perguntou quando poderia ir embora do baile sem ofender ninguém. Eles entraram no palácio através de um grande portal ladeado por enormes portões abertos de metal polido e cravejado de pedras. Os vestíbulos e salões pelos quais passaram reluziam com decorações suntuosas sobre as mesas ou penduradas nas paredes e no teto.

As pessoas eram tão fabulosas quanto o ambiente. Os indivíduos do sexo feminino, dos quais parecia haver um grande número, estavam brilhando com muitas joias e muitos vestidos ornamentados com extravagância. Gurgeh notou que, calculando pela barra dos vestidos em forma de sino, as mulheres deviam ser tão largas quanto eram altas. Elas farfalhavam ao passar e tinham um cheiro forte de perfumes pesados e exagerados. Muitas das pessoas por quem ele passou relancearam, olharam ou mesmo pararam e encararam Gurgeh e Flere-Imsaho, que flutuava, zumbia e estalava.

Com o intervalo de alguns metros, ao longo das paredes e dos dois lados das portas, havia indivíduos do sexo masculino de uniformes chamativos parados completamente imóveis, com as pernas levemente afastadas, vestidas com calças, as mãos enluvadas entrelaçadas atrás das costas perfeitamente retas, os olhares fixos com firmeza nos tetos altos e pintados.

— Por que eles estão parados ali? — sussurrou Gurgeh para o drone em eäquico, baixo o bastante para que Pequil não pudesse ouvir.

— Exibição — disse a máquina.

Gurgeh pensou sobre isso.

— Exibição?

— É. Para mostrar que o imperador é rico e importante o suficiente para ter centenas de lacaios parados por aí sem fazer nada.

— Todo mundo já não sabe disso?

O drone não respondeu por um momento. Então suspirou.

— Você ainda não entendeu de verdade a psicologia da riqueza e do poder, não é, Jernau Gurgeh?

O jogador continuou a andar, sorrindo do lado do rosto que Flere-Imsaho não conseguia ver.

Os ápices pelos quais passaram estavam todos vestidos com as mesmas túnicas pesadas que Gurgeh estava usando; ornamentadas, mas sem ostentação. O que chamou mais a atenção do jogador, porém, foi que todo o lugar e todo mundo ali parecia preso em uma outra era. Ele não conseguia ver nada no palácio ou nas vestimentas das que não pudesse ter sido produzido pelo menos mil anos antes. Tinha assistido a gravações de antigas cerimônias imperiais quando fez a própria pesquisa sobre a sociedade e achou que tinha uma compreensão razoável sobre vestimentas e formas antigas. Achou estranho que, apesar da sofisticação tecnológica óbvia, mesmo que limitada, do Império, o lado formal dele se mantivesse tão agarrado ao passado. Antigos costumes, modas e formas arquitetônicas também eram comuns na Cultura, mas eram usados de forma livre, até negligente, apenas como partes de todo um conjunto de estilos, não adotados com rigidez e consistência resultando na exclusão de todo o resto.

— Espere aqui. Você vai ser anunciado — disse o drone, puxando a manga de Gurgeh para que ele parasse ao lado do sorridente Lo Pequil em uma porta que levava a um enorme lance de escadas largas que dava no salão de baile principal. Pequil entregou um cartão para um ápice uniformizado parado no alto da escada, cuja voz amplificada ecoou pelo amplo salão.

— O ilustre Lo Pequil Monenine, AAB, Nível Dois Principal, Medalha Imperial, Ordem do Mérito e foro... com Chark Gavantsha Gernow Morat Gurgee Dam Hazeze.

Eles desceram a grande escadaria. A cena abaixo deles era de uma ordem de magnitude mais luminosa e impressionante do que qualquer evento social que Gurgeh já tinha visto. A Cultura simplesmente não fazia coisas nessa escala. O salão de baile parecia uma piscina vasta e cintilante no qual alguém tinha jogado mil flores fabulosas e misturado tudo.

— Esse anunciador assassinou meu nome — disse Gurgeh para o drone. Ele lançou um olhar rápido para Pequil. — Mas por que nosso amigo parece tão infeliz?

— Acho que porque não disseram o "sênior" no nome dele — disse Flere-Imsaho.

— Isso é importante?

— Gurgeh, nessa sociedade *tudo* é importante — disse o drone. Em seguida acrescentou, mal-humorado: — Pelo menos vocês dois foram anunciados.

— Ei, você! — gritou uma voz quando eles chegaram ao pé da escada. Uma pessoa alta de aparência masculina abriu caminho entre alguns azadianos para se aproximar do jogador. Estava usando túnicas chamativas e largas. Tinha barba, cabelo castanho preso em um coque, olhos verdes brilhantes e observadores, e parecia que poderia vir da Cultura. Ele estendeu uma mão de dedos longos e muitos anéis, pegou a mão de Gurgeh e a apertou.

— Shohobohaum Za. É um prazer conhecê-lo. Eu costumava saber seu nome também, até que aquele delinquente no alto da escada o pronunciou. Gurgeh, não é? Ah, Pequil, você está aqui também, hein? — Ele colocou um copo nas mãos de Pequil. — Aqui; você bebe esse negócio, não? Oi, drone. Ei, Gurgeh. — Então passou o braço em torno dos ombros de Gurgeh. — Você quer uma bebida de verdade, certo?

— Jernow Morat Gurgee — começou Pequil, parecendo desconfortável. — Deixe-me apresentar...

Mas Shohobohaum Za já estava levando o jogador embora através da multidão ao pé da escada.

— Como estão as coisas, afinal, Pequil? — gritou ele, olhando para o ápice de aparência atônita às costas. — Tudo bem? É? Ótimo. Falo com você depois. Vou só levar esse outro exilado para tomar uma bebidinha!

Um Pequil de aparência pálida acenou de volta fracamente. Flere-Imsaho hesitou, então permaneceu com o azadiano.

Shohobohaum Za se virou para Gurgeh, tirou o braço dos ombros dele e, em uma voz menos estridente, disse:

— Um cara chato, o velho Pequil. Espero que não tenha se importado de ter sido arrastado dali.

— Vou lidar com o remorso — disse Gurgeh, olhando para o outro homem da Cultura de cima a baixo. — Eu imagino que você seja o... embaixador?

— O próprio — disse Za e arrotou. — Por aqui. — Ele apontou com a cabeça, guiando Gurgeh através da multidão. — Eu vi algumas garrafas de *grif* atrás de uma das mesas de bebidas e quero virar algumas antes que o imperador e os amigos dele levem tudo. — Eles passaram por um palco baixo onde uma banda tocava alto. — Lugar doido, não é? — gritou Za para Gurgeh enquanto os dois se dirigiam para o fundo do salão.

Gurgeh se perguntou a que exatamente o outro homem estava se referindo.

— Chegamos — disse Za, parando junto de uma grande fileira de mesas.

Atrás das mesas, indivíduos do sexo masculino uniformizados serviam comida e bebida aos convidados. Acima deles, em uma grande parede com um arco, uma tapeçaria escura bordada com diamantes e fios de ouro retratava uma antiga batalha espacial.

Za assoviou e se inclinou para a frente a fim de sussurrar para o indivíduo do sexo masculino alto e magro que se aproximou. Gurgeh viu um pedaço de papel trocar de mãos, então Za deu um tapinha no pulso do jogador e se afastou das mesas, arrastando-o até um sofá grande e circular posicionado em uma coluna canelada de mármore cravejada com metais preciosos.

— Espere até provar isso — disse Za, inclinando-se na direção de Gurgeh e piscando. Shohobohaum Za era de cor um pouco mais clara do que Gurgeh, mas ainda bem mais escuro que o azadiano médio. Era notoriamente difícil calcular a idade de pessoas da Cultura, mas Gurgeh chutou que o homem era mais ou menos uma década mais jovem do que ele.

— Você bebe? — disse Za, parecendo alarmado de repente.

— Eu tenho evitado essas coisas — disse Gurgeh.

Za sacudiu a cabeça enfaticamente.

— Não faça isso com *grif* — disse ele, dando tapinhas na mão do jogador. — Seria trágico. Na verdade, deveria ser uma ofensa desleal. Produza, em vez disso, *Estado de Fuga Cristal* com suas glândulas. Uma combinação brilhante. Faz seus neurônios saírem pela bunda. *Grif* é uma coisa incrível. Vem de Echronedal, sabe, enviado para os jogos. Eles só produzem na Temporada de Oxigênio; o que estamos recebendo deve ter dois Grandes Anos de idade. Custa uma fortuna. Abre mais pernas do que um laser cosmético. Enfim. — Za se encostou no assento, entrelaçou as mãos e olhou para Gurgeh com seriedade. — O que você acha do Império? Não é maravilhoso? Não é? Quero dizer, perverso mas sensual, certo? — Ele saltou adiante quando um criado do sexo masculino se aproximou deles carregando uma bandeja com alguns jarrinhos tampados. — A-há! — Então pegou a bandeja com os jarrinhos em troca de outro pedaço de papel. Destampou dois e entregou um para Gurgeh. Levou o jarro aos lábios, fechou os olhos e respirou fundo. Murmurou algo em voz baixa que parecia um cântico. Por fim, bebeu, mantendo os olhos fechados e bem apertados.

Quando abriu os olhos, Gurgeh estava sentado com um cotovelo apoiado no joelho e o queixo apoiado na mão, observando-o de forma questionadora.

— Eles recrutaram você assim? — perguntou o jogador. — Ou é um efeito do Império?

Za deu uma risada rouca, olhando para o teto, onde uma grande pintura mostrava navios antigos lutando alguma batalha de milênios de idade.

— Os dois! — respondeu o embaixador, ainda rindo. Ele apontou com a cabeça para o jarro de Gurgeh, com um olhar divertido porém, pareceu ao jogador, mais inteligente naquele momento; uma expressão que o fez revisar a estimativa da idade de Za para cima em muitas décadas.

— Você vai beber esse negócio? — perguntou Za. — Acabei de gastar o salário de um ano de um trabalhador não especializado para conseguir isso para você.

Gurgeh olhou nos olhos verdes e brilhantes do outro homem por um momento, então levou o jarro aos lábios.

— Aos trabalhadores não especializados, sr. Za — disse ele e bebeu.

Za deu uma gargalhada outra vez, jogando a cabeça para trás.

— Acho que nós vamos nos dar muito bem, jogador Gurgeh.

O *grif* era perfumado, doce, sutil e defumado. Za terminou o próprio jarro, erguendo o bico fino sobre a boca aberta para saborear as últimas gotas. Ele olhou para Gurgeh e estalou os lábios.

— Desce como seda líquida — falou, e pôs o jarro no chão. — Então, você vai jogar o grande jogo, hein, Jernau Gurgeh?

— É para isso que estou aqui. — Gurgeh deu mais um pequeno gole da bebida intoxicante.

— Deixe-me lhe dar um *conselho* — disse Za, tocando brevemente o braço do jogador. — Não aposte nada. E cuidado com as mulheres, ou os homens, ou ambos, o que quer que seja do seu interesse. Pode se meter em situações muito feias se não tomar cuidado. Mesmo que pretenda se manter celibatário, pode descobrir que alguns deles, as mulheres em especial, mal podem esperar para ver o que você tem entre as pernas. E eles levam esse tipo de coisa *ridiculamente* a sério. Se quiser algum jogo de corpos, me avise. Eu tenho contatos. Posso armar as coisas para você com discrição. Discrição completa e segredo absoluto totalmente garantido, pergunte a qualquer um. — Ele riu, então tocou o braço de Gurgeh mais uma vez e pareceu sério. — Estou falando sério — disse ele. — Posso arranjar para você.

— Vou manter isso em mente — disse Gurgeh, bebendo. — Obrigado pelo alerta.

— O prazer foi meu, sem problema. Eu estou aqui há oito... nove anos agora. A enviada antes de mim só durou vinte dias. Foi expulsa por ter uma relação com a mulher de um ministro. — Za sacudiu a cabeça e riu. — Quero dizer, gosto do estilo dela, mas *droga*, um ministro! — A maluca teve sorte por ter sido apenas expulsa. Se ela fosse um deles, teriam invadido seus orifícios com sanguessugas ácidas antes de fecharem os portões da prisão. Só pensar nisso já faz com que eu cruze as pernas.

Antes que Gurgeh pudesse responder ou que Za pudesse continuar, houve um barulho alto e terrível no alto da grande escadaria, como o som de milhares de garrafas quebrando. O barulho ecoou pelo salão de baile.

— Droga, o imperador — disse Za, levantando-se. Ele apontou com a cabeça para o jarro de Gurgeh. — Termine de beber, cara!

O jogador se levantou devagar. Ele pôs o jarro nas mãos de Za.

— Tome. Acho que você aprecia mais. — Za tampou o jarro e o enfiou em uma das dobras da túnica.

Havia muita atividade no alto da escada. As pessoas no salão de baile também estavam andando de um lado para o outro, ao que parecia formando uma espécie de corredor humano que levava do pé da escadaria até um assento grande e reluzente disposto em uma plataforma baixa coberta de tecido dourado.

— Melhor levar você para o seu lugar — disse Za. Ele tentou pegar o pulso de Gurgeh mais uma vez, mas Gurgeh ergueu a mão de repente, alisando a barba; Za não conseguiu encostar nele.

O jogador apontou para a frente com a cabeça.

— Você primeiro — disse ele. Za piscou e saiu andando. Eles chegaram atrás do grupo de pessoas diante do trono.

— Aqui está seu garoto, Pequil — anunciou Za para o ápice de aparência preocupada, então se afastou um pouco. Gurgeh se viu parado ao lado de Pequil, com Flere-Imsaho flutuando atrás de si na altura da cintura, zumbindo assiduamente.

— Senhor Gurgee, nós estávamos começando a nos preocupar com o senhor — sussurrou Pequil, olhando com nervosismo para a escadaria.

— Estavam? — disse o jogador. — Que reconfortante. — Pequil não pareceu muito satisfeito. Gurgeh se perguntou se tinha se dirigido de maneira errada ao ápice novamente.

— Tenho boas notícias, Gurgee — sussurrou Pequil. Ele olhou para o jogador, que se esforçou muito para parecer curioso. — Tive sucesso em lhe conseguir uma apresentação *pessoal* a Sua Alteza Imperial, o Imperador-Regente Nicosar!

— Fico extremamente honrado. — Gurgeh sorriu.

— É mesmo! É mesmo! Uma honra muito singular e excepcional! — Pequil engoliu em seco.

— Então não estrague tudo — murmurou Flere-Imsaho às costas. Gurgeh olhou para a máquina.

O barulho alto soou mais uma vez e, de repente, descendo pela escadaria, depressa enchendo sua largura, uma grande onda espalhafatosa de pessoas seguiu na direção do solo. Gurgeh supôs que o que ia à frente carregando um longo cajado fosse o imperador – ou o Imperador-Regente, como Pequil o chamara – mas, no pé da escada, aquele ápice chegou para o lado e gritou.

— Sua Alteza Imperial da Faculdade Candsev, Príncipe do Espaço, Defensor da Fé, Duque de Groasnachek, Mestre das Chamas de Echronedal, o Imperador-Regente Nicosar I!

O imperador estava todo vestido de preto; um ápice de tamanho médio e aparência séria, praticamente sem adornos. Ele estava cercado por azadianos com trajes fabulosos de todos os sexos, entre eles guardas ápices e do sexo masculino usando uniformes conservadores e portando espadas grandes e pequenas pistolas; à frente do imperador havia uma variedade de animais enormes, de quatro e seis patas, cores variadas, com coleira e focinheira, e segurados nas extremidades de guias de esmeralda e rubi por indivíduos do sexo masculino gordos e quase nus, cuja pele oleosa reluzia como ouro fosco sob as luzes do salão de baile.

O imperador parou e falou com algumas pessoas (que se ajoelharam quando ele se aproximou) mais para perto do final da fila, do lado oposto, então atravessou com a comitiva até o lado onde estava Gurgeh.

O salão de baile ficou quase em silêncio absoluto. Gurgeh podia ouvir a respiração rouca de vários dos carnívoros domados.

Pequil estava suando. Uma pulsação rápida era visível na cova das bochechas dele.

Nicosar se aproximou. O jogador achou que o imperador parecia, na verdade, um pouco menos impressionante, rigído e determinado do que o azadiano médio. Ele era um pouco curvado, e mesmo quando estava conversando com alguém a poucos metros de distância, Gurgeh só conseguia ouvir o lado do convidado da conversa. Nicosar parecia um pouco mais jovem do que Gurgeh havia esperado.

Apesar de ter sido avisado por Pequil sobre a apresentação pessoal, o jogador ainda assim se sentiu levemente surpreso quando o ápice de roupas escuras parou à frente.

— Ajoelhe-se — sibilou Flere-Imsaho.

Gurgeh se ajoelhou sobre um joelho. O silêncio pareceu se aprofundar.

— Ah, merda — murmurou a máquina que zumbia.

Pequil gemeu.

O imperador olhou para Gurgeh, então deu um pequeno sorriso.

— Senhor um-joelho, deve ser nosso convidado estrangeiro. Nós lhe desejamos um bom jogo.

Gurgeh percebeu o que havia feito de errado e se ajoelhou sobre o outro joelho também, mas o imperador deu um leve aceno com uma mão cheia de anéis e disse:

— Não, não. Nós admiramos a originalidade. O senhor deve nos saudar sobre um joelho no futuro.

— Obrigado, Vossa Alteza — disse Gurgeh com uma pequena reverência.

O imperador assentiu e se virou para continuar a percorrer a fila.

Pequil deu um suspiro trêmulo.

O imperador chegou ao trono sobre a plataforma e a música começou. Os presentes de repente voltaram a conversar e as duas linhas de pessoas se desfizeram. Todo mundo começou a falar e a gesticular ao mesmo tempo. Pequil parecia estar prestes a desmoronar. O ápice estava quase sem fala.

Flere-Imsaho flutuou até Gurgeh.

— Por favor — disse ele. — *Nunca* mais faça uma coisa dessas.

Gurgeh ignorou a máquina.

— Pelo menos você conseguiu falar, hein? — disse Pequil de repente, pegando um copo de uma bandeja com uma mão trêmula. — Pelo menos ele conseguiu falar, hein, máquina? — Estava falando quase rápido demais para o jogador acompanhar. O ápice virou o copo de bebida. — A maioria das pessoas congela. Acho que eu congelaria. Acontece com muita gente. O que um joelho importa, hein? O que isso importa? — Pequil olhou ao redor à procura do indivíduo do sexo masculino com a bandeja, em seguida olhou para o trono, onde o imperador estava sentado conversando com alguém do séquito. — Que presença majestosa! — disse Pequil.

— Por que ele é imperador-regente? — perguntou Gurgeh ao ápice suado.

— Sua Alteza Imperial teve de assumir a Corrente Real depois que o imperador Molsce infelizmente morreu dois anos atrás. Como segundo melhor jogador durante os últimos jogos, nosso Adorado Nicosar foi elevado ao trono. Mas eu não tenho dúvida de que ele vai permanecer aí!

Gurgeh, que tinha lido sobre a morte de Molsce, mas não havia se dado conta de que Nicosar não era visto como um imperador pleno por direito, assentiu e, olhando para as pessoas extravagantemente vestidas e as feras que cercavam o palanque imperial, se perguntou que esplendores adicionais Nicosar poderia merecer se de fato ganhasse os jogos.

— Eu me ofereceria para dançar com você, mas eles não aprovam homens dançando juntos — disse Shohobohaum Za, chegando aonde Gurgeh estava parado ao lado de uma coluna. Za pegou um prato de doces embalados em papel de uma mesinha e o estendeu para o jogador, que sacudiu a cabeça. O embaixador jogou alguns dos docinhos na boca enquanto Gurgeh observava as danças de padrões elaborados explodirem em turbilhões de carne e tecidos coloridos pelo chão do salão de baile. Flere-Imsaho flutuava por perto. Havia alguns pedacinhos de papel presos à lataria carregada de estática.

— Não se preocupe — disse Gurgeh a Za. — Eu não vou me sentir insultado.

— Que bom. Está se divertindo? — O embaixador se recostou em uma coluna. — Achei que você parecia um pouco solitário aqui parado. Onde está Pequil?

— Falando com alguns funcionários imperiais, tentando conseguir uma audiência particular.

— Ah, ele vai conseguir — escarneceu Za. — O que você achou, afinal de contas, de nosso maravilhoso imperador?

— Ele parece... muito imperial — disse Gurgeh, franzindo o cenho para a túnica que estava vestindo e tocando uma orelha.

Za pareceu estar se divertindo, em seguida perplexo, então riu.

— Ah, o microfone! — Ele sacudiu a cabeça, desembrulhou mais alguns doces e os comeu. — Não se preocupe com isso. Só diga o que você quiser. Não vai ser assassinado nem nada. Eles não se importam. Protocolo diplomático. Nós fingimos que as túnicas não estão grampeadas e eles fingem não ter ouvido nada. É um joguinho nosso.

— Se você diz — falou Gurgeh, olhando para o palanque imperial.

— Não é nada demais de se ver no momento, o jovem Nicosar — disse Za, seguindo o olhar do jogador. — Ele vai obter todas as regalias depois do jogo; teoricamente, no momento está de luto por Molsce. Preto é a cor de luto deles; algo a ver com o espaço, suponho. — Ele olhou para o imperador por algum tempo. — Um esquema estranho, não acha? Todo esse poder pertencendo a uma pessoa.

— Parece um jeito... muito potencialmente instável de se governar uma sociedade — concordou Gurgeh.

— Hmm. É claro, tudo é relativo, não é? Na verdade, sabe, é provável que aquele sujeito velho com quem o imperador está conversando no momento tenha mais poder real do que o próprio Nicosar.

— É mesmo? — Gurgeh olhou para Za.

— É. Aquele é Hamin, reitor da Faculdade Candsev, o mentor de Nicosar.

— Está dizendo que ele diz ao imperador o que fazer?

— Não oficialmente, mas... — Za arrotou. — Nicosar foi criado na faculdade; passou 63 anos, criança e ápice, aprendendo a jogar com Hamin. Hamin o criou, o preparou, lhe ensinou tudo o que ele sabe sobre o jogo e todas as outras coisas. Então quando o velho Molsce ganhou seu bilhete só de ida para a terra de Nod (não cedo demais) e Nicosar assumiu, quem foi a primeira pessoa para quem ele se voltou em busca de conselhos?

— Entendi. — Gurgeh assentiu. Ele estava começando a se arrepender de não ter estudado mais sobre o sistema político de Azad em vez de apenas o jogo. — Achei que as faculdades só ensinassem as pessoas a jogar.

— Isso é tudo o que elas fazem na teoria, mas na verdade são mais como famílias nobres substitutas. Uma das coisas que fazem com que o Império ganhe sobre o esquema habitual da linhagem de sangue é que eles usam o jogo para recrutar os ápices mais inteligentes, implacáveis e manipuladores de toda a população para controlar o show, em vez de ter de se casar com sangue novo de alguma aristocracia estagnada e torcer para o melhor quando os genes se misturarem. Na verdade, é um sistema muito bom; o jogo resolve muita coisa. Eu consigo vê-lo durar; o Contato parece pensar que um dia tudo vai se desfazer nas emendas, mas eu duvido. Essa gente pode durar mais do que nós. Eles são impressionantes, você não acha? Vamos, tem de admitir que está impressionado, não está?

— De um jeito inexprimível — disse Gurgeh. — Mas eu gostaria de ver mais antes de chegar a qualquer julgamento final.

— Você vai acabar impressionado. Vai apreciar a beleza selvagem do Império. Não, estou falando sério. Você vai. É provável que acabe querendo ficar. Ah, e não dê atenção àquele drone idiota que eles enviaram para ser sua babá. São todas iguais, essas máquinas. Querem que tudo seja igual à Cultura; paz e amor e toda essa mesma bobagem afável. — Elas não têm a... — Za arrotou. —... a sensualidade para apreciar o... — ele tornou a arrotar —... Império. Acredite em mim. Ignore a máquina.

Gurgeh estava pensando no que dizer quando um grupo de ápices e indivíduos do sexo feminino vestidos em roupas chamativas chegaram e cercaram os dois. Um ápice se adiantou do grupo sorridente e reluzente e, com uma reverência que o jogador achou exagerada, disse para Za:

— Nosso estimado enviado poderia divertir nossas esposas com seus olhos?

— Seria um prazer! — disse Za. Ele entregou a bandeja de doces para Gurgeh e, enquanto as mulheres davam risadinhas e os ápices sorriam uns para os outros, se aproximou delas e moveu as membranas dos olhos para cima e para baixo. — Pronto! — O embaixador riu e recuou, dançando. Um dos ápices lhe agradeceu, depois o grupo de pessoas foi embora, conversando e rindo.

— Eles são como crianças grandes — disse Za para Gurgeh, então lhe deu tapinhas no ombro e saiu andando, com uma expressão vazia nos olhos.

Flere-Imsaho flutuou até o jogador, fazendo barulho de farfalhar de papel.

— Eu ouvi o que o babaca disse sobre ignorar as máquinas — falou ele.

— Hmm? — disse Gurgeh.

— Eu disse... Ah, não importa. Você não está se sentindo excluído por não poder dançar, está?

— Não. Eu não gosto de dançar.

— Que bom. Seria socialmente degradante para qualquer pessoa aqui ao menos tocá-lo.

— Você tem jeito com as palavras, máquina — disse Gurgeh. Ele pôs o prato de doces em frente ao drone, então o largou e saiu andando. Flere-Imsaho deu um grito e conseguiu por pouco segurar o prato em plena queda antes que todos os doces embrulhados caíssem.

Gurgeh perambulou por algum tempo, sentindo-se um pouco bravo e mais do que um pouco desconfortável. Estava consumido pela ideia de que cercava-se de pessoas que de algum modo tinham falhado, como se fossem todas componentes não montados de algum sistema de alta qualidade que teria sido poluído pela inclusão dele. Não apenas aqueles ao redor lhe pareciam tolos e grosseiros, mas também sentia que ele mesmo não era muito diferente. Todo mundo que conhecia parecia sentir que ele tinha ido até ali só para fazer papel de bobo.

O Contato o mandara para lá em uma nave de guerra geriátrica que mal merecia esse nome, lhe deu um jovem drone vaidoso e totalmente rebelde, se esqueceu de contar coisas que deviam saber que fariam uma diferença considerável para o jeito como o jogo era jogado – o sistema de faculdades, que a *Fator Limitante* tinha ocultado, era um bom exemplo – e o colocou ao menos em parte aos cuidados de um bêbado, falastrão, tolo e infantil apaixonado por alguns truques imperialistas e um sistema social de uma inteligência desumana.

Durante a viagem até ali, toda a aventura parecera muito romântica; um compromisso grande e corajoso, uma coisa nobre a se fazer. Essa sensação de épico o havia abandonado naquele instante. Tudo o que ele sentia nesse momento era que ele, assim como Shohobohaum Za ou Flere-Imsaho, era apenas mais um desajustado social, e todo esse império espetacularmente miserável lhe tinha sido jogado como um resto. Em algum lugar, tinha certeza, Mentes estavam vadiando pelo hiperespaço dentro do tecido do campo de alguma grande nave, rindo.

Gurgeh olhou ao redor do salão de baile. Música estridente tocava, os casais de ápices e indivíduos do sexo feminino de ricas vestes se moviam pelo piso reluzente de marchetaria em arranjos pré-estabelecidos, as expressões de orgulho e humildade igualmente desagradáveis, enquanto os criados do sexo masculino se movimentavam com cuidado ao redor como máquinas, garantindo que todos os copos fossem mantidos cheios, todos os pratos cobertos. O jogador não achou que importava muito qual era o sistema social deles; apenas parecia estúpido e rigidamente organizado demais.

— Ah, Gurgee — disse Pequil. Ele passou pelo espaço entre uma grande planta em um vaso e uma coluna de mármore, segurando um indivíduo do sexo feminino pelo braço. — Aí está você. Gurgee, por favor, quero que conheça Trinev Filha de Dutley. — O ápice sorriu da garota para o homem e a conduziu adiante. Ela fez uma reverência lenta. — Trinev também é jogadora — disse Pequil a Gurgeh. — Isso não é interessante?

— É uma honra conhecê-la, jovem — disse Gurgeh para a garota, fazendo também uma pequena reverência. Ela permaneceu imóvel à frente dele, olhando para o chão. O vestido era menos ornamentado do que a maioria daqueles que ele tinha visto, e a mulher dentro dele parecia menos glamorosa.

— Bom, vou deixar vocês dois esquisitos para conversar, está bem? — disse Pequil, dando um passo para trás, com as mãos entrelaçadas. —

O pai da srta. Filha de Dutley está ali, perto do palanque de trás, Gurgee. Se não se importar em devolver a jovem depois que terminar a conversa…

Gurgeh observou Pequil se afastar, em seguida sorriu acima da cabeça da jovem. Ele limpou a garganta. A garota permaneceu em silêncio. O jogador disse:

— Eu, ah… achei que apenas intermediários, ápices, jogassem Azad.

A garota ergueu os olhos até a altura do peito dele.

— Não, senhor. Há algumas jogadoras capazes do sexo feminino, de graduação menor, é claro. — Ela tinha uma voz suave e de aspecto cansado.

Ainda não erguera o rosto até o dele, então Gurgeh tinha de se dirigir à coroa da cabeça dela, onde podia ver o couro cabeludo branco através do cabelo preto, que estava preso.

— Ah — disse ele. — Achei que pudesse ser… proibido. Ainda bem que não é. Há jogadores do sexo masculino também?

— Há, senhor. Ninguém é proibido de jogar. Isso está incorporado na Constituição. É feito de forma simples, só que é mais difícil para os dois… — A mulher parou, então ergueu a cabeça com uma expressão repentina e surpreendente. —… para os dois sexos *menores* aprenderem, porque todas as grandes faculdades devem ter apenas estudiosos ápices. — Ela tornou a baixar os olhos. — Claro, isso é para prevenir que aqueles que estudam se distraiam.

Gurgeh não sabia ao certo o que dizer.

— Entendo. — Foi tudo em que pode pensar a princípio. — Você… espera se sair bem nos jogos?

— Se eu puder me sair bem… Se eu conseguir chegar ao segundo jogo da série principal, então espero conseguir entrar para o serviço civil e viajar.

— Bem, espero que você tenha sucesso.

— Obrigada. Infelizmente, não é muito provável. O primeiro jogo, como o senhor sabe, é jogado por grupos de dez, e ser a única mulher enfrentando nove ápices é ser vista como um estorvo. Em geral, a mulher é eliminada do jogo primeiro, para limpar o campo.

— Hmm. Me alertaram de que algo semelhante poderia acontecer comigo — disse Gurgeh, sorrindo para a cabeça dela e desejando que a garota tornasse a olhá-lo.

— Ah, não. — A mulher, então, ergueu os olhos, e Gurgeh achou a franqueza do olhar de rosto achatado estranhamente desconcertante. — Não vão fazer isso com o senhor; não seria educado. Não *sabem* o quanto o senhor é forte ou fraco. Eles... — Ela baixou os olhos mais uma vez. —... sabem que eu sou fraca, por isso não é desrespeito me remover do tabuleiro para que possam continuar com o jogo.

Gurgeh olhou ao redor do enorme salão de baile barulhento e lotado, onde as pessoas conversavam e dançavam e a música tocava alto.

— Não há nada que você possa fazer? — perguntou ele. — Não seria possível arranjar para que dez mulheres jogassem umas contra as outras na primeira rodada?

A garota ainda estava olhando para baixo, mas algo em relação à curva da bochecha disse a ele que ela podia ter sorrido.

— Seria possível, senhor. Mas acredito que nunca houve uma ocasião na grande série de jogos em que duas pessoas dos sexos menores jogaram no mesmo grupo. O sorteio nunca funcionou assim, em todos esses anos.

— Ah — disse Gurgeh. — E jogos individuais, um contra um?

— Eles não contam a menos que a pessoa tenha passado pelas rodadas iniciais. Quando eu pratico jogos individuais, me dizem... que tenho muita sorte. Acho que devo ter. Mas, na verdade, sei que tenho, pois meu pai me escolheu um bom mestre e marido, e mesmo se eu não tiver sucesso no jogo, terei um bom casamento. O que mais uma mulher pode desejar, senhor?

Gurgeh não sabia o que dizer. Havia uma sensação estranha de formigamento em sua nuca. Ele limpou a garganta algumas vezes. No fim, tudo o que conseguiu encontrar para dizer foi:

— Espero que você vença. Espero mesmo.

A mulher ergueu brevemente os olhos para ele, depois tornou a baixá-los. Então sacudiu a cabeça.

Depois de algum tempo, Gurgeh sugeriu levá-la de volta para o pai. Ela concordou e disse mais uma coisa.

Eles estavam caminhando pelo grande salão, abrindo caminho através dos grupos de pessoas até onde o pai dela esperava, e em determinado momento passaram entre um grande pilar entalhado e uma parede de murais de batalhas. Durante o instante em que ficaram bem ocultos do resto do salão, a mulher estendeu uma mão e o tocou no pulso; com a outra mão, apertou um dedo sobre um ponto específico no ombro da túnica dele, e com esse dedo pressionando e os outros roçando de leve o braço, no mesmo momento ela sussurrou:

— Você ganha. *Você* ganha!

Então estavam com o pai dela e, depois de repetir o quanto ele se sentia bem-vindo, Gurgeh deixou o grupo familiar. A mulher não tornou a olhá-lo. Ele não tivera tempo de responder a ela.

— Você está bem, Jernau Gurgeh? — perguntou Flere-Imsaho, ao encontrar o jogador encostado em uma parede, parecendo estar apenas olhando para o espaço, como se fosse um dos criados uniformizados do sexo masculino.

Gurgeh olhou para o drone. Ele levou o dedo ao ponto no ombro da túnica que a garota havia pressionado.

— É aqui que fica o grampo dessa coisa?

— É — disse a máquina. — Isso mesmo. Shohobohaum Za contou isso a você?

— Hmm, eu achei que sim — disse Gurgeh. Ele se afastou da parede. — Seria educado ir embora agora?

— Agora? — O drone recuou um pouco, zumbindo alto. — Bom, eu acho que sim... Você tem certeza de que está bem?

— Nunca me senti melhor. Vamos. — Gurgeh saiu andando.

— Você parece agitado. Está bem mesmo? Não está se divertindo? O que Za lhe deu para beber? Está nervoso em relação ao jogo? Za disse alguma coisa? É porque ninguém pode tocá-lo?

Gurgeh caminhou através das pessoas, ignorando o drone que zunia e crepitava na altura do ombro dele.

Quando deixaram o grande salão de baile, percebeu que, tirando o fato de se lembrar de que ela era chamada de "filha de alguém", tinha se esquecido do nome da mulher.

Gurgeh deveria jogar a primeira partida de Azad dois dias depois do baile. Ele passou o tempo até lá desenvolvendo algumas manobras de peças com a *Fator Limitante*. Poderia ter usado o cérebro do módulo, mas a velha nave de guerra tinha um estilo de jogo mais interessante. O fato de a *Fator Limitante* estar a várias décadas de distância por luz real do espaço significava que havia um atraso significativo envolvido – a própria nave sempre respondia de imediato a um movimento –, mas o efeito ainda era o de jogar contra um adversário extraordinariamente rápido e talentoso.

Gurgeh não aceitou mais convites para ocasiões formais; dissera a Pequil que o sistema digestivo estava levando algum tempo para se adaptar à saborosa comida do Império, e essa pareceu ser uma desculpa aceitável. Até recusou a oportunidade de sair para fazer um passeio turístico pela capital.

Ele não viu ninguém durante esses dias, exceto Flere-Imsaho, que passava a maior parte do tempo dentro do disfarce, sentado no parapeito do hotel, zumbindo baixo e observando pássaros, que atraía com migalhas espalhadas pelo gramado do jardim do telhado.

De vez em quando, Gurgeh caminhava pelo telhado gramado e ficava parado olhando para a cidade.

As ruas e o céu eram ambos cheios de tráfego. Groasnachek era como um grande animal achatado e espinhento, banhado por luzes à noite e enevoado com a própria respiração acumulada durante o dia. Ela falava com um grande coro confuso de vozes, um ronco envolvente de motores e máquinas ao fundo que nunca cessava e os sons estrondosos esporádicos de aeronaves que passavam. Os lamentos, berros, cantos e gritos de sirenes e alarmes se espalhavam pelo tecido da metrópole como perfurações de metralhadora.

Arquitetonicamente, pensava Gurgeh, o lugar era uma mistura incorrigível de estilos e grande demais. Alguns prédios se erguiam altos, outros se espalhavam, mas todos pareciam ter sido projetados sem nenhuma relação uns com os outros, e o efeito geral – que podia ter sofrido uma variação interessante – era na verdade pavoroso. Ele não parava de pensar no *Malandrinho*, que tinha dez vezes mais gente do que a cidade em uma área menor e com muito mais elegância, embora a maior parte do volume da nave fosse ocupada por espaço para a construção de naves, por motores e por outros equipamentos.

Groasnachek tinha todo o planejamento de uma titica de pássaro, pensou Gurgeh, e a cidade era um labirinto próprio.

*

Quando chegou o dia do início do jogo, Gurgeh acordou se sentindo exultante, como se tivesse acabado de vencer uma partida, em vez de estar prestes a embarcar no primeiro jogo sério e verdadeiro da vida dele. Comeu muito pouco no café da manhã e se vestiu sem pressa com os trajes cerimoniais exigidos; roupas ridículas misturadas, como chinelos macios e meiões abaixo de uma jaqueta volumosa com mangas enroladas e ligas. Pelo menos, como noviço, as túnicas dele eram relativamente sem adornos e com cores discretas.

Pequil chegou para levá-lo ao jogo em um carro terrestre oficial. O ápice falou sem parar durante a viagem, entusiasmado com alguma conquista recente feita pelo Império em uma região distante do espaço: uma vitória gloriosa.

O carro acelerou pelas ruas largas, seguindo na direção da periferia da cidade, onde o salão público no qual Gurgeh jogaria tinha sido convertido em um salão de jogos.

Por toda a cidade naquela manhã, pessoas estavam indo para o primeiro jogo da nova série; do jovem jogador mais otimista com sorte o suficiente para ganhar um lugar nos jogos em uma loteria estatal até o próprio Nicosar, aquelas doze mil pessoas encaravam aquele dia sabendo que suas vidas poderiam mudar por completo e para sempre, para o bem ou para o mal, começando naquele exato momento.

Toda a cidade estava viva com a febre do jogo que a infectava a cada seis anos; Groasnachek lotava-se de jogadores, comitivas, conselheiros, mentores de faculdade, parentes e amigos, serviços de imprensa e notícias do Império e delegações visitantes de colônias e domínios ali presentes para assistir ao futuro curso da história imperial sendo decidido.

Apesar da própria euforia mais cedo, Gurgeh descobriu que suas mãos estavam tremendo quando eles chegaram ao salão, e enquanto era levado para o lugar de paredes brancas altas e piso de madeira ecoante, uma sensação desagradável de embrulho parecia emanar do estômago dele. Era bem diferente da sensação normal de empolgação que experimentava antes da maioria dos jogos; essa era algo diferente. Mais penetrante, mais emocionante e mais perturbadora do que qualquer coisa que ele já conhecera.

O que aliviou seu estado de ânimo da tensão foi descobrir que Flere-Imsaho não tinha permissão para permanecer no salão de jogos enquanto a partida estivesse em andamento; teria de ficar do lado de fora. A exibição de estalidos, zumbido e uma crueza crepitante do drone não tinha sido suficiente para convencer as autoridades de que ele era incapaz, de algum modo, de ajudar Gurgeh durante o jogo. A máquina foi levada para um pequeno pavilhão na área do salão, a fim de esperar ali com os guardas imperiais no serviço de segurança.

Ela reclamou, bem alto.

Gurgeh foi apresentado às outras nove pessoas da partida. Em teoria, todos tinham sido escolhidos de forma aleatória. Eles o cumprimentaram com bastante cordialidade, embora um deles, um sacerdote imperial jovem, o tenha apenas saudado com um meneio de cabeça em vez de lhe dirigir à palavra.

Jogaram, primeiro, o jogo menor de cartas de estratégia. Gurgeh começou com muita cautela, entregando cartas e pontos para saber o que os outros tinham. Quando enfim ficou óbvio, começou a jogar direito, na esperança de não fazer papel de bobo no ataque, mas, durante as rodadas seguintes, percebeu que os outros ainda não tinham certeza de quem tinha o quê, e ele era o único que estava jogando como se a partida estivesse nos estágios finais.

Achando que talvez tivesse deixado passar alguma coisa, jogou mais algumas cartas exploratórias, e só então o sacerdote começou a jogar para finalizar. Gurgeh voltou à carga e, quando a partida terminou, antes do meio-dia, ele tinha mais pontos que qualquer outro participante.

— Até agora, tudo bem, hein, drone? — falou para Flere-Imsaho. O drone estava sentado à mesa onde jogadores, organizadores dos jogos e alguns dos espectadores mais importantes almoçavam.

— Se você diz — respondeu a máquina, de mau humor. — Eu não consigo ver muito, preso nesse anexo com os adoráveis jovens soldados.

— Bem, pode acreditar em mim, parece que está indo tudo bem.

— São ainda os primeiros dias, Jernau Gurgeh. Você não vai pegá-los com a mesma facilidade outra vez.

— Eu sabia que podia contar com seu apoio.

*

À tarde, eles jogaram em dois dos tabuleiros menores em uma série de jogos individuais para decidir a ordem de precedência. Gurgeh sabia que era bom nesses dois jogos e derrotou os outros com facilidade. Só o sacerdote pareceu aborrecido com isso. Houve outro intervalo, para o jantar, durante o qual Pequil chegou, em visita não oficial, no caminho para casa vindo do gabinete. Ele expressou uma surpresa satisfeita com o quanto Gurgeh estava indo bem, e chegou a lhe dar tapinhas no braço antes de ir embora.

A sessão do começo da noite era uma formalidade; tudo o que aconteceu foi que eles souberam pelos organizadores dos jogos – amadores de um clube local, com um agente imperial no comando – a configuração exata e a ordem do jogo para o dia seguinte no Tabuleiro da Origem. Como agora tinha ficado óbvio, Gurgeh ia começar com uma vantagem considerável.

Sentado no banco de trás do carro com apenas Flere-Imsaho lhe fazendo companhia e se sentindo bastante satisfeito consigo mesmo, Gurgeh observou a cidade passar sob a luz violeta do anoitecer.

— Nada mau, imagino — disse o drone, zumbindo apenas um pouco no assento ao lado. — Eu entraria em contato com a nave esta noite se eu fosse você, para discutir o que devo fazer amanhã.

— Você faria mesmo isso?

— Faria. Vai precisar de toda ajuda que possa conseguir. É provável que se unam contra você amanhã. É aí que você sai perdendo, é claro. Se algum deles estivesse nessa situação, estaria entrando em contato com um ou mais dos jogadores menores e fazendo acordos para...

— É, mas, como você nunca se cansa de me dizer, todos iriam se rebaixar se fizessem qualquer coisa desse tipo comigo. Por outro lado, porém, com seu encorajamento e a ajuda da *Fator Limitante*, como posso perder?

O drone ficou em silêncio.

Gurgeh entrou em contato com a nave naquela noite. Flere-Imsaho tinha dito estar entediado; o drone havia tirado a lataria, mudado o corpo para preto e saído sem ser visto pela noite para visitar um parque da cidade onde havia algumas aves noturnas.

O jogador discutiu os planos com a *Fator Limitante*, mas o atraso temporal de um minuto tornava a conversa com a nave de guerra um negócio lento. A nave, porém, tinha boas sugestões. Gurgeh estava certo de que nesse nível, pelo menos, deveria estar recebendo conselhos melhores do que qualquer um dos adversários imediatos recebia dos próprios conselheiros, assessores e mentores. Era provável que só os cerca de cem melhores jogadores, aqueles com patrocínio direto e apoiados pelas faculdades principais, teriam acesso a uma ajuda tão bem-informada. Esse pensamento o animou mais, e ele foi para a cama feliz.

Três dias depois, quando o jogo estava fechando após a sessão do começo da noite, Gurgeh olhou para o Tabuleiro da Origem e percebeu que seria eliminado.

No início, tudo tinha ido bem. Gurgeh ficara satisfeito com a forma como lidava com as peças e com certeza tinha uma apreciação mais sutil do equilíbrio estratégico do jogo. Com a superioridade em posição e as forças resultante dos sucessos durante os estágios iniciais, ele ficou confiante de que ia ganhar e assim permanecer na Série Principal para jogar na segunda rodada, de jogos individuais.

Então, na terceira manhã, percebeu que tivera excesso de confiança e sua concentração baixara. O que parecia uma série de movimentos desconexos feitos pelos outros jogadores de repente se tornou um ataque em massa coordenado, com o sacerdote à frente. Gurgeh entrou em pânico e foi derrotado. Dali em diante, era um homem morto.

Quando aquela sessão terminou, o sacerdote se aproximou de Gurgeh, que ainda estava sentado no banco alto, olhando para a desordem abaixo sobre o tabuleiro e se perguntando o que havia dado errado. O ápice questionou o jogador se ele estava disposto a desistir; era o caminho convencional quando alguém estava tão atrás em peças e território, e havia menos vergonha em uma admissão honrada de derrota do que em uma recusa teimosa a encarar a realidade, que só arrastava o jogo por mais tempo para os adversários. Gurgeh olhou para o sacerdote, em seguida para Flere-Imsaho, que tivera permissão de entrar no salão quando a partida terminou. A máquina balançou um pouco à frente, zumbindo e chiando muito com estática.

— O que você acha, drone? — perguntou ele, cansado.

— Acho que quanto antes você tirar essas roupas ridículas, melhor — respondeu a máquina.

O sacerdote, cujas próprias túnicas eram uma versão mais extravagante das de Gurgeh, olhou com raiva para o drone que zumbia, mas não disse nada.

O jogador tornou a olhar para o tabuleiro, depois para o sacerdote. Deu um suspiro prolongado e abriu a boca, mas antes que pudesse falar algo, Flere-Imsaho disse:

— Por isso, acho que você deveria voltar para o hotel, trocar de roupa, relaxar e dar a si mesmo uma oportunidade de pensar.

Gurgeh assentiu devagar, esfregando a barba e olhando para a confusão de peças emaranhadas no Tabuleiro da Origem. Ele disse ao sacerdote que iria vê-lo no dia seguinte.

— Não há nada que eu possa fazer; eles ganharam — falou Gurgeh ao drone quando estavam de volta ao módulo.

— Se você diz. Por que não pergunta à nave?

O jogador entrou em contato com a *Fator Limitante* para dar a má notícia. Ela se condoeu e, em vez de sugerir alguma ideia útil, lhe disse exatamente o que ele tinha feito de errado, entrando em detalhes consideráveis. Gurgeh agradeceu com pouco bom humor e foi para a cama desanimado, desejando ter desistido quando o sacerdote lhe perguntara.

Flere-Imsaho tinha saído para explorar a cidade mais uma vez. O jogador estava no escuro, com o módulo silencioso ao redor dele.

Perguntou-se por que motivo, na verdade, eles o haviam mandado até ali. O que o Contato de fato esperava que ele fizesse? Tinha sido enviado para ser humilhado e assim assegurar ao Império de que era improvável que a Cultura representasse qualquer ameaça? Isso parecia tão plausível quanto qualquer outra coisa. Podia imaginar o Polo de Chiark despejando números sobre a quantidade colossal de energia gasta para enviá-lo tão longe... e mesmo a

Cultura, mesmo o Contato, pensaria duas vezes sobre fazer tudo o que tinha feito para dar a um cidadão uma gloriosa aventura de férias. A Cultura não usava dinheiro dessa forma e também não queria ser *tão* ostensivamente extravagante com matéria e energia (era muito deselegante desperdiçar). Mas manter o Império acreditando que a Cultura era apenas uma piada, nenhuma ameaça... quanto isso valia?

Gurgeh se virou na cama, ligou o campo de flutuação, ajustou a resistência, tentou dormir, virando-se de um lado para o outro, ajustou o campo de novo, mas não conseguiu ficar confortável, e por isso, depois de algum tempo, desligou-o.

Viu o brilho suave do bracelete que Chamlis tinha lhe dado reluzindo ao lado da cama. Pegou a tira fina e a girou nas mãos. O pequeno orbital estava iluminado na escuridão, lançando luz sobre os dedos dele e as cobertas da cama. O jogador olhou para a superfície de luz natural e as espirais microscópicas de sistemas de clima acima de um mar azul e uma terra de cor parda. Ele realmente devia escrever a Chamlis para agradecer.

Só então percebeu o quanto aquela pequena joia era inteligente. Tinha achado que era apenas uma imagem congelada e iluminada, mas não; lembrava-se da aparência dela na primeira vez que a tinha visto, e naquele momento a cena era diferente; os continentes-ilha no lado da luz solar eram formas bem diferentes daquelas de que ele se lembrava, embora reconhecesse alguns deles, perto da linha que demarcava o amanhecer. O bracelete era uma representação em movimento de um orbital; bem possível que até um relógio rudimentar.

Gurgeh sorriu na escuridão e se virou.

Todos esperavam que perdesse. Só ele sabia – ou soubera – que era um jogador melhor do que imaginavam. Mas jogara fora a chance de provar que estava certo, e eles, errados.

— Tolo, tolo — sussurrou para si mesmo na escuridão.

Ele não conseguia dormir. Levantou-se, ligou a tela do módulo e disse à máquina para exibir o jogo. O Tabuleiro da Origem apareceu em um holograma à frente. Gurgeh se sentou ali e o encarou, então disse ao módulo para entrar em contato com a nave.

Foi uma conversa lenta e onírica, durante a qual ele olhava como se estivesse petrificado para o tabuleiro de jogo iluminado que parecia se estender para longe, enquanto esperava que as próprias palavras chegassem à nave de guerra distante, depois que a resposta dela chegasse a ele.

— Jernau Gurgeh?

— Eu quero saber uma coisa, nave. Tem algum jeito de sair disso?

Pergunta idiota. Podia ver a resposta. A própria posição era uma confusão rudimentar; a única coisa certa sobre ela era que não havia esperança.

— De sua situação atual no jogo?

Ele deu um suspiro. Que perda de tempo.

— É. Você consegue ver uma saída?

O holograma congelado à frente, a posição exibida, era como um momento de queda capturado; o instante em que o pé escorrega, os dedos perdem o resto da força e a descida fatal e acelerada começa. Gurgeh pensou em satélites, sempre em queda, e nos tropeços controlados que os bípedes chamam de andar.

— Você está mais pontos atrás do que qualquer pessoa que já conseguiu virar o jogo e vencer em qualquer partida da Série Principal. Eles acreditam que você já foi derrotado.

Ele esperou por mais. Silêncio.

— Responda à pergunta — ordenou à nave. — Você não respondeu à pergunta. Responda.

O que a nave estava aprontando? Confusão, confusão, confusão total. A posição dele era um tumulto serpeante, amorfo, nebuloso e quase bárbaro de peças e áreas, abatido, desmoronando e caindo. Por que ele estava se dando ao trabalho de perguntar? Não confiava no próprio julgamento? Precisava de uma Mente para lhe dizer aquilo? Será que só isso tornaria as coisas reais?

— Sim, claro que tem um jeito — respondeu a nave. — Muitos jeitos, na verdade, embora sejam todos improváveis, quase impossíveis. Mas pode ser feito. Não há quase tempo nenhum para...

— Boa noite, nave — disse ele enquanto o sinal continuava.

—... explicar qualquer um deles em detalhes, mas acho que posso lhe dar uma ideia geral do que fazer, embora, é claro, só porque ela deva ter uma avaliação resumida, uma...

— Desculpe, nave, boa noite. — Gurgeh desligou o canal, que emitiu um clique. Depois de algum tempo, quando o sinal sonoro de encerramento avisou que a nave tinha desconectado, também, o jogador olhou para a imagem holográfica do tabuleiro outra vez, em seguida fechou os olhos.

De manhã, Gurgeh ainda não tinha ideia do que ia fazer. Não dormira a noite inteira, apenas ficara sentado diante da tela, encarando o panorama do jogo exibido até que a visão estivesse aparentemente gravada no próprio cérebro e os olhos doessem pelo esforço. Mais tarde, fez uma refeição leve e assistiu a alguns programas de entretenimento com os quais o Império alimentava a população. Era uma diversão adequada, que não exigia inteligência.

Pequil chegou, sorrindo, e disse como Gurgeh tinha se saído bem, só por permanecer na disputa, e como o ápice em particular tinha certeza de que Gurgeh se sairia bem nos jogos da segunda série para os eliminados da Série Principal, se desejasse participar. Claro, eles interessavam mais àqueles que buscavam promoções nas carreiras e não levavam além disso, mas o jogador podia se sair melhor contra outros... ah, desafortunados. Enfim, ainda iria para Echronedal para ver o fim dos jogos, e isso era um grande privilégio, não era?

Gurgeh quase não falou, apenas assentia de vez em quando. Os dois saíram para o corredor, enquanto Pequil continuava a falar sem parar sobre a grande vitória que Nicosar obtivera no primeiro jogo no dia anterior; o imperador-regente já estava no segundo tabuleiro, o Tabuleiro da Forma.

O sacerdote pediu a Gurgeh mais uma vez que desistisse, e mais uma vez Gurgeh disse que gostaria de jogar. Todos se sentaram em torno da grande extensão do tabuleiro e ditaram os movimentos para os jogadores do clube ou os fizeram eles mesmos. Gurgeh ficou sentado por um bom tempo antes de posicionar a primeira peça naquela manhã; esfregou a peça biotecnológica entre as mãos por minutos, olhando para baixo e com olhos arregalados para o tabuleiro por tanto tempo que os outros acharam que ele tinha esquecido que era sua vez, e pediram ao árbitro que o lembrasse disso.

Gurgeh posicionou a peça. Era como se ele visse dois tabuleiros; um ali à frente e outro gravado na própria mente, da noite anterior. Os outros jogadores fizeram suas jogadas, forçando Gurgeh pouco a pouco de volta para uma pequena área do tabuleiro, com apenas algumas peças livres do lado de fora, caçado e em fuga.

Quando ela veio, como ele sabia que aconteceria sem querer admitir para si mesmo que sabia, a... revelação – só conseguia pensar nisso como uma revelação – fez com que tivesse vontade de rir. Na verdade, ele se balançou para trás no assento, meneando a cabeça. O sacerdote o olhou com expectativa, como se esperasse que o humano idiota enfim desistisse, mas Gurgeh sorriu para o ápice, selecionou as cartas mais fortes do próprio suprimento reduzido, depositou-as com o árbitro e fez o movimento seguinte.

Tudo em que estava apostando, na verdade, era que o resto estivesse preocupado demais em ganhar o jogo depressa. Era óbvio que algum tipo de acordo tinha sido feito para deixar o sacerdote vencer, e Gurgeh achou que os outros não estariam jogando o melhor jogo quando estivessem competindo por outra pessoa; não seria a vitória *deles*. Não a teriam. Sem dúvida, não precisavam jogar bem; a pura força dos números podia compensar uma forma indiferente de jogar.

Mas os movimentos podiam se transformar em uma língua, e naquele momento Gurgeh achava que conseguia falá-la, bem o bastante (e de forma efetiva) para mentir nela... então fez as jogadas e, em determinado momento, com um movimento, pareceu estar sugerindo que tinha desistido... então, com o movimento seguinte, pareceu indicar que estava determinado a levar um dos vários jogadores junto com ele... ou dois deles... ou um diferente... As mentiras continuaram. Não havia uma única mensagem, mas uma sucessão de sinais contraditórios que puxavam a sintaxe do jogo de um lado para o outro, de um lado para o outro, até que a compreensão comum à qual os outros jogadores tinham chegado começou a se cansar, se rasgar e se partir.

No meio disso, Gurgeh fez alguns movimentos à primeira vista inconsequentes, sem sentido, que – ao que parecia de repente, sem nenhum alerta – ameaçaram a princípio algumas, depois várias, depois a maioria das peças de tropas de um jogador, mas ao custo de deixar as forças de Gurgeh mais vulneráveis. Enquanto aquele jogador entrava em pânico, o sacerdote fez o que Gurgeh esperava que ele fizesse, partindo para o ataque. Durante os movimentos seguintes, Gurgeh pediu que as cartas que havia depositado com um oficial do jogo fossem reveladas. Elas agiam como minas em um jogo de Possessão. As forças do sacerdote foram bastante destruídas, desmoralizadas, moveram-se aleatoriamente, às cegas, enfraquecidas e em desespero ou transferidas para Gurgeh ou – em apenas alguns casos – para alguns dos outros jogadores. O sacerdote foi deixado com quase nada, as forças dele espalhadas pelo tabuleiro como folhas mortas.

Na confusão, Gurgeh observou os outros, desprovidos de seu líder, brigarem pelas migalhas de poder. Um se meteu em problemas sérios; Gurgeh atacou, aniquilou a maior parte das forças dele e capturou o resto, então continuou atacando sem sequer esperar para reagrupar.

Perceberia depois que, naquele momento, ainda estava atrás na pontuação, mas a força do impulso da própria ressurreição do esquecimento o levava adiante, espalhando um pânico irracional, histérico e intenso de uma forma quase supersticiosa entre os outros.

Dali em diante, ele não cometeu mais erros; seu progresso pelo tabuleiro se tornou uma combinação de vitórias e procissões triunfais. Jogadores perfeitamente adequados ficaram parecendo idiotas quando as forças de Gurgeh atacaram os territórios deles, consumindo solo e material como se nada pudesse ser mais fácil nem mais natural.

Gurgeh terminou o jogo no Tabuleiro da Origem antes da sessão da noite. Ele havia se salvado; não tinha apenas passado para o tabuleiro seguinte: estava na liderança. O sacerdote, que estava sentado olhando para a superfície do jogo com uma expressão que o jogador pensou ter reconhecido como "estupefato" mesmo sem lições em linguagem facial azadiana, deixou o salão sem os gestos simpáticos habituais após as partidas, enquanto os outros jogadores ou falavam muito pouco ou manifestavam-se com uma efusão embaraçosa em relação ao desempenho dele.

Uma multidão se aglomerou em torno de Gurgeh; os membros do clube, algumas pessoas da imprensa e outros jogadores, alguns convidados observadores. Ele se sentiu estranhamente intocado pelos ápices que o cercavam e falavam. Aproximando-se, mas ainda tentando não tocar nele, de algum modo o próprio número de azadianos presentes emprestavam um ar de irrealidade para a cena. Gurgeh foi soterrado por perguntas, mas não conseguiu responder a nenhuma delas. Mal conseguia identificá-las como indagações individuais, de qualquer forma; todos os ápices falavam depressa demais. Flere-Imsaho flutuava acima das cabeças do grupo, mas, apesar de tentar gritar com as pessoas para chamar atenção, tudo o que conseguiu atrair foram cabelos, com a estática emitida. Gurgeh viu um ápice tentar empurrar a máquina para fora do caminho e receber um obviamente inesperado e doloroso choque elétrico.

Pequil abriu caminho através da multidão e se aproximou do jogador, mas, ao invés de chegar para resgatá-lo, disse ter trazido mais vinte repórteres consigo. Ele tocou em Gurgeh sem parecer pensar nisso, virando-o para algumas câmeras.

Mais perguntas se seguiram, mas Gurgeh as ignorou. Precisou perguntar a Pequil várias vezes se podia ir embora antes que o ápice conseguisse abrir um caminho livre até a porta e o carro que aguardava.

— Senhor Gurgee, permita-me acrescentar meus parabéns — disse Pequil no carro. — Eu soube quando estava no gabinete e vim direto. Uma vitória famosa.

— Obrigado — disse o jogador, se acalmando pouco a pouco.

Estava sentado no assento elegantemente estofado do carro, olhando para a cidade iluminada pelo sol. O veículo tinha ar-condicionado, ao contrário do salão de jogos, mas só nesse momento Gurgeh se viu suando. Ele estremeceu.

— Eu também — disse Flere-Imsaho. — Você elevou seu jogo bem a tempo.

— Obrigado, drone.

— Você também teve muita sorte, veja bem.

— Acredito que vá me deixar organizar uma entrevista coletiva apropriada, sr. Gurgee — disse Pequil entusiasmado. — Tenho certeza de que vai ficar bem famoso depois disso, não importa o que aconteça durante o resto do jogo. Pelos céus, vai dividir a liderança com o próprio imperador esta noite!

— Não, obrigado — disse Gurgeh. — Não organize nada.

Ele não conseguia achar que teria nada útil para contar às pessoas. O que havia a dizer? Tinha ganhado o jogo, teve toda chance de levar a partida em si. Estava, de qualquer forma, um pouco desconfortável pensando na própria imagem e voz sendo transmitidas por todo o Império, e sua história, sem dúvida de forma sensacionalista, sendo contada e recontada e distorcida por essas pessoas.

— Ah, mas o senhor precisa! — protestou Pequil. — Todo mundo vai querer vê-lo! Não parece perceber o que fez; mesmo se perder a partida, estabeleceu um novo recorde! *Ninguém* jamais se recuperou estando tão atrás! Foi realmente brilhante!

— Mesmo assim — disse Gurgeh, de repente se sentindo muito cansado. — Eu não quero me distrair. Preciso me concentrar. Preciso descansar.

— Bem — disse Pequil, aparentando estar desapontado. — Entendo sua posição, mas aviso: o senhor está cometendo um erro. As pessoas vão querer ouvir o que tem a dizer, e nossa imprensa sempre dá às pessoas o que elas querem, não importam as dificuldades. Vão simplesmente inventar. É melhor o senhor mesmo dizer alguma coisa.

Gurgeh sacudiu a cabeça, olhou para o tráfego na alameda.

— Se as pessoas quiserem mentir sobre mim, isso é uma questão para a consciência de cada um. Pelo menos eu não preciso falar com elas. Na verdade, não estou nem aí para o que dizem.

Pequil olhou para Gurgeh com uma expressão de assombro, mas não disse nada. Flere-Imsaho fez um ruído estalado de risada acima do zumbido constante.

Gurgeh discutiu os acontecimentos com a nave. A *Fator Limitante* disse que o jogo provavelmente poderia ter sido vencido com mais elegância, mas o que ele tinha feito representava uma extremidade do espectro de possibilidades improváveis que a nave poderia ter resumido na noite anterior. Ela o parabenizou. Também perguntou a ele por que não a tinha escutado quando lhe disse que conseguia ver uma saída.

— Tudo o que eu queria saber era que *havia* uma saída.

(Mais uma vez o atraso temporal, o peso do tempo enquanto as palavras transmitidas dele lançavam-se sob a superfície de matéria perfurada que era o espaço real.)

— Mas eu podia tê-lo ajudado — disse a nave. — Achei um mau sinal quando você recusou minha ajuda. Comecei a pensar que tinha desistido, em sua cabeça, mesmo que não no tabuleiro.

— Eu não queria ajuda, nave. — Ele brincou com o bracelete de orbital, perguntando-se distraidamente se ele retratava algum mundo especial e, se sim, qual. — Eu queria esperança.

— Entendo — disse a nave por fim.

— Eu não aceitaria — disse o drone.

— Você não aceitaria o quê? — perguntou Gurgeh, erguendo os olhos de um tabuleiro em exibição holográfica.

— O convite de Za.

A pequena máquina flutuou mais para perto; ela havia se livrado do disfarce volumoso uma vez que estavam de volta ao interior do módulo.

Gurgeh lhe lançou um olhar frio.

— Não percebi que também era endereçado a você.

Shohobohaum Za tinha enviado uma mensagem parabenizando Gurgeh e convidando-o para sair para uma noite de diversão.

— Bem, não era; mas eu devo monitorar tudo...

— Deve mesmo? — O jogador se voltou para a imagem holográfica à frente. — Bem, você pode ficar aqui e monitorar o que quiser enquanto eu saio pela cidade com Shohobohaum Za esta noite.

— Você vai se arrepender — disse o drone. — Foi muito sensato ficando aqui e não se envolvendo, mas vai sofrer se começar a vadiar.

— Vadiar? — Gurgeh encarou a máquina, percebendo só então como era difícil olhar para uma coisa de cima a baixo quando ela tinha apenas alguns centímetros de altura. — O que você é, drone, minha mãe?

— Só estou tentando ser sensato em relação a isso — disse Flere-Imsaho, erguendo a voz. — Você está em uma sociedade estranha, não é das pessoas com mais sabedoria mundana, e Za, sem dúvida, não é minha ideia de...

— Sua caixa de lixo obstinada! — disse Gurgeh em voz alta, se levantando e desligando a holotela.

O drone saltou em pleno ar, então recuou depressa.

— Olhe aqui, Jernau Gurgeh…

— Não me venha com “Olhe aqui”, sua calculadora arrogante. Se eu quiser tirar uma noite de folga, eu vou. E sendo bem sincero, a ideia de companhia humana para variar me parece cada vez mais atraente. — Ele cutucou a máquina com um dedo. — *Não* leia mais minha correspondência e *não* se dê ao trabalho de nos acompanhar, Za e eu, esta noite. — Gurgeh passou rapidamente por ele, seguindo para a cabine. — Agora vou tomar um banho, por que você não vai observar uns pássaros?

O jogador deixou a área de estar do módulo. O pequeno drone pairou estável em pleno ar por algum tempo.

— Oops — disse para si mesmo após essa pausa, então, com um movimento parecido com um dar de ombros, foi embora, com os campos vagamente rosados.

— Beba um pouco disso — disse Za. O carro seguia pelas ruas da cidade sob os céus rubros do anoitecer.

Gurgeh pegou a garrafinha e bebeu.

— Não é um *grif* — disse Za —, mas funciona. — Ele pegou a garrafinha de volta enquanto Gurgeh tossia um pouco. — Deixou que aquele *grif* pegasse você no baile?

— Não — admitiu Gurgeh. — Eu parei, queria manter a cabeça limpa.

— Ah, *droga* — disse Za, parecendo abatido. — Quer dizer que eu podia ter bebido mais? — Ele deu de ombros, se animou, deu um tapinha no cotovelo de Gurgeh. — Ei, eu não disse: parabéns. Por ganhar o jogo.

— Obrigado.

— Isso mostrou a eles. Uau, você deu mesmo um choque neles. — Za sacudiu a cabeça em um gesto de admiração; o cabelo castanho comprido balançou sobre a parte de cima da túnica larga como fumaça pesada. — Eu o considerava um perdedor de primeira, J. G., mas você é uma espécie de *showman*. — Ele piscou um olho verde brilhante para Gurgeh e sorriu.

Gurgeh olhou desconfiado para o rosto radiante de Za por um momento, então caiu na gargalhada. Pegou a garrafinha da mão do outro homem e a levou aos lábios.

— Aos *showmen* — disse ele e bebeu.

— Um brinde a isso, meu maestro.

O Buraco costumava ficar na periferia da cidade, mas atualmente era apenas outra parte de mais um distrito urbano. Era um conjunto de amplas cavernas artificiais perfuradas no calcário havia séculos para armazenar gás natural. O gás tinha se esgotado muito tempo atrás, a cidade funcionava com outras formas de energia, e o conjunto de cavernas enormes e interligadas tinha sido colonizado, primeiro pelos pobres de Groasnachek, depois (em um processo lento de osmose e deslocamento, como se – gás ou humano – nada na verdade nunca mudasse) por criminosos e foras da lei, e por fim, embora não por completo, por alienígenas colocados de maneira efetiva em guetos e um elenco coadjuvante de locais.

O carro de Gurgeh e Za entrou no que costumava ser um cilindro enorme de armazenamento de gás acima da superfície; ele tinha se tornado o abrigo de um par de rampas em espiral que levavam carros e outros veículos para baixo e para dentro ou para cima e para fora do Buraco. No centro do cilindro que retinia e ecoava, quase inteiro vazio, um grupo de elevadores de diversos tamanhos subia e descia no interior de estruturas precárias de barras, tubos e vigas.

As superfícies externa e interna do antigo gasômetro reluziam cinzentas sob luzes arco-íris e as imagens tremeluzentes, irreais e grotescamente enormes dos hologramas de publicidade. As pessoas circulavam pelo nível da superfície da torre cavernosa, e o ar estava cheio de vozes gritando, berrando e pechinchando e do som de motores em funcionamento. Gurgeh observou a multidão e as barraquinhas e quiosques passarem enquanto o carro mergulhava e começava a longa descida. Um cheiro estranho, meio doce, meio acre, entrou pelo condicionador de ar do veículo, como um hálito suado do local.

Eles deixaram o carro em um túnel comprido, baixo e repleto, onde a atmosfera estava pesada com vapores e gritos. A galeria abarrotava-se com veículos de formas e tamanhos diversos que passavam roncando e sibilando em meio ao enxame de pessoas variadas, como animais enormes e desajeitados chapinhando em um mar de insetos.

Za pegou Gurgeh pela mão enquanto o carro seguia na direção da rampa ascendente. Os dois homens foram abrindo caminho através da multidão turbulenta de azadianos e outros humanoides na direção de uma boca de túnel de iluminação esverdeada.

— O que você achou até agora? — gritou Za para Gurgeh.

— Cheio, né?

— Você deveria ver em um feriado!

Gurgeh olhou ao redor para as pessoas. Sentia-se fantasmagórico, invisível. Até então, tinha sido o centro das atenções; uma criatura bizarra, que era olhada, observada, espiada e mantida totalmente a curta distância. De repente, ninguém dava a mínima, mal olhando-o duas vezes. As pessoas esbarravam nele, se acotovelavam e o empurravam ao passar, roçavam em seu corpo, sem nenhum cuidado.

E elas eram muito variadas, mesmo sob aquela luz esverdeada e doentia do túnel. Muitos tipos diferentes de indivíduos misturados com os azadianos que ele estava acostumado a ver; alguns alienígenas que pareciam vagamente familiares de sua memória de tipos pan-humanos, mas em maioria bastante diferentes; Gurgeh perdeu a conta das variações de membros, alturas, volumes, fisionomias e aparatos sensoriais com os quais se deparou durante aquela curta caminhada.

Eles desceram pelo túnel quente e entraram em uma caverna enorme e muito iluminada, com pelo menos oitenta metros de altura e uma vez e meia isso de largura; no comprimento, as paredes cor de creme se estendiam nas duas direções por meio quilômetro ou mais, terminando em grandes arcos que levavam a outras galerias iluminados nos lados. O piso liso era cercado de um amontoado de barracos, tendas, divisórias e passagens cobertas, barracas, quiosques e pracinhas com fontes gotejantes e toldos de listras alegres. Luminárias dançavam penduradas em fios presos em postes finos, e luzes mais fortes acima ardiam, altas no teto abobadado; uma cor entre o marfim e o peltre. Estruturas de prédios em degraus e placas de sinalização penduradas nas paredes ou no teto percorriam as laterais da galeria, e áreas inteiras de paredes cinza e sujas eram perfuradas pelos buracos regulares de janelas, sacadas, terraços e portas. Elevadores e polias rangiam e chacoalhavam, levando pessoas para níveis mais altos ou descendo-as para o piso frenético.

— Por aqui — disse Za.

Os dois homens seguiram o caminho sinuoso através das ruas estreitas da superfície da galeria até chegarem à parede oposta, subirem alguns degraus de madeira largos, mas frágeis, e se aproximarem de uma porta de madeira pesada guardada por uma grade corrediça de metal e um par de figuras grandes e pesadonas: um azadiano do sexo masculino e outro cuja espécie Gurgeh não conseguiu identificar. Za acenou e, sem que qualquer um dos guardas parecesse fazer nada, a porta corrediça se ergueu, a outra porta se abriu poderosamente, e ele e Za deixaram a caverna ecoante às costas para o relativo silêncio de um túnel pouco iluminado, forrado de madeira e com um carpete pesado.

A luz da caverna se fechou atrás deles; um brilho suave e cor de cereja vinha por um teto arqueado de argamassa fina como um biscoito. As paredes de madeira lustrada pareciam grossas, eram escuras como carbono e davam uma sensação de calor. Uma música abafada vinha do caminho à frente.

Outra porta; uma mesa posta em um nicho onde dois ápices olharam de cara fechada para os dois homens, então consentiram em sorrir para Za, que entregou um pequeno saquinho de couro para eles. A porta se abriu. Ele e Gurgeh atravessaram para a luz, a música e o barulho que havia depois dela.

Era um espaço desordenado. Decidir se era um salão com subdivisões confusas e subníveis caóticos ou uma profusão de salas e galerias menores todas formando uma unidade era impossível. O lugar estava lotado e barulhento, com música aguda e atonal. Podia estar em chamas, a julgar pela densa névoa de fumaça que o preenchia, mas os vapores tinham um cheiro adocicado, quase perfumado.

Za conduziu Gurgeh através da multidão até uma cúpula de madeira erguida a um metro de distância de uma passagem pequena e coberta cuja parte de trás dava vista para uma espécie de palco escalonado abaixo. O palco era cercado de camarotes circulares parecidos, assim como várias áreas em patamares de cadeiras e bancos, todos lotados, em maioria com azadianos.

No palco pequeno e grosseiramente circular, um alienígena anão – quase pan-humano – estava lutando, ou talvez copulando, com uma azadiana em uma banheira trêmula cheia de uma lama vermelha que fumegava com delicadeza, tudo ao que parecia realizado em um campo de baixa gravidade. Os espectadores gritavam, aplaudiam e jogavam bebidas.

— Que bom — disse Za, se sentando. — A diversão começou.

— Eles estão trepando ou lutando? — perguntou Gurgeh, debruçando-se sobre o gradil e olhando para baixo, para os corpos do alienígena e da mulher que se debatiam e se empurravam.

Za deu de ombros.

— Isso importa?

Uma garçonete, uma azadiana vestindo apenas um paninho em torno da cintura, pegou de Za o pedido de bebidas. O cabelo bufante da mulher parecia estar em chamas, cercado por um holograma tremeluzente de labaredas amarelas e azuis.

O jogador afastou-se do palco. O público atrás dele gritou de prazer quando a mulher se livrou do alienígena e pulou em cima dele, empurrando-o para dentro da lama fumegante.

— Você vem sempre aqui? — perguntou Gurgeh a Za.

O homem riu alto.

— Não. — Os grandes olhos verdes brilharam. — Mas saio daqui com frequência.

— É aqui que você relaxa?

Za sacudiu a cabeça enfaticamente.

— Não mesmo. Isso é um equívoco comum, que diversão é relaxante. Se ela for, você não está fazendo certo. É para isso que serve o Buraco: diversão. Diversão e jogos. Fica um pouco mais calmo durante o dia, mas também pode ficar bem louco. Os festivais de bebida em geral são os piores. Mas essa noite não deve haver problema. Está até que tranquilo.

A multidão gritava. A mulher estava segurando o rosto do anão alienígena sob a lama; ele lutava desesperadamente.

Gurgeh se virou para assistir. Os movimentos do alienígena se enfraqueceram pouco a pouco enquanto a mulher nua e coberta de lama forçava a cabeça dele para dentro do líquido vermelho e borbulhante. O jogador olhou para Za.

— Então eles estavam lutando.

Za deu de ombros mais uma vez.

— Talvez nunca saibamos.

Então olhou para baixo, também, enquanto a mulher forçava o corpo então imóvel do alienígena mais para o fundo da lama ocre.

— Ela o matou? — perguntou Gurgeh. Ele precisou levantar a voz, pois a multidão gritava, batia os pés e golpeava as mesas com os punhos.

— Não — disse Shohobohaum Za, sacudindo a cabeça. — O carinha é um uhnyrchal. — Ele apontou com a cabeça para baixo, enquanto a mulher usava uma das mãos para manter a cabeça do alienígena submersa e erguia a outra no ar em triunfo, observando com olhos brilhantes o público barulhento. — Está vendo aquela coisinha preta se projetando para cima?

Gurgeh olhou. Havia um pequeno bulbo negro erguendo-se através da superfície da lama vermelha.

— Estou.

— Aquilo é o pênis dele.

Gurgeh olhou desconfiado para o outro homem.

— Como exatamente isso vai ajudá-lo?

— Os uhnyrchais podem respirar através de seus pênis — explicou Za. — Esse cara está bem; ele vai lutar em outro clube amanhã, talvez até mais tarde esta noite.

Za observou a garçonete colocar as bebidas sobre a mesa. Ele se debruçou para a frente a fim de sussurrar alguma coisa para ela. A mulher assentiu e saiu andando.

— Tente usar suas glândulas para produzir *expansão* com essa coisa — sugeriu Za. Gurgeh assentiu. Os dois beberam.

— Eu me pergunto por que a Cultura nunca generreparou isso — disse Za, encarando o interior do próprio copo.

— O quê?

— Ser capaz de respirar pelo pênis.

Gurgeh pensou no assunto.

— Espirrar em certos momentos poderia ser um problema.

Za riu.

— Poderia haver compensações.

O público atrás deles gritou "Uuuhh". Za e Gurgeh se viraram para ver a mulher vitoriosa puxando o corpo do adversário da lama pelo pênis; a cabeça e os pés do ser alienígena continuavam sob o líquido glutinoso que escorria lentamente.

— Ai — murmurou Za, bebendo.

Alguém na multidão jogou um punhal para a mulher. Ela o pegou, se abaixou e cortou fora os genitais do alienígena. Então brandiu a carne gotejante no alto enquanto a multidão enlouquecia de prazer e o alienígena afundava devagar e sob o líquido vermelho e nojento, com o pé da mulher sobre o peito dele. Pouco a pouco, lama ficou preta onde o sangue se esvaía, e algumas bolhas chegaram à superfície.

Za se recostou na cadeira, parecendo perplexo.

— Deve ter sido alguma subespécie da qual eu nunca ouvi falar.

A banheira de lama de baixa gravidade foi levada embora, com a mulher ainda agitando o troféu dela para a multidão barulhenta.

Shohobohaum Za se levantou para saudar um grupo de quatro azadianas incrivelmente bonitas e maravilhosamente vestidas que chegavam à cúpula. Gurgeh glandulara a droga corporal que Za tinha sugerido e estava começando a sentir os efeitos tanto dela quanto da bebida.

As mulheres pareciam, pensou ele, *iguais a qualquer uma que tinha visto na noite do baile de boas-vindas, e muito mais amigáveis.*

As apresentações continuaram. Em maioria, apresentações de sexo. Apresentações que, fora do Buraco, disseram Za e duas das azadianas (Inclate e At-sen, sentadas cada uma de um lado dele), significariam a morte para os dois participantes; morte por radiação ou produtos químicos.

Gurgeh não prestou muita atenção. Essa era sua noite de folga, e as obscenidades encenadas eram a parte menos importante dela. Ele estava longe do jogo, era isso o que importava. Vivendo sob um novo conjunto de regras. Sabia por que Za tinha chamado as mulheres para a mesa e isso o divertiu. Não sentia nenhum desejo em especial pelas duas criaturas exóticas entre as quais estava sentado – sem dúvida, nada incontrolável – mas elas eram boa companhia. Za não era tolo, e as duas mulheres charmosas – o jogador sabia que teriam sido indivíduos do sexo masculino ou mesmo ápices se Za tivesse descoberto que as preferências de Gurgeh estavam nessa direção – eram ambas inteligentes e espirituosas.

Elas sabiam um pouco sobre a Cultura, tinham ouvido rumores sobre as alterações sexuais que o povo da Cultura possuía e fizeram piadas discretamente pesadas sobre as tendências e habilidades de Gurgeh em comparação com as delas e dos dois outros gêneros azadianos. As duas eram lisonjeiras, sedutoras e amigáveis; bebiam de copos pequenos, tragavam fumaça de cachimbos pequeninos e finos – Gurgeh havia tentado um cachimbo, também, mas só tossira, para a diversão de todo mundo –, e ambas tinham cabelo preto-azulado comprido e de cachos sinuosos, envolto por uma membrana sedosa de redes finas de platina quase invisíveis decorada com pinos antigravidade reluzentes, que faziam com que os cabelos se movessem em câmera lenta e davam a cada movimento gracioso de suas cabeças delicadamente estruturadas uma qualidade estonteantemente irreal.

O vestido justo de Inclate era da cor sempre em mutação de óleo sobre água, pontilhado de pedras preciosas que cintilavam como estrelas; o de At-sen era um vestido vídeo, brilhando em um vermelho felpudo com a própria energia oculta. Uma gargantilha em torno do pescoço dela funcionava como um pequeno monitor de televisão, exibindo uma imagem enevoada e distorcida da vista ao redor – Gurgeh de um lado, o palco atrás, uma das mulheres de Za do outro lado, a outra do lado oposto da mesa. Ele mostrou o bracelete de orbital, mas ela não ficou especialmente impressionada.

Za, do outro lado da mesa, jogava pequenos jogos de perdas e ganhos com suas duas acompanhantes risonhas, distribuindo cartas pequenas e quase transparentes de joias laminadas e rindo muito. Uma das mulheres anotou as perdas em um caderninho, com muitos risos e um embaraço fingido.

— Mas Jernow! — disse At-sen à esquerda de Gurgeh. — Você precisa fazer um retrato de cicatriz! Para que possamos nos lembrar de você quando tiver voltado para a Cultura e suas mulheres decadentes de muitos orifícios!

Inclate, à direita dele, riu.

— Com certeza não — disse Gurgeh, fingindo seriedade. — Isso parece um tanto bárbaro.

— Ah, sim, é, é mesmo!

At-sen e Inclate riram com os copos na boca. At-sen se aprumou e pôs a mão no pulso dele.

— Você não gostaria de pensar que haveria uma pobre pessoa andando por Eä com seu rosto na pele dela?

— Gostaria, mas em que parte? — perguntou Gurgeh.

Elas acharam isso hilário.

Za se levantou; uma das acompanhantes dele guardou as pequenas lâminas de cartas de jogo em uma bolsinha presa a uma corrente.

— Gurgeh — disse Za, tomando o resto da própria bebida. — Nós vamos sair para uma conversa mais particular. Vocês três também?

Ele deu um sorriso perverso para Inclate e At-sen, produzindo muitos risos e gritinhos. At-sen enfiou os dedos na bebida e jogou algumas gotas em Za, que se esquivou.

— Sim, venha, Jernow — disse Inclate, segurando o braço de Gurgeh com as duas mãos. — Vamos todos. O ar aqui está muito abafado e o barulho, muito alto.

Gurgeh sorriu e sacudiu a cabeça.

— Não, eu só iria desapontá-las.

— Ah, não! Não!

Dedos finos puxaram as mangas e se envolveram em torno do braço dele.

A discussão educadamente divertida durou alguns minutos, enquanto Za permanecia parado, sorrindo, com as mulheres dos seus dois lados, observando, e Inclate e At-sen faziam todo o possível para erguer o corpo de Gurgeh ou, com protestos e biquinhos, convencer o homem a se mover.

Nada deu certo. Za deu de ombros – as acompanhantes imitaram o gesto alienígena antes de se dissolverem em risos – e disse:

— Está bem. Só fique aí, certo, jogador?

Então olhou para Inclate e At-sen, que estavam temporariamente quietas e petulantes.

— Vocês duas cuidem dele, está bem? — disse Za a elas. — Não deixem que ele fale com estranhos.

At-sen deu uma fungada altiva.

— Seu amigo recusa tudo, estranho ou familiar.

Inclate não conseguiu segurar uma risada.

— Ou os dois ao mesmo tempo — disparou a mulher.

Então ela e At-sen começaram a rir de novo, levando as mãos por trás de Gurgeh para dar tapinhas e beliscões nos ombros uma da outra.

Za sacudiu a cabeça.

— Jernau, tente controlar essas duas tão bem quanto você controla a si mesmo.

Gurgeh desviou de algumas gotas de bebida arremessadas na direção dele enquanto as mulheres gritavam de seus dois lados.

— Vou tentar — falou a Za.

— Bem — disse Za —, vou tentar não demorar demais. Tem certeza de que não quer se juntar? Pode ser uma experiência e tanto.

— Tenho certeza. Estou bem aqui.

— Tá legal. Não saia andando por aí. Vejo você em breve. — Za sorriu para as garotas que riam de seus dois lados e eles se viraram juntos para ir embora. — Mais ou menos! — gritou Za olhando para trás. — *Mais ou menos* em breve, jogador!

Gurgeh acenou para se despedir. Inclate e At-sen ficaram um pouco mais quietas e começaram a lhe dizer como ele era um garoto safadinho por não ser mais safadinho. Gurgeh pediu mais bebidas e cachimbos para mantê-las quietas.

Elas lhe mostraram como jogar o jogo de elementos, cantando como colegiais sérias e mostrando a ele as formas de mão apropriadas para que pudesse aprender:

— Faca corta pano, pano embrulha pedra, pedra represa água, água apaga fogo, fogo derrete lâmina...

Era uma versão truncada e bidimensional do elementar jogo de dados do Tabuleiro da Transformação, menos Ar e Vida. Gurgeh achou divertido que até mesmo no Buraco não conseguisse escapar da influência do Azad. Ele jogou o jogo simplista porque as mulheres queriam e tomou o cuidado de não ganhar rodadas demais... algo que, percebeu, nunca tinha feito antes.

Ainda intrigado com essa anomalia, de que havia quatro tipos diferentes, foi aos banheiros. Ele usou o de alienígenas, mas levou algum tempo para encontrar o equipamento certo. Ainda estava rindo disso quando saiu e encontrou Inclate parada do lado de fora da porta em forma de esfíncter. Ela parecia preocupada; o vestido de película de óleo ondulava vagarosamente.

— O que aconteceu? — perguntou ele.

— At-sen — disse ela, esfregando as mãos pequenas juntas. — O antigo mestre dela apareceu e a levou embora. Ele deseja tê-la de novo ou vai fazer dez anos desde que eles se tornaram um e ela vai ficar livre. — A mulher olhou para Gurgeh, com o rostinho contorcido, aflito. O cabelo preto-azulado ondulava em torno do rosto como uma sombra lenta e fluida. — Sei que Sho-Za disse que você não devia se mexer, mas você faria isso? Não é assunto seu, mas ela é minha amiga...

— Como posso ajudar? — disse Gurgeh.

— Venha, nós dois podemos distraí-lo. Acho que sei para onde ele a levou. Não vou colocar você em perigo, Jernow. — Ela pegou a mão dele.

Eles meio andaram, meio correram por corredores de madeira cheios de curvas, passando por muitas salas e portas. Gurgeh estava perdido em um labirinto de sensações; um tumulto de sons (música, risos, gritos), imagens (criados, fotografias eróticas, galerias vislumbradas de corpos oscilantes aglomerados) e cheiros (comidas, perfumes, suores alienígenas).

De repente, Inclate parou. Estavam em um salão profundo e côncavo que parecia um teatro, onde um homem nu estava no palco, girando devagar, de um lado para outro, em frente a uma tela gigante mostrando a pele dele mais de perto. Uma música profunda e alta tocava. Inclate ficou olhando ao redor do auditório lotado, ainda segurando a mão de Gurgeh.

O jogador olhou para o homem no palco. As luzes eram fortes, com espectro de luz solar. O homem um pouco gordinho e de pele pálida tinha vários hematomas enormes e multicoloridos – como grandes impressões – no corpo. Os das costas e do peito eram os maiores e mostravam rostos azadianos. A mistura de pretos, azuis, roxos, verdes, amarelos e vermelhos combinava-se para formar retratos de precisão e sutileza incríveis, que a flexão dos músculos do homem parecia tornar vivos, exatamente como se aqueles rostos assumissem novas expressões a cada momento. Gurgeh olhou e se sentiu puxar o ar.

— Ali! — gritou Inclate mais alto do que a música pulsante, e puxou a mão dele.

Os dois partiram através das pessoas que lotavam o local na direção de onde estava At-sen, perto da frente do palco. Um ápice a estava segurando, apontando para o homem no palco e gritando com ela, sacudindo-a. A cabeça de At-sen estava baixa, os ombros tremiam como se ela estivesse chorando. O vestido de vídeo estava desligado; pendia cinza sobre a jovem, sem graça e sem vida. O ápice golpeou At-sen na cabeça (o cabelo preto e lento se retorceu com languidez) e gritou com ela de novo. A mulher caiu de joelhos; o cabelo enfeitado a seguiu como se ela estivesse afundando lentamente embaixo d'água. Ninguém em torno do casal prestava atenção. Inclate caminhou na direção deles, puxando Gurgeh consigo.

O ápice viu os dois se aproximando e tentou arrastar At-sen dali. Inclate começou a gritar com o ápice; ela ergueu a mão de Gurgeh enquanto eles afastavam as pessoas e chegavam mais perto. O ápice pareceu de repente ficar com medo; saiu aos tropeções, arrastando At-sen consigo para uma saída embaixo do palco elevado.

Inclate tentou ir adiante, mas o caminho foi bloqueado por um grupo de azadianos do sexo masculino, parados e olhando boquiabertos para o homem no palco. Inclate bateu nas costas deles com os punhos. Gurgeh observou At-sen desaparecer, arrastada através da porta embaixo do palco. Ele puxou Inclate para o lado e usou a própria massa e força maiores para abrir caminho entre dois dos machos que protestavam; ele e a garota correram na direção da porta vaivém.

O corredor fazia uma curva brusca. Eles seguiram os sons dos gritos, descendo por uma escada estreita e passando por um degrau onde a gargantilha-monitor quebrada estava destroçada e desligada, até chegarem a um corredor silencioso onde a luz era jade e havia muitas portas. At-sen estava deitada no chão, o ápice acima dela, gritando com a mulher. Ele viu Gurgeh e Inclate e brandiu o punho para eles. Inclate gritava palavras incoerentes com ele.

Gurgeh se movimentou na direção deles; o ápice sacou uma pistola do bolso.

O jogador parou. Inclate ficou quieta. At-sen choramingava no chão. O ápice começou a falar, rápido demais para Gurgeh acompanhar; ele apontou para a mulher no chão, em seguida gesticulou para o teto. Começou a chorar, e a arma balançou na mão dele (e parte de Gurgeh, sentada calmamente e analisando, pensou: *Estou com medo? Isso já é medo? Olho a morte de frente, encarando-a através daquele pequeno buraco negro, o pequeno túnel torcido na mão desse alienígena [como outro elemento que a mão pode mostrar], e estou esperando para sentir medo...*

... e isso ainda não aconteceu. Ainda estou esperando. Isso significa que não vou morrer agora ou que vou?

Vida ou morte no movimento de um dedo, um único impulso nervoso, só um, talvez uma decisão não totalmente voluntária de um doente sem valor, ciumento e irrelevante, a cem milênios de casa...).

O ápice recuou, com gestos patéticos, implorando para At-sen. E para Gurgeh e Inclate. Ele se aproximou e chutou At-sen uma vez, nas costas, sem muita força, fazendo-a gritar; então se virou e correu, gritando coisas incoerentes e jogando a arma no chão. Gurgeh correu atrás dele, saltando por cima da jovem. O ápice desapareceu por uma escada escura em caracol no fim da passagem curva. O jogador começou a segui-lo, então parou. O som de passos barulhentos desapareceu. Ele voltou para o corredor com iluminação de jade.

Uma porta estava aberta; dela saía uma suave luz âmbar.

Havia um corredor curto, um banheiro ao lado, então o quarto, pequeno e espelhado por toda parte; até o chão macio ondulava com reflexos instáveis cor de mel. O jogador entrou, no centro de um exército evanescente de Gurgehs refletidos.

At-sen estava sentada em uma cama translúcida, desamparada no vestido cinza destruído, de cabeça baixa e soluçando enquanto Inclate, ajoelhada ao lado dela, com o braço em torno dos ombros da mulher que chorava, sussurrava gentilmente. Imagens das duas proliferaram pelas paredes reluzentes do quarto. Gurgeh hesitou e olhou para trás, para a porta. At-sen ergueu os olhos na direção dele, com lágrimas escorrendo.

— Ah, Jernow! — Ela estendeu uma mão trêmula. Ele se abaixou ao lado da cama, com o braço em torno dela, que tremia, enquanto as duas mulheres choravam.

Ele acariciou as costas de At-sen.

A jovem pôs a cabeça em seu ombro, e os lábios dela eram quentes e estranhos em seu pescoço; Inclate deixou a cama, foi até a porta e a fechou, então se juntou ao homem e à mulher, deixando o vestido de película de óleo cair no chão espelhado em uma piscina reluzente de iridescência.

*

Shohobohaum Za chegou no minuto seguinte, chutando a porta, andando rápido até o meio do quarto espelhado (de modo que um número infinito de Zas se repetia várias vezes por todo aquele espaço enganoso), e olhou ao redor, ignorando as três pessoas na cama.

Inclate e At-sen congelaram, com as mãos nos laços e nos botões da roupa de Gurgeh, que ficou chocado por um instante, então tentou assumir uma expressão relaxada. Za olhou para a parede atrás do jogador, que acompanhou o olhar dele; viu-se olhando para o próprio reflexo; o rosto fechado, o cabelo despenteado, as roupas meio soltas. Za saltou por cima da cama e chutou a imagem.

A parede se estilhaçou em um coral de gritos; o vidro espelhado cascateou para revelar uma saleta escura por trás e uma pequena máquina em um tripé, apontando para o quarto espelhado. Inclate e At-sen pularam da cama e saíram correndo; Inclate pegou o vestido no caminho.

Za pegou a pequena câmera do tripé e olhou para ela.

— Só gravação, felizmente. Nenhum transmissor. — Ele guardou a máquina em um bolso, então se virou e sorriu para Gurgeh. — Guarde de volta no coldre, jogador. Precisamos correr!

Eles correram pela passagem jade na direção da mesma escada em caracol que o sequestrador de At-sen tinha descido. Za parou ao correr e pegou a arma que o ápice tinha largado e da qual Gurgeh tinha se esquecido. Ela foi inspecionada, testada e descartada em alguns segundos. Os dois homens pegaram a escada em caracol e saltaram por ela.

Outro corredor, castanho-escuro. A música tocava alto acima. Za parou de repente quando dois ápices correram na direção dele.

— Oops — falou, dando meia-volta.

Ele empurrou Gurgeh para a escada de novo e eles subiram correndo outra vez, saindo em um espaço escuro cheio da música ritmada e pulsante; luzes brilhavam forte de um lado. Passos martelavam a escada. Za se virou e chutou a escada com um pé, produzindo um grito explosivo e um barulho alto.

Um facho estreito e azul sarapintou a escuridão, projetando-se da escada e explodindo em chamas amarelas e fagulhas laranja em algum lugar acima. Za se esquivou.

— A merda da artilharia. — Ele apontou a cabeça na direção da luz atrás de Gurgeh. — Saída do centro do palco, maestro.

Eles correram para o palco, inundado de um brilho solar. Um indivíduo corpulento do sexo masculino no centro se virou ressentido quando os dois saíram ruidosamente das laterais; o público reclamou aos gritos. Então a expressão no rosto do artista quase nu dos hematomas mudou de irritação para uma surpresa estupefata.

Gurgeh quase caiu; ele parou de andar, ficou imóvel.

... para olhar, mais uma vez, para o próprio rosto.

Ele estava impresso, em duas vezes o tamanho real, em um arco-íris sangrento de contusões, no torso do artista emudecido pelo choque. Gurgeh o encarou, a expressão espelhando o assombro no rosto do artista gorducho.

— Não temos tempo para arte agora, Jernau. — Za o puxou dali, o arrastou para a frente do palco e o empurrou. Então pulou atrás dele.

Os dois caíram em cima de um grupo de azadianos do sexo masculino, que protestaram, derrubando-os no chão. Za ajudou Gurgeh a se levantar, então quase caiu de novo quando um golpe atingiu a parte de trás de sua cabeça. Ele se virou e atacou com um pé, defendendo outro soco com um braço. Gurgeh se sentiu ser girado; viu-se diante de um indivíduo grande e raivoso do sexo masculino com sangue no rosto. O homem levou o braço para trás, cerrou a mão em um punho (de um modo que o jogador pensou na *pedra!* do jogo de elementos).

O homem parecia se mover muito devagar.

Gurgeh teve tempo de pensar no que fazer.

Ele deu uma joelhada na virilha do macho e golpeou o rosto dele com a base da mão. Soltou-se da pegada do homem que caía, esquivou-se de um golpe de outro macho e viu Za dar uma cotovelada no rosto de mais um azadiano.

Então eles saíram correndo outra vez. Za gritava e agitava as mãos enquanto corria para a saída. Gurgeh segurou uma vontade estranha de rir disso, mas a tática parecia funcionar; as pessoas se afastavam para que passassem, como água em torno da proa de um barco.

*

Os dois homens se sentaram em um pequeno bar de teto aberto, nas profundezas do aglomerado labiríntico da galeria principal, sob um céu sólido de pérola esbranquiçada. Shohobohaum Za desmantelava a câmera que havia descoberto atrás do espelho falso, desmontando os componentes delicados com um instrumento do tamanho de um palito de dentes que zumbia. Gurgeh tocou um arranhão no rosto, ocorrido quando Za o jogara do palco.

— É minha culpa, jogador. Eu devia saber. O irmão de Inclate trabalha na segurança, e At-sen tem hábitos caros. Boas garotas, mas uma combinação ruim, e não exatamente o que eu tinha pedido. Você teve muita sorte por uma de minhas acompanhantes ter perdido uma carta de lâmina de pedra preciosa e se recusar a jogar qualquer outra coisa sem ela. Ah, bem, meia foda é melhor que foda nenhuma.

Ele soltou outra peça do corpo da câmera; houve um estalido e um pequeno clarão. Za cutucou desconfiado o invólucro fumegante.

— Como soube onde nos encontrar? — perguntou Gurgeh, que se sentia como um tolo, mas menos envergonhado do que teria esperado.

— Conhecimento, palpite e sorte, jogador. Há lugares naquele clube aonde você vai quando quer enrolar alguém, outros lugares onde pode interrogá-los, ou matá-los, ou pendurá-los em alguma coisa... ou tirar sua foto. Eu só estava torcendo para que fosse um momento de ação leve e não algo pior. — Ele sacudiu a cabeça e olhou para a câmera. — Mas eu deveria saber. Deveria ter adivinhado. Estou ficando confiante demais.

Gurgeh deu de ombros, tomou um gole da bebida quente e estudou a vela que derretia no balcão em frente aos dois.

— Fui eu quem foi enganado. Mas por quem? — Ele olhou para Za. — Por quê?

— O Estado, Gurgeh — disse Za, mexendo na câmera outra vez. — Porque querem ter alguma coisa contra você, só por garantia.

— Garantia para quê?

— Caso você continue a surpreendê-los e a ganhar jogos. É um seguro. Já ouviu falar nisso? Não? Não importa. É como apostar ao contrário.

Za segurou a câmera com uma das mãos, mexendo em uma parte dela com o instrumento fino. Uma tampa se abriu. Ele pareceu satisfeito e extraiu um disco do tamanho de uma moeda do interior da máquina. Ergueu o objeto para a luz, onde ele reluziu nacarado.

— Suas fotos de férias — disse Za para Gurgeh.

Então ajustou alguma coisa na extremidade do palito, de modo que o disquinho se fixou na ponta como se estivesse colado ali, em seguida estendeu a pequena moeda policromática sobre a chama da vela até ela fervilhar, fumegar e fritar, e enfim cair em flocos embotados sobre a cera.

— Desculpe por você não poder guardar uma lembrança — disse Za.

Gurgeh sacudiu a cabeça.

— Uma coisa que eu prefiro esquecer.

— Ah, não importa. Mas eu vou pegar aquelas duas vadias. — Za sorriu. — Elas me devem uma de graça. Várias, na verdade. — Ele pareceu feliz com a ideia.

— Isso é tudo? — perguntou Gurgeh.

— Ei, elas estavam só fazendo seus papéis. Não havia nenhuma malícia envolvida. Isso merece no máximo uma surra. — Za agitou as sobrancelhas de modo lascivo.

Gurgeh soltou um suspiro.

Quando voltaram para a galeria de trânsito a fim de buscar o carro, Za acenou para alguns ápices e indivíduos do sexo masculino corpulentos e severamente despreocupados que esperavam no túnel de iluminação esverdeada e jogou para um deles o que restava da câmera. O ápice a pegou e lhe deu as costas junto com os outros.

O carro chegou minutos depois.

— E que horas você acha que são? Sabe há quanto tempo estou esperando? Você tem que jogar amanhã, sabia? Olhe só para o *estado* das suas roupas! E *onde* conseguiu esse arranhão? O que você…

— Máquina. — Gurgeh bocejou e jogou a jaqueta sobre uma cadeira da área de estar. — Vá se foder.

*

Na manhã seguinte, Flere-Imsaho não estava falando com ele. O drone se juntou a Gurgeh na área de estar do módulo no momento em que soou o aviso de que Pequil tinha chegado com o carro, mas quando o jogador o cumprimentou, a máquina o ignorou e desceu no elevador do hotel zunindo e crepitando de propósito e ainda mais alto do que o habitual. Ela ficou igualmente reservada no carro. Gurgeh chegou à conclusão de que podia viver com isso.

— Gurgee, você se machucou. — Pequil olhou com preocupação para o arranhão no rosto do homem.

— É mesmo. — Gurgeh sorriu, esfregando a barba. — Eu me cortei fazendo a barba.

Era hora de atrito no Tabuleiro da Forma.

Gurgeh estava contra os outros nove jogadores desde o começo, até que ficou óbvio demais que isso era o que estava acontecendo. Ele tinha usado a vantagem obtida no tabuleiro anterior para armar um enclave pequeno, denso e quase impenetrável; só ficou ali parado por dois dias, deixando que os outros o atacassem. Se isso fosse feito da maneira correta, teria acabado com ele, mas os adversários tentavam não parecer tão orquestrados nas ações, então atacavam alguns de cada vez. Eles estavam, de qualquer forma, com medo de se enfraquecer demais caso fossem atacados pelos outros.

No fim desses dois dias, algumas das agências de notícias estavam dizendo que era injusto e descortês com o estranho se juntarem contra ele.

Flere-Imsaho – que àquela altura já tinha superado o mau humor e estava falando com Gurgeh outra vez – achou que essa reação podia ser genuína e não provocada, mas era mais provável que fosse o resultado de pressão imperial. Com certeza o drone achava que a Igreja – a qual sem dúvida estava instruindo o sacerdote, assim como financiando os acordos que ele fazia com os outros jogadores – tinha sido pressionada pelo Gabinete Imperial. De qualquer forma, no terceiro dia os ataques em massa contra Gurgeh perderam a força, e o jogo retomou um curso mais normal.

O salão de jogos estava lotado de gente. Havia muito mais espectadores pagantes, inúmeros convidados tinham mudado de local para ir ver o alienígena jogar e as agências de notícias haviam mandado repórteres e câmeras extras. Os jogadores do clube, sob a coordenação do árbitro, conseguiram manter a multidão em silêncio, por isso Gurgeh não achou que as pessoas extras causaram nenhuma distração a mais durante o jogo. Era difícil, porém, se mover pelo salão durante os intervalos. As pessoas o interpelavam o tempo todo, fazendo perguntas ou apenas querendo olhar para ele.

Pequil estava quase sempre presente, mas parecia estar mais ocupado em aparecer diante das câmeras do que em proteger o jogador de todas as pessoas que queriam falar com ele. Pelo menos ajudava a desviar a atenção dos profissionais da imprensa e deixava que Gurgeh se concentrasse no jogo.

Durante os dias seguintes, Gurgeh percebeu uma mudança sutil na maneira como o sacerdote jogava e, em menor escala, no estilo de jogo de dois outros jogadores.

Três jogadores já haviam sido retirados da partida por sua causa; outros três foram eliminados pelo sacerdote, sem grandes dificuldades. Os dois ápices restantes tinham estabelecido os próprios pequenos enclaves no tabuleiro e comparativamente estavam tomando pouca parte no jogo mais amplo. Gurgeh estava jogando bem, mesmo que não no mesmo ritmo no qual havia vencido no Tabuleiro da Origem. Ele deveria estar derrotando o sacerdote e os outros dois com razoável facilidade. Estava, de fato, prevalecendo pouco a pouco, mas muito devagar. O sacerdote estava jogando melhor do que antes, em especial no início de cada sessão, o que fez com que Gurgeh achasse que o ápice estava recebendo alguma ajuda de alto nível durante os intervalos. O mesmo se aplicava aos outros dois jogadores, embora na teoria estivessem sendo orientados em menor grau.

Quando o final chegou, porém, no quinto dia de jogo, foi repentino, e o jogo do sacerdote simplesmente desmoronou. Os outros dois jogadores desistiram. Mais adulação se seguiu e as agências de notícias começaram a fazer editoriais se preocupando que alguém do exterior pudesse se sair tão bem. Algumas das publicações mais sensacionalistas diziam que o alienígena da Cultura usava algum tipo de sentido sobrenatural ou dispositivo técnico ilegal. Eles descobriram o nome de Flere-Imsaho e o mencionaram como a possível fonte da habilidade ilícita de Gurgeh.

— Estão me chamando de *computador* — lamentou o drone.

— E estão me chamando de trapaceiro — disse o jogador, pensativo. — A vida é cruel, como sempre dizem por aqui.

— *Aqui* eles estão certos.

O último jogo, no Tabuleiro da Transformação, aquele em que Gurgeh se sentia mais em casa, foi energético. O sacerdote apresentara um plano de objetivo especial ao árbitro antes do início da partida, algo que tinha o direito de fazer como o jogador com o segundo maior número de pontos. Ele estava, na verdade, jogando pelo segundo lugar; embora fosse sair da Série Principal, teria uma chance de voltar a ela se ganhasse os dois jogos seguintes nas séries secundárias.

Gurgeh desconfiou de que isso fosse um ardil e jogou, no início, com muito cuidado, esperando por um ataque em massa ou alguma disposição individual e ardilosa de peças. Mas os outros pareciam jogar quase sem objetivo, e até o sacerdote parecia estar fazendo o tipo de movimento um pouco mecânico que havia feito no primeiro jogo. Quando Gurgeh fez alguns ataques leves e exploratórios, encontrou pouca resistência. Dividiu as próprias forças ao meio e empreendeu um ataque em escala total ao território do sacerdote, só pelo puro prazer de fazer isso. O adversário entrou em pânico e quase não fez nenhum movimento bom depois disso; ao fim da sessão, corria o risco de ser eliminado.

Depois do intervalo, Gurgeh foi atacado por todos os outros, enquanto o sacerdote lutava, encurralado em uma borda do tabuleiro. O jogador pegou a deixa. Deu ao sacerdote espaço para manobrar e deixou que ele atacasse dois dos jogadores mais fracos para recuperar posição no tabuleiro. O jogo terminou com Gurgeh posicionado na maior parte do tabuleiro, e os outros erradicados ou confinados a áreas pequenas e estrategicamente irrelevantes. O jogador não tinha nenhum interesse em disputar a partida até um final amargo e, de qualquer forma, achou que se tentasse fazer isso os outros formariam uma frente unida, não importando o quão óbvio fosse que estivessem trabalhando juntos. A vitória lhe estava sendo oferecida, mas Gurgeh sofreria se tentasse ser ganancioso ou vingativo. Concordou-se com o *status quo*; o jogo terminou. Por pontos, o sacerdote chegou logo em segundo.

Pequil tornou a parabenizar o jogador, fora do salão. Gurgeh havia chegado à segunda rodada da Série Principal; era apenas um dos 1.200 Primeiros Vencedores e duas vezes esse número de Classificados. Em seguida jogaria contra uma pessoa na segunda rodada. Mais uma vez, o ápice implorou que ele desse uma entrevista coletiva e, mais uma vez, Gurgeh recusou.

— Mas você precisa! O que está tentando fazer? Se não disser algo logo, vai virá-los contra você. Essa coisa enigmática não vai durar para sempre, sabia? Você é o azarão agora; não perca isso!

— Pequil — disse Gurgeh, plenamente consciente de que estava insultando o ápice ao se dirigir a ele dessa maneira —, não tenho nenhuma intenção de falar com ninguém sobre meu jogo, e o que eles decidirem dizer ou pensar sobre mim é irrelevante. Estou aqui para jogar e nada mais.

— Você é nosso convidado — disse Pequil com frieza.

— E vocês são meus anfitriões. — Gurgeh se virou e saiu andando para longe do funcionário do governo, e a volta no carro foi em completo silêncio, exceto pelo zumbido de Flere-Imsaho, que às vezes, lhe parecia mal conseguir conter uma risada.

— Agora começa o problema.

— Por que você diz isso, nave?

Era noite. As portas traseiras do módulo estavam abertas. Gurgeh podia ouvir o zumbido distante da aeronave policial posicionada acima do hotel para manter as naves das agências de notícias afastadas; o odor da cidade, quente, aromático e fumarento, também chegava até ali. Gurgeh estudava um problema de peças em um jogo individual e tomava notas. Essa parecia ser a melhor maneira de conversar com a *Fator Limitante* com o atraso temporal; falar, então desligar e refletir sobre o problema enquanto a luz HS piscava de um lado para o outro; depois, quando a resposta chegava, voltar ao modo de fala; era quase como ter uma conversa de verdade.

— Porque agora você tem de mostrar suas cartas morais. É o jogo individual, então precisa definir seus primeiros princípios, registrar suas premissas filosóficas. Portanto, vai precisar dar a eles algumas das coisas em que acredita. Creio que isso pode se revelar problemático.

— Nave — disse Gurgeh, escrevendo algumas anotações em um tablet enquanto estudava o holograma à frente —, não tenho certeza se tenho alguma crença.

— Acho que tem, Jernau Gurgeh, e a Agência Imperial de Jogos vai querer saber quais são elas, para registro. Infelizmente você vai ter de pensar em alguma coisa.

— Por que eu deveria fazer isso? Qual a importância? Não posso ganhar nenhum posto ou promoção, não vou ganhar nenhum poder com isso, então que diferença faz aquilo em que acredito? Sei que eles precisam saber o que as pessoas no poder pensam, mas eu só quero jogar o jogo.

— Sim, mas vão precisar saber para as estatísticas deles. Suas visões podem não importar nada em termos das propriedades eletivas do jogo, mas eles precisam manter um registro de que tipo de jogador vence que tipo de partida... além do mais, vão estar interessados em saber em quais tipo de política extremista você acredita.

Gurgeh olhou para a câmera da tela.

— Política extremista? Do que está falando?

— Jernau Gurgeh — disse a máquina, fazendo um ruído de suspiro —, um sistema culpado não reconhece inocentes. Como ocorre com qualquer aparato de poder que acha que todo mundo está ou a seu favor ou contra ele, nós estamos contra. Você estaria também, se pensasse nisso. Seu jeito de pensar o coloca entre os inimigos do Império. Isso pode não ser culpa sua, porque toda sociedade impõe alguns de seus valores àqueles criados dentro dela, mas a questão é que algumas sociedades tentam maximizar esse efeito, e outras tentam minimizá-lo. Você vem de uma das últimas e estão lhe pedindo para se explicar para uma das primeiras. A prevaricação pode ser mais difícil do que poderia imaginar; a neutralidade é provavelmente impossível. Você não pode escolher não ter as políticas que tem; elas não são um conjunto separado de entidades de algum modo destacáveis do resto de seu ser; são uma função de sua existência. Eu sei disso, e eles sabem disso; é melhor você aceitar.

Gurgeh pensou no assunto.

— Eu posso mentir?

— Vou considerar que você quer saber se seria aconselhável registrar falsas premissas e não se você é capaz de dizer inverdades. — Gurgeh sacudiu a cabeça. — É provável que esse seja o caminho mais sábio. Embora você possa achar difícil pensar em algo aceitável para eles que você mesmo não ache moralmente repugnante.

O jogador tornou a olhar para o holograma.

— Ah, você ficaria surpresa — murmurou ele. — De qualquer forma, se estou mentindo sobre isso, como posso achar repugnante?

— Uma questão interessante; caso suponhamos que uma pessoa não é moralmente contrária a mentir, para começo de conversa, ainda mais quando é de forma significativa ou principal o que chamamos de interesse próprio em vez de desinteresse ou de uma mentira compassiva, então...

Gurgeh parou de ouvir e estudou o holograma. Ele precisaria mesmo procurar alguns dos jogos anteriores do próximo adversário assim que soubesse quem seria.

Ouviu a nave parar de falar.

— Sabe de uma coisa, nave? — disse ele. — Por que você não pensa nisso? Parece mais obcecada com toda essa ideia do que eu. E, de qualquer forma, já estou bastante ocupado, então, por que você não pensa em um acerto entre a verdade e a conveniência que nos deixe todos felizes, hein? Vou concordar com qualquer coisa que sugira, provavelmente.

— Muito bem, Jernau Gurgeh. Ficarei satisfeita em fazer isso.

Gurgeh deu boa noite à nave. Ele completou o estudo do problema do jogo individual, então desligou a tela. Levantou-se e se espreguiçou, bocejando. Saiu andando do módulo para a escuridão laranja-amarronzada do jardim no telhado do hotel. Quase esbarrou em um indivíduo uniformizado do sexo masculino.

O guarda fez uma continência para ele – um gesto ao qual Gurgeh nunca sabia responder – e lhe entregou um papel. O jogador o pegou e agradeceu; o guarda voltou para o próprio posto no alto da escada do telhado.

Gurgeh retornou ao módulo, tentando ler o bilhete.

— Flere-Imsaho? — chamou, sem saber ao certo se a pequena máquina ainda estava por ali ou não.

Ela veio flutuando de outra parte do módulo sem disfarce e silenciosa, carregando um livro grande e bastante ilustrado sobre a fauna avícola de Eä.

— Sim?

— O que diz aqui? — Gurgeh agitou o bilhete.

O drone flutuou até o papel.

— Descontando os rapapés imperiais, diz que eles gostariam que você fosse ao palácio amanhã para que pudessem acrescentar suas congratulações. Isso significa que querem dar uma olhada em você.

— Imagino que eu tenha de ir, então?

— Eu diria que sim.

— O bilhete menciona você?

— Não, mas eu vou junto de qualquer forma. A única coisa que eles podem fazer é me expulsar. Sobre o que você estava conversando com a nave?

— Ela vai registrar minhas premissas para mim. Também estava me dando uma palestra sobre condicionamento sociológico.

— Ela tem boas intenções — disse o drone. — Só não quer deixar uma tarefa tão delicada para uma pessoa como você.

— Você estava de saída, não estava, drone? — disse Gurgeh, ligando a tela mais uma vez e se sentando para assistir. Colocou no canal dos jogadores na frequência imperial e zapeou até os sorteios para os jogos individuais na segunda rodada. Ainda não havia decisão; o sorteio ainda estava sendo decidido; esperava-se o resultado a qualquer minuto.

— Bom... — disse Flere-Imsaho. — *Há* uma espécie muito interessante de pescador noturno que habita um estuário a apenas cem quilômetros daqui, e eu estava pensando...

— Não se prenda por minha causa — disse Gurgeh, quando o sorteio começou a aparecer no canal de jogos imperial. A tela passou a se encher de números e nomes.

— Está bem. Então vou me despedir. — O drone foi embora flutuando.

Gurgeh acenou sem virar o rosto.

— Boa noite — falou. Não ouviu se o drone respondeu ou não.

Ele encontrou o próprio lugar no sorteio; seu nome aparecia na tela ao lado do de Lo Wescekibold Ram, diretor governante da Agência Imperial de Monopólios. O adversário estava ranqueado como Nível Principal Cinco, o que significava que era um dos sessenta melhores jogadores do Império.

*

O dia seguinte era o dia de folga de Pequil. Uma aeronave imperial foi enviada para buscar Gurgeh e aterrissou ao lado do módulo. O jogador e Flere-Imsaho – que chegara bem tarde da expedição ao estuário – foram levados por cima da cidade até o palácio. Eles aterrissaram no telhado de um conjunto impressionante de prédios administrativos que davam vista para um dos pequenos parques existentes na área do palácio e foram levados por uma escadaria larga e de carpetes requintados até um escritório de pé-direito alto onde um criado do sexo masculino perguntou a Gurgeh se ele queria alguma coisa para comer ou beber. Gurgeh disse que não, e ele e o drone foram deixados sozinhos.

Flere-Imsaho flutuou até as janelas altas. O jogador olhou para alguns retratos pintados pendurados nas paredes. Depois de um curto tempo, um jovem ápice entrou na sala. Ele era alto, vestido com uma versão até que simples e profissional do uniforme da burocracia imperial.

— Senhor Gurgeh, bom dia. Eu sou Lo Shav Olos.

— Olá — disse Gurgeh.

Eles trocaram cumprimentos educados de cabeça, então o ápice andou depressa até uma mesa grande diante da janela e pôs um maço volumoso de papéis sobre ela antes de se sentar.

Lo Shav Olos olhou para Flere-Imsaho, que estava zunindo e sibilando por perto.

— E essa deve ser sua pequena máquina.

— Seu nome é Flere-Imsaho. Ele me ajuda com sua língua.

— É claro. — O ápice gesticulou para um assento ornamentado do outro lado da mesa. — Por favor, sente-se.

Gurgeh se sentou e Flere-Imsaho foi flutuar perto dele. O criado voltou com um cálice de cristal e o pôs sobre a mesa perto de Olos, que bebeu antes de dizer:

— Não que o senhor deva precisar de muita ajuda, sr. Gurgeh. — O jovem ápice sorriu. — Seu eäquico é muito bom.

— Obrigado.

— Permita-me acrescentar minhas congratulações pessoais às do Gabinete Imperial, sr. Gurgeh. O senhor se saiu muito melhor do que vários de nós esperavam. Pelo que entendo, aprendeu o jogo por apenas um terço de um de nossos Grandes Anos.

— É, mas achei o Azad tão interessante que não fiz praticamente mais nada durante esse período. E ele compartilha alguns conceitos com outros jogos que estudei no passado.

— Mesmo assim, o senhor derrotou pessoas que estudaram o jogo por toda a vida. Era esperado que o sacerdote Lin Goforiev Tounse se saísse bem nesses jogos.

— Foi o que percebi. — Gurgeh sorriu. — Talvez eu tenha tido sorte.

O ápice deu um risinho e se recostou na cadeira.

— Talvez, sr. Gurgeh. Mas lamento ver que sua sorte não se prolongou para cobrir o sorteio da próxima rodada. Lo Wescekibold Ram é um jogador formidável, e muitos esperam que ele melhore o desempenho anterior.

— Espero poder dar a ele um bom jogo.

— Esperamos todos.

O ápice bebeu mais um gole do cálice, então se levantou, foi até as janelas às costas e olhou para o parque. Esfregou o vidro grosso, como se houvesse uma mancha nele.

— Mesmo que não seja, estritamente falando, meu domínio, confesso que ficaria interessado se o senhor pudesse me contar um pouco sobre seus planos para o registro de premissas. — Ele se virou e olhou para Gurgeh.

— Eu ainda não decidi bem como expressá-las — disse Gurgeh. — Vou registrá-las amanhã, provavelmente.

O ápice assentiu, pensativo. Ele puxou uma das mangas do uniforme imperial.

— Será que eu poderia aconselhá-lo a ser... um pouco circunspecto, sr. Gurgeh? — O jogador pediu ao drone para traduzir "circunspecto". Olos esperou, então prosseguiu. — Claro que o senhor deve registrar com a Agência, mas, como sabe, sua participação nesses jogos é puramente em situação honorária, por isso tudo o que disser em suas premissas tem apenas... valor estatístico, digamos assim.

Gurgeh pediu ao drone para traduzir "situação".

— Uma falsidade, jogadoroide — murmurou, de forma sombria, Flere-Imsaho em marain. — La-ra-rá; você essa palavra *situação* antes em eäquico usou. Tu-da-dum, buga-luga. Para-pa-pare esses caras que mais pistetes na gíria oferecem, certus?

O jogador conteve um sorriso. Olos continuou.

— É parte da regra que os competidores estejam preparados para defender seus pontos de vista com argumentos se a Agência achar necessário contestar qualquer um deles, mas espero que entenda que é muito improvável de acontecer com o senhor. A Agência Imperial não é cega ao fato de que os... valores de sua sociedade podem ser bem diferentes dos nossos. Não temos o desejo de envergonhá-lo forçando-o a revelar coisas que a imprensa e a maioria de nossos cidadãos possam achar... ofensivas. — Ele sorriu. — De maneira pessoal, e extraoficial, imagino que o senhor possa ser... ah, eu quase diria "vago"... e ninguém ficaria especialmente incomodado.

— Especialmente? — disse Gurgeh com inocência para o drone que zunia e crepitava ao lado dele.

— Mais bobagem biltrivique nos plin ferds, você está quintispilando tentando nomonomo te-testar a pá-da-dum da um porra da minha paciência, Gurgeh.

O jogador tossiu alto.

— Desculpe — falou para Olos. — Sim. Entendi. Vou ter isso em mente na situação de estabelecer minhas premissas.

— Fico satisfeito, sr. Gurgeh — disse Olos, voltando para a cadeira e tornando a se sentar. — O que eu disse é meu ponto de vista pessoal, é claro, e não tenho nenhuma ligação com a Agência Imperial; este gabinete é bem independente desse órgão. Mesmo assim, uma das grandes forças do Império é sua coesão, sua... unidade, e duvido que eu possa estar muito longe da verdade ao julgar qual pode ser a atitude de outro departamento imperial. — Lo Shav Olos deu um sorriso indulgente. — Nós todos realmente cooperamos.

— Entendo — disse Gurgeh.

— Tenho certeza de que sim. Diga-me, o senhor está ansioso para sua viagem a Echronedal?

— Muito, especialmente por ser uma honra tão rara a ser estendida a jogadores convidados.

— É verdade. — Olos parecia se divertir. — Poucos convidados têm a permissão de ir ao planeta de fogo. É um lugar sagrado, assim como é um símbolo da natureza infinita do Império e do jogo.

— Minha gratidão se estende além dos limites de minha capacidade de expressá-la — disse com delicadeza Gurgeh, com uma leve reverência.

Flere-Imsaho fez um ruído balbuciante.

Olos deu um sorriso amplo.

— Tenho certeza de que após se mostrar tão capaz, até mesmo talentoso, em nosso jogo, o senhor vai provar ser mais do que digno de seu lugar no castelo dos jogos em Echronedal. Agora — disse o ápice, olhando para a tela na mesa — vejo que é hora de comparecer a outra reunião sem dúvida insuportável e tediosa do Conselho do Comércio. Com certeza preferira continuar com nossa conversa, sr. Gurgeh, mas infelizmente ela deve ser abreviada pelos interesses da regulação eficiente do intercâmbio de produtos entre nossos muitos mundos.

— Eu entendo completamente — disse Gurgeh, levantando-se ao mesmo tempo que o ápice.

— Foi um prazer tê-lo conhecido, sr. Gurgeh. — Olos sorriu.

— O prazer foi meu.

— Permita-me desejar-lhe sorte em seu jogo contra Lo Wescekibold Ram — disse o ápice enquanto o acompanhava até a porta. — Acho que vai precisar. Tenho certeza de que vai ser um jogo interessante.

— Espero que sim — disse Gurgeh. Eles deixaram a sala. Olos ofereceu a mão; o jogador a apertou, permitindo-se parecer um pouco surpreso.

— Tenha um bom dia, sr. Gurgeh.

— Até logo.

Então Gurgeh e Flere-Imsaho foram escoltados de volta para a aeronave no telhado enquanto Lo Shav Olos seguia por outro corredor para a reunião.

— Você é um babaca, Gurgeh! — disse o drone em marain assim que estavam de volta no módulo. — Primeiro me pergunta o significado de duas palavras que já conhece, depois usa *as duas* e o…

Gurgeh estava sacudindo a cabeça a essa altura e o interrompeu.

— Você não entende mesmo muito sobre jogos, entende, drone?

— Sei quando as pessoas estão se passando por idiotas.

— Melhor do que se passar por um animal doméstico, máquina.

Flere-Imsaho fez um ruído como se estivesse inalando ar, então pareceu hesitar e disse:

— Bem, de qualquer forma... pelo menos agora você não tem de se preocupar com as premissas. — Ele deu um risinho que soou bem forçado. — Estão com tanto medo de que você diga a verdade quanto você mesmo!

O jogo de Gurgeh contra Lo Wescekibold Ram atraiu grande atenção. A imprensa, fascinada por esse alienígena estranho que se recusava a falar com ela, enviou os repórteres mais críticos e cruéis e os operadores de câmera mais capazes de captar qualquer expressão facial fugaz que fizesse com que o personagem parecesse feio, estúpido ou cruel (e de preferência as três coisas ao mesmo tempo). A fisiognomia de outro mundo de Gurgeh era vista como um desafio por alguns câmeras e como extremamente fácil por outros.

Numerosos fãs pagantes tinham trocado suas entradas para outros jogos para poder assistir a esse, e a galeria de convidados poderia ter se enchido muitas vezes mais, embora o espaço tivesse mudado do salão original onde Gurgeh tinha jogado antes para uma grande tenda erguida no parque a apenas alguns quilômetros tanto do Grand Hotel quanto do Palácio Imperial. A tenda comportava três vezes mais gente do que o antigo salão e mesmo assim estava lotada.

Pequil tinha chegado, como de costume, no carro da Agência de Assuntos Alienígenas de manhã e levado o jogador para o parque. O ápice não tentava mais se colocar diante das câmeras, mas tirava-as do caminho às pressas para abrir passagem.

Gurgeh foi apresentado a Lo Wescekibold Ram, um ápice baixo e corpulento, com um rosto mais rude do que o jogador esperava e postura militar.

Ram jogava os jogos menores de forma rápida e incisiva, e eles finalizaram dois no primeiro dia, terminando quase empatados. Gurgeh só percebeu o quanto estava se concentrando à noite quando pegou no sono assistindo à tela. Ele dormiu por quase seis horas.

No dia seguinte, jogaram mais dois dos jogos menores, mas a partida se estendeu, em comum acordo, para a sessão noturna; Gurgeh sentiu que o ápice o estava testando, tentando cansá-lo ou pelo menos ver quais eram os limites de sua resistência; os dois jogariam todos os seis jogos menores antes dos três tabuleiros principais, e Gurgeh já sabia que estava sob muito mais tensão jogando sozinho contra Ram do que estivera ao competir com nove outros adversários.

Depois de uma grande luta, quase até a meia-noite, o jogador terminou uma fração à frente. Ele dormiu por sete horas e acordou bem a tempo de se aprontar para os jogos do dia seguinte. Esforçou-se para despertar, glandulando a droga favorita de café da manhã da Cultura, *ruptura*, e ficou um pouco decepcionado ao ver que Ram parecia tão renovado e enérgico quanto ele se sentia.

Aquele jogo se tornou outra guerra de atrito, que se arrastou pela tarde, e Ram não sugeriu jogar até a noite. Gurgeh passou algumas horas discutindo a partida com a nave durante a noite; depois, para tirá-la da cabeça, assistiu aos canais de programação do Império por algum tempo.

Havia programas de aventura, de perguntas e respostas e comédias, estações de notícias e documentários. Ele procurou por repórteres que tivessem estado no jogo. Chegava a ser mencionado, mas o jogo um tanto sem graça do dia não mereceu muito espaço. Podia ver que as agências estavam com uma disposição cada vez pior em relação a ele e se perguntou se elas então se arrependiam de tê-lo defendido quando ele fora vítima de um complô durante o primeiro jogo.

Durante os cinco dias seguintes, as agências de notícias passaram a gostar cada vez menos do "Alienígena Gurgey" (o eäquico tinha uma fonética menos sutil do que o marain, por isso o nome dele seria sempre grafado de forma incorreta). Gurgeh terminou os jogos menores mais ou menos no mesmo nível que Ram, em seguida derrotou-o no Tabuleiro da Origem depois de ter ficado muito atrás em um estágio e perdeu no Tabuleiro da Forma só pela mais tênue das margens.

As agências de notícias decidiram de imediato que Gurgeh era uma ameaça ao Império e ao bem comum e começaram uma campanha para que ele fosse expulso de Eä. Elas alegaram que o jogador estava em contato telepático com a *Fator Limitante* ou com o robô chamado Flere-Imsaho, que ele usava diversos tipos de drogas repulsivas guardadas no antro do vício e empório de substâncias onde ele morava no telhado do Grand Hotel, depois – como se tivessem acabado de descobrir o fato – que ele era capaz de produzi-las no interior do próprio corpo (o que era verdade) usando glândulas arrancadas de criancinhas em operações horrendas e fatais (o que era mentira). O efeito dessas drogas parecia transformá-lo em um supercomputador ou em um maníaco sexual alienígena (até os dois, em algumas reportagens).

Uma agência descobriu as premissas de Gurgeh, que a nave tinha formulado e registrado com a Agência de Jogos. Elas foram consideradas conversa traiçoeira tipicamente evasiva e ambígua da Cultura, uma receita para anarquia e revolução. As agências adotaram tons contidos e reverentes quando fizeram apelos leais ao imperador para que ele "fizesse algo" em relação à Cultura e culparam o Almirantado por saber da existência dessa gangue de pervertidos nojentos há décadas sem, ao que parecia, lhes mostrar quem mandava ou apenas destruí-los por completo (uma agência ousada chegou ao ponto de dizer que o Almirantado não estava totalmente certo sobre onde ficava o planeta natal da Cultura). Rezaram para que Lo Wescekibold Ram eliminasse o Alienígena Gurgey do Tabuleiro da Transformação de maneira tão decisiva quanto a Marinha um dia iria acabar com a Cultura corrupta e socialista. Insistiram para que Ram usasse a opção física se fosse necessário; isso mostraria de que aquele alienígena fracote era feito (talvez literalmente!).

— Isso tudo é sério? — perguntou Gurgeh, achando graça e virando-se da tela para o drone.

— Muito sério — disse Flere-Imsaho.

Gurgeh riu e sacudiu a cabeça. Achou que as pessoas comuns deviam ser extremamente idiotas se acreditavam em toda aquela baboseira.

*

Depois de quatro dias de jogo no Tabuleiro da Transformação, Gurgeh estava pronto para vencer. Ele viu Ram conversar muito preocupado com alguns dos conselheiros dele e chegou a esperar que o ápice oferecesse a desistência naquele momento, após a sessão da tarde. Mas Ram decidiu continuar lutando; os dois concordaram em dispensar a sessão noturna e recomeçar na manhã seguinte.

A tenda grande ondulava um pouco com uma brisa quente quando Flere-Imsaho se juntou ao jogador na saída. Pequil supervisionou o caminho ser aberto através do aglomerado lado de fora até onde o carro estava à espera. A multidão era composta em maioria de pessoas que queriam ver o alienígena, embora houvesse alguns se manifestando ruidosamente contra Gurgeh, e um número ainda menor vibrando a favor dele. Ram e os conselheiros saíram da tenda primeiro.

— Acho que estou vendo Shohobohaum Za na multidão — disse o drone enquanto esperavam na saída. A comitiva de Ram ainda estava reunida do outro lado da faixa de passagem mantida livre pelas duas linhas de policiais.

Gurgeh olhou para a máquina, depois para a linha de policiais de braços entrelaçados. Ainda estava tenso por causa do jogo, o fluxo sanguíneo permeado de compostos químicos de muitas formas. Como acontecia de vez em quando, tudo o que ele via ao redor parecia ser parte do jogo; a maneira como as pessoas paravam como peças, agrupadas de acordo com quem podia tomar ou afetar quem; a forma como o padrão na tenda era como uma área de rede simples no tabuleiro, e as colunas como fontes de energia plantadas esperando para reabastecer alguma peça menor e exausta, e apoiando um ponto crucial no jogo; a forma como as pessoas e a polícia estavam, como se fossem as mandíbulas de repente fechadas de algum movimento horrendo de pinça... tudo era o jogo, tudo era visto à luz do jogo, traduzido nas imagens combativas de sua linguagem, avaliado no contexto que sua estrutura impunha sobre a mente.

— Za? — disse Gurgeh. Ele olhou na direção para onde o campo do drone estava apontando, mas não conseguiu ver o homem.

O resto do grupo de Ram esvaziou o local onde os carros oficiais esperavam. Pequil gesticulou para que o jogador prosseguisse.

Eles andaram entre as linhas de indivíduos uniformizados do sexo masculino. Câmeras foram apontadas, perguntas foram gritadas. Uma cantilena irregular começou, e Gurgeh viu um estandarte tremulando acima das cabeças da multidão: "VÁ PARA CASA, ALIENÍGENA".

— Parece que não sou muito popular — disse ele.

— Você não é — disse Flere-Imsaho.

Em dois passos (Gurgeh percebeu com um sentido distante, de jogo, enquanto estava falando e o drone respondendo), ia chegar perto de... levou mais um passo para analisar o problema... alguma coisa ruim, alguma coisa chocante e discordante... havia algo... diferente – errado – em relação ao grupo de três pessoas pelo qual ele estava prestes a passar à esquerda; como peças-fantasma sem posição, escondidas em território de floresta... Ele não tinha ideia do que exatamente havia de errado com o grupo, mas soube no mesmo instante – conforme as estruturas protagonistas do sentido de jogo ganharam prioridade em seus pensamentos – que não ia arriscar colocar uma peça *ali*.

... Mais meio passo...

... para perceber que a peça que não queria arriscar era ele mesmo.

Viu o grupo de três começar a se movimentar e se separar. Virou-se e abaixou automaticamente; era o movimento de resposta óbvio de uma peça ameaçada com impulso demais para parar ou recuar de uma força agressora como essa.

Houve várias explosões altas. O grupo de três pessoas correu na direção dele, passando pelos braços de dois policiais, como uma peça composta de repente se fragmentando. Gurgeh converteu o movimento de se abaixar em um mergulho e um rolamento que, percebeu com algum prazer, era o equivalente físico quase perfeito de uma peça-viagem obstruindo um agressor leve. Sentiu um par de pernas bater no lado do corpo, sem força, depois houve um peso em cima dele e mais barulhos altos. Outra coisa caiu em cima de suas pernas.

Era como acordar.

Ele tinha sido atacado. Houvera clarões, explosões, pessoas se atirando sobre si.

Gurgeh lutou sob o peso quente e animalesco que havia em cima dele, o que havia sido derrubado. Pessoas gritavam; a polícia agiu rápido. Ele viu Pequil deitado no chão. Za também estava ali, parado, ao que parecia bastante confuso. Alguém estava gritando. Não havia sinal de Flere-Imsaho. Algo quente estava sendo absorvido pela meia que o jogador usava.

Ele se esforçou para sair de baixo do corpo que estava em cima dele, de repente sentindo repulsa à ideia de que aquela pessoa – ápice ou homem, não sabia dizer – pudesse estar morta. Shohobohaum Za e um policial o ajudaram a se levantar. Ainda havia muitos gritos; as pessoas estavam se movendo ou sendo movidas para trás, abrindo um espaço em torno do que quer que tivesse acontecido; havia corpos no chão, alguns cobertos de sangue vermelho-alaranjado forte. Gurgeh ficou de pé, atordoado.

— Está tudo bem, jogador? — perguntou Za, sorrindo.

— É, eu acho que está — assentiu Gurgeh.

Havia sangue em suas pernas, mas era da cor errada para ser dele.

Flere-Imsaho desceu do céu.

— Jernau Gurgeh! Você está bem?

— Estou. — Gurgeh olhou ao redor. — O que aconteceu? — perguntou a Shohobohaum Za. — Você viu o que aconteceu?

A polícia tinha sacado as armas e estava reunida em torno da área; as pessoas se afastavam, as câmeras da imprensa sendo forçadas a recuar pelos gritos da polícia. Cinco policiais seguravam alguém sobre a grama. Dois ápices de roupas civis permaneciam deitados na passagem; o que Gurgeh derrubara estava coberto de sangue. Havia um policial parado ao lado de cada corpo; outros dois cuidavam de Pequil.

— Aqueles três atacaram você — disse Za, com os olhos se movendo depressa ao redor enquanto apontava com a cabeça para os dois corpos e a outra forma sob o grupo de policiais. Gurgeh ouvia alguém soluçando alto no que restava da multidão. Repórteres ainda gritavam perguntas.

Za conduziu Gurgeh até onde estava Pequil, enquanto Flere-Imsaho se movia e zumbia acima. O ápice estava deitado de costas, de olhos abertos, piscando, enquanto um policial cortava fora a manga ensopada de sangue da jaqueta do uniforme dele.

— O velho Pequil ali entrou na frente de uma bala — disse Za. — Você está bem, Pequil? — gritou de forma jovial.

Pequil deu um sorriso fraco e assentiu.

— Enquanto isso — disse Za, passando os braços em torno dos ombros de Gurgeh e olhando ao redor o tempo inteiro, com o olhar viajando por toda parte —, seu drone corajoso e versátil aqui ultrapassou a velocidade do som para sair uns vinte metros do caminho, para cima.

— Eu estava apenas ganhando altura para avaliar melhor o...

— Você se abaixou — disse Za a Gurgeh, ainda sem olhá-lo. — E rolou. Na verdade, achei que eles tinham pegado você. Consegui acertar uma daquelas pessoas na cabeça, e acho que a polícia queimou a outra. — O olhar dele parou por um momento no aglomerado de pessoas além do cordão da polícia, de onde os soluços vinham. — Alguém na multidão também foi atingido; as balas eram para você.

Gurgeh observou um dos ápices mortos; a cabeça dele estava em ângulo com o corpo, sobre o ombro; aquilo teria parecido errado em quase qualquer humanoide.

— É, foi esse que acertei — disse Za, olhando para o ápice de relance. — Um pouco forte demais, eu acho.

— Eu repito — disse Flere-Imsaho, movendo-se para a frente de Gurgeh e Za —, estava apenas ganhando altura para...

— É, nós estamos felizes por você estar em segurança, drone — disse Za, enxotando com um aceno o volume da máquina que zumbia, como se fosse um inseto grande e desajeitado, e conduzindo Gurgeh para a frente até onde um ápice de uniforme policial gesticulava na direção dos carros. Barulhos altos soaram no céu e nas ruas ao redor.

— Ah, aí estão os rapazes — disse Za, conforme um ruído de sirene chegou até o parque e uma van aérea grande e laranja desceu apressada do céu para aterrissar em uma tempestade de poeira na grama próxima; o tecido da tenda tremulou, bateu e se agitou com o sopro de ar. Mais policiais fortemente armados saltaram da van.

Houve certa confusão sobre se eles deviam ir até os carros ou não; por fim foram levados de volta para a tenda, e depoimentos foram tomados deles e de algumas outras testemunhas; duas câmeras foram confiscadas de jornalistas sob protestos.

Do lado de fora, os dois corpos e o agressor ferido foram embarcados na van. Uma ambulância aérea chegou para Pequil, que tinha um ferimento leve no braço.

Quando Gurgeh, Za e o drone enfim deixaram a tenda para ser levados de volta para o hotel em uma aeronave da polícia, uma ambulância terrestre entrava pelos portões do parque para recolher os dois indivíduos do sexo masculino e um do feminino também feridos no ataque.

— Que módulo legal — disse Shohobohaum Za, jogando-se em uma poltrona formatável. Gurgeh também se sentou. O ruído da partida ecoou pelo interior da aeronave policial. Flere-Imsaho ficou quieto assim que eles entraram e desapareceu para outra parte do veículo.

Gurgeh pediu uma bebida ao módulo e perguntou a Za se ele queria alguma coisa.

— Módulo — disse Za, se esparramando no assento e parecendo pensativo. — Eu gostaria de pedir uma dose dupla de *staol* e vinho shungusteriango de fígado de asas-tortas gelados no fundo de um bocado de aguardente branca de Eflyre-Spin, coberta por um pouco de cascalo médio, coberto com bagas-estranhas e servido em uma tigela osmótica tipprawlica de força número três, ou o mais próximo que conseguir disso.

— Asas-tortas do sexo masculino ou feminino? — disse o módulo.

— Neste lugar? — Za riu. — Nossa, os dois.

— Vai levar alguns minutos.

— Isso não é nenhum problema. — Za esfregou as mãos, em seguida olhou para Gurgeh. — Então você sobreviveu. Muito bem.

Gurgeh pareceu desconfiado por um instante, então disse:

— É. Obrigado.

— Pense nisso como comparativamente pouco. — Za agitou uma das mãos. — Eu me diverti bastante na verdade. Só lamento ter matado o cara.

— Gostaria de poder ter uma visão tão magnânima quanto essa — disse Gurgeh. — Ele estava tentando me matar. E com balas.

Gurgeh achava a ideia de ser atingido por uma bala particularmente horrível.

— Bom… — Za deu de ombros. — Não tenho certeza se faz muita diferença se você é morto por um projétil ou por um TRUPE. Morre do mesmo jeito. De qualquer forma, ainda sinto pena daqueles caras. Os coitados provavelmente estavam apenas fazendo o trabalho deles.

— O trabalho deles? — disse Gurgeh, perplexo.

Za bocejou e assentiu, se esticando nas dobras da poltrona formatável acomodadora.

— É. Eles devem ser da polícia secreta imperial, da Agência Nove ou algo assim. — Ele tornou a bocejar. — Ah, a história vai ser que eram civis insatisfeitos... embora *possam* tentar culpar os revolucionários por isso... O que seria um pouco improvável... — Za sorriu e deu de ombros. — Não, eles podiam tentar mesmo assim, só por diversão.

Gurgeh pensou no assunto.

— Não — falou por fim. — Eu não entendo. Você disse que aquelas pessoas eram da polícia. Como...

— Polícia *secreta*, Jernau.

— Mas como pode existir um policial secreto? Achei que um dos motivos para ter um uniforme era que eles pudessem ser identificados com facilidade e isso agisse como um dissuasor.

— Minha nossa — disse Za, cobrindo o rosto com as mãos. Ele as baixou e olhou para Gurgeh, então respirou fundo. — Certo... bom, a polícia secreta são pessoas que escutam o que outras pessoas dizem quando elas *não estão* sendo dissuadidas pela visão de um uniforme. Então, se a pessoa na verdade não disse nada ilegal, mas disse algo que eles consideram perigoso para a segurança do Império, a sequestram, a interrogam e, via de regra, a matam. Às vezes a enviam para uma colônia penal, mas em geral a incineram ou a jogam em um velho poço de mina; a atmosfera aqui é cheia de fervor revolucionário, Jernau Gurgeh, e há uma boa quantidade de línguas soltas sob as ruas da cidade. Ela faz outras coisas também, a polícia secreta. O que aconteceu com você hoje foi uma dessas outras coisas.

Za se recostou no assento e deu um amplo dar de ombros.

— Ou, por outro lado, suponho não ser impossível que eles fossem mesmo revolucionários ou cidadãos insatisfeitos. Só que agiram de um jeito totalmente errado... mas é isso o que a polícia secreta faz, escute o que eu digo. Ah!

Uma bandeja se aproximou carregando uma tigela grande em um suporte; vapor subia de maneira dramática da superfície espumante e multicolorida do líquido. Za pegou a tigela.

— Ao Império! — gritou e bebeu tudo de um só gole. Ele bateu a tigela com força de volta na bandeja. — Ahhh! — exclamou, fungando, tossindo e esfregando os olhos com as mangas da túnica. Então piscou para Gurgeh.

— Desculpe se estou sendo lento — disse o jogador. — Mas se essas pessoas eram da polícia imperial, não devem ter agido sob ordens? O que está acontecendo? O Império quer me matar porque estou ganhando o jogo contra Ram?

— Hmm — disse Za, tossindo um pouco. — Você está aprendendo, Jernau Gurgeh. Merda, achei que um jogador teria um pouco mais de... uma malícia natural própria... Você aqui é um bebê entre carnívoros... De qualquer forma, sim, alguém em uma posição de poder quer você morto.

— Acha que eles vão tentar de novo?

Za negou com a cabeça.

— Óbvio demais; eles teriam de estar bem desesperados para tentar outra coisa assim novamente... No curto prazo, pelo menos. Acho que vão esperar e ver o que acontece em seu próximo jogo de dez, então, se não conseguirem que seja eliminado assim, vão fazer com que seu próximo adversário individual use a opção física contra você e torcer para que fique com medo. Se você chegar tão longe.

— Eu sou mesmo uma ameaça assim tão grande para eles?

— Ei, Gurgeh, eles agora perceberam que cometeram um erro. Você não viu as previsões antes de chegar aqui. Elas estavam dizendo que você era *o* melhor jogador em toda a Cultura, e um tipo de indivíduo negligente e decadente, um hedonista que nunca trabalhou um só dia na vida, arrogante e totalmente convencido de que ia vencer o jogo, com todo tipo de glândulas novas costuradas no corpo, que tinha comido sua mãe, homens... animais, até onde sei; que você era meio computador... Então a Agência viu algumas partidas que você jogou a caminho daqui e anunciou...

— O quê? — disse Gurgeh, chegando para a frente no assento. — O que quer dizer com eles viram algumas partidas que eu joguei?

— Eles me pediram algumas partidas recentes jogadas por você. Eu entrei em contato com a *Fator Limitante* (essa coisa não é muito chata?) e pedi que ela me enviasse os movimentos de alguns de seus jogos recentes contra ela. A Agência disse, ao ver a força deles, que não via problema em deixá-lo jogar glandulando drogas e todo o resto... Desculpe, achei que a nave tivesse primeiro pedido sua permissão. Ela não pediu?

— Não — disse Gurgeh.

— Bom, enfim, disseram que você poderia jogar sem restrições. Não acho que quisessem mesmo isso, pela pureza do jogo, sabe? Mas devem ter recebido ordens. O Império queria provar que, mesmo com suas vantagens injustas, você ainda não era capaz de permanecer na Série Principal. Seus primeiros dias de jogo contra aquele sacerdote e os soldados dele devem tê-los deixado esfregando as mãozinhas de alegria, mas então aquela vitória tirada da cartola fez com que eles ficassem de queixo caído. Você ter sido sorteado contra Ram no jogo individual provavelmente pareceu também uma situação muito boa, mas agora você está prestes a acabar com ele, e eles entraram em pânico. — Za soluçou. — Por isso o serviço malfeito de hoje.

— Então o sorteio contra Ram também não foi aleatório de verdade?

— Por deus, Gurgeh! — Za riu. — Não, cara! Minha nossa! Você é mesmo assim tão ingênuo? — Ele se sentou, sacudindo a cabeça, olhando para o chão e soluçando de vez em quando.

Gurgeh se levantou e foi até as portas abertas do módulo. Olhou para a cidade, reluzindo sob a névoa do fim da noite. Havia sombras de torres compridas sobre ela como pelos bem esparsos sobre uma pele quase calva. Uma aeronave reluziu em um vermelho-crepúsculo acima dela.

Ele não achava que já tivesse sentido tanta raiva e frustração em toda a sua vida. Outra sensação desconfortável a acrescentar àquelas que vinha experimentando nos últimos tempos, sensações que havia sacrificado pelo jogo e para jogar de fato a sério pela primeira vez.

Todo mundo parecia tratá-lo como criança. Decidiam alegremente o que ele precisava e o que não precisava saber, ocultavam coisas que ele deveria ser informado e, quando lhe contavam, agiam como se ele devesse ter sabido de tudo o tempo todo.

O jogador tornou a olhar para Za, mas o homem estava sentado esfregando a barriga e parecendo distraído. Ele arrotou alto, então deu um sorriso satisfeito e gritou:

— Ei, módulo! Ponha no canal dez! Isso, na tela, assim.

Então se levantou, caminhou a fim de parar diante da tela e ficou ali, de braços cruzados, assobiando sem melodia e com um sorriso vago para as imagens em movimento. Gurgeh o observava da lateral.

O noticiário mostrava um vídeo de tropas imperiais pousando em um planeta distante. Cidades e aldeias incendiadas, filas serpenteantes de refugiados e corpos eram exibidos. Havia entrevistas com as famílias chorosas de soldados mortos. Os habitantes locais recém-invadidos – quadrúpedes peludos com lábios preênseis – apareciam deitados e amarrados na lama, ou de joelhos diante de um retrato de Nicosar. Um foi tosquiado, para que as pessoas em casa pudessem ver qual era a aparência dele por baixo de todo aquele pelo. Os lábios tinham se tornado troféus valiosos.

A reportagem seguinte era sobre Nicosar destruindo o adversário no jogo individual. O imperador foi mostrado caminhando de uma parte a outra do tabuleiro, assinando alguns documentos em um gabinete, depois, à distância, parado mais uma vez no tabuleiro, enquanto um comentarista se entusiasmava com o jeito que ele jogava.

O ataque contra Gurgeh veio em seguida. O jogador ficou impressionado ao ver o incidente em vídeo. Terminou em um instante; um pulo repentino, ele caindo, o drone desaparecendo para cima, alguns flashes, Za saindo correndo da multidão, confusão e movimento, então o rosto dele em close, uma imagem de Pequil no chão e outra dos agressores mortos. Gurgeh foi descrito como atônito mas ileso, graças à ação rápida da polícia. Pequil não teve ferimentos graves; foi entrevistado no hospital, explicando como se sentia. Os agressores foram descritos como extremistas.

— Isso significa que, mais tarde, podem resolver chamá-los de revolucionários — disse Za. Ele mandou a tela desligar, então se voltou para Gurgeh. — Mas você não acha que eu fui *rápido* ali? — falou, com um grande sorriso e abrindo os braços. — Viu como eu me movimentei? Foi *lindo*! — Então riu e girou, em seguida meio andou e meio dançou até a poltrona formatável outra vez e caiu nela. — Merda, eu só estava lá para ver que tipo de loucos protestavam contra você, mas *uau*, ainda bem que eu fui! Que velocidade! Que puta graça animal, maestro!

Gurgeh concordou que Za tinha se movido com muita velocidade.

— Vamos ver de novo, módulo! — gritou Za. A tela obedeceu, e Shohobohaum Za riu enquanto assistia aos poucos segundos de ação. Ele os reprisou mais algumas vezes, em câmera lenta, batendo palmas, depois pediu outra bebida. O pote espumante dessa vez veio mais rápido; os sintetizadores do módulo haviam sido sábios e preservado os códigos anteriores. Gurgeh se sentou de novo, vendo que Za ainda não estava pensando em ir embora. Pediu alguns petiscos; o outro homem bufou com desdém quando lhe ofereceram comida e triturou as bagas-estranhas tostadas que vieram com o coquetel espumante.

Eles assistiram a transmissões imperiais enquanto Za sorvia a bebida devagar. Do lado de fora, um sol se pôs e as luzes da cidade brilharam à meia-luz. Flere-Imsaho apareceu sem o disfarce – Za nem percebeu – e anunciou que estava de saída, fazendo mais uma investida sobre a população aviária do planeta.

— Você não acha que essa coisa fode com *pássaros*, acha? — perguntou Za depois que o drone havia desaparecido.

— Não — disse Gurgeh, bebendo o próprio vinho leve.

Za bufou.

— Ei, você quer sair outra vez uma hora dessas? Aquela visita ao Buraco foi bem legal. Eu gostei muito dela de um jeito estranho. O que acha? Só que, dessa vez, vamos ficar malucos, mostrar a esses cabeças ocas constipados como são os caras da Cultura quando resolvem *mesmo* fazer uma coisa.

— Acho que não — disse Gurgeh. — Não depois daquela última vez.

— Você está dizendo que não *gostou*? — disse Za, surpreso.

— Não tanto assim.

— Mas nós nos divertimos muito! Ficamos bêbados, chapados, trans... bem, um de nós transou, e você, quase; depois nos metemos em uma briga, que *ganhamos*, caramba, e aí fugimos... Puta merda, o que mais você quer?

— Não mais, menos. Enfim, eu tenho outros jogos para jogar.

— Você é louco. Aquela foi... uma noite maravilhosa. Maravilhosa. — Ele descansou a cabeça no encosto da poltrona e respirou fundo.

— Za — disse Gurgeh, chegando para a frente no assento, com o queixo apoiado na mão e o cotovelo no joelho —, por que você bebe tanto? Você não precisa. Tem todas as glândulas normais. Por quê?

— Por quê? — perguntou Za, com a cabeça ficando ereta outra vez; ele olhou ao redor, como se, por um momento, tivesse ficado assustado ao ver onde estava. — Por quê? — repetiu. Deu um soluço. — Você me pergunta "Por quê"?

Gurgeh assentiu.

Za coçou uma axila, sacudiu a cabeça e pareceu estar se desculpando.

— Qual foi mesmo a pergunta?

— Por que você bebe tanto? — Gurgeh sorriu com tolerância.

— Por que não? — Os braços de Za se agitaram uma vez. — Quero dizer, você nunca fez uma coisa só... por fazer? Quero dizer... é, hmm... empatia. Isso é o que os habitantes locais fazem, sabe? Essa é a válvula de escape deles. É assim que escapam de seus lugares na gloriosa máquina imperial... e também é uma puta de uma grande posição de onde apreciar seus detalhes mais refinados... eu descobri que tudo faz sentido, sabe, Gurgeh. — Za assentiu com sabedoria, tocou o lado da cabeça bem devagar com um dedo inerte. — Descobri — repetiu ele. — Pense nisso, a Cultura e toda suas... — O mesmo dedo fez um movimento giratório no ar. —... glândulas internas; centenas de secreções e milhares de efeitos, qualquer combinação que você quiser e todas de graça... Mas no Império, a-há! — O dedo apontou para cima. — No Império, é preciso pagar; escapar é uma *commodity* como qualquer outra coisa. E é essa coisa: bebida. Ela baixa o tempo de reação, faz com que as lágrimas escorram com mais facilidade... — Za pôs dois dedos oscilantes nas bochechas. — Faz com que os punhos apareçam com mais facilidade... — Agora as mãos dele estavam cerradas, e ele fingiu boxear, dando *jabs*. — E... — Então deu de ombros. —... acaba matando você. — Ele olhou mais ou menos para Gurgeh. — Entende? — Abriu os braços outra vez, então deixou que eles tornassem a cair imóveis sobre a poltrona. — Além disso — continuou, com a voz repentinamente cansada —, eu *não* tenho todas as glândulas normais.

Gurgeh ergueu as sobrancelhas, surpreso.

— Não tem?

— Não. Perigoso demais. O Império ia sumir comigo e fazer a autópsia mais minuciosa que você já viu. Querem descobrir como é um habitante da Cultura por dentro, sabe? — Za fechou os olhos. — Precisei remover quase tudo, e então... quando cheguei aqui, deixei que fizessem todo tipo de testes e coletassem todo tipo de amostras... Deixei que descobrissem o que queriam sem causar um incidente diplomático, o desaparecimento de um embaixador...

— Entendo. Sinto muito. — Gurgeh não sabia mais o que dizer. Sendo sincero, não tinha percebido. — Então todas aquelas drogas que você estava me aconselhando a produzir...

— Palpite e memória — disse Za, com os olhos ainda fechados. — Só estava tentando ser amigável.

Gurgeh se sentiu desconcertado, quase envergonhado.

A cabeça de Za caiu para trás e ele começou a roncar.

Então, de repente, os olhos se abriram e ele deu um pulo.

— Bom, devo estar cambaleante — falou, fazendo o que parecia ser um esforço supremo para se recompor. Ele parou, oscilando em frente a Gurgeh. — Você acha que pode me chamar um táxi aéreo?

O jogador fez isso. Alguns minutos depois, após receber a liberação de Gurgeh pelos guardas no telhado, a máquina chegou e levou embora Shohobohaum Za, que cantava.

Gurgeh ficou sentado por um tempo, enquanto a noite terminava e o segundo sol se punha, então enfim ditou uma carta para Chamlis Amalk-ney, agradecendo ao velho drone pelo bracelete de orbital, que ele ainda estava usando. Copiou a maior parte da carta para Yay também e contou aos dois os acontecimentos desde a chegada. Não se deu ao trabalho de ocultar o jogo que estava jogando nem o próprio Império, e se perguntou o quanto dessa verdade ia de fato alcançar seus amigos. Então estudou alguns problemas na tela e conversou sobre o jogo do dia seguinte com a nave.

Em determinado momento, pegou a tigela que Shohobohaum Za havia deixado e descobriu que dentro dela ainda havia alguns goles da bebida. Ele a cheirou, em seguida sacudiu a cabeça e disse a uma bandeja para arrumar o que sobrou.

*

Gurgeh acabou com Lo Wescekibold Ram no dia seguinte com o que a imprensa descreveu como "desprezo". Pequil estava lá, não parecendo muito mal, exceto por um curativo e uma tipoia no braço. Ele disse estar satisfeito por Gurgeh ter saído ileso. Gurgeh disse que sentia muito por ele ter se ferido.

Os dois foram e voltaram da tenda de jogo em uma aeronave. O Gabinete Imperial tinha decidido que o jogador corria muito risco viajando por terra.

Quando voltou para o módulo, Gurgeh descobriu que não teria intervalo entre aquele jogo e o seguinte; a Agência de Jogos enviara uma carta por mensageiro para dizer que seu próximo jogo de dez começaria na manhã seguinte.

— Eu preferia ter uma folga — confessou Gurgeh ao drone.

Ele estava tomando uma ducha flutuante, pairando no meio da câmara antigravitacional enquanto a água era borrifada de várias direções e em seguida sugada por buracos diminutos por todo o interior semiesférico. Plugues de membrana impediam que a água entrasse no nariz dele, mas falar ainda era um pouco difícil.

— Sem dúvida — disse Flere-Imsaho com a voz esganiçada. — Mas eles estão tentando esgotar você. E é claro que isso significa que vai jogar contra alguns dos melhores jogadores, os que também conseguiram encerrar suas partidas depressa.

— Eu tinha pensado nisso — disse Gurgeh, que mal podia ver o drone através da água e do vapor. Ele se perguntou o que aconteceria se, de algum modo, a máquina não tivesse sido feita com toda a perfeição e alguma água entrasse nela. Virou-se preguiçosamente de cabeça para baixo em meio às correntes movediças de ar e água.

— Você sempre poderia apelar à Agência. Acho que é óbvio que está sofrendo discriminação.

— Eu também. Eles também. E daí?

— Pode ser bom tentar um recurso.

— Então tente você.

— Não seja idiota; você sabe que eles me ignoram.

Gurgeh começou a cantarolar para si mesmo, de olhos fechados.

*

Um dos adversários no jogo de dez era o mesmo sacerdote que Gurgeh derrotara no primeiro, Lin Goforiev Tounse. Ele havia vencido os jogos na segunda série para tornar a se unir à Série Principal. O jogador olhou para o sacerdote quando o ápice entrou no salão do complexo de entretenimento onde jogariam e sorriu. Era um gesto facial azadiano que Gurgeh se via praticando de vez em quando, sem perceber, como as tentativas de um bebê de imitar as expressões nos rostos dos adultos ao redor. De repente, pareceu o momento certo para usá-lo. Sabia que nunca conseguiria fazê-lo direito – seu rosto simplesmente não era constituído da mesma forma do de um azadiano – mas podia imitar o sinal bem o bastante para que não ficasse ambíguo.

Traduzido ou não, porém, Gurgeh sabia que o sorriso dizia: "Você se lembra de mim? Eu o derrotei uma vez e estou ansioso para fazer isso de novo". Um sorriso de autossatisfação, vitória, superioridade. O sacerdote tentou retribuir com o mesmo sinal, mas não foi convincente, e logo transformou aquilo em uma expressão mal-humorada. Ele afastou o olhar.

O estado de ânimo de Gurgeh estava em alta. Tomado de júbilo, ele ardia por dentro. Precisou se esforçar para manter a calma.

Todos os outros oito jogadores tinham, como Gurgeh, vencido suas partidas. Três eram homens do Almirantado ou da Marinha, um era coronel do Exército, um era juiz e os outros três eram burocratas. Todos jogadores muito bons.

Nesse terceiro estágio da Série Principal, os competidores jogavam um minitorneio de jogos menores um contra um, e Gurgeh achou que isso ia lhe dar a melhor chance de sobreviver à partida; nos tabuleiros principais, era provável que encarasse algum tipo de ação combinada, mas nos jogos individuais tinha a oportunidade de construir uma vantagem suficiente para superar essas dificuldades.

Teve grande prazer em derrotar Tounse, o sacerdote. O ápice passou o braço pelo tabuleiro depois do movimento vencedor de Gurgeh, se levantou e começou a gritar e a brandir o punho para ele, esbravejando sobre drogas e pagãos. Antes, Gurgeh sabia, uma reação dessas o teria feito suar frio ou pelo menos iria deixá-lo terrivelmente envergonhado. Mas nesse momento se viu apenas recostando-se no assento e sorrindo com frieza.

Mesmo assim, enquanto o sacerdote vociferava, achou que o ápice podia estar prestes a agredi-lo e sentiu o coração bater um pouco mais rápido... mas Tounse parou no meio do movimento, olhou ao redor para as pessoas caladas e silenciosas no salão, pareceu perceber onde estava e foi embora.

Gurgeh soltou o ar, relaxou o rosto. O árbitro imperial se aproximou e se desculpou em nome do sacerdote.

A ideia de que Flere-Imsaho estivesse fornecendo alguma espécie de ajuda para Gurgeh no jogo ainda era popular. A Agência disse que, para acalmar as suspeitas desinformadas desse tipo, gostariam que a máquina fosse mantida nos escritórios de uma empresa de computadores imperial do outro lado da cidade durante todas as sessões. O drone protestou ruidosamente, mas Gurgeh concordou na mesma hora.

Ele ainda estava atraindo grandes multidões para seus jogos. Alguns iam para olhar e vaiar, até serem escoltados para fora do local por oficiais dos jogos, mas em maioria o público queria apenas assistir à partida. O complexo de entretenimento tinha instalações para representações diagramáticas dos tabuleiros principais para que as pessoas fora do salão principal pudessem acompanhar o andamento, e algumas das sessões de Gurgeh chegaram a ser mostradas em transmissões ao vivo, quando não coincidiam com as do imperador.

Depois do sacerdote, Gurgeh jogou contra dois dos burocratas e o coronel, vencendo todos os jogos, embora por uma margem pequena contra o homem do Exército. Essas partidas levaram um total de cinco dias, e Gurgeh se concentrou muito durante todo esse tempo. Esperava se sentir esgotado no fim. Quando terminaram, ele até estava um pouco cansado, mas a sensação principal era de euforia. Tinha se saído bem o bastante para ter ao menos uma chance de derrotar as nove pessoas que o Império pusera contra ele e, longe de apreciar o resto, descobriu que na verdade estava impaciente para que os outros terminassem seus jogos menores para que a competição nos tabuleiros principais pudesse começar.

*

— Está tudo indo muito bem para você, mas eu estou sendo mantido em uma câmara de monitoramento o dia inteiro! Uma câmara de monitoramento; o que você acha disso? Esses cérebros de carne estão tentando me *examinar*! Está um tempo lindo lá fora e uma importante temporada migratória acaba de começar, mas estou trancado com um bando de pessoas odiosas interessadas na minha senciência tentando me *violar*!

— Desculpe, drone, mas o que posso fazer? Você sabe que eles só estão procurando uma desculpa para me eliminar. Se quiser, posso fazer um pedido para que, em vez disso, você fique aqui no módulo, mas duvido que permitam.

— Não preciso fazer isso, sabe, Jernau Gurgeh. Posso fazer o que eu quiser. Se eu quisesse, poderia apenas me recusar a ir. Não sou seu, nem deles, para ficar recebendo ordens.

— Eu sei disso, mas eles, não. Claro que você pode fazer o que quiser... o que tiver vontade.

Gurgeh deu as costas para o drone e se voltou para a tela do módulo, onde estudava alguns jogos de dez clássicos. Flere-Imsaho estava cinza de frustração. A aura normal verde e amarela que a máquina exibia quando estava fora do disfarce tinha ficado cada vez mais pálida ao longo dos últimos dias. O jogador quase sentiu pena dele.

— Bem... — choramingou Flere-Imsaho, e Gurgeh teve a impressão de que se o drone tivesse uma boca de verdade também teria falado de forma entrecortada. — Isso simplesmente não é o bastante! — E com essa última observação um tanto insossa, ele deixou a área de estar.

Gurgeh se perguntou o quanto o drone se sentia mal por ficar aprisionado o dia inteiro. Tinha lhe ocorrido recentemente que a máquina podia até ter sido instruída a impedi-lo de chegar longe demais nos jogos. Se fosse o caso, então se recusar a ficar detida seria um jeito aceitável de fazer isso. O Contato podia alegar, de forma justa, que pedir ao drone para abrir mão da liberdade era exagerado, e um pedido que ele tinha todo o direito de recusar. Gurgeh deu de ombros consigo mesmo; não havia nada que pudesse fazer a respeito.

Ele mudou para outro jogo antigo.

*

Dez dias depois, a partida tinha terminado, e Gurgeh havia passado para a quarta rodada. Ele só tinha mais um adversário a derrotar, então iria para Echronedal para as finais não como observador ou convidado, mas como competidor.

Tinha aberto a liderança que esperava nos jogos menores, e nos tabuleiros maiores nem mesmo tentou montar nenhuma grande ofensiva. Esperava que os outros fossem para cima dele, e eles fizeram isso, mas Gurgeh contava que não estariam tão dispostos a cooperar uns com os outros como os jogadores da primeira partida. Essas eram pessoas importantes; precisavam pensar nas próprias carreiras, e por mais leais que fossem ao Império, tinham de cuidar dos próprios interesses também. Só o sacerdote tinha relativamente pouco a perder e podia estar preparado para se sacrificar pelo bem do Império e por qualquer posto não ligado ao jogo que a Igreja pudesse encontrar para ele.

No jogo fora do jogo, Gurgeh achou que a Agência de Jogos tinha cometido um erro ao colocá-lo contra as dez primeiras pessoas a se classificarem. Parecia fazer sentido porque não lhe dava nenhuma trégua, mas, como se viu, ele não precisava disso, e a tática significou que os adversários eram de ramos diferentes da árvore imperial, e portanto mais difíceis de tentar com favorecimentos do departamento, além de possuírem menos chances de conhecer o estilo de jogo uns dos outros.

Ele também havia descoberto algo chamado rivalidade interserviço – descobrira registros de alguns jogos antigos que não pareciam fazer sentido até a nave descrever esse fenômeno estranho – e fez esforços especiais para jogar os homens do Almirantado e o coronel uns contra os outros. Eles não precisaram de muito estímulo.

Foi um jogo técnico. Não inspirador, mas funcional, e Gurgeh apenas jogou melhor que todos os outros. Não foi uma vitória por uma grande margem, mas ainda assim foi uma vitória. Um dos vice-almirantes da frota chegou em segundo. Tounse, o sacerdote, terminou em último.

Mais uma vez, a escolha de horários supostamente aleatória da Agência deu a Gurgeh o menor tempo possível entre as partidas, mas o jogador ficou satisfeito em segredo; significava que ele podia manter o mesmo nível elevado de concentração todos os dias e isso não lhe dava tempo para se preocupar ou parar demais para pensar. Em algum lugar, no fundo da própria mente, parte dele estava encostada, tão pasma e assombrada quanto as outras pessoas com o quão bem estava se saindo. Se essa parte chegasse para a frente, assumisse o centro do palco e tivesse permissão de dizer: "Espere aí um minuto...", ele desconfiava de que os nervos falhariam, o feitiço seria quebrado e a caminhada que era uma queda se transformaria em um mergulho na derrota. Como dizia o adágio, cair nunca matou ninguém; o problema era quando você parava...

Enfim, Gurgeh estava tomado por uma torrente agridoce de emoções novas e amplificadas; o terror do risco e de uma possível derrota, o júbilo absoluto da aposta vencedora e campanha triunfante; o horror de, de repente, ver uma fraqueza em sua posição que poderia lhe custar o jogo; a onda de alívio quando mais ninguém notava e havia tempo para tampar o buraco; o pulso de uma alegria furiosa e exultante quando via uma fraqueza dessas no jogo de outra pessoa; e a alegria pura e incontida da vitória.

E por fora, a satisfação adicional de saber que estava se saindo muito melhor do que qualquer um teria esperado. Todas as previsões – da Cultura, do Império, da nave, do drone — estavam erradas; fortificações aparentemente seguras que haviam caído diante dele. Mesmo as próprias expectativas tinham sido superadas e, se por acaso ele se preocupava, preocupava-se apenas que algum mecanismo subconsciente então o deixasse relaxar um pouco, depois de provar tanto, chegar tão longe, derrotar muitos. Gurgeh não queria isso, queria seguir em frente, estava gostando de tudo aquilo. Queria encontrar a medida de si mesmo através desse jogo de explorações infinitas e indefinidamente exigente, e não queria que nenhuma parte fraca ou assustada de si o decepcionasse. Também não queria que o Império usasse algum jeito trapaceiro de se livrar dele. Mas mesmo isso era uma meia preocupação. Que eles tentassem matá-lo; dali em diante tinha uma sensação impulsiva de invencibilidade. Só não podiam tentar desclassificá-lo por algum detalhe técnico. Isso ia machucar.

Mas havia outra coisa que podiam tentar para detê-lo. Ele sabia que no jogo individual provavelmente usariam a opção física. Era como eles pensariam: esse homem da Cultura não aceitaria a aposta, ficaria assustado demais. Mesmo que aceitasse e continuasse a lutar, o terror de saber o que poderia acontecer iria paralisá-lo, devorá-lo e derrotá-lo de dentro para fora.

Ele conversou sobre isso com a nave. A *Fator Limitante* tinha consultado o *Malandrinho* – a dezenas de milênios de distância, na Nuvem Maior – e se sentia capaz de garantir a sobrevivência do jogador. A velha nave de guerra permaneceria fora do Império, mas aceleraria para a velocidade máxima em um raio mínimo assim que o jogo começasse. Se Gurgeh fosse forçado a apostar contra uma opção física e perdesse, a nave seguiria a toda velocidade para Eä. Ela tinha certeza de poder escapar de qualquer nave imperial no caminho, chegar ao planeta em algumas horas e usar o deslocador de serviço pesado para retirar Gurgeh e Flere-Imsaho do local sem nem mesmo ter de desacelerar.

— O que é isso? — Gurgeh olhou desconfiado para o pequeno objeto esférico mostrado por Flere-Imsaho.

— Um comunicador de facho isolado — disse o drone. Ele largou a pequena esfera na mão do jogador, onde ela rolou de um lado para o outro. — Você o coloca embaixo da língua; ele vai se implantar. Nem vai saber que está lá. A nave vai se dirigir a isso se não conseguir encontrá-lo de nenhum outro jeito. Quando sentir uma série de dores agudas embaixo da língua, quatro picadas em dois segundos, tem outros dois segundos para assumir uma posição fetal, antes que tudo em um raio de 75 centímetros dessa esfera seja levado a bordo da nave. Então ponha a cabeça entre os joelhos e não agite os braços.

Gurgeh olhou para a esfera. Ela tinha cerca de dois milímetros.

— Você está falando sério, drone?

— Seríssimo. Aquela nave provavelmente vai estar com empuxo de velocidade. Ela pode passar levando coisas daqui de qualquer distância até 120 quiloluzes. A essa velocidade, seu deslocador de serviço pesado vai estar ao alcance por apenas um quinto de milissegundo, então vamos precisar de toda a ajuda que conseguirmos. Essa é uma situação muito dúbia em que você está colocando a mim e a si mesmo, Gurgeh. Quero que saiba que não estou muito satisfeito com isso.

— Não se preocupe, drone. Vou garantir que não incluam você na aposta física.

— Não. Estou falando da possibilidade de ser deslocado. É arriscado. Não tinham me falado sobre isso. Os campos de deslocamento no hiperespaço são singularidades, sujeitas ao Princípio da Incerteza...

— É, você pode acabar sendo mandado para outra dimensão ou algo assim...

— Ou espalhado nesta dimensão, mais provavelmente.

— E com que frequência isso acontece?

— Bom, cerca de uma vez a cada 83 milhões de deslocamentos, mas isso não...

— Então ainda é favorável em comparação com o risco que você corre ao entrar em um dos carros terrestres, ou mesmo uma aeronave dessa gangue. Seja rebelde, Flere-Imsaho; arrisque.

— Tudo bem para você dizer isso, mas mesmo que...

Gurgeh deixou a máquina falando sozinha.

Ele iria arriscar. A nave, se tivesse de intervir, levaria algumas horas para fazer a viagem, mas apostas de morte nunca eram executadas até a manhã seguinte, e Gurgeh era perfeitamente capaz de desligar a dor de quaisquer torturas envolvidas. A *Fator Limitante* tinha instalações médicas completas, seria capaz de remendá-lo se o pior acontecesse.

Ele jogou a esfera embaixo da língua. Houve uma sensação de dormência por um segundo, então passou, como se tivesse se dissolvido. Podia senti-la com o dedo, por baixo do assoalho da boca.

Acordou na manhã do primeiro dia do jogo com uma excitação quase sexual de antecipação.

Outro local. Dessa vez, um centro de conferências perto do hangar onde Gurgeh chegara pela primeira vez. Ali, enfrentaria Lo Prinest Bermoiya, um juiz da Suprema Corte de Eä e um dos ápices mais imponentes que o jogador já tinha visto. Ele era alto, de cabelos grisalhos, e se movimentava com uma graça que Gurgeh achou estranho, até perturbador, de tão familiar, sem a princípio conseguir explicar por quê. Então percebeu que o juiz idoso andava como alguém da Cultura; havia uma naturalidade lenta nos movimentos do ápice que ultimamente Gurgeh tinha parado de achar natural e por isso, de certa maneira pela primeira vez, ele a notou.

Bermoiya não movia um músculo entre os movimentos nos jogos menores, olhando o tempo todo para o tabuleiro e só se movimentando para mexer uma peça. O jogo de cartas dele era igualmente estudado e deliberado, e Gurgeh se viu reagindo da maneira oposta, ficando nervoso e irrequieto. Ele enfrentou isso com drogas corporais, se acalmando de propósito, e durante os sete dias dos jogos menores aos poucos aprendeu a lidar com o ritmo constante e refletido do estilo do ápice. O juiz terminou um pouco à frente depois que os pontos foram somados. Não houve nenhuma menção a apostas de qualquer tipo.

Eles começaram a jogar no Tabuleiro da Origem e, no início, Gurgeh achou que o Império iria se satisfazer confiando na óbvia habilidade de Bermoiya no Azad... mas então, após uma hora de jogo, o ápice de cabelos grisalhos ergueu a mão para que o árbitro se aproximasse.

Juntos, foram falar com Gurgeh, que estava parado em um canto do tabuleiro. Bermoiya fez uma reverência.

— Jernow Gurgey — disse ele; a voz era profunda, e o jogador parecia ouvir todo um tratado de autoridade a cada sílaba grave. — Preciso solicitar que façamos uma aposta corporal. Está disposto a considerar isso?

Gurgeh encarou os olhos grandes e calmos. Sentiu o próprio olhar vacilar; olhou para baixo. Por um momento, foi lembrado da garota no baile. Tornou a erguer os olhos... para a mesma pressão constante daquele rosto sábio e erudito.

Esse era alguém acostumado a condenar criaturas irmãs à execução, desfiguração, dor e prisão; um ápice que lidava com tortura, mutilação e o poder para comandar o uso delas e até mesmo da morte para preservar o Império e seus valores.

E eu poderia simplesmente dizer "Não", pensou Gurgeh. *Já fiz o suficiente. Ninguém iria me culpar. Por que não? Por que não aceitar que eles são melhores nisso do que eu? Por que passar pela preocupação e pelo tormento? Tormento psicológico, pelo menos, físico talvez. Você já provou tudo o que tinha de provar, tudo o que queria, mais do que esperavam.*

Desista. Não seja tolo. Você não é do tipo heroico. Use um pouco de bom senso do jogo; ganhou tudo o que precisava ganhar. Recue agora e mostre a eles o que pensa da "opção física" estúpida, das ameaças e intimidações esquálidas... Mostre a eles o quão pouco isso significa.

Mas Gurgeh não ia fazer isso. Olhou direto nos olhos do ápice e soube que continuaria a jogar. Desconfiava de que estava ficando meio louco, mas não ia desistir daquilo. Agarraria aquele jogo fabuloso e maníaco pelo cangote, saltaria em cima dele e seguraria firme.

E veria até onde iria levá-lo antes de derrubá-lo ou se voltar contra ele e consumi-lo.

— Eu estou disposto — falou, de olhos arregalados.

— Acredito que você seja do sexo masculino.

— Sim — disse Gurgeh. As palmas de suas mãos começaram a suar.

— Minha aposta é a castração. A remoção do membro e dos testículos masculinos contra a castração de ápices por este jogo no Tabuleiro da Origem. Você aceita?

— Eu...

Gurgeh engoliu em seco, assim como estava sua boca. Era absurdo; não estava em perigo real. A *Fator Limitante* iria resgatá-lo; ou ele podia simplesmente ir até o fim com aquilo; não sentiria dor, e a genitália era uma das partes que voltavam a crescer mais rápido no corpo... Mesmo assim o salão pareceu se entortar e distorcer à frente, e ele teve uma visão repentina e repugnante de líquido vermelho nauseante, pouco a pouco enegrecendo, borbulhando...

— Aceito! — forçou-se a disparar para o árbitro. — Aceito.

Os dois ápices fizeram uma reverência e se afastaram.

— Você pode chamar a nave agora, se quiser — disse Flere-Imsaho.

Gurgeh olhava para a tela. Na verdade, iria chamar a *Fator Limitante*, mas só para discutir a posição atual e muito fraca dele no jogo, não para gritar por socorro. Ele ignorou o drone.

Era noite, e o dia tinha corrido mal para seu lado. Bermoiya havia feito um jogo brilhante, e a imprensa estava lotada de notícias sobre jogo. Ele estava sendo saudado como um clássico e, uma vez mais, Gurgeh – com Bermoiya – dividia as principais notícias com Nicosar, que ainda estava atropelando toda a oposição ao jogar bem, como era esperado.

Pequil, com o braço ainda na tipoia, se aproximou do jogador de um modo calado, quase reverente, depois da sessão daquela noite, e lhe contou que estavam mantendo uma vigilância especial no módulo até que o jogo terminasse. Pequil tinha certeza de que Gurgeh era uma pessoa honrada, mas aqueles envolvidos em apostas físicas eram sempre vigiados com discrição e, no caso de Gurgeh, isso estava sendo feito por um cruzador antigravitacional de alta atmosfera, de um esquadrão que patrulhava com frequência a região que não era exatamente o espaço acima de Groasnachek. Não seria permitido ao módulo sair da posição no jardim no telhado do hotel.

Gurgeh se perguntou como Bermoiya estaria se sentindo naquele momento. Tinha percebido que o ápice dissera "preciso" quando declarou a intenção de usar a opção física. O jogador passara a respeitar o estilo de jogo do adversário e, portanto, o próprio Bermoiya. Duvidava de que o juiz tivesse muito desejo de usar a opção, mas a situação tinha ficado séria para o Império; esse havia suposto que, a essa altura, Gurgeh já estaria derrotado, e baseou nessa suposição a estratégia de exagerar a ameaça que ele representava. Essa jogada na teoria vencedora estava se transformando em um pequeno desastre. Havia rumores de que cabeças já tinham rolado no Gabinete Imperial por causa da situação. Bermoiya teria recebido suas ordens; Gurgeh precisava ser detido.

O jogador verificara o destino que o ápice sofreria no então caso improvável de que ele, e não Gurgeh, perdesse. A castração dos ápices significava a remoção total e permanente da vagina e dos ovários reversíveis. Ao pensar nisso, considerando o que seria feito com o juiz firme e altivo se ele perdesse, Gurgeh percebeu que não tinha pensado direito nas implicações da opção física. Mesmo que ganhasse, como podia permitir a mutilação de outro ser? Se Bermoiya perdesse, seria o fim dele; carreira, família, tudo. O Império não permitia a regeneração nem a substituição de nenhuma parte corporal perdida em aposta; a perda do juiz seria definitiva e possivelmente fatal; o suicídio não era incomum nesses casos. Talvez fosse melhor se Gurgeh de fato perdesse.

O problema era que ele *não queria* fazer isso. Gurgeh não sentia nenhuma animosidade pessoal em relação a Bermoiya, mas queria desesperadamente vencer esse jogo, e o próximo, e o que viria depois daquele. Não tinha percebido o quanto o Azad era sedutor quando jogado no ambiente natal. Enquanto era em teoria o mesmo jogo que havia jogado na *Fator Limitante*, toda a sensação que tinha em relação a ele, jogando onde devia ser jogado, era quase inteira distinta. Percebia então... *sabia* por que o Império tinha sobrevivido por causa do jogo; o Azad simplesmente produzia um desejo insaciável por mais vitórias, mais poder, mais território, mais dominação...

Flere-Imsaho ficou no módulo naquela noite. Gurgeh contatou a nave e discutiu sua posição desalentada no jogo; a *Fator Limitante* podia, como sempre, ver algumas saídas improváveis, mas eram caminhos que ele já havia visto por conta própria. Reconhecer que estavam ali, porém, era uma coisa; de fato persegui-las no meio do tabuleiro de jogo era outra questão. Então a nave não foi lá de grande ajuda.

Gurgeh desistiu de analisar o jogo e perguntou à *Fator Limitante* o que ele poderia fazer para aliviar a aposta que tinha feito com Bermoiya se – por mais improvável que fosse – ganhasse e fosse o juiz que tivesse de encarar o cirurgião. A resposta foi nada. A aposta estava valendo e isso era tudo. Se os dois se recusassem a jogar, então ambos sofreriam as penalidades.

— Jernau Gurgeh — disse a nave, parecendo hesitante. — Preciso saber o que você gostaria que eu fizesse se as coisas correrem mal amanhã.

Gurgeh olhou para baixo. Estava esperando por isso.

— Quer saber se eu quero que você venha e me leve daqui ou se quero ir em frente com isso e ser apanhado depois, com o rabo (mas não muito mais) entre as pernas, para esperar que tudo volte a crescer? Mas, é claro, fazendo com que a Cultura fique bem com o Império no processo. — Ele não tentou disfarçar o sarcasmo na voz.

— Mais ou menos — disse a nave após o atraso temporal. — O problema é que, enquanto causaria menos confusão você ir até o fim com isso, vou ter de mexer na sua genitália ou destruí-la de qualquer forma, se ela for removida; o Império teria acesso a informação demais sobre nós se fizessem uma análise completa.

Gurgeh quase riu.

— Você está dizendo que minhas bolas são uma espécie de segredo de estado?

— Isso mesmo. Então nós vamos irritar o Império de qualquer jeito, mesmo que deixe que eles operem você.

O jogador ainda estava pensando, mesmo depois que o sinal atrasado chegou. Ele revirou a língua na boca, sentindo o volume diminuto embaixo do tecido macio.

— Ah, que se foda — falou por fim. — Assista ao jogo; se eu com certeza já tiver perdido, vou tentar me segurar o máximo que der; em algum lugar, em qualquer lugar. Quando for óbvio que estou fazendo isso, venha, tire-nos daqui e peça minhas desculpas ao Contato. Mas se eu simplesmente desmoronar... deixe que aconteça. Vou ver como me sinto amanhã.

— Muito bem — disse a *Fator Limitante*, enquanto ele permanecia sentado acariciando a barba, pensando que, pelo menos, haviam lhe dado a escolha. Mas se não fossem remover a evidência e possivelmente causar um incidente diplomático de qualquer jeito, o Contato seria tão condescendente assim? Não importava. Mas Gurgeh sabia em seu coração que, depois daquela conversa, havia perdido o desejo de vencer.

A nave tinha mais notícias. Ela havia acabado de receber um sinal de Chamlis Amalk-ney, prometendo uma mensagem mais longa em breve, mas enquanto isso apenas lhe contando que Olz Hap tinha enfim conseguido; ela conquistara uma teia total. Uma jogadora da Cultura tinha, finalmente, produzido o resultado definitivo no Fulminado. A jovem era o assunto em Chiark e entre os jogadores da Cultura. Chamlis já a havia parabenizado em nome de Gurgeh, mas esperava que ele quisesse enviar um sinal próprio. O velho drone lhe desejou tudo de bom.

O jogador desligou a tela e se recostou no assento. Ficou sentado olhando para o espaço vazio por alguns instantes, sem ter certeza do que devia saber, pensar, se lembrar ou mesmo ser. Por um tempo, um sorriso triste tocou um dos lados de seu rosto.

Flere-Imsaho flutuou até seu ombro.

— Jernau Gurgeh. Você está cansado?

Ele, por fim, se voltou para o drone.

— O quê? Estou, um pouco. — Então se levantou e se esticou. — Mas duvido que eu vá dormir muito.

— Achei que esse pudesse ser o caso. Estava me perguntando se você gostaria de vir comigo.

— O quê, ver pássaros? Eu acho que não, drone. Obrigado mesmo assim.

— Eu não estava pensando em nossos amigos emplumados. Na verdade, nem sempre fui observá-los quando saí à noite. Às vezes fui a partes diferentes da cidade, primeiro para procurar quaisquer espécies de aves que vivessem ali, mas depois porque... Bom, porque sim.

Gurgeh franziu o cenho.

— Por que quer que eu vá com você?

— Porque talvez tenhamos de ir embora bem depressa amanhã, e me ocorreu que você viu muito pouco da cidade.

Gurgeh acenou com uma das mãos.

— Za me mostrou o suficiente.

— Duvido que ele tenha lhe mostrado aquilo em que estou pensando. Há muitas coisas diferentes para ver.

— Não estou interessado em ver os arredores, drone.

— Os arredores em que tenho em mente vão lhe interessar.

— Vão mesmo?

— Acredito que sim. Acho que conheço você bem o bastante para saber. Por favor, venha, Jernau Gurgeh. Vai gostar, eu juro. Por favor, venha. Você disse que não ia dormir, não disse? Então, o que tem a perder?

Os campos do drone estavam na coloração normal verde e amarela, quietos e controlados. A voz dele estava baixa, séria.

Os olhos do homem se estreitaram.

— O que você está tramando, drone?

— Por favor, por favor, venha comigo, Gurgeh. — O drone flutuou na direção do nariz do módulo e parou perto da porta da área de estar. O jogador se levantou e o observou. — Por favor, Jernau Gurgeh, juro que você não vai se arrepender disso.

Gurgeh deu de ombros.

— Está bem, está bem. — Ele sacudiu a cabeça. — Vamos sair para brincar — murmurou para si mesmo.

Então seguiu o drone quando este foi na direção do nariz do módulo. Ali havia um compartimento com algumas motocicletas antigravitacionais, arneses flutuadores e alguns outros equipamentos.

— Ponha um arreio, por favor. Já volto. — O drone deixou Gurgeh ajustando o arreio antigravitacional por cima do short e da camisa. Reapareceu pouco tempo depois, segurando uma capa preta comprida e com capuz. — Agora vista isso, por favor.

O jogador vestiu a capa por cima do arreio. Flere-Imsaho puxou o capuz sobre a cabeça dele e o amarrou, de modo que o rosto de Gurgeh ficou escondido nos lados e em sombra profunda na frente. O arreio não aparecia por baixo do material grosso. As luzes no compartimento diminuíram e se apagaram, e Gurgeh ouviu algo se mover acima. Olhou para o alto e viu um quadrado de estrelas pouco brilhantes diretamente sobre ele.

— Vou controlar seu arreio, se estiver tudo bem para você — sussurrou o drone.

Gurgeh assentiu.

Ele foi erguido depressa para a escuridão. Não mergulhou de novo como esperava, mas continuou a subir no calor fragrante da noite da cidade. A capa ondulava em silêncio ao redor; a cidade era um redemoinho de luzes, uma planície aparentemente infinita de brilhos espalhados. O drone era uma sombra pequena e imóvel perto do ombro dele.

Eles voaram acima da cidade. Sobrevoaram estradas e rios, grandes prédios e cúpulas, fitas, aglomerados e torres de luz, áreas de vapor flutuando acima de escuridão e fogo, torres elevadas onde reflexos ardiam e luzes pairavam, faixas trêmulas de água escura e parques sombrios e amplos de grama e árvores. Por fim, começaram a descer.

Aterrissaram em uma área em que havia relativamente poucas luzes, descendo entre dois prédios escuros e sem janelas. Os pés do jogador tocaram o chão imundo de um beco.

— Desculpe — disse o drone, e se espremeu para entrar no capuz até ficar flutuando de cabeça para baixo perto da orelha esquerda de Gurgeh. — Siga por aqui — sussurrou.

Gurgeh foi andando pelo beco. Ele tropeçou em algo macio e soube antes de se virar que era um corpo. Olhou com mais atenção para o amontoado de trapos, que se mexeu um pouco. A pessoa estava encolhida embaixo de cobertores esfarrapados, com a cabeça em cima de um saco imundo. Gurgeh não soube dizer de que sexo era; os trapos não ofereciam nenhuma pista.

— Shhh — disse o drone quando ele abriu a boca para falar. — Esse é só um dos vagabundos de quem Pequil estava falando; alguém expulso da terra. Andou bebendo; isso é parte do cheiro. O resto é ele. — Só então o jogador captou o fedor que subia do indivíduo do sexo masculino ainda adormecido. Ele quase vomitou.

— Deixe-o — disse Flere-Imsaho.

Eles saíram do beco. Gurgeh teve de passar por cima de outras duas pessoas dormindo. A rua em que se encontravam era mal iluminada e fedia a algo que o jogador desconfiou que devia ser comida. Havia algumas pessoas andando por ali.

— Curve-se um pouco — disse o drone. — Você vai passar por um discípulo minano vestido assim, mas não deixe o capuz cair e não ande ereto.

Gurgeh fez como lhe foi dito.

Enquanto seguia pela rua, sob a luz fraca, granulada e tremeluzente de lâmpadas esporádicas e monocromáticas, ele passou pelo que parecia outro bêbado, encostado em uma parede. Havia sangue entre as pernas do ápice e um filete escuro e seco saindo da cabeça dele. Gurgeh parou.

— Não faça isso — disse a voz diminuta. — Ele está morrendo. É provável que tenha se metido em uma briga. A polícia não vem aqui com frequência. E há poucas chances de que alguém ligue para chamar auxílio médico. Esse cara foi obviamente roubado, então eles mesmos teriam de pagar pelos tratamentos.

Gurgeh olhou ao redor, mas não havia mais ninguém por perto. As pálpebras do ápice tremularam por um instante, como se ele estivesse tentando abri-las.

A tremulação parou.

— Ali — disse Flere-Imsaho em voz baixa.

Gurgeh continuou andando. Gritos vieram do alto de um prédio residencial sujo do outro lado da rua.

— Só um ápice batendo em sua mulher. Sabe que por milênios acharam que as mulheres não tinham nenhum efeito na hereditariedade das crianças que dão à luz? Eles sabem há quinhentos anos que elas têm; um DNA viral análogo que altera os genes com os quais uma mulher engravida. Mesmo assim, pela lei, os indivíduos do sexo feminino são somente bens. A pena por assassinar uma mulher é um ano de trabalhos forçados, para um ápice. Um indivíduo do sexo feminino que mata um ápice é torturado até a morte por um período de dias. Morte por produtos químicos. Dizem que é uma das piores. Continue andando.

Eles chegaram a um cruzamento com uma rua mais movimentada. Havia um indivíduo do sexo masculino parado na esquina, gritando em um dialeto que Gurgeh não entendeu.

— Ele está vendendo ingressos para uma execução — disse o drone.

O jogador ergueu as sobrancelhas e virou o rosto uma fração.

— Estou falando sério — disse Flere-Imsaho.

Gurgeh sacudiu a cabeça mesmo assim.

Enchendo o meio da rua havia uma multidão. O tráfego – apenas metade dele motorizado, o resto movido à tração humana – era forçado a subir nas calçadas. Gurgeh foi para trás da multidão, pensando que, por ser mais alto, conseguiria ver o que estava acontecendo, mas de algum modo as pessoas abriram caminho para ele, atraindo-o para mais perto do centro da aglomeração.

Vários ápices jovens atacavam um velho do sexo masculino deitado no chão. Os ápices usavam um estranho uniforme, embora de algum modo o jogador soubesse que não era um uniforme oficial. Eles chutavam o velho com uma espécie de selvageria balanceada, como se o ataque fosse algum tipo de balé de dor e eles estivessem sendo avaliados pela impressão artística, além do tormento grosseiro e dos ferimentos físicos que causavam.

— Caso você ache que isso é de algum modo encenado — sussurrou Flere-Imsaho —, não é. Essas pessoas também não estão pagando nada para assistir. Isso é apenas um cara velho sendo espancado, provavelmente por nenhuma razão, e essas pessoas preferem assistir a fazer qualquer coisa para impedir.

Enquanto o drone falava, Gurgeh percebeu que estava à frente da multidão. Dois dos jovens ápices o olharam.

De um jeito distante, o jogador se perguntou o que aconteceria então. Os dois ápices gritaram com ele, então se viraram e o apontaram para os outros. Havia seis no total. Todos pararam – ignorando o velho que se lamuriava no chão atrás deles – e olharam diretamente para Gurgeh. Um deles, o mais alto, desprendeu algo na calça justa e com decoração metálica que estava usando, colocou para fora a vagina meio flácida em posição projetada e, com um largo sorriso, primeiro a mostrou para Gurgeh, depois se virou e a agitou para os outros na multidão.

Mais nada. Os ápices jovens e vestidos de forma idêntica sorriram para as pessoas por algum tempo, então apenas foram embora; todos pisaram, como se fosse acidental, na cabeça do velho encolhido no chão.

A multidão começou a se dispersar. O velho estava no meio da rua coberto de sangue. Uma lasca de osso branco se projetava através do braço do casaco esfarrapado que ele vestia, e havia dentes espalhados pela superfície da rua perto da cabeça dele. Uma perna estava em uma posição estranha, com o pé virado para fora, a aparência frouxa.

O velho gemeu. Gurgeh foi em sua direção e começou a se curvar.

— *Não* toque nele!

A voz do drone o deteve como um muro de tijolos.

— Se alguma dessas pessoas vir suas mãos ou seu rosto, já era. Você é da cor errada, Gurgeh. Escute, algumas centenas de bebês de pele escura ainda nascem todos os anos, enquanto os genes se desenvolvem. Eles devem ser estrangulados e seus corpos apresentados ao Conselho Eugênico por uma recompensa, mas algumas pessoas arriscam a vida e os criam, clareando sua pele à medida que crescem. Se alguém achasse que você é um deles, ainda mais em uma capa de discípulo, iria esfolá-lo vivo.

Gurgeh recuou, manteve a cabeça baixa e saiu aos tropeções pela rua.

O drone apontou prostitutas – em maioria do sexo feminino – que vendiam favores sexuais para ápices por alguns minutos, por horas ou pela noite. Em algumas partes da cidade, disse o drone enquanto seguiam pelas ruas escuras, havia ápices que tinham perdido membros e não podiam pagar por enxertos de braços e pernas amputados de criminosos; esses ápices vendiam os corpos para indivíduos do sexo masculino.

Gurgeh viu muitos aleijados. Eles ficavam sentados nas esquinas, vendendo quinquilharias, tocando música em instrumentos estridentes e agudos ou apenas mendigando. Alguns eram cegos, uns não tinham braços, outros não tinham pernas. O jogador olhou para as pessoas com deficiência e se sentiu atordoado; a superfície áspera da rua sob os pés pareceu se inclinar e se erguer. Por um momento, foi como se a cidade, o planeta e todo o Império rodopiassem em torno dele em um emaranhado giratório frenético de formas assustadoras; uma constelação de sofrimento e angústia, uma dança infernal de agonia e mutilação.

Eles passaram por lojas extravagantes cheias de bugigangas de cores fortes, lojas de bebidas alcoólicas e drogas administradas pelo Estado, bancas vendendo estátuas religiosas, livros, artefatos e parafernália cerimonial, quiosques vendendo ingressos para execuções, amputações, torturas e estupros encenados – em maioria, apostas físicas no Azad –, e pregoeiros anunciando bilhetes de loteria, apresentações em bordéis e drogas não licenciadas. Uma van terrestre passou cheia de policiais, a patrulha noturna. Alguns dos ambulantes se esconderam em becos e alguns quiosques fecharam de repente quando a van passou, mas tornaram a abrir logo depois.

Em um parque pequenino, encontraram um ápice com dois indivíduos do sexo masculino desgrenhados e um do sexo feminino com aspecto doentio em guias compridas. Ele fazia com que tentassem fazer truques, que sempre erravam; havia uma multidão ao redor, rindo das brincadeiras. O drone disse a Gurgeh que o trio era quase com certeza louco e não tinha ninguém que pagasse pela estadia no hospital mental, então eles perderam a cidadania e foram vendidos para o ápice. O jogador e a máquina observaram as criaturas desgrenhadas e patéticas tentando subir em postes de luz ou formar uma pirâmide por algum tempo, então Gurgeh deu as costas. O drone lhe disse que uma em cada dez pessoas pelas quais passavam na rua seria tratada por doença mental em algum momento da vida. O número era mais alto para indivíduos do sexo masculino do que para ápices, e ainda mais alto para o sexo feminino do que para os dois. O mesmo se aplicava aos índices de suicídio, que era ilegal.

Flere-Imsaho o levou até um hospital. Ele era típico, disse o drone. Como toda a área, estava mais ou menos na média para a cidade maior. Era administrado por uma organização de caridade, e muitas das pessoas que trabalhavam ali não recebiam salário. O drone lhe disse que todos pensariam que ele era um discípulo que tinha vindo visitar alguém de seu rebanho, mas, de qualquer forma, os funcionários estavam ocupados demais para parar e questionar todo mundo que viam no local. Gurgeh andou atônito pelo lugar.

Havia pessoas sem membros, como ele tinha visto nas ruas, e de cores estranhas ou cobertas de chagas e ferimentos. Algumas eram magras como uma vara, pele pálida esticada sobre osso. Outras estavam deitadas, esforçando-se para respirar, ou faziam ruídos altos e doentios por trás de telas finas, gemendo, murmurando ou gritando. Viu pessoas ainda cobertas de sangue aguardando para serem atendidas, ou abaixadas, tossindo sangue em pequenos potes, e outras presas a macas de metal, batendo a cabeça nas laterais, com saliva espumando sobre os lábios.

Havia gente por toda parte; cama após cama, maca após maca e colchão após colchão. E, por toda parte, também, havia os odores envolventes de carne deteriorada, desinfetante forte e dejetos corporais.

Era uma noite ruim em relação à média, informou o drone. O hospital estava um pouco mais cheio do que o habitual porque várias naves com os feridos de guerra do Império haviam retornado recentemente de vitórias famosas. Além disso, era a noite em que as pessoas recebiam o pagamento e não tinham de trabalhar no dia seguinte, por isso, por tradição, saíam para se embebedar e se meter em brigas. Então a máquina começou a apresentar taxas de mortalidade infantil, números de expectativa de vida, proporção dos sexos, tipos de doenças e sua prevalência nas várias camadas da sociedade, rendas médias, a incidência de desemprego, renda per capita proporcional à população total de determinadas áreas, índice de nascimentos e de mortes e as penas por aborto e nascimentos ilegais. Falou sobre leis que regiam os tipos de encontros sexuais, pagamentos para a caridade e organizações religiosas que administravam restaurantes populares, albergues noturnos e clínicas de primeiros socorros; sobre números, índices, estatísticas e proporções o tempo inteiro, e Gurgeh achou que não tinha captado nem uma palavra. Ele apenas andou pelo prédio pelo que pareceram horas, então avistou uma porta e saiu.

Viu-se em um jardim pequeno, escuro, poeirento e deserto nos fundos do hospital, cercado por todos os lados. Luz amarela de janelas sujas derramava-se sobre a grama cinzenta e as pedras rachadas do pavimento. O drone disse que ainda havia coisas que queria mostrar. Queria que ele visse um lugar onde carentes dormiam, achava que poderia levá-lo a uma prisão como visitante...

— Eu quero voltar. *Agora!* — gritou Gurgeh, jogando o capuz para trás.

— Está bem! — disse o drone, tornando a puxar o capuz para cima.

Eles decolaram, subindo direto por um bom tempo antes de começarem a seguir para o hotel e o módulo. Flere-Imsaho não disse nada. Gurgeh também estava em silêncio, observando a grande galáxia de luzes que era a cidade enquanto passava sob os pés dele.

Os dois voltaram para o módulo. A porta do telhado se abriu quando desceram, e as luzes se acenderam quando ela tornou a se fechar. O jogador permaneceu de pé por um tempo enquanto o drone tirava a capa e soltava o arreio antigravitacional. Ao deixar seus ombros, a remoção do objeto deixou-o com uma sensação estranha de nudez.

— Tem mais uma coisa que eu gostaria de lhe mostrar — disse o drone. Então foi pelo corredor até a área de estar do módulo. Gurgeh foi atrás.

Flere-Imsaho flutuava no centro do aposento. A tela estava ligada, mostrando um ápice e um indivíduo do sexo masculino copulando. A música de fundo aumentou, o cenário era decorado com almofadas e cortinas grossas.

— Este é um canal de seleção imperial — disse o drone. — Nível um, com frequência levemente embaralhada.

A cena mudou, então mudou de novo, cada vez mostrando uma mistura um pouco diferente de atividade sexual, de masturbação solitária a grupos envolvendo todos os três sexos azadianos.

— Esse tipo de coisa é restrito — continuou a máquina. — Visitantes não devem vê-lo. Entretanto, há um aparelho decodificador disponível por um preço no mercado. Agora vamos ver alguns canais de nível dois. Esses são restritos aos escalões superiores de burocratas, militares, religiosos e comerciantes do Império.

A tela ficou indistinta por um momento com um redemoinho de cores aleatórias, então se tornou nítida e mostrou mais azadianos, a maioria nua ou muito pouco vestida. Mais uma vez, a ênfase era na sexualidade, mas havia outro elemento novo no que estava acontecendo: muitas das pessoas usavam roupas muito estranhas e de aspecto desconfortável, e algumas estavam sendo amarradas e espancadas ou postas em várias posições absurdas nas quais eram sexualmente usadas. Mulheres em uniformes davam ordens para homens e ápices.

Gurgeh reconheceu alguns dos uniformes como os usados por oficiais da Marinha Imperial; outros pareciam exageros de uniformes mais comuns. Alguns dos ápices usavam roupas masculinas, outros roupas femininas. Ápices eram forçados a comer os próprios excrementos ou de outros, ou beber urina. Os dejetos de outras espécies pan-humanas pareciam ser especialmente valorizados para essa prática. Bocas e ânus, animais e alienígenas eram penetrados por indivíduos do sexo masculino e ápices; alienígenas e animais eram persuadidos a cavalgar os vários sexos; e objetos – alguns cotidianos, outros ao que parecia feitos somente para isso – serviam como substitutos fálicos. Em todas as cenas havia um elemento de… Gurgeh achou que era dominação.

Ele havia ficado apenas um pouco surpreso que o Império quisesse esconder o material mostrado no primeiro nível; um povo tão preocupado com status, protocolo e dignidade vestida podia muito bem querer restringir essas coisas, por mais inofensivas que fossem. O segundo nível era diferente; Gurgeh achou que ele entregava um pouco mais um segredo e podia entender por que eles ficavam envergonhados em relação a isso. Era claro que o prazer obtido no nível dois não era o prazer indireto de ver pessoas se satisfazendo e se identificar com elas, mas o de ver pessoas sendo humilhadas enquanto outras se satisfaziam às suas custas. O nível um se tratava de sexo; o dois era sobre algo a que o Império sem dúvidas dava mais importância, mas não conseguia desligar daquele ato.

— Agora o nível três — disse o drone.

Gurgeh observou a tela.

Flere-Imsaho observou Gurgeh.

Os olhos do jogador reluziam sob a luz da tela, fótons não utilizados refletidos no halo da íris. As pupilas, no início, se dilataram, então se encolheram e se tornaram pontos minúsculos O drone esperou que os olhos arregalados que observavam fixamente se enchessem de umidade, que os pequenos músculos em torno dos olhos se contraíssem, as pálpebras se fechassem e o homem sacudisse a cabeça e virasse o rosto, mas nada assim aconteceu. A tela prendia o olhar dele, como se a pressão de luz infinitesimal que ela despejava sobre o aposento tivesse de algum modo se invertido e assim sugado o espectador que assistia àquilo para a frente, para segurá-lo enquanto ele balançava antes da queda, fixo, constante e apontando para a superfície tremeluzente como uma lua há muito imóvel.

Os gritos ecoaram pela área de estar, acima das poltronas formatáveis, dos sofás e das mesinhas baixas; os gritos de ápices, homens, mulheres, crianças. Às vezes eles eram silenciados depressa, mas em geral não. Cada instrumento e cada parte das pessoas torturadas fazia o próprio ruído; sangue, facas, ossos, lasers, carne, serras circulares, produtos químicos, sanguessugas, vermes devoradores de carne, pistolas vibratórias, até falos, dedos e garras; cada um fazia ou produzia os próprios sons característicos, contrapontos ao tema dos gritos.

A última cena à qual o homem assistiu trazia um criminoso psicótico do sexo masculino em quem haviam sido antes injetadas doses enormes de hormônios sexuais e alucinógenos, uma faca e uma mulher descrita como inimiga do Estado, que estava grávida, pouco antes de parir.

Os olhos se fecharam. As mãos foram para os ouvidos. O jogador baixou os olhos.

— Chega — murmurou.

Flere-Imsaho desligou a tela. O homem balançou para trás, como se de fato houvesse algum tipo de atração, alguma gravidade artificial da tela, e uma vez que ela havia cessado, ele quase tivesse se desequilibrado em reação.

— Esse é ao vivo, Jernau Gurgeh. Está acontecendo agora. Ainda está acontecendo, nas profundezas de um porão embaixo de uma prisão ou de um quartel da polícia.

Gurgeh encarou a tela vazia, de olhos ainda arregalados e fixos, mas secos. Enquanto olhava, balançava para a frente e para trás e respirava fundo. Havia suor em sua testa, e ele tremia.

— O nível três é só para a elite governante. Seus sinais militares estratégicos têm o mesmo status de codificação. Acho que você pode ver por quê.

"Esta não é nenhuma noite especial, Gurgeh, não é nenhum festival de erotismo sádico. Essas coisas acontecem toda noite... Tem mais, mas você viu uma amostra representativa."

Gurgeh assentiu. Sua boca estava seca. Ele engoliu com alguma dificuldade, respirou fundo mais algumas vezes, esfregou a barba. Abriu a boca para falar, mas o drone falou primeiro.

— Tem outra coisa. Mais uma coisa que eles ocultaram de você. Eu mesmo não sabia disso até ontem à noite, quando a nave a mencionou. Desde que você jogou contra Ram, seus adversários também usavam várias drogas. Pelo menos anfetaminas acionadas no córtex, mas eles têm drogas muito mais sofisticadas que também usam. Precisam injetá-las ou ingeri-las; não têm glândulas generreparadas para produzir drogas nos próprios corpos, mas com certeza as usam; a maioria das pessoas contra quem você jogou tinha muito mais compostos e produtos químicos artificiais em sua corrente sanguínea do que você.

O drone fez um ruído de suspiro. O homem ainda encarava a tela apagada.

— É isso — disse o drone. — Desculpe se o que lhe mostrei o perturbou, Jernau Gurgeh, mas eu não queria que você fosse embora daqui achando que o Império é apenas alguns jogadores veneráveis, um pouco de arquitetura impressionante e algumas casas noturnas esplêndidas. O Império também se trata do que você viu hoje. E há muita coisa entre esses dois lados que não posso lhe mostrar; todas as frustrações que atingem tanto os pobres quanto os relativamente prósperos causadas apenas porque vivem em uma sociedade na qual não se é livre para fazer o que quiser. Tem o jornalista que não pode escrever o que sabe ser verdade, o médico que não pode tratar de uma pessoa com dor porque o paciente é do sexo errado... um milhão de coisas todos os dias, coisas que não são tão melodramáticas e nojentas quanto as que mostrei a você, mas que ainda fazem parte disso, ainda são alguns dos efeitos.

"A nave lhe contou que um sistema culpado não reconhece inocentes. Eu diria que sim. Ele reconhece a inocência de uma criança, por exemplo, e você viu como eles tratam disso em certo sentido, até reconhece a 'santidade' do corpo... mas apenas para violá-la. Mais uma vez, Gurgeh, tudo se resume a propriedade, posse; a tomar e *ter*."

Flere-Imsaho fez uma pausa, então flutuou na direção de Gurgeh e chegou bem perto dele.

— Ah, mas estou fazendo um sermão de novo, não estou? Os excessos da juventude. Eu o mantive acordado até tarde. Talvez agora você esteja pronto para dormir um pouco. Foi uma noite longa, não foi? Vou deixá-lo. — Ele se virou, saiu flutuando e parou outra vez perto da porta. — Boa noite — disse por fim.

Gurgeh limpou a garganta.

— Boa noite — falou ele, finalmente tirando os olhos da tela escura. O drone mergulhou e desapareceu.

O jogador se sentou em uma poltrona formatável. Ficou olhando para os pés por algum tempo, então se levantou e saiu do módulo, para o jardim no telhado. O amanhecer estava próximo. A cidade parecia de algum modo abatida e fria. As muitas luzes ardiam fracas, o brilho drenado pela vastidão calma e azul do céu. Um guarda na entrada da escada tossiu e bateu os pés, embora Gurgeh não conseguisse vê-lo.

Ele voltou para o módulo e se deitou na cama. Ficou deitado no escuro sem fechar os olhos, então fechou-os e se virou, tentando dormir. Não conseguiu, tampouco conseguiu se obrigar a secretar algo que o fizesse adormecer.

Por fim se levantou e voltou para a área de estar onde ficava a tela. Tinha o acesso do módulo aos canais de jogos e ficou ali sentado olhando para o próprio jogo contra Bermoiya por um bom tempo, sem se mexer ou falar, e sem uma única molécula de droga glandulada em sua corrente sanguínea.

Havia uma ambulância-prisão em frente ao centro de conferências. Gurgeh desceu da aeronave e entrou direto no salão de jogo. Pequil precisou correr para acompanhá-lo. O ápice não estava entendendo o alienígena; o homem não quis falar durante toda a viagem do hotel até o centro de conferências, quando pessoas na situação dele em geral não conseguiam parar de falar... e de algum modo, não parecia nada assustado, embora Pequil não conseguisse entender como isso era possível. Se não conhecesse melhor o alienígena estranho e um tanto inocente, teria achado que era raiva o que podia ler no rosto descolorido, peludo e anguloso.

Lo Prinest Bermoiya estava sentado em uma banqueta ao lado do Tabuleiro da Origem. Gurgeh estava sobre o próprio tabuleiro. Ele esfregou a barba com um dedo comprido, então moveu algumas peças. Bermoiya fez seus movimentos, então, quando a ação se alastrou

– no momento em que o alienígena tentava desesperadamente sair de sua situação –, o juiz colocou alguns jogadores amadores para fazer a maioria dos movimentos por ele. O alienígena permaneceu no tabuleiro, fazendo os próprios movimentos, correndo de um lado para o outro como um inseto gigante e escuro.

Bermoiya não conseguia ver qual era o objetivo das jogadas do alienígena; o jogo dele parecia não ter propósito, e o adversário fez alguns movimentos que ou foram erros idiotas ou sacrifícios inúteis. Bermoiya eliminou uma parte das forças desgastadas do alienígena. Depois de algum tempo, achou que o homem talvez tivesse um plano, de algum tipo, mas se tivesse, devia ser um muito obscuro. Talvez estivesse tentando alcançar algum objetivo estranho para preservar a própria honra, enquanto ainda era um homem.

Quem poderia saber quais regras estranhas governavam o comportamento de um alienígena em um momento como esse? Os movimentos prosseguiram; rudimentares, ilegíveis. Eles pararam para o almoço. E recomeçaram.

Bermoiya não voltou para sua banqueta depois do intervalo; ficou de pé ao lado do tabuleiro, tentando descobrir qual plano evasivo e incompreensível o alienígena podia ter. Naquele momento, era como jogar contra um fantasma; como se eles estivessem competindo em tabuleiros diferentes. Ele não parecia entender o homem de jeito nenhum; as peças continuavam a lhe escapar, movimentando-se como se o adversário tivesse antecipado seu movimento seguinte antes mesmo que pensasse nele.

O que tinha acontecido com o alienígena? Ele tinha jogado de um jeito muito diferente na véspera. Será que estava mesmo recebendo ajuda externa? Bermoiya sentiu que estava começando a suar. Não havia necessidade disso; ainda estava muito à frente, ainda pronto para a vitória, mas de repente começou a suar. Disse a si mesmo que não era nada com que se preocupar; um efeito colateral de algum amplificador de concentração que ele havia tomado no almoço.

Bermoiya fez alguns movimentos que deveriam determinar o que estava acontecendo; expor o verdadeiro plano do alienígena, se houvesse algum. Sem resultado. Tentou mais alguns gestos exploratórios, um pouco mais comprometido com a tentativa. Gurgeh atacou na mesma hora.

Bermoiya tinha passado cem anos aprendendo e jogando Azad, e presidira cortes em todos os níveis por metade desse tempo. Tinha visto muitos acessos violentos cometidos por criminosos recém-condenados, e assistira a jogos – e até participara deles – contendo movimentos de grande rapidez e ferocidade. Mesmo assim, os movimentos seguintes do alienígena estavam em um nível mais bárbaro e selvagem do que qualquer coisa que já tivesse visto, em qualquer contexto. Sem a experiência das cortes, achou que poderia ter cambaleado fisicamente.

Esses poucos movimentos foram como uma série de chutes no estômago; continham toda a energia insana que os melhores jogadores jovens exibiam de forma espasmódica; mas organizados, sincronizados, sequenciados e disparados com um estilo e uma graça selvagem que nenhum iniciante indomado poderia esperar comandar. Com o primeiro movimento, Bermoiya viu qual podia ser o plano do alienígena. Com o movimento seguinte, viu como o plano era bom; com o próximo, que o jogo poderia continuar até o dia seguinte antes que o alienígena pudesse enfim ser vencido; com o outro, que ele, Bermoiya, não estava em uma posição tão inexpugnável quanto achava... e com os dois seguintes, que ainda tinha muito trabalho a fazer, e depois que o jogo, afinal, talvez não durasse até o próximo dia.

Bermoiya fez os próprios movimentos outra vez, tentando todos os recursos e estratagemas que tinha aprendido em um século de jogos; a peça de observação disfarçada, a finta dentro da finta usando peças de ataque e cartas em estoque; o uso prematuro de peças do Tabuleiro da Transformação, criando um pântano nos territórios na conjunção de Terra e Água... mas nada funcionou.

Ele se levantou, pouco antes do intervalo, no fim da sessão da tarde, e olhou para o alienígena. O salão estava em silêncio. O homem estava no meio do tabuleiro, olhando impassivo para alguma peça menor, esfregando os pelos do rosto. Ele parecia calmo, tranquilo.

Bermoiya examinou a própria posição. Tudo estava confuso; naquele momento não havia nada que pudesse fazer. Estava além da salvação. Era como um caso mal preparado e com falhas fundamentais ou algum equipamento três quartos destruído; não havia como consertá-los. Era melhor jogar fora e começar de novo.

Mas não havia como começar de novo. Ele ia ser retirado dali, levado para o hospital e castrado; ia perder o que fazia dele o que era e nunca teria permissão para repô-lo; perdido para sempre. Para sempre.

Bermoiya não conseguia escutar as pessoas no salão. Também não conseguia vê-las nem ver o tabuleiro sob os pés. Tudo o que conseguia enxergar era aquele homem alienígena, parado, altivo e parecendo um inseto com o rosto de traços marcantes e o corpo anguloso, acariciando os pelos faciais com um dedo comprido e escuro, a unha em duas partes mostrando a pele mais clara por baixo na extremidade.

Como podia parecer tão despreocupado? Bermoiya conteve a vontade de gritar; soltou uma longa respiração. Ele pensou em como tudo aquilo tinha parecido fácil pela manhã; em como tinha sido boa a sensação de que não só iria para os jogos finais no planeta de fogo como também de que estaria fazendo um grande favor ao Gabinete Imperial ao mesmo tempo. Naquele momento, achava que eles talvez sempre tivessem sabido que isso poderia acontecer e que o quisessem humilhado e rebaixado (por alguma razão que ele não conseguia entender, porque sempre tinha sido leal e consciente. Um erro; tinha de ser um erro...).

Mas por que agora?, pensou, *por que* agora?

Por que naquele momento, entre tantos outros, por que desse jeito, com essa aposta? Por que quiseram que ele fizesse essa coisa e essa aposta quando tinha dentro de si a semente de uma criança? *Por quê?*

O alienígena esfregou o rosto peludo e estreitou os lábios estranhos quando baixou os olhos para algum ponto do tabuleiro. Bermoiya começou a cambalear na direção do homem, alheio aos obstáculos no caminho, pisando nas peças biotecnológicas e nas outras e derrubando as pirâmides erguidas de terreno mais elevado.

O homem o encarou, como se o estivesse vendo pela primeira vez. Bermoiya se sentiu parar. Ele olhou nos olhos do alienígena.

E não viu nada. Nenhuma piedade, nenhuma compaixão, nenhum espírito de bondade ou tristeza, e no início pensou na expressão que os criminosos às vezes tinham quando eram condenados a uma morte rápida. Era uma expressão de indiferença; não desespero, não ódio, mas algo mais assentado e aterrorizante do que os dois; uma expressão de resignação, com toda esperança perdida; uma bandeira içada por uma alma que não mais se importava.

Embora naquele instante de reconhecimento o condenado tenha sido a primeira imagem à qual Bermoiya se agarrou, soube de imediato que não era a apropriada. Ele não sabia qual era a apropriada. Talvez fosse impossível saber.

Então soube. E de repente, pela primeira vez na vida, entendia o que era para um condenado olhar em *seus* olhos.

Ele caiu. Primeiro de joelhos, com um baque surdo sobre o tabuleiro, rachando áreas elevadas, depois para a frente, de cara, com o rosto no nível do piso, vendo-o enfim do chão. Fechou os olhos.

O árbitro e seus ajudantes foram até ele e o ergueram com delicadeza; paramédicos o prenderam a uma maca, enquanto ele chorava baixo, e o levaram embora para a ambulância-prisão.

Pequil estava fascinado. Nunca achou que veria um juiz imperial desmoronar assim. E em frente ao alienígena! Ele teve de correr até o homem escuro, que saía a passos largos do salão tão depressa e em silêncio quanto quando chegara, ignorando os gritos e assovios das galerias públicas ao redor. Eles estavam no carro aéreo antes mesmo que a imprensa conseguisse alcançá-los, e se afastaram velozmente do salão de jogos.

Gurgeh, percebeu Pequil, não tinha dito uma única palavra o tempo inteiro em que eles estiveram no salão.

Flere-Imsaho observou o jogador. Esperava uma reação maior, mas o homem não fez nada, exceto ficar sentado diante da tela, vendo reprises de todos os jogos que havia jogado desde a chegada. Ele não falava.

Então, Gurgeh iria para Echronedal, junto com outros 119 vencedores de jogos individuais da quarta rodada. Como era habitual depois que uma aposta de tamanha severidade era paga, a família do agora mutilado Bermoiya havia desistido por ele. Sem mover uma peça em nenhum dos dois grandes tabuleiros restantes, o jogador havia vencido a partida e conquistado seu lugar no planeta de fogo.

Restavam cerca de vinte dias entre o fim do jogo de Gurgeh contra Bermoiya e a data em que a frota imperial partiria para a viagem de doze dias até Echronedal. Ele tinha sido convidado para passar parte desse período em uma propriedade pertencente a Hamin, reitor da governante Faculdade Candsev e mentor do imperador. Flere-Imsaho o aconselhara contra isso, mas Gurgeh havia aceitado. Eles partiriam no dia seguinte para a propriedade, a algumas centenas de quilômetros de distância em uma ilha em meio a um mar interior.

O jogador estava adquirindo um interesse que o drone acreditava ser doentio, até mesmo perverso, pelo que as agências de notícias e imprensa diziam sobre ele. O homem parecia de fato saborear as calúnias e injúrias que foram derramadas sobre si após a vitória contra Bermoiya. Às vezes ele sorria quando lia ou ouvia o que diziam, em especial quando os locutores – em tons chocados e reverentes – relatavam o que o alienígena Gurgey tinha levado a ser feito com Lo Prinest Bermoiya; um juiz gentil e leniente com cinco esposas e dois maridos, embora nenhum filho.

Gurgeh também tinha começado a assistir aos canais que mostravam tropas imperiais esmagando os selvagens e infiéis que civilizavam em partes distantes do Império. Fez com que o módulo decodificasse o sinal das transmissões militares de mais alto nível exibidas pelos serviços, ao que parecia, em um espírito de competição com os canais de entretenimento mais criptografados da corte.

As transmissões militares mostravam cenas de execução e tortura de alienígenas. Algumas mostravam os prédios e as obras de arte das espécies recalcitrantes ou rebeldes sendo explodidos ou incendiados; coisas apenas raramente mostradas nos canais de notícias padrão, mesmo que pelo único motivo de que os alienígenas eram retratados de forma rotineira como monstros incivilizados, simplórios dóceis ou sub-humanos gananciosos e traiçoeiros, todas as categorias incapazes de produzir arte elevada e civilização verdadeira. Às vezes, quando fisicamente possível, azadianos do sexo masculino – embora nunca ápices – eram mostrados estuprando os selvagens.

Preocupava Flere-Imsaho que Gurgeh gostasse de assistir a essas coisas, em especial por ter sido ele o instrumento que o apresentara primeiro às mensagens com sinais codificados, mas pelo menos o jogador não parecia sentir estímulos sexuais pelas imagens. Não ficava preso a elas como o drone sabia ser a tendência dos azadianos; ele olhava, registrava, depois trocava de entretenimento.

Ainda passava a maior parte do tempo vendo os jogos mostrados na tela. Mas os sinais codificados e a própria imprensa ruim continuavam a atraí-lo, repetidas vezes, como uma droga.

— Mas eu não gosto de anéis.

— Não é questão do que você *gosta*, Jernau Gurgeh. Quando for à propriedade de Hamin, vai estar fora deste módulo. Eu posso nem sempre estar por perto e, de qualquer forma, não sou especialista em toxicologia. Você vai comer a comida e beber a bebida deles, e eles têm alguns compostos químicos e exobiólogos muito inteligentes. Mas, se usar um desses em cada mão, de preferência no indicador, deve ficar protegido de envenenamento; se sentir uma única pontada, significa uma droga não letal, como um alucinógeno. Três pontadas significam que alguém quer acabar com você.

— O que duas pontadas significam?

— Não sei! É provável que seja um defeito. Agora, quer fazer o favor de colocá-los?

— Eles não servem em mim.

— Uma mortalha serviria?

— Eles dão uma sensação esquisita.

— Isso não importa, desde que funcionem.

— Que tal um amuleto mágico para desviar balas?

— Você está falando sério? Quero dizer, se estiver, *há* a bordo uma joia que é um sensor passivo e um escudo de impacto, mas é provável que TRUPES seriam usados…

Gurgeh acenou com uma das mãos (com anel).

— Ah, deixe para lá.

Ele tornou a se sentar e ligou um canal de execuções militares.

O drone achava difícil conversar com o homem; ele não escutava. Tentou explicar que apesar de todos os horrores que tinha visto na cidade e na tela ainda não havia nada que a Cultura pudesse fazer que não fosse causar mais mal que bem. Tentou lhe dizer que a seção do Contato, na verdade toda a Cultura, estava como ele, vestida em sua capa e parada incapaz de ajudar o homem ferido na rua, que eles tinham de resguardar o disfarce e esperar até que chegasse o momento certo... mas ou seus argumentos não estavam conseguindo alcançá-lo, ou não era nisso que o homem estava pensando, porque ele não dava nenhuma resposta e também não entrava em uma discussão sobre isso.

Flere-Imsaho não saiu muito durante os dias entre o fim do jogo com Bermoiya e a viagem para a propriedade de Hamin. Em vez disso, ficou no módulo com o homem, preocupado.

— Senhor Gurgeh, é um prazer conhecê-lo. — O velho ápice estendeu a mão. Gurgeh a apertou. — Espero que tenha tido um voo agradável até aqui.

— Nós tivemos, obrigado — disse o jogador.

Eles estavam parados no telhado de um prédio baixo situado em meio a uma vegetação verde luxuriante e de frente para as águas calmas do mar interior. A casa ficava quase submersa em meio ao verde; só o telhado ficava livre por completo dos topos oscilantes das árvores. Perto havia cercados cheios de animais de montaria, e dos vários níveis da casa, passarelas longas e envolventes, elegantes e delgadas, saíam altas através dos troncos aglomerados por cima do solo sombreado da floresta, dando acesso às praias douradas e aos pavilhões e às áreas cobertas de veraneio da propriedade. No céu, pilhas de nuvens enormes iluminadas pelo sol reluziam sobre o continente distante.

— O senhor disse "nós" — falou Hamin enquanto caminhavam pelo telhado e indivíduos do sexo masculino uniformizados pegavam a bagagem de Gurgeh na aeronave.

— O drone Flere-Imsaho e eu — disse Gurgeh, sinalizando com a cabeça para a máquina volumosa que zumbia na altura do ombro dele.

— Ah, sim. — O velho ápice riu, a cabeça calva refletindo a luz binária. — A máquina que algumas pessoas acharam que lhe permitia jogar tão bem.

Eles desceram para uma varanda comprida arrumada com muitas mesas, onde Hamin apresentou Gurgeh – e o drone – a várias pessoas, em maioria ápices, além de algumas mulheres elegantes. Havia apenas uma pessoa que o jogador já conhecia; o sorridente Lo Shav Olos largou a bebida, levantou-se da mesa e apertou a mão dele.

— Senhor Gurgeh, como é bom tornar a vê-lo. Sua sorte durou e sua habilidade aumentou. Uma realização formidável. Meus parabéns, mais uma vez.

O olhar do ápice moveu-se de relance até os dedos com anéis de Gurgeh.

— Obrigado. Isso teve um preço do qual eu teria abdicado de bom grado.

— É verdade. O senhor nunca deixa de nos surpreender, sr. Gurgeh.

— Tenho certeza de que, em algum momento, eu vou.

— O senhor é muito modesto. — Olos sorriu e se sentou.

Gurgeh recusou a oferta de visitar seus aposentos e se refrescar; já se sentia perfeitamente refrescado. Ele se sentou a uma mesa com Hamin, alguns outros diretores da Faculdade Candsev e alguns funcionários da corte. Vinhos resfriados e aperitivos picantes foram servidos. Flere-Imsaho se instalou, até que silencioso, no chão aos pés de Gurgeh. Os novos anéis pareciam estar felizes por não haver nada mais danoso que álcool na comida servida.

A conversa em maior parte evitou o último jogo contra Bermoyia. Todo mundo pronunciou o nome de Gurgeh corretamente. Os diretores da faculdade lhe perguntaram sobre seu estilo único de jogo; o jogador respondeu da melhor forma possível. Os funcionários da corte perguntaram com educação sobre seu mundo de origem, e ele lhes contou algumas bobagens sobre viver em um planeta. Perguntaram-lhe sobre Flere-Imsaho, e Gurgeh esperou que a máquina respondesse, mas ela não o fez, por isso ele lhes contou a verdade; a máquina era uma pessoa de acordo com a definição da Cultura. Ela podia fazer o que quisesse e não lhe pertencia.

Uma mulher alta e de beleza impressionante, uma acompanhante de Lo Shav Olos que tinha ido se juntar à mesa deles, perguntou ao drone se seu mestre jogava de forma lógica ou não.

Flere-Imsaho respondeu – com um traço de enfado que, Gurgeh desconfiava, só ele pôde detectar – que o homem não era seu mestre e que o pensamento dele quando estava jogando lhe parecia mais lógico do que o seu, mas que, de qualquer forma, ele mesmo conhecia muito pouco sobre o Azad.

Todos acharam isso muito divertido.

Hamin, então, se levantou, e sugeriu que seu estômago, com mais de dois séculos e meio de experiência por trás, sabia que estava chegando a hora do jantar melhor do que o relógio de qualquer criado. As pessoas riram e aos poucos começaram a partir da varanda comprida. Hamin acompanhou Gurgeh pessoalmente até o quarto e disse que um criado lhe informaria quando a refeição fosse ser servida.

— Eu queria saber por que eles convidaram você para vir aqui — disse Flere-Imsaho, desfazendo depressa as poucas malas de Gurgeh enquanto o homem olhava pela janela para as árvores imóveis e o mar calmo.

— Talvez queiram me recrutar para o Império. O que você acha, drone? Eu daria um bom general?

— Não banque o engraçadinho, Jernau Gurgeh. — O drone começou a falar em marain. — E não se esqueça, aleatório torioalea, aqui bugados estamos, bobagem vobagem.

Gurgeh pareceu preocupado e disse em eäquico:

— Minha nossa, drone, você está desenvolvendo um problema de fala?

— *Gurgeh...* — sibilou a máquina, separando algumas roupas que o Império consideraria adequadas para serem usadas à mesa.

O jogador se virou, sorrindo.

— Talvez só queiram me matar.

— Eu queria saber se eles precisam de alguma ajuda.

Gurgeh riu e foi até a cama onde o drone havia disposto as roupas formais.

— Vai ficar tudo bem.

— É o que você acha. Mas nós não temos nem a proteção do módulo aqui, muito menos de qualquer outra coisa. Mas... não vamos nos preocupar com isso.

Gurgeh pegou algumas peças de túnica e as experimentou sobre o corpo, segurando-as embaixo do queixo e olhando para baixo.

— Eu não estou mesmo preocupado — disse ele.

O drone gritou em desespero.

— Ah, *Jernau* Gurgeh! *Quantas vezes* vou ter de lhe dizer? Você *não* pode usar vermelho e verde juntos desse jeito!

*

— Gosta de música, sr. Gurgeh? — perguntou Hamin, inclinando-se na direção do homem.

Gurgeh assentiu.

— Ora, um pouco de música não faz mal a ninguém.

Hamin se recostou no assento, aparentemente satisfeito com essa resposta. Eles tinham subido até o amplo jardim no terraço depois do jantar, que tinha sido um evento longo, complicado e muito satisfatório durante o qual mulheres nuas dançaram no centro da sala e – se os anéis de Gurgeh mereciam crédito – ninguém havia tentado interferir na comida. Anoitecia, e o grupo estava do lado de fora, no ar cálido da noite, ouvindo a música chorosa produzida por um grupo de ápices músicos. Estruturas esguias saíam do jardim e entravam pelas árvores altas e graciosas.

Gurgeh se sentava a uma mesa pequena com Hamin e Olos. Flere-Imsaho estava sentado perto dos pés dele. Lâmpadas brilhavam nas árvores ao redor; o jardim no telhado era uma ilha própria de luz na noite, cercado pelos gritos das aves e dos animais, chamando como se respondessem à música.

— Eu me pergunto, sr. Gurgeh — disse Hamin, bebericando o drinque e acendendo um cachimbo comprido com fornilho pequeno. — O senhor achou alguma de nossas dançarinas atraente? — Ele tragou do cachimbo de haste longa, e então, com a fumaça envolvendo a cabeça calva, prosseguiu. — Só pergunto porque uma delas (a com a mecha prateada no cabelo, lembra?) expressou um grande interesse pelo senhor. Desculpe, espero não o estar chocando, sr. Gurgeh, estou?

— Nem um pouco.

— Bem, eu só queria dizer que aqui o senhor está entre amigos, está bem? O senhor provou ser mais do que capaz no jogo, e este é um lugar muito reservado, fora dos olhares da imprensa e das pessoas comuns que, é claro, têm de depender de regras duras e rápidas... enquanto nós não temos de fazer isso, não aqui. Entende o que quero dizer? O senhor pode relaxar com confiança.

— Sou muito grato. Sem dúvida vou tentar relaxar, mas me disseram antes de vir para cá que eu seria considerado feio, mesmo desfigurado, por seu povo. Sua bondade me impressiona, mas prefiro não me infligir a ninguém que pode não estar disposto apenas por escolha própria.

— Modesto demais mais uma vez, Jernau Gurgeh. — Olos sorriu.

Hamin assentiu, dando baforadas no cachimbo.

— Sabe, sr. Gurgeh, eu soube que em sua "Cultura" não há leis. Tenho certeza de que isso é um exagero, mas deve haver um fundo de verdade na afirmação, e acho que o senhor deve pensar que o número e a rigidez das nossas... são uma grande diferença entre a sua e a nossa sociedades.

"Aqui nós temos muitas regras e tentamos viver de acordo com as leis de Deus, do jogo e do Império. Mas uma das vantagens de ter leis é o prazer que se pode obter ao desrespeitá-las. Nós não somos crianças, sr. Gurgeh. — Hamin gesticulou com o cachimbo na direção das mesas com gente ao redor. — Regras e leis só existem porque temos prazer em fazer o que elas proíbem, mas desde que a maioria das pessoas obedeça a essas proibições na maior parte do tempo, elas cumprem o seu papel; obediência cega implicaria que nós não somos... há! — Hamin riu e apontou para o drone com o cachimbo. —... Mais do que robôs.

Flere-Imsaho zumbiu um pouco mais alto, mas só por um instante.

Houve silêncio. Gurgeh bebeu do próprio copo.

Olos e Hamin trocaram olhares.

— Jernau Gurgeh — disse Olos por fim, girando o copo nas mãos. — Vamos ser francos. Você é uma vergonha para nós. Você se saiu muito melhor do que esperávamos; não achávamos que pudéssemos ser enganados com tanta facilidade, mas de algum modo você conseguiu fazer isso. Eu o parabenizo por qualquer que tenha sido o ardil utilizado, seja ele centrado em suas glândulas de drogas, sua máquina aqui ou simplesmente muitos anos mais jogando Azad do que admitiu. Fomos superados e estamos impressionados. Só lamento que pessoas inocentes, como aqueles espectadores que foram baleados em seu lugar e Lo Prinest Bermoiya, tenham precisado se ferir. Como sem dúvida percebeu, não queremos que você avance mais no jogo. Veja, o Gabinete Imperial não tem nada a ver com a Agência de Jogos, por isso podemos fazer pouca coisa de forma direta. Mas nós temos uma sugestão.

— E qual é? — Gurgeh deu um gole em sua bebida.

— Como eu estava dizendo... — Hamin apontou a haste do cachimbo para Gurgeh. — Nós temos muitas leis. Portanto, temos muitos crimes. Alguns deles são de natureza sexual, não?

O jogador olhou para a própria bebida.

— Eu quase não preciso dizer — continuou Hamin — que a fisiologia de nossa raça nos torna... incomuns, pode-se até dizer superdotados, em relação a isso. Além do mais, em nossa sociedade é possível *controlar* pessoas. É possível obrigar alguém, ou mesmo vários indivíduos, a fazer coisas que podem não querer fazer. Aqui nós podemos lhe oferecer experiências de um tipo que, o senhor mesmo reconhece, não seriam possíveis em seu mundo. — O velho ápice se inclinou para mais perto, baixando a voz. — Pode imaginar como seria ter várias mulheres e homens, até ápices se quiser, que obedeçam a *todas* as suas ordens?

Hamin bateu o cachimbo na perna da mesa; as cinzas flutuaram até o volume ruidoso de Flere-Imsaho. O reitor da Faculdade Candsev sorriu de um jeito conspiratório, se recostou no assento e tornou a encher o cachimbo de uma bolsa pequena.

Olos se inclinou para a frente.

— Toda esta ilha é sua pelo tempo que quiser, Jernau Gurgeh. Pode ter tantas pessoas de qualquer mistura sexual, pelo tempo que desejar.

— Mas eu desisto do jogo.

— Você se retira, sim — disse Olos.

Hamin assentiu.

— Há precedentes.

— Toda a ilha? — Gurgeh fez questão de olhar em torno do jardim no telhado delicadamente iluminado. Uma trupe de dançarinos apareceu; os homens, mulheres e ápices ágeis e pouco vestidos subiram alguns degraus até um palco pequeno erguido atrás dos músicos.

— Tudo — disse Olos. — A ilha, a casa, os criados, os dançarinos. Tudo e todo mundo.

Gurgeh assentiu, mas não disse nada.

Hamin tornou a acender o cachimbo.

— Até a banda — disse ele, tossindo. Então acenou para os músicos. — O que acha de seus instrumentos, sr. Gurgeh? Não têm um som melodioso?

— Muito agradável.

Gurgeh bebeu um pouco, observando os dançarinos se arrumarem no palco.

— Mas mesmo aqui — disse Hamin — você não aproveita tudo. Sabe, nós obtemos muito prazer em saber a que custo essa música é comprada. Está vendo o instrumento, aquele à esquerda com as oito cordas?

Gurgeh assentiu. Hamin continuou:

— Posso lhe dizer que cada uma dessas cordas de aço já estrangulou um homem. Está vendo aquela flauta branca no fundo, tocada pelo homem?

— A flauta em forma de osso?

Hamin riu.

— O fêmur de uma mulher, removido sem anestesia.

— Naturalmente — disse Gurgeh, e pegou algumas nozes de gosto doce de um pote na mesa. — Elas vêm em pares ou há muitas mulheres com uma perna só que são críticas de música?

Hamin sorriu.

— Está vendo? — falou para Olos. — Ele aprecia. — O velho ápice gesticulou para a banda, atrás de quem os dançarinos já estavam arrumados, prontos para dar início à apresentação. — Os tambores são feitos de pele humana; o senhor pode ver por que cada conjunto deles é chamado de família. O instrumento de percussão horizontal é construído de ossos de dedos, e... bem, há outros instrumentos, mas agora entende por que essa música soa tão... *preciosa* para aqueles de nós que sabem o que aconteceu para que ela fosse feita?

— Ah, entendo — disse Gurgeh.

Os dançarinos começaram. Fluidos e hábeis, eles impressionaram quase imediatamente. Alguns deviam estar usando unidades antigravitacionais, flutuando pelo ar como pássaros enormes e de uma lentidão diáfana.

— Ótimo. — Hamin assentiu. — Sabe, Gurgeh, é possível estar de um de dois lados no Império. É possível ser o jogador ou ser um joguete. — O velho ápice sorriu para o que era um jogo de palavras em eäquico e, até certo ponto, também em marain.

Gurgeh observou os dançarinos por um momento. Sem tirar os olhos deles, disse:

— Eu vou jogar, reitor. Em Echronedal. — Então tamborilou com um anel na borda do copo, no ritmo da música.

Hamin suspirou.

— Bom, preciso lhe dizer, Jernau Gurgeh, que estamos preocupados. — Ele tragou mais uma vez o cachimbo e estudou o fornilho brilhante. — Preocupados com o efeito que seu avanço no jogo teria sobre o moral de nosso povo. Muitos deles são pessoas simples. Às vezes é nosso dever protegê-los das durezas da realidade. E que realidade mais dura pode haver do que perceber que a maioria de seus semelhantes é crédula, cruel e tola? Eles não entenderiam que um estranho, um alienígena, pudesse vir aqui e se sair tão bem no jogo sagrado. Nós, aqui, aqueles na corte e nas faculdades, podemos não estar tão preocupados, mas temos de pensar nas pessoas comuns e decentes... eu chegaria ao ponto de dizer *inocentes*, sr. Gurgeh, e o que precisamos fazer a respeito disso, aquilo pelo que às vezes temos de nos responsabilizar, nem sempre nos deixa felizes. Mas sabemos qual é nosso dever e vamos cumpri-lo; por eles e por nosso imperador.

Hamin se inclinou para a frente outra vez.

— Nós não pretendemos matá-lo, sr. Gurgeh, embora tenham me dito que há facções na corte que adorariam isso mais do que tudo, e, dizem, pessoas no serviço secreto capazes de fazê-lo com facilidade. Não, nada tão grosseiro. Mas...

O velho ápice sugou o cachimbo fino, produzindo um delicado ruído de sucção. Gurgeh esperou. Hamin apontou a haste para ele de novo.

— Preciso lhe dizer, Gurgeh, que mesmo que se saia bem no seu primeiro jogo em Echronedal, vai ser anunciado que você foi derrotado. Nós temos o controle inequívoco dos serviços de comunicações e notícias no planeta de fogo, e no que concerne à imprensa e ao público, lá você vai ser eliminado na primeira rodada. Nós vamos fazer o que for preciso para que pareça que foi exatamente isso o que aconteceu. Está livre para contar às pessoas que eu lhe disse isso e dizer o que quiser depois do evento. Mas vai ser ridicularizado, e o que descrevi vai acontecer mesmo assim. A verdade já foi decidida.

Então foi a vez de Olos:

— Você vê, Gurgeh; pode ir a Echronedal, mas a derrota é certa; uma derrota absolutamente certa. Vá como um turista de alta classe, se quiser, ou fique aqui e se divirta como nosso convidado; mas não há mais nenhum sentido em jogar.

— Hmm — disse Gurgeh.

Os dançarinos perdiam pouco a pouco as roupas conforme despiam uns aos outros. Alguns deles, ainda dançando, conseguiam ao mesmo tempo acariciar e tocar uns aos outros de um jeito exageradamente sexual. O jogador assentiu.

— Vou pensar nisso. — Então sorriu para os dois ápices. — De qualquer maneira, eu gostaria de ver seu planeta de fogo. — Ele bebeu do copo frio e observou o crescente lento da coreografia erótica atrás dos músicos. — Mas tirando isso... não consigo imaginar que eu vá me esforçar demais.

Hamin estudava o cachimbo. Olos parecia muito sério.

Gurgeh estendeu as mãos em um gesto de impotência resignada.

— O que mais posso dizer?

— Mas você estaria preparado para... cooperar? — disse Olos.

Gurgeh pareceu curioso. Olos estendeu a mão em um gesto lento e bateu na borda do copo dele.

— Algo que... soasse verdadeiro — falou com delicadeza.

Gurgeh observou os dois ápices trocarem olhares. Ele os esperou fazer sua jogada.

— Provas documentais — disse Hamin após um momento, falando com o cachimbo. — Um vídeo de você parecendo preocupado com uma posição ruim no tabuleiro. Talvez mesmo uma entrevista. Nós podíamos arranjar essas coisas sem sua cooperação, é claro, mas seria mais fácil, menos tenso para todos os envolvidos, com sua ajuda.

O velho ápice sugou o cachimbo. Olos bebeu, olhando para os movimentos românticos da trupe de dançarinos.

Gurgeh pareceu surpreso.

— Você quer dizer mentir? Participar na construção de sua realidade falsa?

— Nossa realidade *verdadeira*, Gurgeh — disse Olos em voz baixa. — A versão oficial, a que terá provas documentais para sustentá-la... aquela em que vão acreditar.

O jogador deu um sorriso largo.

— Seria um prazer ajudar. Claro, vou encarar como um desafio produzir uma entrevista totalmente abjeta para consumo popular. Vou até ajudá-los a pensar em posições tão horríveis que nem eu consiga sair delas. — Ele ergueu o próprio copo para eles. — Afinal de contas, é o jogo que importa, não é?

Hamin bufou, seus ombros tremeram. Ele sugou o cachimbo mais uma vez e através de um véu de fumaça disse:

— Nenhum verdadeiro jogador poderia ter dito melhor. — Então deu tapinhas no ombro de Gurgeh. — Senhor Gurgeh, mesmo que decida não dispor dos serviços que minha casa tem a oferecer, espero que fique conosco por algum tempo. Eu gostaria de conversar. Você fica?

— Por que não? — disse o jogador, e ele e Hamin ergueram seus copos um para o outro.

Olos se recostou no assento, rindo em silêncio. Juntos, os três se viraram para observar os dançarinos, que então tinham formado um padrão copulador e complicado de corpos em um quebra-cabeça carnal, ainda acompanhando o ritmo da música, impressionou-se Gurgeh ao perceber.

Gurgeh ficou na casa pelos quinze dias seguintes. Com cautela, conversou com o reitor durante esse período. Ainda sentia que eles não se conheciam de verdade quando partiu, mas talvez conhecessem um pouco mais das sociedades um do outro.

Hamin, é claro, achou difícil de acreditar que a Cultura de fato se sustentasse sem dinheiro.

— Mas e se eu *quiser* algo absurdo?

— O quê?

— Meu próprio planeta? — Hamin deu uma risada sibilante.

— Como você pode ter um planeta? — Gurgeh sacudiu a cabeça.

— Mas supondo que eu quisesse um… ?

— Suponho que, se encontrasse um desocupado, poderia aterrissar lá sem que ninguém se aborrecesse… talvez isso funcionasse. Mas como ia impedir que outras pessoas também aterrissassem?

— Eu não posso comprar uma frota de naves de guerra?

— Todas as nossas naves são sencientes. Sem dúvida pode *tentar* dizer a uma nave o que fazer... Mas não acho que chegaria muito longe.

— Suas naves pensam que são sencientes! — Hamin deu uma risada.

— Uma ilusão comum compartilhada por alguns de nossos cidadãos humanos.

O velho ápice achou as práticas e os valores sexuais da Cultura ainda mais fascinantes. Ele ficou ao mesmo tempo muito contente e ultrajado por a Cultura ver homossexualidade, incesto, mudança de sexo, hermafroditismo e alterações das características sexuais apenas como mais uma coisa que as pessoas faziam, como viajar em um cruzeiro ou mudar o penteado.

Hamin achou que isso devia tirar toda a graça das coisas. A Cultura não proibia *nada*?

Gurgeh tentou explicar que não havia leis escritas, mas mesmo assim quase nenhum crime. Havia o eventual crime passional (como Hamin escolheu chamá-lo), mas pouco mais do que isso. De qualquer forma, era difícil escapar de qualquer coisa quando todo mundo tinha um terminal, mas também restavam poucos motivos.

— Mas e se uma pessoa matar outra?

Gurgeh deu de ombros.

— Ela é submetida a um golpe de drone.

— Ah! Isso faz mais sentido. O que esse drone faz?

— Segue você por toda parte e garante que nunca mais faça aquilo.

— Isso é tudo?

— O que mais você quer? Morte social, Hamin; não é convidado para muitas festas.

— Ah, mas em sua Cultura, não se pode ir de penetra?

— Acho que sim — concedeu Gurgeh. — Mas ninguém falaria com você.

Em relação ao que Hamin lhe contou sobre o Império, só fez com que ele apreciasse o que Shohobohaum Za tinha dito: que era uma joia preciosa, por mais que as arestas cortantes fossem cruéis e indiscriminadas. Não era difícil entender a visão distorcida que os azadianos tinham do que chamavam de "natureza humana" – a expressão usada sempre que precisavam justificar alguma coisa desumana e anormal – quando estavam cercados e envolvidos pelo monstro autocriado que era o Império de

Azad, e que exibia um instinto tão feroz (Gurgeh não conseguiu pensar em nenhuma outra palavra que não instinto) de autopreservação.

O Império *queria* sobreviver. Era como um animal, um corpo enorme e poderoso que só permitia que algumas células ou alguns vírus sobrevivessem no próprio interior e quase sempre matava quaisquer outros, automaticamente, sem pensar. O próprio Hamin usou essa analogia quando comparou revolucionários ao câncer. Gurgeh tentou dizer que células individuais eram células individuais, enquanto uma coleção consciente de centenas de bilhões delas – ou um dispositivo consciente feito de esquemas de picocircuitos, por falar nisso – era apenas incomparável... mas Hamin se recusou a escutar. Era Gurgeh, não ele, que não havia entendido.

O resto do tempo o jogador passou caminhando na floresta ou nadando no mar quente e calmo. O ritmo lento da casa de Hamin era construído em torno das refeições, e Gurgeh aprendeu a ter grande cuidado com o que vestia para elas, o que comia, como conversava com os convidados – velhos e novos, pois as pessoas iam e vinham –, como relaxava depois, empanturrado e zonzo, continuava a falar e assistia ao entretenimento deliberado de – em geral – danças eróticas e ao cabaré involuntário de trocas de alianças sexuais entre os convidados, dançarinos, criados e funcionários da casa. Foi seduzido muitas vezes, mas nunca ficou tentado. As mulheres azadianas o atraíam cada vez mais, e não apenas fisicamente... Mas ele usava as glândulas generreparadas de um jeito negativo, até contrário, para permanecer sóbrio aos prazeres da carne em meio à orgia exibida com sutileza ao redor.

Uns poucos dias bastante agradáveis. Os anéis não o espetaram e ninguém atirou nele. Gurgeh e Flere-Imsaho voltaram em segurança para o módulo no telhado do Grand Hotel alguns dias antes da data da partida da Frota Imperial para Echronedal. Ele e o drone teriam preferido ir no módulo, que era perfeitamente capaz de fazer a travessia sozinho, mas o Contato havia proibido isso – o efeito sobre o Almirantado de descobrir que uma coisa do tamanho de um bote salva-vidas poderia superar os cruzadores de batalha não era algo a ser contemplado – e o Império recusara permissão para a máquina alienígena ser transportada em uma nave imperial. Por isso Gurgeh teria de fazer a viagem com a frota, como todo mundo.

— Você acha que *você* tem problemas — disse Flere-Imsaho com amargura. — Eles vão ficar nos vigiando o tempo inteiro; na nave durante a travessia e depois quando estivermos no castelo. Isso significa que tenho de ficar dentro desse disfarce ridículo dia e noite até o fim dos jogos. Por que você não perdeu na primeira rodada como devia ter feito? Nós teríamos dito a eles onde enfiar seu planeta de fogo e, a essa altura, estaríamos de volta em um VGS.

— Ah, cale a boca, máquina.

Na verdade, não precisavam ter voltado para o módulo; não havia mais nada lá para levar ou arrumar. Gurgeh parou na pequena área de estar, mexendo no bracelete de orbital no pulso e percebendo que estava ansioso pelos jogos vindouros em Echronedal mais do que tinha ficado em qualquer um dos outros. Não haveria pressão; não teria de encarar as críticas da imprensa e do público geral horrível do Império. Poderia cooperar para produzir um exemplo convincente de notícia falsa, e com isso a probabilidade de mais apostas de opção física tinha sido reduzida a quase zero. Ele iria se divertir...

Flere-Imsaho ficou satisfeito ao ver que o jogador estava superando os efeitos de ter visto o que havia por trás da tela que o Império mostrava aos convidados; o homem estava quase como estivera antes e os dias na propriedade de Hamin pareceram tê-lo relaxado. O drone podia ver, porém, uma pequena mudança nele; algo que não conseguia bem identificar, mas que sabia estar ali.

Eles não voltaram a ver Shohobohaum Za. O embaixador da Cultura tinha partido para uma viagem pelo interior, onde quer que isso fosse. Ele mandou lembranças e uma mensagem em marain para avisar que se Gurgeh pudesse pôr as mãos em algum *grif* fresco...

Antes de partirem, o jogador perguntou ao módulo sobre a garota que havia conhecido no grande baile meses antes. Ele não conseguia se lembrar do nome dela, mas se o módulo pudesse fornecer uma lista das mulheres que haviam sobrevivido à primeira rodada, tinha certeza de que o reconheceria... o módulo ficou confuso, mas Flere-Imsaho disse aos dois para esquecer aquilo.

Nenhuma mulher tinha chegado à segunda rodada.

Pequil foi com eles até o hangar. O braço dele estava totalmente curado. Gurgeh e Flere-Imsaho se despediram do módulo, que subiu aos céus para um encontro com a distante *Fator Limitante*. Eles também se despediram de Pequil – que segurou a mão do jogador com as suas duas –, e em seguida o homem e o drone embarcaram no transporte.

Gurgeh observou Groasnachek se afastar sob eles. A cidade se inclinou quando ele foi jogado para trás no assento; toda a visão se moveu e vibrou quando a aeronave acelerou pelos céus enevoados.

Aos poucos, todos os padrões e formas surgiram, revelados por algum tempo antes que a distância crescente, os vapores, a poeira e a sujeira da própria cidade e o ângulo cambiante da subida levassem tudo embora.

Com toda a desordem, tudo ali pareceu pacífico por um momento e ordenado em suas partes. A distância fez com que as confusões e os deslocamentos individuais e locais desaparecessem, e de uma certa altura, onde pouca coisa durava muito tempo e quase tudo apenas passava, aquilo parecia exatamente um organismo enorme, sem mente e em expansão.

3

MACHINA EX MACHINA

ATÉ agora, tudo na média. Nosso jogador teve sorte outra vez. Acho, porém, que você pode ver que ele é um homem mudado. Esses humanos!

Entretanto, vou ser consistente. Até agora, não contei quem sou, e também não vou contar agora. Talvez depois.

Talvez.

Mas afinal, identidade importa? Tenho minhas dúvidas. Somos o que fazemos, não o que pensamos. Só as interações contam (aqui não há nenhum problema com o livre-arbítrio; ele não é incompatível com acreditar que suas ações definem você). E afinal, o que é livre-arbítrio? Acaso. O fator aleatório. Se uma pessoa não é absolutamente previsível, é sem dúvida tudo o que ela pode ser. Fico muito frustrado com gente que não consegue ver isso!

Até um humano deveria conseguir entender que é óbvio.

O resultado é o que importa, não como ele é obtido (a menos, é claro, que o próprio processo de o obter seja uma série de resultados). Que diferença faz se uma mente é composta por células animais enormes, moles e úmidas trabalhando na velocidade do som (no ar!), ou por uma nanoespuma cintilante de refletores e padrões de coerência holográfica na velocidade da luz? (Não vamos nem pensar em uma mente Mente.) Cada uma é uma máquina, cada uma é um organismo, cada uma realiza a mesma tarefa.

Só matéria, trocando energia de um tipo ou de outro.

Trocas. Memória. O elemento aleatório que é o acaso e que se chama escolha: todos denominadores comuns.

Eu torno a dizer: você é o que você fez. O (mau) comportamento dinâmico é o meu credo.

Gurgeh? As conexões dele estão funcionando de um jeito engraçado. Ele está pensando diferente, agindo de forma nada característica. Tornou-se uma pessoa diferente. Viu o pior que aquela cidade moedora de carne podia proporcionar, levou para o lado pessoal e teve sua vingança.

Agora ele está mais uma vez flutuando no espaço, com a cabeça atulhada de regras do Azad, com o cérebro adaptado e se adaptando aos padrões em turbilhão e em mutação daquele conjunto sedutor, abrangente e feroz de regras e possibilidades, e sendo transportado pelo universo na direção do santuário mais crepitante e simbólico do Império: Echronedal, o lugar da grande onda de chamas, o planeta de fogo.

Mas nosso herói vai vencer? Será que ele *pode* vencer? E o que seria vencer, afinal?

Quanto o homem ainda precisa aprender? O que vai fazer com esse conhecimento? Mais especificamente, o que o conhecimento vai fazer dele?

Espere e verá. Isso vai se desenrolar, no devido tempo.

Assuma daqui, maestro...

Echronedal ficava a vinte anos-luz de Eä. Na metade do caminho até lá, a Frota Imperial deixou a região de poeira que há entre o sistema eäquico e a direção da galáxia principal, de modo que aquela vasta espiral armada estava espalhada por metade do céu como um milhão de pedras preciosas capturadas em um redemoinho.

Gurgeh estava impaciente para chegar ao planeta de fogo. A jornada parecia durar para sempre e a nave em que viajava estava abarrotada até demais. Ele passava a maior parte do tempo na própria cabine. Os burocratas, funcionários do Império e outros jogadores o olhavam com uma aversão indisfarçável e, além de algumas viagens rápidas até o cruzador *Invencível* – a nave capitânia imperial – para recepções, o jogador não socializava.

A travessia foi feita sem incidentes e, depois de doze dias, eles chegaram acima de Echronedal, um planeta orbitando uma anã amarela em um sistema bastante comum e também habitável por humanos, com apenas uma peculiaridade.

Não era difícil encontrar abaulamentos equatoriais distintos em planetas que antes giravam rápido, e Echronedal era comparativamente leve, embora suficiente para produzir uma única faixa contínua de continente que ficava mais ou menos entre os trópicos, com o resto do globo por baixo de dois oceanos enormes com calotas de gelo nos polos. O que era único na experiência da Cultura, assim como na do Império, foi descobrir uma onda de fogo em movimento permanente em torno do planeta sobre a massa de terra continental.

O fogo levava metade de um ano padrão para completar sua circum-navegação e corria sobre a terra, com as franjas tocando as margens dos dois oceanos, a linha costeira quase reta, e as chamas consumindo o crescimento das plantas que tinham florescido nas cinzas das queimadas anteriores. Todo o ecossistema terrestre tinha evoluído em torno dessa conflagração interminável; algumas plantas só conseguiam brotar debaixo das cinzas ainda quentes, com as sementes acionadas de repente pela passagem do calor; outras plantas floresciam pouco antes da chegada do fogo, entrando em um crescimento acelerado logo antes de serem encontradas pelas chamas e usando as correntes térmicas à frente para transportar as sementes para a atmosfera acima, que tornariam a cair em algum lugar sobre as cinzas. Os animais terrestres de Echronedal estavam em três categorias; alguns ficavam em um movimento permanente, mantendo o mesmo ritmo constante que o fogo, alguns nadavam em torno dos limites oceânicos, enquanto outras espécies se enterravam no chão, se escondiam em cavernas ou sobreviviam através de uma variedade de mecanismos em lagos ou rios.

Aves davam a volta ao mundo como uma torrente de penas.

O fogo permanecia pouco mais do que um incêndio florestal grande e contínuo por onze revoluções. Na décima segunda, ele mudava.

O broto-de-cinza era uma planta alta e delgada que crescia depressa quando as sementes germinavam; ela desenvolvia uma base blindada e subia a uma altura de dez metros ou mais nos duzentos dias que tinha antes que as chamas voltassem. Quando o fogo chegava, o broto-de-cinza não queimava; fechava sua cabeça folhosa até que o fogo passasse, então continuava a crescer nas cinzas. Depois de onze daqueles Grandes Meses, onze batismos nas chamas, as plantas se tornavam grandes árvores, podendo chegar a setenta metros de altura. A própria química delas, então, produzia primeiro a Estação do Oxigênio, depois a Incandescência.

E nesse ciclo repentino, o fogo não andava, ele corria. Não era mais um incêndio florestal amplo mas baixo, até mesmo suave. Era um inferno. Lagos desapareciam, rios secavam, rochas se esfarelavam no calor calcinante; todo animal que havia evoluído à própria maneira para evitar ou acompanhar o ritmo das chamas dos Grandes Meses tinha de encontrar outro método de sobrevivência; correr rápido o bastante para abrir uma frente suficiente diante da Incandescência e continuar à frente, nadar para longe no oceano ou nas ilhas em maioria pequenas ao longo da costa, ou hibernar no fundo de grandes sistemas de cavernas ou no leito de rios, lagos e fiordes profundos. As plantas também mudavam para novos mecanismos de sobrevivência; com raízes mais fundas, produzindo invólucros mais resistentes ou equipando as sementes termais para voos mais longos e altos e para o solo queimado que encontrariam ao pousar.

Por um Grande Mês depois disso, o planeta, com a atmosfera sufocada por fumaça, fuligem e cinza, balançava no limite da catástrofe enquanto nuvens bloqueavam o sol e a temperatura despencava. Então, devagar, enquanto o pequeno fogo reduzido continuava seu caminho, a atmosfera clareava, os animais começavam a procriar outra vez, o planeta crescia de novo, e os pequenos brotos-de-cinza começavam a surgir através dos restos de antigos complexos de raízes.

Os castelos do Império em Echronedal, borrifados de água e mergulhados de maneiras extravagantes, tinham sido construídos para sobreviver a quaisquer calores terríveis e ventos ululantes que a ecologia bizarra do planeta pudesse produzir, e era na maior dessas fortalezas, o castelo de Klaff, que pelos últimos trezentos anos padrão os jogos finais de Azad tinham sido jogados; calculados para coincidir, sempre que possível, com a Incandescência.

A Frota Imperial chegou sobre Echronedal no meio da Estação do Oxigênio. A nave capitânia permaneceu acima do planeta enquanto as naves de guerra da escolta se dispersavam para os limites do sistema. Já as de passageiros esperaram até que o esquadrão de naves de transporte do *Invencível* tivesse levado os jogadores, autoridades da corte, convidados e observadores até a superfície, então partiram para um sistema próximo. Essas últimas mergulhavam pelo ar límpido de Echronedal para pousar no castelo de Klaff.

A fortaleza ficava em uma elevação rochosa pontiaguda ao pé de uma cadeia de colinas suaves e bem desgastadas diante de uma planície ampla. Em geral, ela dava para uma vasta extensão de arbustos baixos que ocupava todo o horizonte, perfurada pelas torres esguias dos brotos-de-cinza em qualquer estágio que tivessem atingido, mas agora as plantas tinham ramificado e florescido, e o dossel de folhas agitadas ondulava sobre a planície como nuvens amarelas com raízes, e os troncos mais altos se erguiam acima da muralha do castelo.

Quando a Incandescência chegasse, envolveria a fortaleza como uma onda fulgurante; a única coisa que sempre salvava o castelo da incineração era um aqueduto de dois quilômetros que levava de uma reserva nas colinas baixas até o próprio castelo de Klaff, onde cisternas gigantescas e um sistema complicado de irrigação garantia que a fortaleza segura e encerrada ficasse encharcada de água quando o fogo passasse. Se o sistema de irrigação algum dia apresentasse problema, havia abrigos profundos na rocha muito abaixo do castelo que protegeriam os habitantes até o fim do incêndio. Até então, as águas sempre tinham salvado a fortaleza e ela permanecia um oásis amarelo calcinado em meio a um fogo selvagem.

O imperador – quem quer que tivesse ganhado o jogo final – tradicionalmente deveria estar no castelo de Klaff quando o fogo passava para se erguer da fortaleza depois que as chamas se apagassem, ascendendo através da escuridão das nuvens de fumaça até a do espaço e dali para seu Império. A escolha do momento certo nem sempre era sincronizada com perfeição e, nos primeiros séculos, o imperador e sua corte tiveram de esperar a passagem do fogo em outro castelo ou mesmo perderam toda a Incandescência. Entretanto, o Império tinha calculado corretamente dessa vez e parecia que a Incandescência – prevista para começar a apenas duzentos quilômetros na direção do fogo a partir da fortaleza, onde os brotos-de-cinza mudavam de repente do tamanho e da forma normais para as árvores enormes que cercavam o castelo de Klaff – chegaria mais ou menos na hora, para fornecer um fundo apropriado para a coroação.

Gurgeh se sentiu desconfortável assim que pousaram. Eä tinha um pouco menos do que a Cultura via de forma um tanto arbitrária como a massa padrão, então a gravidade do planeta era mais ou menos equivalente à força produzida pelo Orbital Chiark por meio de rotação e à que a *Fator Limitante* e o *Malandrinho* criavam com campos antigravitacionais. Mas Echronedal tinha metade da massa de Eä, e o jogador se sentiu pesado.

O castelo tinha sido equipado muito tempo atrás com elevadores de aceleração lenta, e não era comum ver alguém além dos criados do sexo masculino subir para os andares superiores, mas mesmo caminhar no nível do chão era desconfortável pelos primeiros dos dias curtos do planeta.

Os aposentos de Gurgeh davam para um dos pátios internos do castelo. Ele se instalou ali com Flere-Imsaho – que não dava sinais de ter sido afetado pela gravidade mais alta – e o criado do sexo masculino ao qual todo finalista tinha direito. Gurgeh expressara alguma incerteza até mesmo sobre ter um criado ("É", dissera o drone, "Quem precisa de dois?"), mas tinha sido explicado que aquilo era tradicional e uma grande honra para o criado, então ele aceitou.

Houve uma festa bastante desordenada na noite em que eles chegaram. Todo mundo estava sentado conversando, cansado depois da longa viagem e esgotado pela forte gravidade; a conversa era principalmente sobre tornozelos inchados. Gurgeh compareceu apenas para mostrar o rosto. Era a primeira vez que ele via Nicosar desde o grande baile no início dos jogos; as recepções no *Invencível* não tinham sido agraciadas com a presença imperial.

— Dessa vez, não erre — disse Flere-Imsaho enquanto entravam no salão principal do castelo; o imperador estava sentado em um trono, recebendo as pessoas que chegavam. Gurgeh estava prestes a se ajoelhar como todo mundo, mas Nicosar o viu, agitou um dedo com anel e apontou para o próprio joelho.

— Nosso amigo de um joelho só, você não esqueceu, certo?

O jogador se ajoelhou sobre um joelho e curvou a cabeça. Nicosar riu baixo. Hamin, sentado à direita do imperador, sorriu.

Gurgeh se sentou sozinho em uma cadeira perto da parede ao lado de uma grande armadura antiga. Ele olhou sem entusiasmo ao redor e acabou observando, de cenho franzido, um ápice parado em um canto do salão, conversando com um grupo de ápices uniformizados sentados em banquetas em torno dele. O ápice era incomum não apenas porque estava de pé, mas também por parecer estar envolto em um conjunto de ossos de metal por cima do uniforme da Marinha.

— Quem é aquele? — perguntou Gurgeh a Flere-Imsaho, que zumbia e fazia sons estalados e desanimados entre a cadeira dele e a armadura junto à parede.

— Quem é quem?

— Aquele ápice com o... exoesqueleto? É assim que vocês chamam? Ele.

— Aquele é o marechal estelar Yomonul. Nos últimos jogos, ele fez uma aposta pessoal, com a bênção de Nicosar, de que iria para a prisão por um Grande Ano se perdesse. Acabou perdendo, mas esperava que Nicosar usasse o veto imperial, o que ele pode fazer em apostas que não envolvem o corpo, porque o imperador não ia querer perder os serviços de um de seus melhores comandantes por seis anos. Nicosar usou o veto, mas só para encarcerar Yomonul naquele dispositivo que ele está vestindo em vez de trancá-lo em uma cela de prisão.

"A prisão portátil é protosenciente. Tem características convencionais de exoesqueletos, como uma micropilha e membros energizados, além de vários sensores independentes. O trabalho dela é deixar Yomonul livre para desempenhar seus deveres militares, mas fora isso impor sobre ele a disciplina da prisão. Ela o deixa comer apenas um pouco do alimento mais simples, não o permite beber álcool, o mantém em um regime estrito de exercícios e não permite que ele tome parte de atividades sociais – sua presença aqui esta noite deve marcar algum tipo de dispensa especial pelo imperador – e não o deixa copular. Além disso, ele tem de ouvir sermões de um capelão da prisão que o visita por duas horas a cada dez dias."

— Coitado. Estou vendo que ele precisa ficar de pé, também.

— Bom, acho que ninguém deve tentar ludibriar o imperador — disse Flere-Imsaho. — Mas a sentença dele está quase no fim.

— Não há nenhuma redução por bom comportamento?

— O Serviço Penal Imperial não lida com descontos. Mas eles acrescentam tempo se você se comportar mal.

Gurgeh sacudiu a cabeça, olhando para o prisioneiro distante em sua prisão particular.

— É um Império do mal, não é, drone?

— Mau o bastante... Mas se ele algum dia tentar foder com a Cultura, vai descobrir o que é ser mau de verdade.

O jogador olhou para a máquina, surpreso. Ela flutuava ali zumbindo, com a lataria volumosa cinza e marrom parecendo rígida e até sinistra em comparação com o brilho sem graça da armadura vazia.

— Nossa, esta noite estamos com um estado de ânimo belicoso.

— Eu estou. É melhor que você esteja.

— Para os jogos? Estou pronto.

— Você vai mesmo tomar parte nessa propaganda?

— Que propaganda?

— Você sabe muito bem: ajudar a Agência a forjar a sua derrota. Fingir que perdeu, dar entrevistas e mentir.

— Vou. Por que não? Isso permite que eu jogue. Do contrário, eles podem tentar me deter.

— Matar você?

Gurgeh deu de ombros.

— Me desclassificar.

— Isso tudo compensa continuar jogando?

— Não — mentiu Gurgeh. — Mas contar algumas mentiras inofensivas também não é um preço muito alto.

— Aham — disse a máquina.

Gurgeh esperou que Flere-Imsaho dissesse mais, mas ele não fez isso. Eles saíram um pouco depois. O jogador se levantou da cadeira e caminhou até a porta, lembrando-se de se virar e fazer uma reverência na direção de Nicosar só depois que o drone lhe deu o aviso.

O primeiro jogo de Gurgeh em Echronedal, o que deveria oficialmente perder, não importando o que acontecesse, foi outro jogo de dez. Dessa vez, não houve sugestão de nenhum complô contra ele, e ele foi abordado por quatro dos outros jogadores para formar um lado que se opusesse ao resto. Esse era um jeito tradicional de jogar jogos de dez, embora fosse a primeira vez em que Gurgeh estava diretamente envolvido, além de ficar na extremidade afiada das alianças de outras pessoas.

Então ele se viu discutindo estratégia e táticas com dois almirantes da frota, um general estrelado e um ministro imperial no que a Agência garantia ser um salão eletrônica e oticamente estéril em uma ala do castelo. Passaram três dias discutindo como jogariam, então juraram perante Deus, e Gurgeh deu sua palavra, que não iriam romper o acordo até que os outros cinco jogadores tivessem sido derrotados ou eles mesmos perdessem.

Os jogos menores começaram com os lados mais ou menos empatados. Gurgeh descobriu que havia vantagens e desvantagens em se jogar como parte de um conjunto. Ele fez o possível para se adaptar e jogar de forma apropriada. Mais conversas se seguiram, então eles se juntaram à batalha no Tabuleiro da Origem.

Gurgeh gostou; fazer parte de um time acrescentava muito ao jogo; de fato sentiu simpatia em relação aos ápices junto de quem estava jogando. Eles iam em socorro uns dos outros quando estavam com problemas, confiavam uns nos outros durante ataques em massa e em geral jogavam como se as forças individuais de cada um fossem mesmo uma frente ampla. Como pessoas, não achou os camaradas desesperadamente encantadores, mas como parceiros de jogo, não podia negar a emoção que sentia por eles, e experimentou uma sensação crescente de tristeza – conforme o jogo avançava e aos poucos derrotavam os adversários – por em breve estarem se enfrentando.

Quando essa hora chegou, e o restante da oposição tinha se rendido, grande parte do que Gurgeh havia sentido antes desapareceu. Ele tinha sido pelo menos em parte enganado; apegara-se ao que via como o espírito do acordo, enquanto os outros se ativeram ao combinado. Ninguém atacou de verdade até que as últimas pessoas da outra equipe foram capturadas ou tomadas, mas houve manobras sutis quando ficou claro que eles venceriam, jogando por posições que seriam mais importantes quando o acordo da equipe terminasse. Gurgeh não percebeu isso até ser quase tarde demais, e quando a segunda parte do jogo começou, ele era de longe o mais fraco dos cinco.

Também ficou óbvio que os dois almirantes estavam, sem nenhuma surpresa, cooperando extraoficialmente contra os outros. Juntos, formavam uma dupla mais forte que os três restantes.

De certa forma, a própria fraqueza de Gurgeh o salvou; ele jogou de uma forma que por muito tempo não valia a pena eliminá-lo, deixando os outros quatro lutando entre si. Mais tarde atacou os dois almirantes quando ambos tinham ficado fortes o bastante para ameaçar uma tomada completa, mas estavam mais vulneráveis à pequena força do jogador do que aos grandes poderes do general e do ministro.

O jogo ficou indo e vindo por muito tempo, mas Gurgeh estava obtendo vitórias consistentes, e depois de algum tempo, embora tivesse sido o primeiro eliminado dos cinco, tinha acumulado pontos o bastante para garantir que jogaria no tabuleiro seguinte. Três dos outros cinco originais se saíram tão mal que tiveram de desistir do jogo.

Gurgeh, na verdade, nunca se recuperou por completo do erro no primeiro tabuleiro, e se saiu mal no Tabuleiro da Forma. Estava começando a parecer que o Império não teria de mentir sobre a eliminação no primeiro jogo.

Ele ainda conversava com a *Fator Limitante*, usando Flere-Imsaho como transmissor e a tela de jogo no próprio quarto como monitor.

Sentiu que tinha se ajustado à gravidade mais alta. O drone teve de lembrá-lo de que era uma resposta generreparada; os ossos estavam engrossando com rapidez e a musculatura dele havia se expandido sem esperar para ser exercitada.

— Você não tinha *percebido* que está ficando mais corpulento? — disse Flere-Imsaho, exasperado, enquanto Gurgeh estudava o próprio corpo no espelho do quarto.

O jogador sacudiu a cabeça.

— O que eu pensei foi que estava comendo muito.

— Muito observador. Eu me pergunto o que mais pode fazer sem saber. Eles não lhe ensinaram nada sobre sua biologia?

O homem deu de ombros.

— Eu esqueci.

Ele se ajustou, também, ao ciclo curto de noite e dia do planeta, adaptando-se mais rápido do que qualquer outro, se as inúmeras reclamações fossem algo em que se basear. A maioria das pessoas, disse o drone, estava usando drogas para se alinhar com o dia padrão de três quartos.

— Generreparação outra vez? — perguntou Gurgeh certa manhã durante o café.

— É. Claro.

— Eu não sabia que podíamos fazer tudo isso.

— É claro que não sabia — disse o drone. — Minha nossa, cara; a Cultura é uma espécie que viaja pelo espaço há onze mil anos; só porque a maioria de vocês se instalou em condições idealizadas feitas sob medida não significa que perderam a capacidade de adaptação rápida. Força na profundidade; redundância; design complexo e acima dos padrões. Você conhece a filosofia da Cultura.

Gurgeh franziu o cenho para a máquina. Ele gesticulou para as paredes, em seguida para o ouvido.

Flere-Imsaho balançou de um lado para o outro; um dar de ombros de drone.

Gurgeh chegou em quinto de sete no Tabuleiro da Forma. Ele começou a jogar no Tabuleiro da Transformação sem esperança de vencer, mas com uma chance remota de passar adiante como o Classificado. Jogou uma partida inspirada, até se aproximar do final. Estava começando a se sentir bastante em casa no último dos três grandes tabuleiros e gostava de usar o simbolismo elementar que a jogada incorporava em vez da combinação usada no resto de cada partida. O Tabuleiro da Transformação era o menos bem jogado dos três grandes, Gurgeh sentia, e um que o Império parecia não entender muito bem, e ao qual dava muito pouca atenção.

Enfim conseguiu. Um dos almirantes venceu e ele conseguiu ser o Classificado. A diferença entre ele e o outro almirante foi de um ponto; 5.523 contra 5.522. Só um empate com um desempate posterior poderia tê-los deixado mais próximos, mas quando Gurgeh pensou nisso mais tarde, percebeu que não tinha nem por um momento acalentado a menor dúvida de que iria passar para a rodada seguinte.

— Você está chegando perigosamente perto de falar sobre o destino, Jernau Gurgeh — disse Flere-Imsaho quando o jogador tentou lhe explicar isso.

Gurgeh estava sentado no quarto, com a mão sobre a mesa à frente, enquanto o drone removia o bracelete de orbital do pulso dele; não conseguia mais puxá-lo pela mão e estava ficando apertado demais, graças aos músculos em expansão.

— Destino — disse ele, parecendo pensativo. Então assentiu. — Acho que essa é a sensação.

— E depois? — exclamou a máquina, usando um campo para cortar o bracelete. Gurgeh esperava que a pequena imagem brilhante desaparecesse, mas isso não aconteceu. — Deus? Fantasmas? Viagens no tempo? — O drone retirou o bracelete do pulso dele e reconectou o pequeno orbital de modo que virou um círculo de novo.

Gurgeh sorriu.

— O Império.

Ele pegou o bracelete da máquina, levantou-se com facilidade e foi até a janela, girando o orbital nas mãos e olhando para o pátio de pedra.

O Império?, pensou Flere-Imsaho. Conseguiu que Gurgeh o deixasse guardar o bracelete dentro da lataria. Não fazia sentido deixá-lo por aí; alguém podia descobrir o que ele representava. *Eu espero mesmo que ele esteja brincando.*

Com o próprio jogo terminado, Gurgeh encontrou tempo para assistir à partida de Nicosar. O imperador jogava no salão da proa da fortaleza; um lugar grande e convexo decorado em pedra cinza e capaz de acomodar mais de mil pessoas sentadas. Era ali que a última partida seria jogada, o jogo que decidiria quem iria se tornar o imperador. O salão da proa ficava na extremidade mais distante do castelo, de frente para a direção de onde viria o fogo. Janelas altas, ainda sem proteção, davam para o mar de copas amarelas de brotos-de-cinza lá fora.

Gurgeh estava sentado em uma das galerias de observação vendo o imperador jogar. Nicosar jogava com cautela, acumulando vantagens pouco a pouco, de um jeito preocupado com as percentagens, estabelecendo trocas lucrativas no Tabuleiro da Transformação e orquestrando os movimentos dos outros quatro jogadores do lado dele. Gurgeh ficou impressionado; Nicosar jogava um jogo enganoso. O estilo lento e firme que manifestava ali era apenas um lado; de vez em quando vinha, no momento em que era necessário, exatamente quando teria o efeito mais devastador, um movimento de brilho e audácia surpreendentes.

Da mesma forma, o eventual movimento de qualidade de um adversário era sempre, pelo menos, igualado, e em geral superado pelo imperador.

Gurgeh sentiu um pouco de simpatia por aqueles que estavam jogando contra Nicosar. Mesmo jogar mal era menos desmoralizante do que jogar de forma excelente de vez em quando, mas sempre ser esmagado.

— Está sorrindo, Jernau Gurgeh.

O jogador estava absorto na partida e não vira Hamin se aproximar. O velho ápice se sentou com cuidado ao lado dele. Volumes sob a túnica mostravam que ele usava um arreio antigravitacional para contrabalançar em parte a gravidade de Echronedal.

— Boa noite, Hamin.

— Soube que você se classificou. Muito bem.

— Obrigado. Só extraoficialmente, é claro.

— Ah, sim. Oficialmente, você chegou em quarto.

— Que generosidade inesperada.

— Nós levamos em conta sua disposição em cooperar. Ainda vai nos ajudar?

— É claro. Só me mostre a câmera.

— Talvez amanhã. — Hamin assentiu, olhando para onde Nicosar estava, examinando a posição de domínio no Tabuleiro da Transformação. — Seu adversário para o jogo individual vai ser Lo Tenyos Krowo; estou avisando, ele é um jogador excelente. Tem mesmo certeza de que não quer desistir agora?

— Tenho. Você gostaria que eu tivesse causado a mutilação de Bermoiya para desistir agora só porque a tensão está ficando grande demais?

— Entendo o que quer dizer, Gurgeh. — Hamin suspirou, ainda olhando para o imperador, e assentiu. — É, entendo o que quer dizer. E, de qualquer forma, você apenas se classificou. Pela diferença mínima. E Lo Tenyos Krowo é muito, muito bom. — O ápice tornou a assentir. — É, talvez você tenha encontrado o seu nível, hein? — O rosto encarquilhado se voltou para Gurgeh.

— É bem possível, reitor.

Hamin assentiu distraidamente e afastou os olhos de novo, na direção de seu imperador.

*

Na manhã seguinte, Gurgeh gravou algumas tomadas falsas de tabuleiros de jogo; a partida que ele tinha acabado de jogar foi montada mais uma vez, e o jogador fez alguns movimentos verossímeis mas sem inspiração e um erro claro. O papel dos adversários foi assumido por Hamin e alguns outros professores veteranos da Faculdade Candsev; Gurgeh se impressionou com o quanto imitavam bem os estilos de jogo dos outros ápices contra os quais ele tinha jogado.

Como havia sido, na verdade, previsto, Gurgeh terminou em quarto. Gravou uma entrevista com o Serviço de Notícias Imperial expressando tristeza por ter sido eliminado da Série Principal e dizendo como estava grato por ter tido a chance de jogar Azad. A experiência de uma vida. Estava eternamente em dívida com o povo azadiano. Seu respeito pelo gênio do imperador-regente havia aumentado de forma incomensurável de um ponto de partida já elevado. Estava ansioso para assistir ao resto dos jogos. Desejou tudo de bom ao imperador, ao império e a todo o povo e os súditos no que seria sem dúvida um futuro resplandecente e próspero.

A equipe de jornalistas e Hamin pareceram muito satisfeitos.

— Você deveria ter sido ator, Jernau Gurgeh — disse Hamin a ele.

O jogador achou que isso tinha a intenção de ser um elogio.

Gurgeh estava sentado olhando para a floresta de brotos-de-cinza. As árvores tinham 60 metros de altura ou mais. Na taxa de pico, dissera o drone, elas cresciam quase 25 centímetros por dia, sugando quantidades tão vastas de água e matéria da terra que o solo afundava por toda a volta, retrocedendo o suficiente para revelar os níveis superiores das raízes, que queimariam na Incandescência e levariam todo um Grande Ano para tornar a crescer.

Anoitecia. Era o período curto em um dia curto quando o planeta que girava rápido via a brilhante anã amarela mergulhar além do horizonte. Gurgeh respirou fundo. Não havia cheiro de fogo. O ar parecia bastante limpo, e alguns planetas do sistema de Echronedal brilhavam no céu. Mesmo assim, o jogador sabia que havia poeira suficiente na atmosfera para bloquear para sempre a maioria das estrelas no céu e deixar a enorme roda que era a galáxia principal turva e indistinta; nem de longe tão incrível como era quando vista de fora da cobertura nebulosa de gás do planeta.

Ele estava sentado em um jardim pequenino no alto da fortaleza, de modo que podia ver o topo da maioria dos brotos-de-cinza. Estava na altura das partes frutíferas das árvores mais altas. As vagens, cada uma mais ou menos do tamanho de uma criança encolhida, estavam cheias do que era basicamente álcool etílico. Quando a Incandescência chegasse, algumas cairiam, outras ficariam ali penduradas. Todas iriam queimar.

Um tremor passou pelo corpo de Gurgeh quando ele pensou nisso. Faltavam aproximadamente setenta dias, disseram. Qualquer pessoa sentada nesse exato lugar quando a frente do fogo chegasse seria torrada viva, com ou sem borrifos de água. Só o calor irradiado cozinharia uma pessoa. O jardim onde ele estava sentado iria desaparecer; o banco de madeira seria levado para dentro, para trás da pedra grossa e das proteções de metal e vidro à prova de fogo. Os jardins nos pátios mais profundos sobreviveriam, embora tivessem de ser escavados de alguma cinza soprada pelo vento. As pessoas estariam seguras, no castelo coberto de água ou nos abrigos profundos... a menos que fossem muito tolas e pegas do lado de fora. Isso já havia acontecido, lhe disseram.

O jogador viu Flere-Imsaho voando acima das árvores na direção dele. A máquina recebera permissão para voar por conta própria para onde quisesse, desde que dissesse às autoridades aonde ia e concordasse com a instalação de um monitor de posição. É claro que não havia nada em Echronedal que o Império considerasse especialmente de sensibilidade militar. O drone não ficou muito satisfeito com as condições, mas achou que ficaria louco confinado no castelo, então concordou. Essa tinha sido sua primeira expedição.

— Jernau Gurgeh.

— Olá, drone. Observando pássaros?

— Peixes voadores. Resolvi começar com os oceanos.

— Vai dar uma olhada no fogo?

— Ainda não. Soube que seu próximo adversário será Lo Tenyos Krowo.

— Em quatro dias. Dizem que ele é muito bom.

— Ele é. É também uma das pessoas que sabem tudo sobre a Cultura.

Gurgeh encarou a máquina.

— O quê?

— Nunca há menos do que oito pessoas no Império que sabem de onde vem a Cultura, seu tamanho aproximado e nosso nível de desenvolvimento tecnológico.

— É mesmo? — disse Gurgeh entre dentes.

— Pelos últimos duzentos anos, o imperador, o chefe da Inteligência Naval e os marechais de seis estrelas têm avaliado o poder e a extensão da Cultura. Eles não querem que mais ninguém saiba; escolha deles, não nossa. Estão com medo; é compreensível.

— Drone — disse Gurgeh em voz alta —, já lhe ocorreu que posso estar ficando um pouco cansado de ser tratado como criança o tempo inteiro? Por que diabos você não podia simplesmente ter me *contado* isso?

— Jernau, nós só queríamos deixar as coisas mais fáceis para você. Por que complicar lhe contando que algumas pessoas *sabiam* quando era improvável que você tivesse algum contato além do mais breve possível com qualquer uma delas? Sendo sincero, não teríamos lhe contado se você não tivesse chegado ao estágio de jogar contra uma dessas pessoas; não havia necessidade de que soubesse. Nós, na verdade, só estamos tentando ajudar. Achei que devia lhe falar, para o caso de Krowo dizer alguma coisa durante o curso da partida que o intrigasse e atrapalhasse sua concentração.

— Bom, eu gostaria que você se importasse tanto com meu humor quanto se importa com minha concentração — disse Gurgeh, se levantando e indo se apoiar no parapeito no fim do jardim.

— Sinto muito mesmo — disse o drone, sem nenhum traço de contrição.

Gurgeh abanou uma das mãos.

— Não importa. Então, pelo que entendi, Krowo está na Inteligência Naval, não no Gabinete de Intercâmbio Cultural.

— Correto. Oficialmente, o posto dele não existe. Mas todo mundo na corte sabe que o serviço é oferecido ao jogador mais bem posicionado que seja o menos sorrateiro.

— Achei que Intercâmbio Cultural fosse um lugar estranho para alguém tão bom.

— Bom, Krowo teve o trabalho na Inteligência por três Grandes Anos, e algumas pessoas acham que ele poderia ter sido imperador se de fato quisesse, mas ele prefere ficar onde está. Vai ser um adversário difícil.

— É o que todo mundo não para de me dizer — disse Gurgeh, então franziu o cenho e olhou na direção da luz que se apagava no horizonte. — O que foi isso? Você ouviu?

Ele ouviu de novo; um grito longo, melancólico e triste vindo de longe, quase abafado pelo farfalhar baixo do dossel de brotos-de-cinza. O som distante subiu em um crescendo ainda baixo, mas assustador; um grito que silenciou pouco a pouco. Gurgeh estremeceu pela segunda vez naquela noite.

— O que é isso? — sussurrou ele.

O drone se aproximou do jogador.

— O quê? Esses chamados? — perguntou.

— Sim! — respondeu Gurgeh, ouvindo o som baixo que ia e vinha com o vento suave e cálido, saindo hesitante do escuro acima das copas farfalhantes dos enormes brotos-de-cinza.

— Animais — disse Flere-Imsaho, a silhueta obscura contra as últimas frações de luz no céu a oeste. — Grandes carnívoros chamados troshae, em maioria. Eles têm seis patas. Você viu alguns na coleção pessoal de animais do imperador na noite do baile. Lembra?

Gurgeh assentiu, ainda ouvindo, fascinado, os gritos das feras distantes.

— Como eles escapam da Incandescência?

— Os troshae correm à frente, quase até a linha de fogo, durante o Grande Mês anterior. Os que você está ouvindo não conseguiriam correr rápido o bastante para escapar mesmo que começassem agora. Eles foram capturados e postos em cercados para que possam ser caçados por esporte. É por isso que estão uivando assim. Sabem que o fogo está chegando e querem ir embora.

Gurgeh não disse nada, com a cabeça virada para captar o som baixo dos animais condenados.

Flere-Imsaho esperou por cerca de um minuto, mas o homem não se moveu nem perguntou mais nada. A máquina recuou para voltar aos aposentos do jogador. Pouco antes de passar pela porta e entrar no castelo, tornou a olhar para o homem parado agarrando o parapeito de pedra na extremidade do jardinzinho. Ele estava um pouco curvado, com a cabeça para a frente, imóvel. Estava bem escuro naquele momento, e olhos humanos comuns não teriam conseguido perceber a figura silenciosa.

O drone hesitou, então desapareceu no interior da fortaleza.

*

Gurgeh não achava que o Azad fosse um jogo em que se pudesse ter um dia ruim, muito menos vinte dias ruins. Descobrir que sim foi uma grande decepção para ele.

Havia estudado muitos jogos anteriores de Lo Tenyos Krowo e estava ansioso para jogar contra o chefe da Inteligência. O estilo do ápice era empolgante, muito mais extravagante – mesmo que às vezes mais instável – do que o de qualquer outro dos melhores jogadores. Deveria ter sido uma partida desafiadora, agradável, mas não foi. Foi odiosa, embaraçosa, infame. Gurgeh aniquilou Krowo. O ápice corpulento, no início bastante jovial e despreocupado, cometeu alguns erros horríveis e simples, alguns resultantes de jogadas de fato inspiradas, até brilhantes, mas que no fim foram igualmente desastrosos. Às vezes, Gurgeh sabia, você enfrentava alguém que, só pelo modo de jogar, lhe causava muito mais problemas do que deveria, e às vezes, também, encontrava um jogo no qual tudo corria mal, por mais que se esforçasse, e não importando que tivesse as sacadas mais penetrantes e fizesse os movimentos mais incisivos. O chefe da Inteligência Naval parecia ter os dois problemas ao mesmo tempo. O estilo de jogo de Gurgeh parecia até ter sido projetado para criar problemas para Krowo, e a sorte do ápice foi quase inexistente.

Gurgeh sentiu verdadeira simpatia por Krowo, que estava mais aborrecido pela maneira como perdeu do que pelo fato de ter sido derrotado. Os dois ficaram satisfeitos quando acabou.

Flere-Imsaho observou o homem jogar durante os últimos estágios da partida. Lia cada movimento conforme aparecia na tela, e o que via era menos como um jogo e mais como uma operação. Gurgeh, o jogador, o *morat*, estava destroçando o adversário. O ápice estava jogando mal, verdade, mas Gurgeh estava simplesmente brilhante. Havia uma frieza no jogo dele que também era nova, algo que o drone até esperava, mas se surpreendeu ao ver tão rápido e de modo tão completo. Ele lia os sinais dados pelo corpo e pelo rosto do homem; irritação, pena, raiva, tristeza… e lia o jogo também, e não viu nada remotamente parecido. Tudo o que lia era a fúria ordenada de um jogador manuseando os tabuleiros e as peças, as cartas e as regras, como se fossem os controles familiares de alguma máquina onipotente.

Outra mudança, pensou o drone. O homem havia se alterado, mergulhado mais fundo no jogo e na sociedade. A máquina tinha sido avisada de que isso poderia acontecer. Uma razão era que Gurgeh estava falando eäquico o tempo todo. Flere-Imsaho sempre era um pouco dúbio em relação a tentar ser tão preciso quanto ao comportamento humano, mas tinha sido informado de que, quando as pessoas da Cultura não falavam marain por muito tempo, e sim outra língua, corriam o risco de mudar; elas agiam de forma diferente, começavam a pensar naquela outra língua, perdiam a estrutura interpretativa cuidadosamente equilibrada da língua da Cultura, deixavam as mudanças sutis de cadência, tom e ritmo para trás em favor de, em quase todo caso, algo muito mais cru.

O marain era uma língua sintética, projetada para ser fonética e filosoficamente tão expressiva quanto o aparato de fala e o cérebro pan-humanos permitiam. Flere-Imsaho desconfiava que ela fosse superestimada, mas mentes mais inteligentes que ele tinham criado o marain, e dez milênios mais tarde mesmo as Mentes mais refinadas e superiores ainda tinham a língua em alta conta, então o drone achava que deveria respeitar a compreensão superior delas. Uma das Mentes que lhe explicara isso chegara a comparar o marain com o Azad. Aquilo era mesmo um exagero, mas Flere-Imsaho compreendera a questão por trás da hipérbole.

O eäquico era uma língua comum, evoluída, com concepções enraizadas que substituíam sentimentalismo por compaixão e agressão por cooperação. Uma alma comparativamente inocente e sensível como Gurgeh estava destinada a apreender algo da estrutura ética fundamental dela se a falasse o tempo inteiro.

Então naquele momento o homem jogava como um daqueles carnívoros que ele estava escutando, à espreita do outro lado do tabuleiro, montando armadilhas, distrações e campos de matança; atacando, buscando, derrubando, consumindo, absorvendo…

Flere-Imsaho se mexeu dentro do disfarce como se estivesse desconfortável, então desligou a tela.

No dia seguinte ao fim do jogo de Gurgeh com Krowo, ele recebeu uma longa carta de Chamlis Amalk-ney. Sentou-se no quarto e assistiu ao velho drone, que lhe mostrava vistas de Chiark enquanto contava as últimas notícias. A professora Boruelal ainda estava no retiro; Hafflis, grávida; Olz Hap, viajando em um cruzeiro com o primeiro amor dela, mas voltando em menos de um ano para continuar na universidade; Chamlis, ainda trabalhando no livro de história. Gurgeh ficou sentado, assistindo e ouvindo. O Contato havia censurado a comunicação, apagando pedaços que, Gurgeh imaginou, mostravam que a paisagem de Chiark era orbital, não planetária. Isso o irritou menos do que teria esperado.

Ele não gostou muito da carta. Tudo parecia tão distante, tão irrelevante. O drone antigo parecia mais banal do que sábio ou mesmo amigável, e as pessoas na tela pareciam moles e estúpidas. Amalk-ney lhe mostrou Ikroh e Gurgeh ficou com raiva do fato de que as pessoas iam e ficavam lá de vez em quando. Quem elas pensavam que eram?

Yay Meristinoux não apareceu na carta; ela tinha enfim ficado cheia de Blask e da máquina Preashipleyl e partido para seguir sua carreira de paisagista em [apagado]. Mandava lembranças. Quando partiu, ela tinha começado a mudança viral para se tornar um homem.

Havia uma parte estranha, bem no fim da comunicação, ao que parecia acrescentada depois que o sinal principal tinha sido gravado. Chamlis estava na principal área de estar de Ikroh.

— Gurgeh — disse ele. — Isso chegou hoje; entrega geral, remetente não especificado, aos cuidados das Circunstâncias Especiais. — A imagem começou uma panorâmica na direção de onde, se nenhum invasor houvesse interferido e mudado os móveis de lugar, deveria haver uma mesa. A tela apagou. Chamlis continuou: — Nosso amiguinho. Mas bem sem vida. Eu o escaneei e pedi para [cortado] mandar a equipe de grampeamento dar uma olhada, também. Está morto. Só uma lataria sem mente; como um corpo humano intacto sem o cérebro, removido com cuidado. Há uma pequena cavidade no centro, onde devia ficar a mente dele.

As imagens voltaram; a vista fez uma panorâmica até Chamlis outra vez.

— Posso apenas imaginar que a coisa tenha enfim concordado em ser reestruturada e eles tenham feito um corpo novo para ela. Mas é estranho que tenham mandado o velho para cá. Diga o que quer que eu faça com ele. Escreva logo. Espero que isso o encontre bem e com sucesso no que quer que você esteja fazendo. Com meus melhores cumpri...

Gurgeh desligou a tela. Então se levantou depressa, foi até a janela e olhou para o pátio abaixo, de cenho franzido.

Um sorriso se abriu em seu rosto. Ele riu, em silêncio, depois de um momento, em seguida foi até o intercomunicador e disse ao criado para lhe levar vinho. Estava aproximando o copo dos lábios quando Flere-Imsaho entrou flutuando pela janela, de volta de mais um safári de vida selvagem, a lataria pálida de poeira.

— Você parece satisfeito — disse ele. — A que vamos brindar?

Gurgeh olhou para as profundezas âmbar do líquido e sorriu.

— Amigos ausentes — falou, e bebeu.

A partida seguinte foi um jogo de três. Gurgeh ia enfrentar Yomonul Lu Rahsp, o marechal estelar aprisionado no exoesqueleto, e um coronel bastante jovem, Lo Frag Traff. O jogador sabia que, pela lógica, os dois deviam ser inferiores a Krowo, mas o chefe da Inteligência tinha se saído tão mal – era improvável que mantivesse seu posto – que Gurgeh não achou que isso fosse nenhuma indicação de que teria um jogo mais fácil contra os dois adversários seguintes do que tivera contra o último. Pelo contrário, seria mais do que natural que os dois militares se unissem contra ele.

Nicosar ia jogar contra o velho marechal estelar Vechesteder e o ministro da defesa, Jhilno.

Gurgeh passou os dias estudando. Flere-Imsaho continuou a explorar. O drone contou que tinha visto toda uma região da frente do fogo que avançava ser apagada por uma tempestade torrencial. Tinha revisitado a área alguns dias depois e encontrado plantas-mechas tornando a acender a vegetação seca. Como exemplo de quanto o fogo e o resto da ecologia do planeta tinham se integrado, era uma demonstração impressionante.

A corte se divertia com caçadas na floresta durante as horas de luz diurna e espetáculos ao vivo ou holográficos à noite.

Gurgeh achou os entretenimentos previsíveis e entediantes. Os únicos um pouco mais interessantes eram duelos, em geral indivíduos do sexo masculino lutando um contra o outro, contidos em ringues cercados por círculos escalonados de funcionários do Império e jogadores apostando e gritando. Os duelos eram apenas de vez em quando até a morte. Gurgeh desconfiou de que as coisas continuassem no castelo à noite – entretenimentos de um tipo diferente –, sendo inevitavelmente fatais para pelo menos um dos participantes. Ele não seria convidado a comparecer e, esperava-se, nem viria a saber da existência deles.

Entretanto, o pensamento não o preocupava mais.

Lo Frag Traff era um jovem ápice com uma cicatriz muito visível que descia pela face desde uma sobrancelha quase até chegar à boca. Os jogos dele eram rápidos, ferozes, e a carreira no Exército Estelar Imperial tinha as mesmas características. Sua façanha mais famosa tinha sido o saque da biblioteca de Urutypaig. Traff estivera no comando de uma pequena força terrestre em uma guerra contra uma espécie humanoide; a guerra no espaço tinha sido lutada até um impasse temporário, mas, em uma combinação de grande talento militar e um pouco de sorte, Traff se viu em posição de ameaçar do solo a capital da espécie por solo. O inimigo pedira paz, tendo como condição para o tratado que a grande biblioteca, famosa entre todas as espécies civilizadas da Nuvem Menor, fosse deixada intacta. Traff sabia que se recusasse essa condição a luta continuaria, então deu a palavra de que nem uma letra, nem um pixel dos microarquivos antigos seria destruído, e eles seriam deixados no local.

As ordens que Traff tinha recebido do marechal estelar eram que a biblioteca devia ser destruída. O próprio Nicosar tinha ordenado isso como um de seus primeiros éditos depois de assumir o poder; raças subjugadas tinham de entender que quando desagradavam ao imperador, nada podia impedir a punição.

Enquanto ninguém no Império dava a mínima que um de seus soldados leais quebrasse um acordo com um bando de alienígenas, Traff sabia que dar a palavra era uma coisa sagrada; ninguém nunca mais voltaria a confiar nele se não a cumprisse.

Traff já sabia o que ia fazer. Ele resolveu o problema embaralhando a biblioteca, colocando todas as palavras dentro dela em ordem alfabética e todo pixel de todas as ilustrações em ordem de cor, sombra e intensidade. Os microarquivos originais foram apagados e regravados com volumes sobre volumes de "o"s, "isso"s e "e"s; as ilustrações tornaram-se campos de pura cor.

Houve tumultos, é claro, mas a essa altura Traff estava no controle e, como explicou para os guardiões da biblioteca enfurecidos – como se revelou, literalmente – suicidas e a Suprema Corte do Império, ele tinha mantido a promessa sobre na verdade não destruir nem tomar como espólio nem uma palavra, imagem ou arquivo.

Na metade do jogo no Tabuleiro da Origem, Gurgeh percebeu uma coisa incrível: Yomonul e Traff estavam jogando um contra o outro, não contra ele. Jogavam como se esperassem que ele fosse ganhar de qualquer forma, e lutavam pelo segundo lugar. Gurgeh sabia que os dois não se davam bem; Yomonul representava a velha guarda dos militares e Traff, a nova onda de ousados jovens aventureiros. Yomonul era um expoente da negociação e da força mínima; Traff, de movimentos que feriam. Yomonul tinha uma visão liberal de outras espécies; Traff era xenófobo. Os dois vinham de faculdades tradicionalmente adversárias e todas as diferenças deles eram exibidas sem nenhum pudor nos estilos de jogo; o de Yomonul era calculado e deliberado, cuidadoso e distante; o de Traff, agressivo ao ponto de ser imprudente.

As atitudes de ambos em relação ao imperador também eram diferentes. Yomonul tinha uma visão tranquila e prática do trono, enquanto Traff era totalmente leal a Nicosar, mais do que à posição que ele detinha. Ambos detestavam as crenças um do outro.

Ainda assim, Gurgeh não esperava que eles não o levassem muito em consideração e pulassem direto no pescoço um do outro. Mais uma vez, se sentiu um pouco enganado por não conseguir ter um jogo adequado. A única compensação era que a quantidade de veneno disparada entre os dois militares em conflito era algo a se notar, inegavelmente impressionante, mesmo que levando de maneira incômoda ao próprio fracasso e desperdício. Gurgeh passeou pelo jogo, acumulando pontos em silêncio enquanto ambos os soldados lutavam. Ele estava ganhando, mas não conseguia evitar sentir que os outros dois estavam tirando muito mais do jogo do que ele. Esperava que usassem a opção física, mas o próprio Nicosar ordenara que não houvesse apostas durante a partida; ele sabia que os dois jogadores eram adversários patológicos e não queria pôr em risco os serviços militares de nenhum dos dois.

Gurgeh ficou sentado assistindo a uma tela de mesa durante o almoço no terceiro dia no Tabuleiro da Origem. Ainda faltavam alguns minutos antes do reinício do jogo, e ele se sentava sozinho, assistindo às reportagens dos noticiários que mostravam como Lo Tenyos Krowo estava se saindo bem no jogo contra Yomonul e Traff. Quem quer que tivesse forjado o jogo do ápice – não o próprio Krowo, que tinha se recusado a ter qualquer coisa a ver com o subterfúgio – estava fazendo um bom trabalho de imitar o estilo do chefe da Inteligência. Gurgeh sorriu um pouco.

— Contemplando sua próxima vitória, Jernau Gurgeh? — disse Hamin, instalando-se no assento do outro lado da mesa.

Gurgeh virou a tela.

— É um pouco cedo para isso, não acha?

O velho ápice careca olhou para a tela, com um leve sorriso.

— Hmm. Você acha? — Ele estendeu a mão e desligou o aparelho.

— As coisas mudam, Hamin.

— Mudam mesmo, Gurgeh. Mas acho que o desenrolar deste jogo não vai. Yomonul e Traff vão continuar a ignorá-lo e atacar um ao outro. Você vai ganhar.

— Bem, então... — disse Gurgeh, olhando para a tela morta. — Krowo vai jogar contra Nicosar.

— Krowo talvez jogue; podemos criar uma partida para encobrir isso. Você não pode.

— Não *posso*? — repetiu Gurgeh. — Achei que tivesse feito tudo o que vocês queriam. O que mais posso fazer?

— Se recusar a jogar contra o imperador.

Gurgeh encarou os olhos cinza-pálidos do velho ápice, cada um disposto em uma teia de linhas finas. Eles retribuíram calmamente o olhar.

— Qual o problema, Hamin? Não sou mais uma ameaça.

Hamin alisou o material fino no punho da própria túnica.

— Sabe, Jernau Gurgeh, eu odeio obsessões. Elas são tão... cegantes, não? — Ele sorriu. — Estou ficando preocupado com meu imperador, Gurgeh. Sei o quanto ele quer provar ter o direito de ocupar o trono, merecer o posto que deteve pelos últimos dois anos. Acredito que vai conseguir isso, mas sei que o que ele realmente quer, o que sempre quis, é jogar contra Molsce e vencer. Isso, claro, não é mais possível. O imperador está morto, vida longa ao imperador; ele se ergue das chamas... mas acho que Nicosar vê o velho Molsce em você, Jernau Gurgeh, e é contra você que ele acha que deve jogar, que deve derrotar; o alienígena, o homem da Cultura, o *morat*, o jogador. Não tenho certeza se seria uma boa ideia. Não é necessário. Você vai mesmo perder, acho que isso é certo, mas... é como eu disse, obsessões me perturbam. Seria melhor para todos os envolvidos que você informasse o mais rápido possível que vai se retirar depois desse jogo.

— E privar Nicosar da chance de me derrotar? — Gurgeh pareceu surpreso e se entretido.

— Isso. Melhor que ele sinta que ainda há algo a provar. Isso não vai lhe fazer mal.

— Vou pensar nisso — disse Gurgeh.

Hamin o estudou por um momento.

— Espero que entenda o quanto tenho sido franco com você, Jernau Gurgeh. Seria triste se essa honestidade não fosse reconhecida nem recompensada.

O jogador assentiu.

— É, não duvido que seria.

Um criado do sexo masculino à porta anunciou que o jogo estava prestes a recomeçar.

— Com licença, reitor — disse Gurgeh, se levantando. O olhar do velho ápice o seguiu. — O dever me chama.

— Obedeça — disse Hamin.

Gurgeh parou, olhando para a criatura encarquilhada do outro lado da mesa. Então se virou e foi embora.

Hamin olhou para a tela de mesa em branco à frente, como se estivesse absorto em algum jogo fascinante e invisível que só ele podia ver.

*

Gurgeh ganhou no Tabuleiro da Origem e no da Forma. A luta feroz entre Traff e Yomonul continuou; primeiro um passou à frente, depois o outro. Traff chegou ao Tabuleiro da Transformação com uma vantagem muito pequena sobre o ápice mais velho. Gurgeh estava tão longe na liderança que estava quase invulnerável, capaz de relaxar em suas fortificações e assistir à guerra total ao redor antes de avançar e limpar o que restasse das forças vitoriosas exaustas. Parecia a única coisa justa – sem falar conveniente – a fazer. Que os rapazes se divertissem, depois a ordem seria imposta e os brinquedos, guardados nas caixas.

Porém, ainda não era nenhum substituto para um jogo de verdade.

— Está satisfeito ou insatisfeito, sr. Gurgeh? — O marechal estelar Yomonul se aproximou do jogador e lhe fez a pergunta durante uma pausa no jogo, enquanto Traff se consultava com o árbitro sobre uma questão de ordem. Gurgeh estava pensando de pé, olhando para o tabuleiro, e não havia percebido o ápice aprisionado se aproximar. Ergueu os olhos, surpreso, para ver o marechal estelar de rosto marcado à frente observando-o, divertindo-se um pouco, da jaula de titânio e carbono. Nenhum dos dois soldados tinha prestado nenhuma atenção nele até esse momento.

— Por ter sido deixado de fora? — disse Gurgeh.

O ápice moveu um braço preso por hastes para indicar o tabuleiro.

— Sim, por estar ganhando com tanta facilidade. Você busca a vitória ou o desafio? — A máscara esquelética do ápice se movimentava com cada ação do maxilar.

— Eu preferiria os dois — admitiu Gurgeh. — Pensei em entrar na disputa, como uma terceira força, de um lado ou do outro... mas isso parece muito uma guerra pessoal.

O ápice mais velho sorriu; a gaiola em torno da cabeça dele assentiu com facilidade.

— E é — falou. — Você está indo muito bem como está. Se eu fosse você, não mudaria agora.

— E você? — perguntou Gurgeh. — Parece estar levando a pior no momento.

Yomonul sorriu; a máscara facial se flexionou mesmo com esse gesto minúsculo.

— Estou me divertindo muito. E ainda tenho algumas surpresas guardadas para o jovem, e alguns truques. Mas me sinto um pouco culpado por deixar você se safar dessa com tanta facilidade. Vai envergonhar todos nós se jogar contra Nicosar e vencer.

Gurgeh expressou surpresa.

— Você acha que eu conseguiria?

— Não. — O gesto do ápice foi mais enfático por estar contido e amplificado na gaiola escura. — Nicosar dá o melhor de si quando precisa, e em seu melhor ele vai vencer você. Desde que não seja ambicioso demais. Não, ele vai derrotá-lo, porque vai ser ameaçalo e ele vai respeitá-lo por isso. Mas... ah... — O marechal estelar se virou quando Traff andou pelo tabuleiro, moveu algumas peças e então fez uma reverência com cortesia exagerada para Yomonul. O marechal estelar olhou outra vez para Gurgeh. — Vejo que é minha vez. Com licença. — Ele voltou para a disputa.

Talvez um dos truques que Yomonul tinha mencionado fosse fazer com que Traff achasse que a conversa dele com Gurgeh tinha sido para recrutar a ajuda do homem da Cultura; por algum tempo depois, o soldado mais jovem agiu como se estivesse esperando ter de lutar em duas frentes.

Isso deu uma vantagem a Yomonul. Ele passou à frente de Traff. Gurgeh ganhou o jogo e a chance de jogar contra Nicosar. Hamin tentou falar com ele no corredor, fora do salão de jogos, logo depois da vitória, mas Gurgeh apenas sorriu e passou reto por ele.

Brotos-de-cinza balançavam ao redor deles; o vento leve fazia ruídos suaves no dossel dourado. A corte, os jogadores e seus séquitos sentavam-se em uma estrutura de madeira com grande inclinação quase do tamanho de um castelo pequeno. Diante do palanque, em uma grande clareira na floresta de brotos-de-cinza, havia um caminho longo e estreito, com uma cerca dupla de troncos robustos com cinco metros de altura ou mais. Isso formava a seção central de uma espécie de curral aberto, com a forma de uma ampulheta e cercado pela floresta nas duas extremidades. Nicosar e os jogadores mais bem colocados estavam sentados na frente da plataforma alta com uma boa vista do funil de madeira.

Nos fundos do local, havia áreas sob toldos onde a comida estava sendo preparada. Cheiros de carne assando flutuaram até o palanque e seguiram para a floresta.

— Isso vai deixá-los com água na boca — disse o marechal estelar Yomonul, inclinando-se na direção de Gurgeh com um ruído de servomotores. Sentavam-se lado a lado, na fileira da frente da plataforma, a uma pequena distância do imperador. Os dois portavam rifles grandes, presos a tripés de apoio em frente a eles.

— O que vai? — perguntou Gurgeh.

— O cheiro. — Yomonul sorriu, gesticulando para trás, para os fogos e as grelhas. — Carne assada. O vento está levando na direção deles. Isso vai deixá-los loucos.

— Ah, ótimo — murmurou Flere-Imsaho, perto dos pés de Gurgeh. O drone já tinha tentado convencê-lo a não participar da caçada.

O jogador ignorou a máquina e assentiu.

— É claro — falou.

Ele ergueu a coronha do rifle. A arma antiga era de tiro único; um ferrolho deslizante tinha de ser operado para recarregá-la. Cada arma tinha padrões de estrias diferentes, então, quando as balas eram removidas dos corpos dos animais, as marcas permitiam que fosse mantida uma contagem e cabeças e peles fossem distribuídas.

— Tem certeza de que já usou um desses antes? — perguntou Yomonul, sorrindo para Gurgeh.

O ápice estava de bom humor. Em algumas dezenas de dias, seria liberado do exoesqueleto. Enquanto isso, o imperador havia permitido que o regime de prisão fosse relaxado; Yomonul podia socializar, beber e comer o que quisesse.

Gurgeh assentiu.

— Já atirei com armas — disse ele.

Nunca havia usado uma arma de projéteis, mas houvera aquele dia, então anos atrás, com Yay, no deserto.

— Mas você nunca atirou em nada *vivo* antes — disse o drone.

Yomonul bateu na lataria da máquina com um pé recoberto com carbono.

— Quieta, coisa — disse ele.

Flere-Imsaho se inclinou lentamente para cima, de modo que a frente marrom oblíqua ficou apontada para o jogador.

— *Coisa?* — falou, indignado, em uma espécie de rangido sussurrado.

Gurgeh piscou e levou o dedo aos lábios. Ele e Yomonul sorriram um para o outro.

A caçada propriamente dita começou com um toque de trombetas e o uivo distante de um troshae. Uma fileira de homens surgiu da floresta e correu ao lado do funil de madeira, batendo nos troncos com varas. O primeiro troshae apareceu, com sombras listrando os flancos quando o animal entrou na clareira e correu para dentro do funil de madeira. As pessoas em volta de Gurgeh murmuravam em antecipação.

— Um dos grandes — disse Yomonul com apreço quando a fera listrada de preto e dourado saltou com as seis patas pelo corredor.

Estalidos por toda a volta da plataforma anunciaram pessoas se preparando para atirar. Gurgeh ergueu a coronha do rifle. Preso ao tripé, era mais fácil de manusear na gravidade forte do que seria sem ele, assim como limitado no campo de fogo; algo que os guardas sempre vigilantes do imperador sem dúvida achavam tranquilizador.

O troshae se lançou pelo corredor, as patas indistintas sobre o solo poeirento; pessoas atiraram nele, enchendo o ar com estampidos abafados e nuvens de fumaça cinza. Lascas brancas de madeira saltaram dos troncos do corredor; nuvens de poeira ergueram-se do chão. Yomonul apontou e atirou; um coral de disparos explodiu em torno de Gurgeh. As armas silenciaram, mas mesmo assim ele sentiu os ouvidos se fecharem um pouco, amortecendo o barulho. Ele atirou. O recuo o pegou de surpresa; sua bala deve ter passado muito acima da cabeça do animal.

Então olhou para o corredor. O animal gritava. Ele tentou saltar por cima da cerca do outro lado do corredor, mas foi derrubado em uma chuva de fogo. Mancou um pouco mais, arrastando três patas e deixando para trás uma trilha de sangue. Gurgeh ouviu mais um disparo abafado próximo de si e a cabeça do carnívoro de repente se moveu bruscamente para o lado; a fera desabou. Um grande grito de comemoração se ergueu. Um portão no corredor foi aberto e alguns indivíduos do sexo masculino correram para levar o corpo embora. Yomonul estava de pé ao lado de Gurgeh, recebendo os aplausos. Ele se sentou mais uma vez depressa, com o ruído dos motores do exoesqueleto, quando o animal seguinte apareceu da floresta e correu entre os muros de madeira.

Depois do quarto troshae, vários vieram de uma vez e, na confusão, um deles subiu pelos troncos do corredor e passou por cima; ele começou a perseguir alguns dos homens que estavam esperando do lado de fora. Um guarda no chão ao pé da plataforma derrubou o animal com um único disparo de laser.

No meio da manhã, quando uma grande pilha de corpos listrados tinha se acumulado no meio do corredor e havia o risco de que alguns animais subissem pelos cadáveres dos predecessores, a caçada foi interrompida, enquanto homens usavam ganchos, cabos e alguns tratores pequenos para limpar a sujeira quente e salpicada de sangue. Alguém do outro lado do imperador atirou em um dos homens enquanto eles estavam trabalhando. Houve algumas expressões de desaprovação e alguns aplausos bêbados. O imperador multou o infrator e lhe disse que se fizesse isso de novo ia acabar correndo com os troshae. Todo mundo riu.

— Você não está atirando, Gurgeh — disse Yomonul.

O ápice achava que tinha matado mais três animais até então. Gurgeh começara a achar a caçada um pouco sem sentido e quase parou de atirar. De qualquer modo, continuava errando.

— Eu não sou muito bom nisso — falou.

— Prática!

Yomonul riu e deu um tapa nas costas dele. O golpe amplificado por servomotores do exultante marechal estelar quase fez Gurgeh ficar sem ar.

Yomonul disse ter matado mais um. Deu um grito empolgado e chutou Flere-Imsaho.

— Vá buscar! — Ele riu.

O drone se ergueu devagar e com dignidade do chão.

— Jernau Gurgeh — falou —, não vou aguentar mais nem um minuto disso. Vou voltar para o castelo. Você se importa?

— Nem um pouco.

— Obrigado. Aproveite sua habilidade no gatilho.

Ele flutuou para baixo e para o lado e desapareceu ao redor do palanque. Yomonul o manteve sob a vista pela maior parte do caminho.

— Você simplesmente o deixou ir? — perguntou a Gurgeh, rindo.

— Fico feliz em me livrar dele — respondeu o jogador.

Eles pararam para o almoço. Nicosar parabenizou Yomonul, dizendo o quanto ele tinha atirado bem. Gurgeh se sentou com o marechal no almoço também e se ajoelhou sobre um joelho quando o palanquim de Nicosar foi levado até a parte em que estavam da mesa. Yomonul contou ao imperador que o exoesqueleto o ajudava a firmar a pontaria. Nicosar disse que era um prazer do imperador que o dispositivo em breve fosse removido, depois do término formal dos jogos. Então olhou para Gurgeh, mas não disse mais nada. O palanquim antigravitacional se ergueu; os guardas imperiais o empurraram adiante junto da fila de pessoas à espera.

Depois do almoço, as pessoas voltaram para os assentos e a caçada continuou. Havia outros animais a caçar, e a primeira parte da curta tarde foi passada atirando neles, mas os troshae voltaram depois. Até aquele momento, só sete dos cerca de duzentos troshae liberados dos cercados na floresta para o corredor tinham conseguido passar por todo o funil de madeira e chegar à outra extremidade a fim de escapar para a mata. Mesmo esses estavam feridos e, de qualquer forma, seriam pegos pela Incandescência.

A terra no funil de madeira em frente à plataforma de tiro estava escurecida com sangue marrom-avermelhado. Gurgeh atirava quando os animais corriam pelo corredor empapado, mas apontava para errar, vendo a explosão de solo enlameado em frente aos focinhos enquanto corriam, feridos, uivando e arfando, à frente. Achou toda a caçada um pouco de mau gosto, mas não podia negar que a excitação contagiosa dos azadianos tinha algum efeito sobre si. Era óbvio que Yomonul estava se divertindo. O ápice se inclinou para a frente quando uma grande fêmea troshae saiu correndo da floresta com dois filhotes pequenos.

— Precisa de mais prática, Gurgey — disse ele. — Você não caça em casa?

A fêmea e os filhotes correram na direção do funil de madeira.

— Não muito — admitiu Gurgeh.

Yomonul resmungou, apontou à distância e disparou. Um dos filhotes caiu. A fêmea derrapou, parou e voltou até ele. O outro filhote continuou a correr, com hesitação. Ele ganiu quando as balas o atingiram.

Yomonul recarregou.

— Fiquei surpreso só por vê-lo aqui — disse ele.

A fêmea, atingida por uma bala em uma pata traseira, se afastou rosnando do filhote morto e avançou outra vez, rugindo na direção do filhote cambaleante e ferido.

— Eu queria mostrar que não era sensível — disse Gurgeh, vendo a cabeça do segundo filhote se erguer de repente e o animal cair aos pés da mãe. — E eu cacei…

Ele ia usar a palavra "azad", que significava máquina e animal, qualquer organismo ou sistema, e se voltou para Yomonul com um sorrisinho para dizer isso, mas quando olhou para o ápice, percebeu que havia alguma coisa errada.

Yomonul tremia. Estava sentado agarrado à própria arma, meio virado na direção do jogador, o rosto tiritando na gaiola escura, a pele branca e coberta de suor, os olhos saltados.

Gurgeh foi colocar a mão no suporte do antebraço do marechal estelar, oferecendo apoio por instinto.

Foi como se alguma coisa tivesse se quebrado dentro do ápice. A arma de Yomonul se virou de imediato, arrebentando o tripé de apoio, e o silenciador volumoso apontou direto para a testa do jogador, que teve uma impressão rápida e vívida do rosto de Yomonul; as mandíbulas bem fechadas, sangue escorrendo pelo queixo, olhos fixos, um tique funcionando furiosamente no lado do rosto. Gurgeh se abaixou; a arma disparou em algum lugar acima de sua cabeça, e ele ouviu um grito enquanto caía do assento, rolando além do tripé da própria arma.

Antes que conseguisse se levantar, foi chutado nas costas. Ele se virou e viu Yomonul acima de si, balançando como louco contra o fundo de rostos chocados e pálidos às costas deles. Estava brigando com o ferrolho do rifle, recarregando. Um pé chutou Gurgeh de novo, com um impacto surdo em suas costelas. Ele se contraiu para trás, tentando absorver o golpe, e caiu pela frente da plataforma.

Viu lascas de madeira girando, brotos-de-cinza rodando, então avançou, batendo em um cuidador de animais do sexo masculino parado logo antes do corredor. Os dois caíram com baques surdos no chão, sem fôlego. Gurgeh olhou para cima e viu Yomonul na plataforma, o exoesqueleto brilhando um pouco à luz do sol, erguendo o rifle e apontando para ele. Dois ápices chegaram por trás do marechal com as mãos estendidas para segurá-lo. Sem nem se virar para olhar, Yomonul jogou rápido os braços para trás; uma das mãos atingiu o peito de um ápice, o rifle bateu no rosto do outro. Os dois desabaram; os braços com reforços de carbono voltaram depressa e Yomonul firmou a arma mais uma vez, mirando em Gurgeh.

O jogador já estava de pé e saltou para escapar. O tiro acertou o homem sem fôlego que jazia ao lado dele. Gurgeh correu aos tropeções na direção das portas de madeira que se abriam abaixo do palanque; gritos vieram da plataforma quando Yomonul pulou para o solo, caindo entre Gurgeh e as portas. O marechal estelar recarregou a arma assim que atingiu o chão, o exoesqueleto absorvendo com facilidade o choque do pouso. Gurgeh quase caiu quando fez uma curva e os pés escorregaram na terra salpicada de sangue.

Ele se ergueu para correr entre a borda da cerca de madeira e a da plataforma. Um guarda uniformizado com um rifle TRUPE parou no caminho, olhando em dúvida para a plataforma acima. Gurgeh quis passar correndo por ele e se abaixou ao fazer isso. Ainda alguns metros à frente, o guarda começou a estender uma mão e soltar o laser do ombro. Uma expressão quase de surpresa cômica apareceu no rosto achatado um instante antes que um lado do peito dele explodisse e o corpo girasse para o caminho de Gurgeh, derrubando-o.

O jogador rolou mais uma vez, caindo por cima do guarda morto. Então se sentou. Yomonul estava a dez metros de distância, correndo desajeitado em sua direção, recarregando. O rifle do guarda estava aos pés de Gurgeh. Ele estendeu a mão, o pegou, apontou para Yomonul e atirou.

O marechal estelar se abaixou, mas Gurgeh ainda levava em conta o recuo depois de uma manhã atirando com o rifle de projéteis. O disparo de laser atingiu o rosto de Yomonul; a cabeça do ápice estourou.

Yomonul não parou, nem mesmo reduziu a velocidade; a figura acelerou, com a gaiola da cabeça quase vazia, arrastando atrás dela tiras de carne e osso lascado como flâmulas e sangue brotando do pescoço. Correu mais rápido na direção de seu alvo e de um jeito menos estranho.

Apontou o rifle direto para a cabeça de Gurgeh.

O jogador congelou, atônito. Tarde demais, começou a ver a arma TRUPE outra vez e a se esforçar para se levantar. O exoesqueleto sem cabeça estava a três metros de distância. Encarou a boca escura do silenciador e soube que estava morto. Mas a figura bizarra hesitou, a casca vazia da cabeça se moveu de repente para cima e a arma balançou.

Algo bateu em Gurgeh – pelas costas, percebeu, surpreso, enquanto tudo escurecia; pelas *costas*, não pela frente – e então ele apagou.

As costas de Gurgeh doíam. Ele abriu os olhos. Um drone grande e marrom zumbia entre ele e um teto branco.

— Gurgeh? — disse a máquina.

O jogador engoliu em seco e passou a língua pelos lábios.

— O quê? — disse ele.

Não sabia onde estava nem quem era o drone. Tinha apenas uma ideia muito vaga de quem ele mesmo era.

— Gurgeh. Sou eu, Flere-Imsaho. Como está se sentindo?

Flear Imsah-ho. O nome significava alguma coisa.

— Costas doem um pouco — falou, torcendo para não ser descoberto.

Gurgi? Gurgey? Devia ser seu nome.

— Não estou surpreso. Um troshae muito grande o atingiu nas costas.

— Um o quê?

— Não importa. Volte a dormir.

—... Dormir.

As pupilas dele ficaram muito pesadas e o drone pareceu indistinto.

As costas de Gurgeh doíam. Ele abriu os olhos e viu um teto branco. Olhou ao redor à procura de Flere-Imsaho. Paredes escuras de madeira. Janela. Flere-Imsaho; ali estava ele. O drone flutuou em sua direção.

— Olá, Gurgeh.

— Olá.

— Você se lembra de quem eu sou?

— Ainda fazendo perguntas estúpidas, Flere-Imsaho. Eu vou ficar bem?

— Você está machucado, quebrou uma costela e sofreu uma concussão leve. Deve conseguir se levantar em um ou dois dias.

— Eu me lembro de você dizer que um... troshae me acertou. Eu sonhei isso?

— Não sonhou. Eu contei a você. Foi isso o que aconteceu. De quanto se lembra?

— De cair do palanque... da plataforma — falou devagar, tentando pensar.

Estava na cama e as costas dele doíam. Era o quarto dele no castelo e as luzes estavam acesas, então era provavelmente noite. Os olhos de Gurgeh se arregalaram.

— Yomonul me *chutou*! — disse ele de repente. — *Por quê?*

— Isso não importa agora. Volte a dormir.

Gurgeh ia dizer mais alguma coisa, mas se sentiu cansado outra vez quando o drone zumbiu mais para perto, e o jogador fechou os olhos só por um segundo para descansá-los.

Gurgeh estava parado à janela, olhando para o pátio abaixo. O criado do sexo masculino levou a bandeja embora, com os copos tilintando.

— Continue — disse ele para o drone.

— O troshae subiu na cerca enquanto todo mundo estava olhando você e Yomonul. Ele chegou por trás e pulou. Atingiu você, depois derrubou o exoesqueleto antes que ele tivesse tempo de fazer muita coisa em relação a isso. Guardas atiraram no troshae quando a criatura tentava perfurar Yomonul, e quando conseguiram afastá-la do exoesqueleto, a armadura estava desativada.

Gurgeh sacudiu devagar a cabeça.

— Tudo que me lembro é de ser chutado do palanque. — Ele se sentou em uma cadeira perto da janela. A extremidade oposta do pátio estava dourada sob a luz indistinta do fim de tarde. — E onde você estava quando tudo isso aconteceu?

— Aqui, assistindo à caçada em uma transmissão imperial. Desculpe por ter ido embora, Jernau Gurgeh, mas aquele ápice pavoroso estava me chutando e todo o espetáculo obsceno era apenas sangrento e nojento demais para ser descrito em palavras.

Gurgeh abanou uma das mãos.

— Não importa. Estou vivo. — Ele baixou a cabeça entre as mãos. — Tem certeza de que fui eu quem atirou em Yomonul?

— Ah, tenho! Está tudo gravado. Você quer assist...

— Não. — O jogador ergueu uma das mãos para o drone, de olhos ainda fechados. — Não, não quero assistir.

— Eu não vi essa parte ao vivo — disse Flere-Imsaho. — Peguei o caminho de volta para a caçada assim que Yomonul deu o primeiro tiro e matou a pessoa que estava do seu outro lado. Mas eu vi a gravação. Sim, você o matou, com o TRUPE do guarda. Mas claro que isso só significou que quem quer que tenha assumido o controle do exoesqueleto, não teve mais de lutar contra Yomonul no interior da armadura. Assim que Yomonul morreu, a coisa se movimentou muito mais rápido e de maneira menos errática. Ele devia estar usando toda a sua força para tentar detê-la.

Gurgeh olhou para o chão.

— Você tem certeza disso tudo?

— Absoluta. — O drone flutuou até a tela da parede. — Olhe, por que não assiste a isso em seu...

— Não! — gritou Gurgeh, levantando-se, então oscilando. Depois tornou a se sentar. — Não — repetiu, em voz mais baixa.

— Quando cheguei lá, quem quer que estivesse embaralhando os controles do exoesqueleto tinha ido embora. Tive uma leitura breve em meus sensores de micro-ondas enquanto estava entre aqui e a caçada, mas eles desligaram antes que eu conseguisse um resultado preciso. Alguma espécie de *maser* de pulso de fase. Os guardas imperiais também captaram alguma coisa; começaram uma busca na floresta quando nós levamos você dali. Eu os convenci de que sabia o que estava fazendo e fiz com que o trouxessem para cá. Mandaram um médico para dar uma olhada em você umas duas vezes, mas isso é tudo. Por sorte, cheguei lá a tempo, ou eles podiam tê-lo levado para a enfermaria e começado todo tipo de teste horrível... — O drone parecia perplexo. — Por isso tenho a sensação de que não foi um serviço direto da segurança. Eles teriam tentado outros meios menos públicos para matá-lo e estariam todos prontos para levá-lo ao hospital se não desse muito certo... Foi tudo desorganizado demais. Tem alguma coisa estranha acontecendo, tenho certeza.

Gurgeh levou as mãos às costas e delineou a extensão do hematoma mais uma vez.

— Eu queria me lembrar de tudo. Queria lembrar se tive a intenção de matar Yomonul — falou. Seu peito doía. Ele se sentia mal.

— Como você o matou e atira muito mal, imagino que a resposta seja não.

Gurgeh olhou para a máquina.

— Não tem alguma outra coisa que você pudesse estar fazendo, drone?

— Na verdade, não. Ah, por falar nisso, o imperador quer vê-lo, quando você estiver se sentindo bem.

— Eu vou agora — disse Gurgeh, levantando-se devagar.

— Tem certeza? Não acho que deveria. Você não parece bem; se fosse você, eu me deitaria. Por favor, sente-se. Você não está pronto. E se ele estiver com raiva por você ter matado Yomonul? Ah, acho que é melhor eu ir junto...

Nicosar sentava-se em um pequeno trono diante de um grande conjunto de janelas inclinadas e multicoloridas. Os apartamentos imperiais estavam submersos na luz profunda e policromática, tapeçarias enormes nas paredes tecidas com fios de metais preciosos cintilavam como tesouros em uma caverna submersa. Havia guardas parados passivamente ao longo das paredes e atrás do trono, cortesãos e funcionários andavam de um lado para o outro com papéis e telas finas. Um funcionário da residência imperial levou Gurgeh até o trono, deixando Flere-Imsaho no outro lado do aposento, sob os olhos vigilantes de dois guardas.

— Por favor, sente-se. — Nicosar apontou para um banquinho na plataforma à frente. Gurgeh se sentou, agradecido. — Jernau Gurgeh — disse o imperador, com a voz baixa e controlada, quase monótona. — Nós lhe oferecemos nossas sinceras desculpas pelo que aconteceu ontem. Estamos felizes em ver que teve uma recuperação tão rápida, embora entendamos que você ainda esteja dolorido. Tem alguma coisa que deseje?

— Obrigado, Vossa Alteza, não.

— Que bom.

Nicosar assentiu devagar. Ele ainda vestia o mesmo preto de sempre. O traje sóbrio e o rosto simples contrastavam com os feixes fabulosos de cor que vinham das janelas inclinadas acima e as roupas suntuosas dos cortesãos. O imperador pôs as mãos pequenas e com anéis nos braços do trono.

— Nós, é claro, sentimos muito por perder o respeito e os serviços de nosso marechal estelar Yomonul Lu Rahsp, ainda mais em circunstâncias tão trágicas, mas entendemos que você não teve escolha além de se defender. É nosso desejo que nenhuma atitude seja tomada contra você.

— Obrigado, Vossa Alteza.

Nicosar acenou com uma das mãos.

— Em relação a quem tramou contra você, a pessoa que tomou o controle do dispositivo de aprisionamento de nosso marechal estelar foi descoberta e interrogada. Nós ficamos profundamente sentidos ao saber que o principal conspirador foi nosso guia e mentor de toda uma vida, o reitor da Faculdade Candsev.

— Ham... — começou Gurgeh, mas parou. O rosto de Nicosar era um estudo de insatisfação. O nome do velho ápice morreu na garganta do jogador. — Eu... — recomeçou.

O imperador ergueu uma das mãos.

— Gostaríamos de lhe contar que o reitor da Faculdade Candsev, Hamin Li Srilist, foi condenado à morte por participação na conspiração. Nós entendemos que essa pode não ter sido a única tentativa contra a sua vida. Se for assim, então todas as circunstâncias relevantes serão investigadas, e os criminosos levados à justiça.

"Certas pessoas na corte", disse Nicosar, olhando para os anéis nas próprias mãos. "Desejaram proteger seu imperador através de... ações equivocadas. O imperador não precisa de proteção contra um adversário no jogo, mesmo que esse adversário use auxílios que negamos a nós mesmos. Foi necessário enganar nossos súditos em relação ao seu progresso nos jogos finais, mas isso é para o bem deles, não nosso. Não temos necessidade de ser protegidos de verdades desagradáveis. O imperador não conhece o medo, só a discrição. Ficaremos satisfeitos em adiar o jogo entre o imperador-regente e o homem Jernau Morat Gurgeh até que ele se sinta em condições de jogar."

Gurgeh esperou por mais das palavras baixas, lentas e meio cantadas, mas Nicosar permaneceu sentado, impassivo e em silêncio.

— Eu agradeço a Vossa Alteza — disse Gurgeh. — Mas prefiro que não haja adiamento. Já me sinto quase bem o bastante para jogar e ainda faltam três dias para o início previsto da partida. Tenho certeza de que não há a necessidade de mais atrasos.

O imperador assentiu, lentamente.

— Ficamos satisfeitos. Esperamos, porém, que se Jernau Gurgeh desejar mudar de ideia em relação a isso antes do início do jogo, ele não hesite em informar o Gabinete Imperial, que vai adiar de bom grado a data da partida final até que se sinta pronto para jogar Azad com o máximo de sua habilidade.

— Eu agradeço a Vossa Alteza mais uma vez.

— Ficamos felizes por Jernau Gurgeh não ter se ferido muito e por ter sido capaz de comparecer a esta audiência — disse Nicosar.

Ele acenou rápido com a cabeça para o jogador e então olhou para um cortesão, que esperava ao lado com impaciência.

Gurgeh se levantou, fez uma reverência e se afastou de costas.

— Você só precisa dar *quatro* passos para trás antes de dar as costas para ele — disse Flere-Imsaho. — Fora isso, muito bem.

Eles estavam de volta ao quarto de Gurgeh.

— Vou tentar me lembrar da próxima vez — disse o jogador.

— Enfim, parece que você está absolvido. Andei entreouvindo um pouco enquanto você estava em seu *tête-à-tête*; cortesãos em geral sabem o que está acontecendo. Parece que encontraram um ápice tentando escapar pela floresta com o *maser* e os controles do exoesqueleto. Ele deixou cair a pistola que lhe deram para se defender, o que foi bom porque era uma bomba, não uma pistola, então o pegaram vivo. Falou sob tortura e implicou um dos colegas de Hamin, que tentou barganhar com uma confissão. Então foram atrás de Hamin.

— Quer dizer que o torturaram?

— Só um pouco. Ele é velho e precisavam mantê-lo vivo para qualquer punição que o imperador decidisse. O ápice que controlou o exoesqueleto por fora e alguns outros cúmplices foram empalados, o apoiador que tentou um acordo vai ser enjaulado na floresta para esperar a Incandescência e Hamin está sendo privado de drogas para o envelhecimento. Vai estar morto em quarenta ou cinquenta dias.

Gurgeh sacudiu a cabeça.

— Hamin... Não sabia que ele me temia tanto.

— Bom, ele é velho. Eles às vezes têm ideias engraçadas.

— Você acha que agora estou em segurança?

— Acho. O imperador quer você vivo para que possa destruí-lo nos tabuleiros de Azad. Mais ninguém ousaria lhe causar mal. Pode se concentrar no jogo. De qualquer forma, vou cuidar de você.

Gurgeh olhou, descrente, para o drone que zumbia.

Não conseguiu detectar nenhum traço de ironia na voz da máquina.

Gurgeh e Nicosar começaram o primeiro dos jogos menores três dias depois. Havia uma atmosfera curiosa em torno da partida final, uma sensação de anticlímax impregnava o castelo de Klaff. Em geral, esse último confronto era o auge de seis anos de trabalho e preparativos no Império, a própria apoteose de tudo o que o Azad era e representava. Dessa vez, a continuidade imperial já estava decidida. Nicosar tinha assegurado seu próximo Grande Ano de governo quando derrotou Vechesteder e Jhilno, embora, até onde o resto do Império soubesse, ainda tinha de jogar contra Krowo para decidir quem usaria a coroa. Mesmo que Gurgeh ganhasse o jogo, não faria diferença, exceto por certo orgulho ferido imperial. A corte e a Agência tratariam tudo isso como experiência e garantiriam que não iriam convidar mais nenhum alienígena decadente mas sorrateiro para tomar parte no jogo sagrado.

Gurgeh desconfiou de que muitas das pessoas ainda na fortaleza gostariam de já ter deixado Echronedal para voltar a Eä, mas a cerimônia de coroação e a confirmação religiosa ainda tinham de ser testemunhadas e ninguém teria permissão de deixar o planeta até que o fogo tivesse passado e o imperador se erguido das brasas.

Era provável que só Gurgeh e Nicosar estivessem de fato ansiosos pelo jogo; até os jogadores e analistas que observavam ficaram desalentados com a perspectiva de testemunhar um jogo que já tinham sido impedidos de discutir, mesmo entre eles. Todos os jogos de

Gurgeh depois do ponto em que tinha sido supostamente eliminado eram assuntos tabu. Não existiam. A Agência Imperial de Jogos já trabalhava duro para criar uma partida final oficial entre Nicosar e Krowo. A julgar pelos esforços anteriores, Gurgeh esperava que fosse totalmente convincente. Podia não ter a centelha definitiva de genialidade, mas iria dar para o gasto.

Então tudo já estava resolvido. O Império tinha novos marechais estelares (embora algumas mudanças fossem necessárias para substituir Yomonul), generais e almirantes, arcebispos, ministros e juízes. O curso do Império estava estabelecido e com muito pouca mudança da situação anterior. Nicosar continuaria com as políticas atuais; as premissas dos vários vencedores indicavam pouco descontentamento ou pensamentos novos. Os cortesãos e funcionários, portanto, podiam voltar a respirar com tranquilidade, sabendo que nada iria se alterar muito e suas posições estavam tão asseguradas quanto sempre estariam. Então, em vez das tensões habituais em torno do jogo final, havia uma atmosfera mais semelhante à de uma partida de exibição. Só os dois competidores a tratavam como uma verdadeira competição.

Gurgeh ficou impressionado de imediato com o jogo de Nicosar. O imperador não parava de crescer na estima do jogador; quanto mais estudava o jogo do ápice, mais percebia o quanto o oponente que enfrentava era poderoso e completo. Precisaria de mais do que sorte para derrotar Nicosar; precisaria ser outra pessoa. Desde o começo, tentou se concentrar em não levar uma surra em vez de em na verdade derrotar o imperador.

Nicosar jogava com cautela na maior parte do tempo. Então, de repente, atacava com alguma série brilhante e fluida de movimentos que pareciam, a princípio, ter sido feitos por algum louco talentoso, antes de se revelarem como os golpes de mestre que eram; respostas perfeitas para as perguntas impossíveis que eles mesmos faziam.

Gurgeh dava o seu máximo para antecipar essas fusões devastadoras de estratagema e poder e para encontrar respostas para elas assim que começavam, mas, quando os jogos menores terminaram, cerca de trinta dias antes da chegada do fogo, Nicosar tinha uma vantagem considerável em peças e cartas para levar para o primeiro dos três grandes tabuleiros. O jogador suspeitava de que sua única chance fosse aguentar da melhor maneira possível nos dois primeiros tabuleiros e torcer para que conseguisse pensar em alguma coisa no terceiro e último.

*

Os brotos-de-cinza estavam altos em torno do castelo, erguendo-se como uma maré lenta de ouro perto das muralhas. Gurgeh estava sentado no mesmo jardinzinho que havia visitado antes. Daquela vez, conseguira olhar por cima dos brotos-de-cinza para o horizonte distante; naquele momento a vista terminava a vinte metros de distância, na primeira das grandes copas amarelas. A luz do fim do dia projetava a sombra do castelo sobre o dossel. Atrás do jogador, as luzes da fortaleza se acendiam.

Ele olhou para os troncos marrons das grandes árvores e sacudiu a cabeça. Tinha perdido o jogo no Tabuleiro da Origem e no momento perdia também no Tabuleiro da Forma.

Havia alguma coisa que não estava percebendo; alguma faceta do estilo de jogo de Nicosar lhe escapava. Sabia, tinha certeza disso, mas não conseguia descobrir qual era. Tinha uma desconfiança perturbadora de que era algo muito simples, não importando o quão complexa a articulação dos tabuleiros fosse. Devia tê-la visto, analisado e avaliado muito tempo atrás e a usado em seu proveito, mas por alguma razão – alguma razão intrínseca à própria compreensão dele do jogo, tinha certeza – não conseguia. Um aspecto de seu jogo parecia ter desaparecido, e ele estava começando a achar que o golpe na cabeça que recebera durante a caçada o havia afetado mais do que imaginara a princípio.

No entanto, a nave também não parecia ter nenhuma ideia do que ele estava fazendo de errado. O conselho dela sempre parecia fazer sentido na hora, mas quando Gurgeh chegava ao tabuleiro, descobria que nunca conseguiria aplicar as ideias sugeridas. Se ia contra os próprios instintos e se forçava a seguir a sugestão da *Fator Limitante*, acabava ainda mais encrencado; nada era uma garantia maior de problemas em um tabuleiro de Azad do que tentar jogar de um modo no qual não se acreditava de verdade.

Ele se levantou devagar, esticando as costas, que naquele momento quase não doíam, e voltou para o quarto. Flere-Imsaho estava em frente à tela, assistindo a uma imagem holográfica de um diagrama estranho.

— O que você está fazendo? — perguntou Gurgeh, sentando-se em uma cadeira macia.

O drone se virou e se dirigiu a ele em marain.

— Eu descobri um jeito de desativar as escutas; podemos falar em marain agora. Isso não é ótimo?

— Acho que é — disse Gurgeh, ainda em eäquico. Ele pegou uma tela fina pequena para ver o que estava acontecendo no Império.

— Bom, você podia pelo menos usar a língua depois que me dei ao trabalho de interferir nas escutas. Não foi fácil, sabia? Não fui projetado para esse tipo de coisa. Precisei aprender muito de alguns dos meus arquivos sobre eletrônica, ótica, campos auditivos e todo esse tipo de negócio técnico. Achei que você fosse ficar satisfeito.

— Em êxtase total e absoluto — disse Gurgeh com cuidado em marain.

O jogador olhou para a tela pequena. Ela lhe contou sobre as novas indicações, a destruição de uma insurreição em um sistema distante, o progresso do jogo entre Nicosar e Krowo – Krowo não estava tão atrás quanto Gurgeh –, a vitória conquistada por tropas imperiais contra uma raça de monstros e pagamentos mais altos para indivíduos do sexo masculino que entrassem para o exército como voluntários.

— O *que* você está vendo? — perguntou ele, olhando de relance para a tela da parede, onde o estranho toro de Flere-Imsaho girava devagar.

— Você não reconhece? — disse o drone, com a voz aguda para expressar surpresa. — Achei que fosse reconhecer. É um modelo da Realidade.

— Ah... ah, sim. — Gurgeh assentiu e se voltou para a tela pequena, onde um grupo de asteroides estava sendo bombardeado por naves de batalha imperiais para sufocar a insurreição. — Quatro dimensões e tudo mais. — Ele passou dos subcanais para os programas de jogos. Alguns da segunda série ainda estavam sendo disputados em Eä.

— Bom, na verdade, sete dimensões relevantes, no caso da própria Realidade; uma dessas linhas... Você está escutando?

— Hmm? Ah, estou.

Os jogos em Eä estavam todos nos últimos estágios. Os jogos secundários de Echronedal ainda estavam sendo analisados.

—... uma dessas linhas na verdade representa todo o nosso universo... Com certeza você aprendeu tudo isso, certo?

— Hmm. — Gurgeh assentiu.

Ele nunca tinha sido particularmente interessado em teoria espacial, hiperespaço, hiperesferas e similares; nada disso parecia fazer diferença no modo como ele vivia, então qual era a importância? Havia jogos que eram mais bem compreendidos em quatro dimensões, mas Gurgeh só se preocupava com as próprias regras em particular, e as teorias gerais só significavam alguma coisa para ele quando se aplicavam especificamente àqueles jogos. Ele apertou a tela para ir para outra página... e se deparar com uma foto sua mais uma vez expressando tristeza por ter sido eliminado dos jogos, desejando o melhor para o povo e o Império de Azad e agradecendo a todos por recebê-lo. Um locutor falava por cima do volume reduzido da voz dele para dizer que Gurgeh tinha saído dos jogos da segunda série em Echronedal. O jogador deu um leve sorriso, vendo a realidade oficial na qual concordara em tomar parte sendo erguida pouco a pouco e se tornando um fato aceito.

Ergueu os olhos por um momento para o toro na tela e se lembrou de algo que o havia intrigado anos antes.

— Qual a diferença entre o hiperespaço e o ultraespaço? — perguntou ao drone. — A nave mencionou o ultraespaço uma vez e nunca consegui saber de que droga ela estava falando.

O drone tentou explicar, ilustrando com o modelo holográfico da Realidade. Como sempre, ele exagerou na explicação, mas Gurgeh, de qualquer modo, captou a ideia.

Flere-Imsaho o irritou naquela noite, falando o tempo inteiro e sem parar em marain sobre inúmeros assuntos. Depois de achá-la bastante desnecessariamente complexa no início, Gurgeh gostou de ouvir a língua outra vez e descobriu algum prazer em falá-la, mas a voz aguda e esganiçada do drone ficou cansativa após algum tempo. A máquina só calou a boca naquela noite quando fez a habitual análise do jogo um tanto negativa e deprimente com a nave, ainda em marain.

Gurgeh teve sua melhor noite de sono desde o dia da caçada e acordou sentindo, por nenhuma razão em especial, que ainda podia haver uma chance de virar o jogo.

*

Gurgeh levou a maior parte da manhã de jogo para descobrir pouco a pouco o que Nicosar tramava. Quando, por fim, conseguiu, ficou estupefato.

O imperador estava disposto a derrotar não apenas o jogador, mas toda a Cultura. Não havia outro jeito de descrever o uso de peças, território e cartas; ele montara todo o próprio lado do jogo como um império, a própria imagem de Azad.

Outra revelação atingiu Gurgeh com uma força quase tão avassaladora. Uma leitura – talvez a melhor – do jeito que sempre jogara era que ele jogava como a Cultura. Costumava montar algo como a própria sociedade ao construir as posições e movimentar as peças; uma rede, um emaranhado de forças e relacionamentos, sem nenhuma hierarquia óbvia ou liderança oculta, e a princípio bastante pacífica.

Em todas as partidas que jogara, a luta, de início, sempre tinha vindo até Gurgeh. Ele pensava no período anterior como *preparação* para a batalha, mas nesse momento viu que, se estivesse sozinho no tabuleiro, teria feito quase a mesma coisa: espalhar-se pouco a pouco pelos territórios e se consolidar gradual, calma e economicamente... Claro que isso nunca tinha acontecido; sempre era atacado e, depois que entrava na batalha, desenvolvia esse conflito de forma tão assídua e completa quanto antes de tentar desenvolver os padrões e o potencial de peças não ameaçadas e território não disputado.

Vários jogadores com quem havia competido tinham sem querer tentado ajustar esse novo estilo aos próprios termos e falhado completamente. Nicosar não estava tentando isso. Ele tinha feito outro caminho e fizera do tabuleiro um império próprio, pleno e exato em todo detalhe estrutural até os limites de definição impostos pela escala do jogo.

Gurgeh ficou espantado. Tomar consciência daquilo explodiu dentro dele como um alvorecer lento se transformando em nova, como um filete de compreensão se tornando um riacho, um rio, uma maré, um tsunami. Seus movimentos seguintes foram automáticos: movimentos de reação, não partes propriamente pensadas de sua estratégia, por mais limitada e inadequada que tivesse mostrado ser. A boca dele secara, as mãos tremiam.

Claro. Aquilo era o que não estava entendendo, o fato oculto, tão aberto e flagrante e presente para que todos vissem que era de fato invisível, óbvio demais para palavras ou compreensão. Era tão simples, tão elegante, tão incrivelmente ambicioso, mas fundamentalmente *prático* e totalmente aquilo de que o jogo inteiro se tratava para Nicosar.

Não era surpresa que ele estivesse tão desesperado para jogar contra esse homem da Cultura, se era isso o que havia planejado desde o princípio.

Até os detalhes que Nicosar e só mais um punhado de outros no Império sabiam sobre a Cultura, o verdadeiro tamanho e alcance estavam ali, incluídos e exibidos no tabuleiro, mas provavelmente indecifráveis na totalidade para aqueles que já não soubessem. O estilo do império de Nicosar no tabuleiro era uma coisa completa em total exibição, as suposições sobre as forças adversárias eram expressas em termos de frações de algo maior.

Havia também algo implacável no jeito com que o imperador tratava as próprias peças e as do adversário que Gurgeh achou ser quase uma provocação, uma tática criada para perturbá-lo. Ele enviava peças para a destruição com uma espécie de frieza alegre, enquanto Gurgeh teria se contido, tentando se preparar e se reforçar. Onde teria aceitado rendição e conversão, Nicosar devastava.

A diferença era pequena de certas maneiras – nenhum bom jogador simplesmente desperdiçava peças ou massacrava apenas por que podia –, mas a implicação de brutalidade usada estava ali, como um sabor, como um fedor, como uma bruma silenciosa pairando sobre o tabuleiro.

O jogador viu então que estava reagindo em grande parte como Nicosar teria esperado que reagisse, tentando salvar peças, fazer movimentos razoáveis, refletidos e conservadores e, em certo sentido, ignorar o jeito como o outro jogava as próprias peças na batalha e arrancava faixas de território adversário como tiras de carne rasgada. De certa forma, Gurgeh tentava desesperadamente *não* jogar contra ele; o imperador fazia uma partida bruta, dura, ditatorial e com frequência deselegante, e estava correto em supor que algo no homem da Cultura apenas não iria querer fazer parte daquilo.

Gurgeh começou a inventariar os próprios recursos, avaliando as possibilidades enquanto fazia mais alguns movimentos inconsequentes de bloqueio para dar a si mesmo tempo para pensar. O objetivo era ganhar a partida, ele estava se esquecendo disso. Nada mais importava, nada mais também dependia do resultado do jogo. O jogo em si era irrelevante, portanto tinha a possibilidade de significar tudo, e a única barreira que Gurgeh tinha para negociar era aquela erguida pelos próprios sentimentos.

Tinha de reagir, mas como? Tornar-se a Cultura? Outro império?

Já estava fazendo o papel da Cultura e não estava funcionando – como se iguala um imperador como imperialista?

Ficou ali parado no tabuleiro, vestindo as roupas um pouco ridículas reunidas para ele, e estava apenas vagamente consciente de todo o resto ao redor de si. Tentou afastar os pensamentos do jogo por um momento, olhando para o grande salão da proa do castelo de costelas aparentes, as janelas altas e abertas e o dossel amarelo de brotos-de-cinza no exterior; para as fileiras meio ocupadas de assentos, os guardas imperiais e os árbitros, as grandes formas negras de chifre do equipamento eletrônico de exibição logo acima, as muitas pessoas nas várias roupas e aparências. Tudo se traduziu em pensamento de jogo; tudo visto como se através de uma droga poderosa que distorcia tudo o que ele via em analogias retorcidas de seu poderio sobre seu cérebro.

Pensou em espelhos e campos inversores, que davam uma impressão técnica mais artificial, mas mais real visualmente. A escrita espelhada era o que dizia ser, a escrita invertida era escrita comum. Viu o toro fechado da Realidade irreal de Flere-Imsaho, se lembrou de Chamlis Amalk-ney e do alerta dele sobre fraudes; coisas que não significavam nada e alguma coisa, a harmonia do próprio pensamento.

Clique. Desligar/ligar. Como se fosse uma máquina. Cair da borda da curva da catástrofe e não ligar. Esqueceu-se de tudo e fez o primeiro movimento que viu.

Olhou para o movimento que fizera. Nada como o que Nicosar teria feito.

Um movimento arquetípico da Cultura. Sentiu uma decepção profunda. Esperava algo diferente, algo melhor.

Olhou de novo. Bem, era um movimento da Cultura, mas pelo menos era um movimento de *ataque* da Cultura; se continuasse assim, destruiria toda sua estratégia cautelosa até então, mas era só o que podia fazer se quisesse ter sequer um vislumbre de chance de resistir a Nicosar. Fingir que havia de fato muita coisa em jogo, fingir que lutava por toda a Cultura; partir para a vitória, sem levar em consideração, não importando...

Pelo menos enfim tinha encontrado um jeito de jogar.

Sabia que iria perder, mas não seria de lavada.

Ele remodelou aos poucos todo o plano de jogo para refletir o *ethos* do militante da Cultura, destruir e abandonar áreas inteiras do tabuleiro onde a mudança não iria funcionar, recuando, reagrupando e reestruturando onde iria; sacrificando-se quando necessário, destruindo e devastando o terreno que fosse preciso. Não tentou imitar a estratégia rudimentar mas devastadora de atacar e fugir de Nicosar, mas deixou as próprias posições e peças à imagem de um poder que podia acabar conseguindo lidar com esse ataque, se não naquele momento, mais tarde, quando estivesse pronto.

Gurgeh enfim começou a ganhar alguns pontos. O jogo continuava perdido, mas ainda havia o Tabuleiro da Transformação, onde finalmente poderia oferecer a Nicosar uma luta de verdade.

Uma ou duas vezes captou uma certa expressão no rosto do imperador, quando estava perto o bastante para ler as expressões do ápice, que o convenceu de que tinha feito a coisa certa, mesmo que fosse algo de algum modo esperado. Naquele instante havia ali um reconhecimento, na expressão do ápice e no tabuleiro, e até uma espécie de respeito nesses movimentos; um reconhecimento de que estavam lutando de igual para igual.

Gurgeh foi tomado pela sensação de que era como um fio, com uma energia terrível passando por si. Era uma grande nuvem pronta para lançar os raios sobre o tabuleiro, uma onda colossal seguindo pelo oceano na direção da costa adormecida, um grande pulso de energia fundida de um coração planetário, um deus com o poder de destruir e criar à vontade.

Tinha perdido o controle das próprias glândulas de drogas. A mistura de compostos químicos na corrente sanguínea tinha tomado conta e seu cérebro se sentia saturado com uma única ideia abrangente, como uma febre: vencer, dominar, controlar; um conjunto de ângulos definindo um desejo, a determinação única e absoluta.

As pausas e os momentos em que dormia eram irrelevantes, apenas intervalos entre a vida real do tabuleiro e da partida. Ele funcionava, falando com o drone, a nave ou outras pessoas, comendo, dormindo e passeando... mas isso não era nada, era irrelevante. Tudo o que havia fora era apenas um cenário e uma ambientação para o jogo.

Observou as forças rivais crescerem como uma maré através do grande tabuleiro, e elas falavam uma língua estranha, cantavam uma música esquisita que era ao mesmo tempo um conjunto perfeito de harmonias e uma batalha para controlar a escrita dos temas. O que o jogador via à frente era como um único organismo enorme; as peças pareciam se mover como se tivessem uma vontade que não era dele nem do imperador, mas algo enfim ditado pelo próprio jogo, uma expressão absoluta de sua essência.

Ele viu. Sabia que Nicosar via. Mas duvidava de que qualquer outra pessoa pudesse ver também. Os dois eram como amantes secretos, em segurança no grande ninho de seu quarto, abraçados juntos diante de centenas de pessoas que observavam e lhes assistiam, mas não conseguiam interpretar e nunca saberiam o que era aquilo que testemunhavam.

O jogo no Tabuleiro da Forma terminou. Gurgeh perdeu, mas tinha se recuperado da situação limite e a vantagem que Nicosar levaria para o Tabuleiro da Transformação estava longe de ser decisiva.

Os dois oponentes se separaram com o término daquele ato, o último ainda por vir. Gurgeh deixou o salão da proa exausto, esgotado e gloriosamente feliz e dormiu por dois dias. O drone o acordou.

— Gurgeh? Você está acordado? Deixou de ser vago?

— Do que você está falando?

— De você, do jogo. O que está acontecendo? Nem a nave conseguiu descobrir o que estava se passando naquele tabuleiro.

O drone flutuava acima dele, marrom e cinza, zumbindo baixo. Gurgeh esfregou os olhos, piscou. Era de manhã, faltavam cerca de dez dias para a chegada do fogo. Sentiu-se como se estivesse acordando de um sonho mais vívido e real do que a realidade.

Ele bocejou, se sentando.

— Eu fui vago?

— A dor incomoda? Uma supernova é brilhante?

Gurgeh se espreguiçou, com um sorriso malicioso.

— Nicosar não está levando para o lado pessoal — falou, se levantando e indo até a janela.

Saiu para a varanda. Flere-Imsaho resmungou e jogou um robe ao redor do homem.

— Se você vai começar a falar em charadas outra vez…

— Que charadas? — Gurgeh sorveu o ar brando. Flexionou os braços e ombros de novo. — Este não é um belo castelo antigo, drone? — disse ele, apoiando-se na balaustrada de pedra e respirando fundo mais uma vez. — Eles sabem como construir castelos, não sabem?

— Acho que sabem, mas Klaff não foi construído pelo Império. Eles o tomaram de outra espécie humanoide que costumava fazer uma cerimônia semelhante à que realizam para coroar o imperador. Mas não mude de assunto. Eu lhe fiz uma pergunta. Que estilo é esse? Você tem andado muito vago e estranho nos últimos dias; pude ver que estava se concentrando, então não abordei a questão, mas eu e a nave gostaríamos de saber.

— Nicosar assumiu o papel do Império, daí vem o estilo dele. Eu não tive escolha além de me tornar a Cultura, daí o meu. É simples assim.

— Não parece.

— É violento. Pense nisso como uma espécie de estupro recíproco.

— Acho que você devia se aprumar, Jernau Gurgeh.

— Eu estou… — começou a dizer Gurgeh, então parou para verificar. Franziu o cenho, desesperado. — Estou perfeitamente aprumado, seu idiota! Agora por que não faz algo útil e me pede o café da manhã?

— Sim, mestre — disse Flere-Imsaho emburrado e voltou para dentro do quarto.

Gurgeh olhou para o tabuleiro vazio do céu azul, com a mente já acelerada com planos para o jogo no Tabuleiro da Transformação.

Flere-Imsaho observou o jogador ficar ainda mais intenso e absorto nos dias entre o segundo jogo e o final. Ele mal parecia ouvir o que lhe era dito, tinha de ser lembrado de comer e dormir. O drone não teria acreditado nisso, mas por duas vezes o viu sentado com uma expressão de dor no rosto, olhando para o nada. Ao fazer uma ultrassonografia remota, descobriu que a bexiga dele estava cheia a ponto de explodir; precisava que lhe dissessem quando fazer xixi! Passava o dia inteiro, todo dia, concentrado olhando para o nada ou estudando febrilmente reprises de jogos antigos. E embora possa ter ficado um breve período sem drogas após o longo sono, logo em seguida começou a glandular de novo e não parou mais. O drone usou o efetuador para monitorar as ondas cerebrais do homem e descobriu que, mesmo quando parecia dormir, na verdade não era sono; aquilo estava mais para sonhos lúcidos controlados. As glândulas de drogas estavam obviamente funcionando o tempo inteiro com força total, e pela primeira vez havia mais sinais reveladores do uso intenso de substâncias no corpo de Gurgeh do que no do adversário dele.

Como podia jogar em um estado desses? Se dependesse de Flere-Imsaho, ele faria o homem parar naquele momento. Mas o drone tinha ordens. Tinha um papel a cumprir, e o havia cumprido, e tudo o que podia fazer agora era esperar para ver o que aconteceria.

Mais pessoas estavam presentes no início do jogo no Tabuleiro da Transformação do que tinham estado nos dois anteriores. Os outros jogadores ainda tentavam descobrir o que estava acontecendo naquela partida estranha, complicada e impenetrável, e queriam ver o que aconteceria nesse tabuleiro final, em que o imperador começou com uma vantagem considerável, mas no qual se sabia que o alienígena era especialmente bom.

Gurgeh tornou a mergulhar no jogo, um anfíbio em águas acolhedoras. Por alguns movimentos, apenas se glorificou na sensação de voltar para casa, para o próprio elemento, e na pura alegria da competição, sentindo prazer em exercitar as forças e os poderes, na tensão e no preparo das peças e posições. Então, ele se afastou dessas jogadas na direção do negócio sério da construção e da caça, do fazer, do conectar, do destruir e do cortar; a busca e a destruição.

O tabuleiro se transformou na Cultura e no Império outra vez. A disposição foi feita pelos dois: um campo de matança glorioso, belo e mortal, insuperavelmente refinado, agradável e predatório, criado a partir das crenças de Nicosar e dele juntas. A imagem das duas mentes; um holograma de pura coerência, ardendo como uma onda alta de fogo pelo tabuleiro, um mapa perfeito dos cenários de pensamento e fé dentro das cabeças deles.

Gurgeh começou o movimento lento que era derrota e vitória juntos antes mesmo de saber disso. Nada tão sutil, tão complexo, tão belo jamais havia sido visto em um tabuleiro de Azad. Ele acreditava nisso, sabia disso. E faria com que se tornasse verdade.

O jogo continuou.

Intervalos, dias, noites, conversas, refeições iam e vinham em outra dimensão; uma coisa monocromática, uma imagem insípida e granulada. *Ele* estava em um lugar completamente diferente. Outra dimensão, outra imagem. Seu crânio era uma bolha com um tabuleiro dentro, seu eu exterior apenas outra peça para ser movida de um lado para o outro.

Não falava com Nicosar, mas eles dialogavam, realizavam uma troca de humores e sensações de textura requintada através daquelas peças que moviam e os moviam; uma canção, uma dança, um poema perfeito. As pessoas enchiam o salão de jogos todos os dias dali em diante, concentradas no trabalho fabuloso e desconcertante que tomava forma à frente; tentando ler aquele poema, ver mais fundo naquela imagem em movimento, ouvir aquela sinfonia, tocar aquela escultura viva e assim entendê-la.

Vai continuar até o fim, pensou Gurgeh consigo mesmo um dia, e ao mesmo tempo em que a banalidade do pensamento o atingiu, viu que havia terminado. O clímax fora alcançado. Estava acabado, destruído, não podia mais ser. O fim não havia chegado, mas era o fim. Ele foi invadido por uma tristeza terrível, que tomou conta de si como se fosse uma peça e fez com que balançasse e quase caísse, de modo que teve de ir até a banqueta e se sentar nela como um velho.

— Ah... — Ele se ouviu dizer.

Olhou para Nicosar, mas o imperador ainda não tinha visto. Ele estava olhando para as cartas de elemento, tentando descobrir um modo de alterar o terreno à frente do avanço seguinte.

Gurgeh não pôde acreditar. O jogo estava acabado, *ninguém* conseguia ver isso? Olhou com desespero para os rostos dos funcionários, dos espectadores, dos observadores e árbitros. O que havia de errado com todos eles? Tornou a olhar para o tabuleiro, torcendo desesperado para que pudesse ter deixado passar alguma coisa, cometido algum erro que significasse que ainda havia algo que Nicosar pudesse fazer, que a dança perfeita pudesse durar mais um pouco. Não conseguia ver nada, estava acabado. Olhou para o horário no quadro de pontuação. Era quase hora de encerrar o dia. Do lado de fora, a noite estava escura. Tentou lembrar que dia era. O fogo deveria chegar logo, não deveria? Talvez nessa noite ou no dia seguinte. Será que já tinha chegado? Não, até ele teria percebido. As grandes janelas altas do salão da proa ainda estavam sem proteção, abrindo-se para a escuridão onde os enormes brotos-de-cinza esperavam, carregados de frutos.

Acabado, acabado, acabado. O belo jogo dele – deles – acabado, morto. O que ele tinha feito? Levou as mãos cerradas à boca. *Nicosar, seu tolo!* O imperador tinha caído, mordido a isca, entrado na corrida e a seguido para ser despedaçado perto do palanque alto, com tempestades de lascas antes do fogo.

Impérios tinham caído para bárbaros antes, e sem dúvida isso aconteceria novamente. Gurgeh sabia disso desde a infância. As crianças da Cultura aprendiam essas coisas. Os bárbaros invadem e são dominados. Nem sempre, alguns impérios se dissolvem e terminam, mas muitos absorvem, muitos recebem os bárbaros e acabam por conquistá-los. Fazem com que vivam como o povo que estavam dispostos a conquistar. A arquitetura do sistema os canaliza, os cativa, os seduz e os transforma, exigindo deles o que antes não podiam dar, mas pouco a pouco passam a oferecer. O império sobrevive, os bárbaros sobrevivem, mas o império não existe mais e os bárbaros não podem ser encontrados em lugar nenhum.

A Cultura tinha se tornado o Império; o Império, os bárbaros. Nicosar parecia triunfante, com peças por toda parte, adaptando-se, tomando, mudando e se movimentando para matar. Mas seria uma morte-mudança própria; não podiam sobreviver como estavam, isso não era óbvio? Iriam se tornar de Gurgeh ou neutras, o renascimento delas de responsabilidade dele. Fim.

Uma sensação de formigamento começou por trás do nariz do jogador e ele chegou para trás no assento, tomado pela tristeza do final do jogo e esperando lágrimas.

Nenhuma surgiu. Uma leve repreensão do corpo por usar os elementos tão bem e tanta água. Ele afogaria os ataques de Nicosar. O imperador jogava com fogo e seria apagado. Nenhuma lágrima derramada para ele.

Alguma coisa deixou Gurgeh, apenas refluiu, se apagou, relaxou seu aperto sobre ele. O salão estava frio, recheado com uma fragrância espiritual e o som farfalhante das copas dos brotos-de-cinza do lado de fora, além das janelas altas e largas. As pessoas conversavam baixo nas galerias.

O jogador olhou ao redor e viu Hamin sentado nos assentos da faculdade. O velho ápice parecia encolhido como uma boneca, a casca pequena e murcha do que tinha sido, o rosto enrugado e o corpo disforme. Gurgeh o encarou. Esse era um dos fantasmas deles? Estivera ali o tempo todo? Ainda estava vivo? O ápice insuportavelmente velho parecia olhar fixo para o centro do tabuleiro, e por um instante absurdo, Gurgeh achou que a velha criatura já estava morta e que haviam levado o corpo ressecado dele para o salão da proa como algum tipo de troféu, uma ignomínia final.

Então soou o clarim para anunciar o fim da noite de jogo e dois guardas imperiais chegaram e levaram embora o ápice moribundo na cadeira de rodas. A cabeça encolhida e envelhecida olhou na direção do jogador por um breve instante.

Gurgeh sentiu como se tivesse estado em algum lugar distante, em uma grande viagem da qual acabara de retornar. Olhou para Nicosar, que se consultava com alguns dos conselheiros enquanto os árbitros anotavam as posições de encerramento e as pessoas nas galerias se levantavam e começavam a conversar. Ele imaginava que Nicosar parecia inquieto, até mesmo preocupado? Talvez estivesse. De repente sentiu muita pena do imperador, de todos eles, de todo mundo.

Deu um suspiro, e foi como o último alento de uma grande tempestade que tivesse passado através dele. Esticou os braços e pernas, se levantou outra vez. Olhou para o tabuleiro. Sim, acabado. Ele tinha conseguido. Ainda havia muita coisa a fazer, muita coisa a acontecer, mas Nicosar perderia. Podia escolher como iria acontecer: avançar e ser absorvido, recuar e ser dominado, enlouquecer e destruir tudo. Mas o império dele no tabuleiro estava acabado.

Os olhares dos dois se encontraram por um momento. Podia ver pela expressão do adversário que Nicosar ainda não havia compreendido por completo, mas sabia que o ápice também o estava lendo e provavelmente podia ver a mudança no homem, a sensação de vitória... Gurgeh baixou os olhos dessa visão dura, se virou e foi embora do salão.

Não houve aplausos, não houve congratulações. Mais ninguém conseguia ver. Flere-Imsaho estava, como de hábito, preocupado e irritante, mas também não tinha visto nada e ainda perguntou como Gurgeh achava que o jogo estava indo. Ele mentiu. A *Fator Limitante* acreditava que as coisas se encaminhavam para uma situação difícil. Ele não se deu ao trabalho de contar a ela. Mas esperava mais da nave.

O jogador comeu sozinho, com a mente vazia. Passou a noite nadando em uma piscina nas profundezas do castelo, escavada no afloramento rochoso sobre o qual a fortaleza havia sido construída. Estava sozinho. Todas as outras pessoas tinham ido para as torres do castelo e as muralhas mais altas ou tomaram carros aéreos para observar o brilho distante no céu a oeste, onde a Incandescência havia começado.

Gurgeh nadou até se sentir cansado, então se secou, vestiu calça, camisa e uma jaqueta leve e foi dar uma caminhada em torno da muralha do castelo.

O céu noturno estava escuro sob uma cobertura de nuvens. Os grandes brotos-de-cinza, mais altos do que os muros externos, continham a luz distante da Incandescência que se aproximava. Guardas imperiais estavam lá fora, cuidando para que ninguém desse início ao fogo antes da hora; o jogador teve de provar a eles que não estava carregando nada que pudesse produzir uma fagulha ou chama antes de permitirem que saísse da fortaleza, onde proteções para as janelas eram preparadas e as passagens estavam molhadas após testes com o sistema de irrigação.

Os brotos-de-cinza rangiam e farfalhavam na escuridão sem vento, expondo superfícies novas, secas e inflamáveis ao ar fragrante, camadas de casca que se soltavam dos grandes bulbos de líquido inflamável que pendiam dos galhos mais altos. O ar da noite estava saturado com o cheiro intoxicante da seiva.

Uma sensação de calma baixou sobre a antiga fortaleza, um clima religioso de antecipação respeitosa que até Gurgeh experimentou como uma mudança tangível no lugar. O barulho de carros aéreos voltando, chegando do alto de uma faixa molhada de floresta até o castelo, o lembrou que todo mundo devia estar dentro do castelo até a meia-noite, então ele voltou devagar, sorvendo a atmosfera de expectativa imóvel como algo precioso que não podia durar muito tempo ou talvez jamais tornar a acontecer.

Mesmo assim, não estava cansado. A fadiga agradável do nado tinha se tornado apenas uma espécie de formigamento de fundo no corpo dele, então quando subiu a escada até o nível do quarto, não parou, mas continuou subindo, mesmo quando o clarim anunciou a meia-noite.

Gurgeh por fim saiu em uma muralha alta abaixo de uma torre larga e atarracada. A passarela circular estava molhada e escura. Olhou para o oeste, onde um brilho vermelho leve e enevoado iluminava a borda do céu. A Incandescência ainda estava longe, abaixo do horizonte, seu brilho refletido nas nuvens como um pôr do sol lívido e artificial. Apesar daquela luz, ele estava consciente da profundidade e imobilidade da noite quando ela se assentou em torno do castelo, silenciando-o. Encontrou uma porta na torre e subiu para o topo com galerias projetadas. Apoiou-se na pedra e olhou para o norte, onde ficavam os morros baixos. Escutou o gotejamento de um irrigador vazando em algum lugar abaixo dele e o farfalhar quase inaudível dos brotos-de-cinza enquanto se preparavam para a própria destruição. As colinas estavam invisíveis; desistiu de tentar identificá-las e voltou-se outra vez para aquela faixa meio curva de vermelho escuro no oeste.

Uma sirene soou em algum lugar do castelo, depois outra e mais outra. Houve outros ruídos também, gritos e passos correndo distantes, como se o castelo estivesse acordando outra vez. Ele se perguntou o que estava acontecendo, então fechou a jaqueta fina, de repente sentindo o frescor da noite, quando uma brisa leve do leste começou.

A tristeza que sentira durante o dia não o havia deixado de todo. Na verdade, havia se aprofundado, tornando-se uma coisa menos óbvia, mas mais integral. Como aquele jogo tinha sido belo; o quanto desfrutara dele, exultara com ele... mas só por tentar levar ao fim, só garantindo que aquela alegria teria vida curta. Perguntou-se se Nicosar já tinha percebido; devia ter tido pelo menos uma desconfiança. Gurgeh se sentou em um banquinho de pedra.

Ele percebeu de repente que sentiria falta de Nicosar. Sentiu-se mais próximo do imperador, de certas maneiras, do que jamais havia se sentido de alguém; aquele jogo tinha sido de uma intimidade profunda, um compartilhamento de experiências e sensações que duvidava que qualquer outro relacionamento pudesse igualar.

Depois de algum tempo, deu um suspiro, se levantou do banco e foi até o parapeito outra vez, olhando para o caminho pavimentado aos pés da torre. Havia dois guardas imperiais ali parados, vistos sem distinção sob a luz que se derramava da porta aberta. Os rostos pálidos deles estavam virados para o alto, encarando-o. Gurgeh ficou na dúvida se deveria acenar ou não. Um deles ergueu o braço; uma luz forte brilhou sobre o jogador, que protegeu os olhos. Uma terceira figura, mais escura, que ele não tinha percebido antes, seguiu na direção da torre e entrou nela pela porta iluminada. O feixe da lanterna desligou. Os guardas assumiram posição dos dois lados da porta.

Passos soaram no interior da torre. Gurgeh se sentou no banco de pedra outra vez e esperou.

— Morat Gurgeh, boa noite.

Era Nicosar; a figura escura e um pouco curvada do imperador de Azad saiu do interior da construção.

— Vossa Alteza...

— Sente-se, Gurgeh — disse a voz baixa.

Nicosar se juntou a ele no banco, o rosto como uma lua branca indistinta à frente, iluminado apenas pelo brilho suave da escadaria da torre. Gurgeh se perguntou se Nicosar sequer conseguia vê-lo. O rosto de lua se virou e olhou para a mancha carmim que tomava o horizonte.

— Houve um atentado contra minha vida, Gurgeh — disse o imperador em voz baixa.

— Um... — começou o jogador, horrorizado. — Vossa Alteza está bem?

O rosto de lua moveu-se para trás.

— Estou ileso. — O ápice ergueu uma das mãos. — Por favor, nada de "vossa alteza" agora. Estamos sozinhos, não há quebra de protocolo. Eu queria explicar a você pessoalmente por que o castelo está sob lei marcial. A Guarda Imperial assumiu todos os comandos. Eu não antecipo outro ataque, mas é preciso tomar cuidado.

— Mas quem faria isso? Quem atacaria você?

Nicosar olhou para o norte e para as colinas invisíveis.

— Acreditamos que os responsáveis podem ter tentado escapar pelo viaduto até os lagos reservatórios, então mandei alguns guardas para lá, também. — Ele se voltou lentamente para o homem e a voz dele estava suave. — Essa foi uma situação interessante em que você me colocou, Morat Gurgeh.

— Eu... — Gurgeh suspirou e olhou para os próprios pés. —... É. — Então olhou para o círculo de rosto branco à frente dele. — Desculpe; quero dizer que está... quase terminado. — Ouviu a voz baixar e não conseguiu encarar Nicosar.

— Bem — disse em voz baixa o imperador —, veremos. Posso ter uma surpresa para você de manhã.

Gurgeh ficou surpreso. O rosto pálido indistinto à frente dele estava vago demais para que lesse a expressão, mas Nicosar poderia estar falando sério? Com certeza o ápice podia ver que a própria posição estava perdida; será que ele tinha visto algo que Gurgeh não vira? De imediato começou a se preocupar. Será que estava confiante demais? Ninguém mais tinha percebido nada, nem mesmo a nave; e se estivesse errado? Quis ver o tabuleiro de novo, mas mesmo a imagem imperfeitamente detalhada que ainda levava na mente era precisa o bastante para mostrar como estavam os respectivos destinos dos dois: a derrota de Nicosar era implícita, mas certa. Tinha certeza de que não havia saída para o imperador, o jogo *precisava* estar terminado.

— Diga-me uma coisa, Gurgeh — falou Nicosar sem erguer a voz. O círculo branco encarou o jogador outra vez. — Por quanto tempo você realmente aprendeu o jogo?

— Nós lhe dissemos a verdade. Dois anos. De forma intensiva, mas...

— Não minta para mim, Gurgeh. Não é mais preciso.

— Nicosar, eu não mentiria para você.

O rosto de lua se sacudiu devagar.

— Como quiser. — O imperador permaneceu em silêncio por alguns instantes. — Você deve ter muito orgulho de sua Cultura.

Ele pronunciou a última palavra com uma aversão que Gurgeh poderia ter achado cômica se não fosse tão obviamente sincera.

— Orgulho? — disse o jogador. — Não sei. Eu não a criei. Só calhei de nascer dentro dela, eu…

— Não seja simplista, Gurgeh. Estou falando do orgulho de ser parte de alguma coisa. O orgulho de representar seu povo. Vai me dizer que não sente isso?

— Eu… um pouco, talvez sim… mas não estou aqui como um campeão, Nicosar. Não estou representando nada, só a mim mesmo. Estou aqui para jogar o jogo, só isso.

— Só isso — repetiu Nicosar em voz baixa. — Bem, imagino que possamos dizer que você o jogou bem.

Gurgeh desejou poder ver o rosto do ápice. A voz dele tinha vacilado? Aquilo era um tremor nela?

— Obrigado, mas metade do crédito pelo jogo é seu… mais da metade, porque você estabeleceu…

— Eu não quero seus *elogios!*

Nicosar o golpeou com uma das mãos e o acertou na boca. Os anéis pesados cortaram a bochecha e os lábios do homem.

Gurgeh balançou para trás, atônito, atordoado com o choque. O imperador se ergueu de repente e foi até o parapeito, com as mãos como garras sobre a pedra escura. O jogador tocou o rosto ensanguentado. A mão dele tremia.

— Você me enoja, Morat Gurgeh — disse Nicosar para o brilho vermelho no oeste. — Sua moralidade cega e insípida nem consegue responder pelo próprio sucesso que você teve aqui, e você trata esse jogo de batalha como uma dança suja. Ele está aí para ser lutado e combatido, e você tentou seduzi-lo. Você o perverteu, substituiu nossos testemunhos sagrados por sua pornografia imunda… você o sujou… *homem.*

Gurgeh tocou o sangue nos lábios. Sentia-se tonto, com a cabeça flutuando.

— Isso… pode ser como você vê as coisas, Nicosar. — Ele engoliu um pouco do sangue denso e salgado. — Não acho que está sendo totalmente justo com…

— *Justo?* — gritou o imperador, aproximando-se e parando à frente do jogador, bloqueando a vista do fogo distante. — Por que alguma coisa precisa ser *justa?* A vida é justa? — Ele estendeu a mão e pegou Gurgeh pelo cabelo, sacudindo a cabeça dele. — É? É?

Gurgeh deixou o ápice sacudi-lo. O imperador soltou seu cabelo depois de um momento, segurando a própria mão como se tivesse tocado em algo sujo. O jogador limpou a garganta.

— Não, a vida não é justa. Não intrinsecamente.

O ápice lhe deu as costas, desesperado, e agarrou o topo retorcido de pedra da muralha.

— Mas nós podemos tentar torná-la justa — continuou Gurgeh. — É um objetivo que podemos mirar. Você pode escolher fazer isso ou não. Nós escolhemos. Desculpe se nos acha tão repulsivos por isso.

— "Repulsa" mal chega a ser adequado para o que eu sinto por sua preciosa Cultura, Gurgeh. Não tenho certeza se possuo as palavras para lhe explicar o que sinto por sua... Cultura. Vocês não conhecem glória, orgulho, veneração. Têm poder, eu vi isso, sei o que podem fazer... Mas ainda assim são impotentes. Sempre serão. Os mansos, os patéticos, os assustados e intimidados... eles não podem durar muito, não importa o quanto as máquinas dentro das quais andam por aí sejam terríveis e incríveis. No fim, vocês vão cair; toda a sua maquinaria reluzente não vai salvá-los. Os fortes sobrevivem. É isso o que a vida nos ensina, Gurgeh, é isso o que o jogo nos mostra. Esforço para ser o mais forte, luta para provar valor. Essas não são frases vazias, são a verdade!

Gurgeh observou as mãos pálidas agarradas à pedra escura. O que ele podia dizer para esse ápice? Discutiriam metafísica ali, com a ferramenta imperfeita da linguagem, quando tinham passado os últimos dez dias desenvolvendo a imagem mais perfeita de ambas filosofias concorrentes que eram capazes de expressar, provavelmente em qualquer forma?

De qualquer maneira, o que poderia dizer? Que a inteligência era capaz de ultrapassar e subjugar a força cega e com ênfase em mutação, luta e morte da evolução? Que a cooperação consciente era mais eficiente do que a competição selvagem? Que o Azad podia ser muito mais do que uma mera batalha, se fosse usado para articular, comunicar e definir…? Ele tinha feito tudo isso, dito tudo isso, e o dissera melhor do que jamais conseguiria naquele momento.

— Você não ganhou, Gurgeh — disse Nicosar com a voz baixa e áspera, quase rouca. — Sua espécie nunca vai vencer. — Ele se virou e olhou para o jogador. — Seu pobre homem patético. Você joga, mas não entende nada disso, não é?

Gurgeh ouviu o que pareceu pena genuína na voz do ápice.

— Acho que você já decidiu que eu não entendo — falou a Nicosar.

O imperador riu, voltando-se para o reflexo distante do fogo amplo como um continente ainda abaixo do horizonte. O som morreu em uma espécie de tosse. Ele abanou uma das mãos para o homem.

— Seu tipo nunca vai entender. Vocês vão apenas ser usados. — Então sacudiu a cabeça na escuridão. — Volte para seu quarto, *morat*. Vejo você de manhã. — O rosto de lua olhou para o horizonte e o brilho avermelhado se esfregou na superfície inferior das nuvens. — O fogo, então, já deve estar aqui.

Gurgeh esperou um momento. Era como se já tivesse ido. Sentiu-se dispensado, esquecido. Até as últimas palavras de Nicosar soaram como se na verdade não fossem para ele.

O homem se levantou em silêncio e desceu a torre pouco iluminada. Dois guardas estavam impassíveis do lado de fora da porta ao pé da torre. Gurgeh olhou para o alto e viu Nicosar ali nas ameias, o rosto achatado e pálido olhando para o fogo que se aproximava, mãos brancas apertando pedra fria. Observou-o por alguns instantes, então se virou e foi embora, descendo pelos corredores e salões onde guardas imperiais rondavam, mandando todo mundo de volta para os quartos e trancando as portas, observando todas as escadas e elevadores e acendendo todas as luzes, de modo que o castelo silencioso ardia à noite, como um grande navio de pedra em um mar sombriamente dourado.

Flere-Imsaho estava passando pela programação dos canais quando Gurgeh voltou para o quarto. O drone lhe perguntou o que tinha sido toda a confusão no castelo. Ele contou.

— Não pode ser tão ruim — disse o drone, com um balançar-dar de ombros. Então tornou a olhar para a tela. — Eles não estão tocando música marcial. Entretanto, nenhuma comunicação para fora é possível. O que aconteceu com a sua boca?

— Eu caí.
— Aham.
— Podemos contatar a nave?
— Claro.
— Diga para ela aumentar a força. Nós podemos precisar dela.
— Nossa, você está ficando cauteloso. Está bem.
Gurgeh foi para a cama, mas ficou acordado, ouvindo o ronco crescente do vento.

No topo da torre alta, o ápice observou o horizonte por várias horas, ao que parecia preso à pedra como uma estátua pálida ou uma pequena árvore nascida de uma semente errante. O vento do leste refrescava, agitando a roupa escura da figura estacionária e uivando em torno do castelo preto e brilhante, atravessando o dossel de brotos-de-cinza balançantes com um barulho igual ao mar.

O alvorecer chegou. Primeiro iluminou as nuvens, depois tocou a borda do horizonte limpo no leste com ouro. Ao mesmo tempo, na imobilidade escura do oeste onde a borda da terra luzia vermelha, um brilho amarelo-alaranjado flamejante apareceu, então estremeceu e desapareceu, em seguida voltou, ganhou luminosidade e se espalhou.

A figura na torre deixou aquela brecha que aumentava no céu vermelho e preto e – olhando para trás por um instante, para o amanhecer – balançou por um momento, como se apanhado entre as correntes de luz rivais que emanavam de cada horizonte iluminado.

Dois guardas foram até o quarto. Eles destrancaram a porta e disseram que Gurgeh e a máquina eram solicitados no salão da proa. O jogador vestia as túnicas de Azad. Os guardas lhe disseram que seria um prazer para o imperador que eles abandonassem as túnicas regulamentares para o jogo daquela manhã. Gurgeh olhou para Flere-Imsaho e foi se trocar. Vestiu uma camisa limpa, a calça e a jaqueta que havia usado na noite anterior.

— Então, finalmente, vou ter a chance de assistir, que emoção — disse Flere-Imsaho enquanto seguiam para o salão de jogos.

Gurgeh não disse nada. Guardas escoltavam grupos de pessoas de várias partes do castelo. Do lado de fora, por trás de portas e janelas já com proteção, o vento uivava.

O jogador não tivera vontade de tomar café da manhã. A nave entrara em contato mais cedo naquele dia para parabenizá-lo. Ela enfim tinha visto. Na verdade, achava que havia uma saída para Nicosar, mas só para um empate. E nenhum cérebro humano poderia executar a jogada necessária. Ela reassumira o padrão de espera de alta velocidade, pronta para intervir no momento em que sentisse qualquer coisa errada. Enxergava através dos olhos de Flere-Imsaho.

Quando chegaram ao salão da proa do castelo e ao Tabuleiro da Transformação, Nicosar já estava lá. O ápice usava o uniforme de comandante-chefe da Guarda Imperial, um conjunto completo de roupas severo e sutilmente ameaçador com espada cerimonial. Gurgeh se sentiu um tanto desmazelado na jaqueta velha. O salão da proa estava quase cheio. Pessoas, escoltadas pelos guardas onipresentes, ainda seguiam para a arquibancada. Nicosar ignorou Gurgeh; o ápice falava com um oficial da guarda.

— Hamin! — disse Gurgeh, indo até onde o velho ápice estava sentado, diante dos assentos, com o corpo diminuto e retorcido curvado e desalentado entre dois guardas musculosos. O rosto dele estava encarquilhado e amarelo. Um dos guardas estendeu a mão para impedir que o jogador se aproximasse mais. Ele parou em frente ao banco e se abaixou para olhar no rosto enrugado do velho reitor.

— Hamin, você consegue me ouvir?

Pensou de novo, de maneira absurda, que o ápice estivesse morto, então os olhos pequeninos piscaram e um se abriu, vermelho-amarelado e grudento com secreções cristalinas. A cabeça de aparência encolhida se moveu um pouco.

— Gurgeh...

O olho se fechou e a cabeça balançou. Gurgeh sentiu uma mão na manga e foi conduzido para seu assento na beira do tabuleiro.

As janelas com varanda do salão da proa estavam fechadas, os vidros chacoalhavam nas molduras de metal, mas as proteções contra o fogo ainda não tinham sido baixadas. Do lado de fora, sob um céu plúmbeo, os brotos-de-cinza altos se agitavam com a ventania, e o barulho do vento formava um fundo grave para as conversas baixas das pessoas em movimento que ainda encontravam os próprios lugares no grande salão.

— Eles não deviam ter abaixado as proteções? — perguntou Gurgeh ao drone.

Ele se sentou na banqueta. Flere-Imsaho flutuava, zumbindo e crepitando atrás dele. O árbitro e os ajudantes conferiam as posições das peças.

— Deviam — disse Flere-Imsaho. — O fogo está a menos de duas horas de distância. Podem baixar as proteções nos últimos minutos se for preciso, mas em geral não esperam tanto. Eu tomaria cuidado, Gurgeh. Legalmente, o imperador não tem permissão de invocar a opção física nesse estágio, mas tem alguma coisa estranha acontecendo. Eu posso sentir.

Gurgeh quis dizer alguma coisa mordaz sobre os sentidos do drone, mas estava com o estômago embrulhado e também sentia que havia algo errado. Ele olhou para o banco onde Hamin se sentava. O ápice enrugado não tinha se movido. Os olhos dele permaneciam fechados.

— Tem outra coisa — disse Flere-Imsaho.

— O quê?

— Tem algum tipo de equipamento extra ali em cima, no teto.

Gurgeh olhou para o alto sem que isso ficasse óbvio demais. O emaranhado de equipamentos de exibição de imagem e módulos de controle eletrônico tinha a aparência de sempre, mas ele nunca o havia observado com muita atenção.

— Que tipo de equipamento?

— Equipamento preocupantemente opaco a meus sentidos, o que não deveria ser. E aquele coronel da guarda está conectado a um microfone ótico remoto.

— O oficial falando com Nicosar?

— É. Isso não é contra as regras?

— Deveria ser.

— Quer levantar isso com o árbitro?

O árbitro estava parado na borda do tabuleiro, entre dois guardas musculosos. Parecia assustado e desgostoso. Quando o olhar dele parou em Gurgeh, pareceu passar direto através do jogador.

— Tenho a sensação — Gurgeh sussurrou — de que não adiantaria de nada.

— Eu também. Quer que eu peça à nave para vir?

— Ela consegue chegar aqui antes do fogo?

— Bem a tempo.

Gurgeh não precisou pensar muito.

— Faça isso — disse ele.

— Sinal enviado. Você se lembra do treinamento com o implante?

— Nitidamente.

— Ótimo — disse com azedume Flere-Imsaho. — Um deslocamento em alta velocidade de um ambiente hostil com algum equipamento efetuador indefinido por perto. Era disso que eu precisava.

O salão estava cheio, as portas estavam fechadas. O árbitro olhou ressentido para o coronel da guarda parado perto de Nicosar. O oficial fez um brevíssimo aceno com a cabeça. O árbitro anunciou o recomeço do jogo.

Nicosar fez alguns movimentos inconsequentes. Gurgeh não conseguia ver qual era o objetivo do imperador. Devia estar tentando fazer alguma coisa, mas o quê? Não parecia ter nada a ver com ganhar o jogo. Tentou ver os olhos dele, mas o ápice se recusava a olhá-lo. Gurgeh esfregou o lábio e a bochecha cortados. *Sou invisível*, pensou.

Os brotos-de-cinza balançavam e se agitavam na tempestade do lado de fora; as folhas tinham se espalhado na extensão máxima e, chicoteados pela ventania, as árvores pareciam indistintas e misturadas, como um grande organismo obscuro e amarelo estremecendo e preparado além dos muros do castelo. Gurgeh podia sentir pessoas se movimentando inquietas no salão, murmurando umas com as outras e olhando para as janelas ainda não protegidas. Os guardas permaneciam nas saídas, de armas prontas.

Nicosar fez certos movimentos, colocando cartas de elemento em posições específicas. Gurgeh ainda não conseguia ver qual era o objetivo de tudo aquilo. O barulho da tempestade além das janelas que tremiam era suficiente para quase abafar as vozes das pessoas no salão. O cheiro da seiva e dos fluidos voláteis impregnava o ar, e alguns pedaços secos de folhas tinham conseguido entrar de algum modo no salão e voavam, flutuavam e rodopiavam em correntes no interior do grande aposento.

Alto no céu escuro como rocha do outro lado das janelas, o laranja flamejante iluminava as nuvens. Gurgeh começou a suar; foi até o tabuleiro, fez alguns movimentos de resposta, tentando atrair Nicosar. Ouviu alguém na galeria dos observadores gritar e então ser calado. Os guardas permaneciam em silêncio e vigilantes nas portas e em torno do tabuleiro. O coronel com quem Nicosar tinha falado mais cedo estava perto do imperador. Quando voltou para a própria banqueta, Gurgeh pensou ter visto lágrimas no rosto do oficial.

Nicosar estava sentado. Então se levantou e, pegando quatro cartas de elemento, foi até o centro do terreno padronizado.

Gurgeh estava com vontade de gritar ou pular; alguma coisa, qualquer coisa. Mas ele se sentia preso, paralisado. Os guardas no salão ficaram tensos, as mãos do imperador tremiam visivelmente. A tempestade lá fora açoitava os brotos-de-cinza como algo consciente e maligno; uma lança laranja saltou devagar e pensada acima do topo das plantas, contorceu-se contra a parede de escuridão às costas, então afundou pouco a pouco e sumiu de vista.

— Mas que merda… — sussurrou Flere-Imsaho. — Está só a cinco minutos de distância.

— O quê? — Gurgeh olhou de relance para a máquina.

— Cinco minutos — disse o drone, engolindo em seco realisticamente. — Deveria estar a quase uma hora de distância. Não pode ter chegado aqui tão rápido. Eles começaram uma nova frente de fogo.

Gurgeh fechou os olhos. Sentiu o caroço minúsculo embaixo da língua seca como papel.

— A nave? — perguntou, tornando a abrir os olhos.

O drone ficou em silêncio por alguns segundos.

— Sem chance — respondeu ele, com a voz insípida e resignada.

Nicosar se abaixou e pôs uma carta de fogo em um símbolo de água que já estava no tabuleiro, em uma dobra no terreno elevado. O coronel da guarda virou levemente a cabeça de lado, com a boca se movimentando como se estivesse soprando alguma partícula de poeira da gola alta do uniforme.

Nicosar se ergueu, olhou ao redor, pareceu tentar escutar alguma coisa, mas ouviu apenas o ruído uivante da tempestade.

— Acabei de registrar um pulso infrassônico — disse Flere--Imsaho. — Foi uma explosão, um quilômetro ao norte. O viaduto.

Gurgeh olhou desalentado quando Nicosar andou com calma até outra posição no tabuleiro e pôs uma carta sobre outra; fogo sobre ar. O coronel falou ao microfone perto do ombro mais uma vez. O castelo trepidou. Uma série de concussões estremeceu o salão.

As peças no tabuleiro balançaram. Pessoas se levantaram, começaram a gritar. As vidraças se quebraram nas molduras e estilhaçaram sobre as lajotas do piso, deixando a voz estridente da ventania em chamas entrar no salão em meio a uma chuva de folhas agitadas. Uma linha de labaredas explodiu acima do topo das árvores, enchendo a base do horizonte escurecido e ardente de fogo.

A carta de fogo seguinte foi posicionada; sobre terra. O castelo pareceu se mover sob os pés de Gurgeh. O vento entrou forte pelas janelas, fazendo com que as peças mais leves rolassem pelo tabuleiro como uma invasão absurda e irrefreável e agitando as túnicas do árbitro e dos auxiliares. As pessoas saíam amontoadas das galerias, caindo umas sobre as outras para chegar às saídas, onde os guardas haviam sacado as armas.

O céu estava cheio de fogo.

Nicosar olhou para Gurgeh quando colocou a carta de fogo final sobre o elemento fantasma, Vida.

— Isso está parecendo cada vez pi... *griiiiiiiiiii!* — disse Flere--Imsaho, com a voz cortada, fazendo um ruído estridente. O jogador se virou e viu a máquina volumosa tremendo em pleno ar, cercada por uma aura brilhante de fogo verde.

Os guardas começaram a atirar. As portas do salão se abriram e as pessoas saíram amontoadas por elas, mas no salão, de repente, os soldados estavam por todo o tabuleiro, atirando nas galerias e nos bancos, disparando tiros de laser na multidão que fugia, derrubando ápices, indivíduos do sexo feminino e masculino que gritavam e lutavam em uma tempestade de luz tremeluzente e detonações destruidoras.

— *Grrraaaaaak!* — gritou Flere-Imsaho.

A lataria dele reluziu em um vermelho embotado e começou a fumegar. Gurgeh observava, petrificado. Nicosar continuava parado perto do centro dos tabuleiros, cercado por guardas, sorrindo para ele.

O fogo ardia acima dos brotos-de-cinza. O salão se esvaziava com algumas últimas pessoas feridas cambaleando através das portas. Flere-Imsaho pairava no ar, brilhando laranja, amarelo, branco. Ele começou a subir, gotejando bolhas de material derretido sobre o tabuleiro ao fazer isso, de repente envolvido por chamas e fumaça. Subitamente, acelerou pelo salão como se estivesse sendo puxado por uma mão enorme e invisível. Bateu na parede do outro lado e explodiu em um clarão cegante e com uma força que quase derrubou Gurgeh da banqueta.

Os guardas em torno do imperador deixaram o tabuleiro e subiram pelos bancos e pelas galerias, matando os feridos. Eles ignoraram o jogador. O som de disparos ecoava pelas portas que levavam ao resto do castelo, onde os mortos jaziam nas roupas vistosas como um carpete obsceno.

Nicosar caminhou até Gurgeh, parando para tirar algumas peças de Azad do caminho com as botas ao avançar. Pisou em uma poça pequena e tremeluzente de fogo deixada pelos destroços derretidos que Flere-Imsaho gotejara em seu rastro. Ele sacou a espada, quase naturalmente.

O jogador apertou os braços da banqueta. O inferno gritava nos céus lá fora. Folhas rodopiavam pelo salão como uma chuva seca e sem fim. Nicosar parou em frente a Gurgeh. O imperador sorria. Mais alto do que a ventania, ele gritou:

— Surpreso?

Gurgeh mal conseguia falar.

— O que você fez? Por quê? — disse ele.

Nicosar deu de ombros.

— Tornei o jogo real, Gurgeh.

O imperador olhou para o salão ao redor, avaliando a carnificina. Naquele momento estavam sozinhos; os guardas se espalhavam pelo resto do castelo, matando.

Os mortos estavam por toda parte, espalhados pelo chão e pelas galerias, caídos sobre bancos, dobrados nos cantos, estendidos como letras x sobre as lajotas do piso, as túnicas marcadas com os buracos grandes de queimado dos lasers. Fumaça subia das madeiras despedaçadas e roupas em chamas. Um cheiro adocicado e doentio de carne queimada enchia o salão.

Nicosar sopesou a espada maciça de dois gumes na mão enluvada, sorrindo triste para ela. Gurgeh sentiu os intestinos doerem e as mãos tremerem. Havia um gosto metálico estranho em sua boca e primeiro achou que fosse o implante, sendo rejeitado, emergindo à superfície, por alguma razão reaparecendo, mas então soube que não e percebeu, pela primeira vez na vida, que o medo tinha mesmo um gosto.

Nicosar deu um suspiro inaudível, se ergueu alto na frente de Gurgeh, de modo que parecia encher a vista à frente do homem, e levou a espada lentamente na direção dele.

Drone!, pensou o jogador. Mas o drone era apenas uma marca escura na parede oposta.

Nave! Mas o implante sob a língua permaneceu em silêncio, e a *Fator Limitante* ainda estava a anos-luz de distância.

A ponta da espada estava a alguns centímetros da barriga de Gurgeh; ela começou a se erguer, passando devagar pelo peito dele e indo na direção do pescoço. Nicosar abriu a boca, como se estivesse prestes a dizer alguma coisa, mas então sacudiu a cabeça, como se desesperado, e se lançou para a frente.

Gurgeh jogou os pés adiante e acertou os dois na barriga do imperador. Nicosar se dobrou. O jogador foi arremessado para trás e derrubado do assento. A espada sibilou acima da cabeça dele.

Gurgeh continuou rolando enquanto a banqueta caía no chão. Então se pôs de pé. O imperador estava meio dobrado, mas ainda segurava a espada. Ele cambaleou na direção do homem, golpeando com a espada ao redor como se houvesse inimigos invisíveis entre eles. O jogador correu; primeiro para o lado, depois pelo tabuleiro, dirigindo-se para as portas do salão. Atrás dele, do outro lado das janelas, o fogo acima dos brotos-de-cinza agitados apagava as nuvens escuras de fumaça; o calor era algo físico, uma pressão sobre a pele e os olhos. Um dos pés de Gurgeh pisou em uma peça de jogo, lançada através do tabuleiro pela ventania. Ele escorregou e caiu.

Nicosar foi atrás dele aos tropeções.

O equipamento de imagem emitiu um ruído estridente, então começou a zumbir e a soltar fumaça. Raios azuis brincavam furiosamente em torno da maquinaria pendente.

Nicosar não percebeu. Ele mergulhou à frente na direção de Gurgeh, que conseguiu se afastar; a espada atingiu o tabuleiro, a centímetros da cabeça do homem. O jogador se levantou e saltou por cima de uma seção elevada. Nicosar avançou atacando e tropeçando atrás dele.

O equipamento de projeção explodiu. Desabou do teto sobre o tabuleiro em uma chuva de fagulhas e caiu no centro do terreno multicolorido alguns metros à frente de Gurgeh, que foi forçado a parar e se virar. Ele ficou de frente para Nicosar.

Uma coisa branca passou borrada pelo ar.

Nicosar ergueu a espada acima da cabeça.

A lâmina se partiu, cortada por um campo verde e amarelo tremeluzente. Nicosar sentiu o peso da espada mudar e olhou para cima sem acreditar no que via. A lâmina balançava inútil em pleno ar, suspensa pelo pequeno disco branco que era Flere-Imsaho.

— Ha-ha-ha! — trovejou o drone acima do ruído dos gritos do vento.

Nicosar jogou o cabo da espada em Gurgeh; um campo verde e amarelo a pegou e a lançou de volta para o imperador, que se abaixou. Ele cambaleou pelo tabuleiro em uma tempestade de fumaça e folhas rodopiantes. Os brotos-de-cinza se agitavam, clarões brancos e amarelos explodiam entre os troncos à medida que a parede de chamas acima deles seguia na direção do castelo.

— Gurgeh! — gritou Flere-Imsaho, de repente diante do rosto do jogador. — Abaixe e se encolha. *Agora!*

Gurgeh fez o que lhe foi dito e se acocorou, com os braços em torno das canelas. Viu o halo de um campo por toda a sua volta enquanto o drone flutuava acima dele.

O muro de brotos-de-cinza se rompia, as faixas e explosões de chamas abriam caminho de trás dos dois, sacudindo-os, despedaçando-os. O calor parecia fazer o rosto de Gurgeh murchar sobre os ossos do crânio.

Uma figura apareceu diante das chamas. Era Nicosar, segurando uma das grandes pistolas de laser com as quais os guardas estavam armados. Ele estava parado perto e um pouco para o lado das janelas, segurando a arma com as duas mãos e apontando com cuidado para o jogador, que encarou a boca escura da arma, o cano de 2,5 centímetros, então seu olhar subiu para o rosto de Nicosar quando o ápice puxou o gatilho.

Então estava olhando para si mesmo.

Encarou o próprio rosto distorcido por tempo o suficiente para ver que Jernau Morat Gurgeh, no exato instante que poderia ter sido a morte dele, parecia apenas um tanto surpreso e nem um pouco idiota... então o campo de espelho desapareceu e olhava mais uma vez para Nicosar.

O ápice estava parado exatamente no mesmo lugar, balançando um pouco. Havia, porém, algo errado. Algo havia mudado. Era muito óbvio, mas Gurgeh não conseguia ver o que era.

O imperador cambaleou para trás, mirando com olhos vazios o teto sujo de fumaça de onde o equipamento de projeção havia caído. Então uma rajada de vento da fornalha nas janelas o atingiu e ele se inclinou devagar para a frente outra vez, acima do tabuleiro, desequilibrado pelo peso do canhão de mão nas mãos enluvadas.

Gurgeh então viu; o buraco escuro, limpo e ainda fumegando um pouco, largo o bastante para enfiar um polegar, no centro da testa do ápice.

O corpo de Nicosar atingiu o tabuleiro com um estrondo, espalhando peças.

O fogo conseguiu adentrar.

A represa de brotos-de-cinza cedeu diante das chamas e foi substituída por uma grande onda de luz cegante e uma explosão de calor como um golpe de martelo. Então o campo em torno de Gurgeh escureceu, e o salão e todo o fogo ficaram turvos, e longe, no fundo da cabeça dele, houve um estranho zumbido, e o jogador se sentiu esgotado, vazio e exausto.

Depois disso, tudo desapareceu e houve apenas escuridão.

Gurgeh abriu os olhos.

Estava deitado em uma varanda, sobre uma marquise destacada de pedra. A área ao redor tinha sido limpa, mas por todo o resto havia uma cobertura de cinzas de um centímetro de espessura. Tudo estava fosco. As pedras embaixo dele estavam quentes; o ar estava fresco e enfumaçado.

Ele se sentia bem. Não tinha sonolência nem dor de cabeça.

Sentou-se. Uma coisa escorregou do peito dele e rolou pelas pedras limpas, caindo sobre a poeira cinzenta. Pegou-a. Era o bracelete de orbital, reluzente e intacto, e ainda mantendo o ciclo microscópico de dia e noite. Colocou-o no bolso da jaqueta e conferiu o cabelo, as sobrancelhas, o casaco. Nada estava nem um pouco queimado.

O céu estava cinza-escuro, negro no horizonte. Para um lado, havia um disco pequeno e um pouco roxo no céu, que percebeu ser o sol. Ele se levantou.

As cinzas estavam sendo cobertas por fuligem, caindo das nuvens escuras como neve em negativo. Gurgeh caminhou pelas lajotas lascadas e distorcidas pelo fogo na direção da borda da varanda. O parapeito ali havia caído; ele se manteve afastado da beirada propriamente dita.

A paisagem tinha mudado. Em vez da parede amarelo-dourado de brotos-de-cinza ocupando a vista além da muralha, havia apenas terra; preta e marrom e com a aparência calcinada, coberta de grandes fendas e fissuras que as cinzas finas e a chuva de fuligem ainda não tinham enchido. A destruição estéril se estendia até o horizonte distante. Pequenos vestígios de fumaça ainda se erguiam de fissuras no chão, subindo como fantasmas de árvores, até serem levados pelo vento. A muralha estava enegrecida, chamuscada e rompida em alguns pontos.

O próprio castelo parecia destruído, como se tivesse passado por um longo cerco. Torres haviam desabado e muitos dos apartamentos, prédios de escritórios e salões extras tinham desabado sobre si mesmos, as janelas marcadas pelas chamas mostrando apenas vazio por trás. Colunas de fumaça se erguiam preguiçosamente como mastros sinuosos até o alto da fortaleza em pedaços, onde o vento as pegava e transformava em estandartes.

Gurgeh andou pela varanda, através da neve de fuligem macia e escura, até as janelas do salão da proa. Os pés dele não faziam barulho. As partículas de fuligem o fizeram espirrar, e seus olhos coçavam. Ele entrou no salão.

As pedras ainda conservavam calor seco; era como entrar em um forno vasto e escuro. No interior do grande salão de jogos, em meio às ruínas escuras de vigas retorcidas e pedras caídas, estava o tabuleiro, empenado, retorcido e rasgado, as cores de arco-íris reduzidas a cinzas e pretos, a topografia cuidadosamente equilibrada de terreno elevado e baixo sem fazer sentido em meio às elevações e depressões aleatórias provocadas pelo fogo.

Vigas retorcidas e buracos no chão e nas paredes marcavam onde costumavam ficar as galerias de observação. O equipamento de exibição de imagem que tinha caído do teto do salão estava meio derretido e congelado no centro do tabuleiro de Azad, como uma imitação cheia de bolhas de uma montanha.

Gurgeh se virou para olhar a janela, onde Nicosar tinha estado, e caminhou pela superfície rangente do tabuleiro arruinado. Agachou-se, gemendo quando os joelhos enviaram pontadas de dor através dele. Estendeu a mão até onde um redemoinho acumulara uma pequena pilha cônica de poeira no ângulo de um suporte interno, bem na borda do tabuleiro de jogo, perto de onde um monte de metal fundido em forma de L podia ser os restos de uma arma.

As cinzas branco-acinzentadas estavam macias e quentes, e, misturado nelas, ele encontrou um pedaço de metal em forma de c. O anel meio derretido ainda continha o entalho para uma pedra, como uma cratera diminuta no aro, mas a pedra em si havia desaparecido. Olhou para o anel por algum tempo, soprou as cinzas dele e o girou e revirou nas mãos. Depois de alguns instantes, colocou o objeto de volta na pilha de poeira. Hesitou, então pegou o bracelete de orbital do bolso da jaqueta e o acrescentou ao cone baixo de cinzas; tirou os dois anéis de alerta de veneno dos dedos e os colocou ali também. Pegou um punhado de cinzas quentes na palma da mão e o encarou, pensativo.

— Jernau Gurgeh, bom dia.

Ele se virou e se levantou, enfiando depressa a mão no bolso da jaqueta, como se estivesse com vergonha de alguma coisa. O corpo branco e pequeno de Flere-Imsaho entrou flutuando pela janela, diminuto, limpo e correto naquele lugar despedaçado e derretido. Uma coisa pequena e cinza do tamanho de um dedo de bebê flutuou até o drone desde o chão perto dos pés de Gurgeh. Uma portinhola se abriu no corpo imaculado de Flere-Imsaho; o micromíssil entrou no drone. Uma seção do corpo da máquina girou, então ficou imóvel.

— Olá — disse Gurgeh, caminhando até ele. Olhou em torno do salão em ruínas, então mais uma vez para o drone. — Espero que você vá me contar o que aconteceu.

— Sente-se, Gurgeh. Eu vou lhe contar.

Ele se sentou em um bloco de pedra caído do alto das janelas e olhou desconfiado para cima, para o local de onde devia ter caído.

— Não se preocupe — disse Flere-Imsaho. — Você está em segurança. Eu verifiquei o telhado.

Gurgeh apoiou as mãos nos joelhos.

— Então? — disse ele.

— Vamos começar pelo começo — disse Flere-Imsaho. — Permita que eu me apresente adequadamente. Meu nome é Sprant Flere-Imsaho Wu-Handrahen Xato Trabiti, e não sou um drone biblioteca.

Gurgeh assentiu. Reconheceu parte da nomenclatura que tanto havia impressionado o Polo de Chiark muito tempo atrás. Não disse nada.

— Se eu fosse um drone biblioteca, você estaria morto. Mesmo que escapasse de Nicosar, teria sido incinerado alguns minutos depois.

— Eu agradeço por isso — disse Gurgeh. — Obrigado. — A voz dele estava insípida, esgotada e não especialmente grata. — Achei que o tinham pegado, matado você.

— Eles quase mataram — disse o drone. — Aquela exibição de fogos de artifício foi de verdade. Nicosar deve ter botado as mãos em algum equivalente tecnológico de um equipamento efetuador, o que significa, ou significava, que o Império teve algum tipo de contato com outra civilização avançada. Eu escaneei o que restou do equipamento, pode ser coisa de Homomda. Enfim, a nave vai carregar o material para análises posteriores.

— Onde está a nave? Achei que estaríamos nela, não ainda aqui embaixo.

— Ela chegou correndo meia hora depois do início do fogo. Podia ter tirado nós dois, mas achei que estávamos mais seguros ficando aqui. Não tive dificuldade em isolar você do fogo, e mantê-lo sob meu efetuador também foi bastante fácil. A nave nos mandou alguns drones sobressalentes e seguiu em frente, freou e fez a volta. Ela agora está no caminho para cá, deve estar aqui em cima em cinco minutos.

Nós podemos subir em segurança no módulo de novo. Como eu disse, deslocamentos podem ser arriscados.

Gurgeh deu uma espécie de meia risada pelo nariz. Ele olhou ao redor do salão pouco iluminado outra vez.

— Ainda estou esperando — disse à máquina.

— Os guardas imperiais enlouqueceram, sob ordens de Nicosar. Eles explodiram o aqueduto, as cisternas e os abrigos e mataram todo mundo que puderam encontrar. Tentaram tomar o *Invencível* da Marinha, também. No tiroteio resultante a bordo, a nave caiu. Despencou em algum lugar no meio do oceano ao norte. Isso causou uma onda enorme; o tsunami varreu muitos brotos-de-cinza maduros, mas eu diria que o fogo vai suportar. Não houve tentativa de assassinato a Nicosar na outra noite, aquilo foi apenas um ardil para colocar todo o castelo e o jogo sob o controle dos guardas, que fariam qualquer coisa que o imperador dissesse.

— Mas por quê? — disse Gurgeh cansado, chutando uma bolha de metal do tabuleiro. — *Por que* Nicosar mandou que eles fizessem tudo isso?

— Ele lhes disse que era o único jeito de derrotar a Cultura e salvá-lo. Não sabiam que Nicosar também estava condenado, achavam que ele tinha algum jeito de se salvar. Talvez tivessem feito tudo de qualquer jeito, mesmo sabendo disso. Eram altamente treinados. De qualquer forma, obedeceram às ordens. — A máquina fez um ruído de riso. — Pelo menos a maioria deles. Alguns deixaram intacto o abrigo que deviam explodir e levaram algumas pessoas para lá com eles. Então você não é o único, há alguns outros sobreviventes. A maioria serviçais. Nicosar garantiu que todas as pessoas importantes estivessem aqui. Os drones da nave estão com eles. Nós os estamos mantendo trancados até que você esteja longe daqui em segurança. Têm rações suficientes para durar até serem resgatados.

— Continue.

— Você tem certeza de que consegue lidar com tudo isso nesse momento?

— Só me diga *por quê* — disse Gurgeh, com um suspiro.

— Você foi usado, Jernau Gurgeh — disse o drone sem rodeios. — A verdade é que você *estava* jogando pela Cultura e Nicosar *estava* jogando pelo Império. Eu contei pessoalmente ao imperador na noite antes do início da última partida que você era de fato nosso campeão; se ganhasse, iríamos invadir, destruir o Império e impor nossa ordem. Se ele ganhasse, nós ficaríamos de fora enquanto ele fosse imperador e, de todo modo, pelos próximos dez Grandes Anos.

"Foi por isso que Nicosar fez o que fez. Ele não era apenas um mau perdedor. Ele tinha perdido seu império. Não tinha mais nada pelo que viver, então por que não partir em uma chama de glória?"

— Isso tudo é verdade? — perguntou Gurgeh. — Nós teríamos mesmo invadido?

— Gurgeh — disse Flere-Imsaho —, eu não tenho ideia. Não me foi informado, não preciso saber. Não importa. Ele *acreditou* que era verdade.

— Uma pressão um pouco injusta — disse o jogador, sorrindo sem nenhum humor para a máquina. — Dizer a alguém que está jogando por tanta coisa, bem na noite da véspera da partida.

— Não houve nenhum desrespeito às regras.

— Então por que ele não me disse pelo que estávamos jogando?

— Adivinhe.

— A aposta seria cancelada e nós chegaríamos disparando nossas armas da mesma forma.

— Correto!

Gurgeh sacudiu a cabeça e limpou um pouco de fuligem de uma manga da jaqueta, espalhando-a.

— Você achava mesmo que eu ia ganhar? — perguntou ao drone. — Contra Nicosar? Achava isso antes mesmo que eu chegasse aqui?

— Antes de você deixar Chiark, Gurgeh. Assim que mostrou algum interesse em viajar. As CE procuravam alguém como você há muito tempo. O Império estava prestes a ruir havia décadas. Ele precisava de um grande empurrão, mas sempre podia cair. Invadir "disparando nossas armas", como você disse, quase nunca é a abordagem certa. Azad, o jogo em si, tinha de ser desacreditado. Era o que manteve o Império de pé por todos esses anos, seu eixo; mas isso fazia dele seu ponto mais vulnerável, também. — O drone olhou explicitamente ao redor, para os detritos deformados do salão. — Tudo funcionou de forma um pouco mais dramática do que esperávamos, preciso admitir, mas parece que todas as análises de suas habilidades e das fraquezas de Nicosar estavam certas. Meu respeito por aquelas grandes Mentes que usam criaturas como você e eu como peças de jogo só aumenta. Aquelas são máquinas *muito* inteligentes.

— Elas sabiam que eu ia ganhar? — perguntou um desconsolado Gurgeh, com o queixo apoiado na mão.

— Não há como *saber* uma coisa dessas, Gurgeh. Mas devem ter achado que você tinha uma boa chance. Um pouco disso me foi explicado quando me fizeram um resumo da situação... Achavam que você era simplesmente o melhor jogador na Cultura, e caso se interessasse e se envolvesse, então não havia muito que nenhum jogador de Azad pudesse fazer para detê-lo, não importando quanto tempo o sujeito tivesse passado jogando o jogo. Você passou sua vida inteira aprendendo jogos; não pode haver regra, movimento, conceito ou ideia no Azad que você não tenha encontrado dez outras vezes em outros jogos; ele só reunia todos de uma só vez. Aqueles caras nunca tiveram chance. Tudo de que precisava era alguém para ficar de olho em você e lhe dar o cutucão eventual na direção certa nos momentos apropriados. — O drone se inclinou por um momento, uma pequena reverência. — Este aqui que vos fala!

— Por toda a minha vida — disse Gurgeh em voz baixa, olhando além do drone, para a paisagem sem graça e morta do lado de fora das janelas altas. — Sessenta anos... e há quanto tempo a Cultura sabe sobre o Império?

— Cerca de... ah! Está pensando que nós de alguma forma moldamos você. Não. Se fizéssemos esse tipo de coisa, não iríamos precisar de "mercenários" de fora como Shohobohaum Za para fazer o trabalho *realmente* sujo.

— Za? — disse Gurgeh.

— Não é o nome verdadeiro dele. Sequer é nascido na Cultura. Sim, ele é o que se chamaria de um "mercenário". O que foi uma coisa boa, ou a polícia secreta teria atirado em você em frente àquela tenda. Lembra-se de quando eu saí timidamente do caminho? Tinha acabado de atirar em um de seus agressores com meu TRUPE; com raios-X altos, para não ficar registrado nas câmeras. Za quebrou o pescoço de outro; ele soube que podia haver problema. É provável que vá liderar um exército guerrilheiro em Eä dentro de alguns dias, imagino. — O drone deu uma balançadinha no ar. — Vamos ver... o que mais posso lhe contar? Ah, sim, a *Fator Limitante* também não é tão inocente quanto parece. Enquanto estávamos no *Malandrinho*, removemos os velhos efetuadores, mas só para podermos colocar novos. Só dois, em duas das bolhas do nariz. Nós deixamos a vazia limpa e pusemos hologramas nas outras duas.

— Mas eu estive *dentro* das três! — protestou Gurgeh.

— Não, você esteve na mesma três vezes. A nave apenas girava o abrigo dos corredores, mexia com a antigravidade e mandava alguns drones mudarem as coisas um pouco enquanto você ia de uma para a outra, ou melhor, descia por um corredor, subia outro e voltava para a mesma bolha. Tudo isso para nada, na verdade, mas se *tivéssemos* precisado de armas, elas estariam ali. É o planejamento antecipado que dá a sensação de segurança, não acha?

— Ah, é — disse Gurgeh, suspirando.

Ele ficou de pé e voltou para a varanda, onde a neve de fuligem escura caía constante e silenciosa.

— Por falar na *Fator Limitante* — disse Flere-Imsaho de forma alegre —, a velha réproba agora está aqui acima e módulo, a caminho. Vamos levá-lo a bordo em um ou dois minutos; você pode tomar um bom banho e trocar essas roupas sujas. Está pronto para partir?

Gurgeh olhou para os próprios pés e esfregou um pouco da fuligem e das cinzas pelas pedras.

— Tem alguma coisa para levar?

— Não muito, na verdade. Eu estava ocupado demais impedindo que você fosse tostado para ir em busca de seus pertences. De qualquer forma, a única coisa de que parece gostar é aquela sua jaqueta velha e surrada. Você achou o bracelete? Eu o deixei sobre seu peito quando fui explorar.

— Achei, obrigado — disse Gurgeh, olhando para a desolação plana e negra que se estendia até o horizonte escuro. Ele ergueu os olhos; o módulo irrompeu pela névoa marrom-escura no céu, arrastando trilhas de fumaça. — Obrigado — repetiu quando o módulo se aproximou veloz, chegou quase ao nível do chão e então correu pelo deserto calcinado na direção do castelo, levantando uma nuvem de cinzas e fuligem do chão em seu rastro enquanto reduzia a velocidade e começava a fazer a curva, o ruído do mergulho supersônico estrondoso em torno da fortaleza desamparada como um trovão tardio. — Obrigado por tudo.

A nave virou a traseira na direção do castelo e subiu flutuando até chegar ao nível da borda do parapeito da varanda. A porta posterior se abriu, formando uma rampa plana. O homem atravessou a varanda, subiu no parapeito e foi para o interior fresco da máquina.

O drone o seguiu e a porta se fechou.

O módulo partiu de repente, com um estrondo, sugando em redemoinho uma grande fonte de cinzas e fuligem em seu rastro enquanto subia, brilhando através das nuvens escuras acima do castelo como um raio sólido, enquanto o trovão dele ribombava pela planície, o castelo e as colinas baixas atrás.

As cinzas assentaram de novo; a fuligem continuou sua queda suave e delicada.

O módulo voltou alguns minutos mais tarde para pegar os drones da nave e os restos do equipamento efetuador alienígena, então deixou o castelo pela última vez e subiu de novo até a nave que o aguardava.

Pouco depois, o pequeno grupo de sobreviventes atônitos – liberados pelos dois drones da nave e em maioria criados, soldados, concubinas e burocratas – saiu cambaleante na noite diurna e neve de fuligem para avaliar seu exílio temporário na fortaleza outrora grandiosa e reivindicar sua terra desaparecida.

4

O PEÃO PASSADO

POSICIONANDO-SE preguiçosamente, desviando de forma embotada, a nave seguiu devagar por uma das extremidades de um campo tensor de três milhões de quilômetros de comprimento, sobre um muro de monocristal, então começou a descer, flutuando através da atmosfera cada vez mais densa da placa. De uma altura de quinhentos quilômetros, as duas áreas de terra e mar, depois uma de rochas brutas sob nuvens espessas, e a além dessa, de terra ainda em formação, surgiam com clareza no ar da noite.

Além do muro de cristal, a placa mais distante era muito nova; escura e vazia para uma visão normal, a nave podia ver nela os radares luminosos das máquinas de paisagismo enquanto elas traziam as cargas de rocha do espaço. Enquanto a nave observava, um asteroide enorme foi detonado na escuridão, produzindo uma fonte vagarosa de rocha derretida de brilho vermelho que caía pouco a pouco sobre a nova superfície ou era pega e presa, moldada no vácuo antes de poder se instalar.

A placa ao lado também estava escura e, perto do pé do funil defensivo dela, uma camada de nuvens a cobria por completo enquanto sua crueza bruta era climatizada.

As outras duas placas eram muito mais velhas e cintilavam com luzes. Chiark estava em afélio; Gevant e Osmolon estavam brancos sobre preto, ilhas de neve sobre mares escuros. A velha nave de guerra lentamente submergiu na atmosfera, flutuando pela encosta lisa como uma lâmina do muro da placa até onde começava o ar de verdade, então partiu sobre o oceano em direção à terra.

Um navio iluminado, um transporte de linha regular naquele oceano, soou o apito e disparou fogos de artifício quando a *Fator Limitante* passou a um quilômetro de altura. A nave também o saudou, usando os efetuadores para produzir auroras artificiais, dobras trovejantes e movediças de luz no céu claro acima dela. Então navio e nave seguiram suas rotas pela noite.

A viagem de volta tinha ocorrido sem incidentes. O homem Gurgeh quis ser armazenado de imediato, dizendo que não queria ser acordado durante o retorno. Queria dormir, descansar, um período de esquecimento. A nave insistira que ele repensasse isso, embora estivesse com o equipamento pronto. Depois de dez dias, ela cedeu e o homem que tinha ficado cada vez mais rabugento durante esse período foi agradecido para um sono sem sonhos e de metabolismo baixo.

Ele não jogara jogo algum, de nenhuma descrição, durante aqueles dez dias, quase não dissera uma palavra, nem se dera ao trabalho de se vestir e passava a maior parte do tempo apenas sentado olhando para as paredes. O drone concordou que colocá-lo para dormir durante a viagem de volta era provavelmente a melhor coisa que podiam fazer por ele.

Eles cruzaram a Nuvem Menor e se encontraram com o VGS classe Alcance *Grande Sutileza*, que voltava para a galáxia principal. A viagem de volta demorou mais que a de ida, mas não havia pressa. A nave deixou o VGS perto dos extremos mais elevados de um membro galáctico, tomou rumo e seguiu direto, passando por estrelas, campos de poeira e nebulosas, onde o hidrogênio migrava e os sóis se formavam, e no domínio da nave do espaço irreal, os Buracos eram pilares de energia, do tecido à rede.

A nave acordou o homem devagar, a dois dias da casa dele.

Ele ainda ficava sentado olhando para as paredes. Não jogou nenhum jogo, não viu nenhuma notícia nem cuidou da correspondência. Por solicitação dele, a nave não sinalizara a nenhum dos amigos, tinha apenas enviado para o Polo de Chiark uma mensagem de permissão para se aproximar.

Ela mergulhou algumas centenas de metros e seguiu a linha do fiorde, passando em silêncio entre as montanhas cobertas de neve, o casco elegante refletindo uma luz azul-acinzentada enquanto flutuava acima das águas escuras e imóveis. Algumas pessoas em iates ou em casas próximas viram a grande nave quando ela passou devagar e em silêncio e a observaram manobrar seu volume com delicadeza entre margem e margem, água e nuvens esparsas.

Ikroh estava escura e sem iluminação, capturada pela sombra das estrelas dos 350 metros de comprimento da nave silenciosa acima dela.

Gurgeh deu uma última olhada para a cabine onde tinha dormido – um sono irrequieto – pelas duas últimas noites, então desceu devagar pelo corredor na direção da bolha do módulo. Flere-Imsaho o seguiu com uma bolsa pequena, desejando que o homem tirasse aquela jaqueta horrível.

O drone o acompanhou ao entrar no módulo e desceu com ele. O gramado em frente à casa escura estava totalmente branco e intocado. O módulo desceu até um centímetro do solo, então abriu a porta traseira.

Gurgeh desceu. O ar estava perfumado e frio, uma clareza tangível. Os pés fizeram ruídos espasmódicos e rangidos na neve. Ele se virou para o interior iluminado do módulo. Flere-Imsaho lhe deu sua bolsa. O jogador olhou para a pequena máquina.

— Adeus — disse ele.

— Adeus, Jernau Gurgeh. Acho que nunca mais vamos nos ver.

— Acho que não.

O homem recuou quando as portas começaram a se fechar e a nave começou a se erguer muito devagar, então deu alguns passos rápidos para trás até conseguir ver o drone pela língua da porta que se erguia e gritou:

— Uma coisa: quando Nicosar disparou aquela arma e o raio atingiu o campo espelhado e o acertou; aquilo foi coincidência ou você apontou?

Pensou que o drone não ia responder, mas pouco antes que a porta se fechasse e a fresta de luz acima dela desaparecesse com a nave que se elevava, ele o ouviu dizer:

— Não vou contar para você.

O jogador ficou parado, observando o módulo voltar flutuando para a nave que estava à espera. Ao ser levado para dentro, a bolha se fechou e a *Fator Limitante* ficou escurecida, o casco uma sombra perfeita, mais escuro do que a noite. Um padrão de luzes surgiu na extensão dela, escrevendo "Adeus" em marain. Então a nave começou a se mover, subindo em silêncio.

Gurgeh a observou até que as luzes ainda à mostra tornaram-se apenas um conjunto de estrelas em movimento, afastando-se depressa em um céu de nuvens fantasmagóricas; então baixou os olhos para a neve cinza-azulada. Quando tornou a olhar para cima, a nave havia desaparecido.

Ele ficou parado por algum tempo, como se estivesse esperando. Em seguida, se virou e começou a andar pelo gramado branco na direção da casa.

Entrou pelas janelas. A casa estava quente e ele estremeceu subitamente nas roupas geladas por um segundo; então, de repente, as luzes se acenderam.

— Bu!

Yay Meristinoux saltou de trás de um sofá perto do fogo.

Chamlis Amalk-ney apareceu da cozinha com uma bandeja.

— Olá, Jernau. Espero que não se importe...

O rosto pálido e abatido de Gurgeh se abriu em um sorriso. Ele baixou a bolsa e olhou para os dois: Yay, de rosto refrescado e sorrindo, saltando sobre o sofá. E Chamlis, com os campos laranja e vermelhos, colocando a bandeja sobre a mesa diante do fogo baixo coberto de serragem úmida. Yay se atirou sobre ele, jogou os braços ao seu redor e o abraçou, rindo. Ela se afastou.

— Gurgeh!

— Yay, olá — disse ele, largando a bolsa e a abraçando.

— Como você *está*? — perguntou ela, apertando-o. — Você está bem? Nós perturbamos o Polo até ele nos contar que você com certeza estava voltando, mas você esteve dormindo esse tempo todo, não foi? Nem leu minhas cartas.

Gurgeh afastou os olhos.

— Não. Eu estou com elas, mas não... — Ele sacudiu a cabeça e olhou para baixo. — Desculpe.

— Não importa.

Yay deu tapinhas no ombro dele. Ela mantinha um braço ao seu redor e o levou até o sofá. Ele se sentou, olhando para os dois. Chamlis espalhou a serragem úmida que cobria o fogo, liberando as chamas por baixo. Yay estendeu os braços, mostrando a saia curta e o colete.

— Eu mudei, não foi?

Gurgeh assentiu. Ela parecia bem e bonita como sempre, e andrógina.

— Acabei de começar a mudar de volta — disse Yay. — Mais alguns meses estarei de volta ao ponto de partida. Ah, Gurgeh, você devia ter me visto como homem. Eu era bonito!

— Ele era insuportável — disse Chamlis, servindo um pouco de vinho quente de uma jarra arredondada.

Yay se jogou no sofá ao lado de Gurgeh, abraçando-o de novo e fazendo um som rouco na garganta. Chamlis entregou para eles cálices de vinho suavemente fumegantes.

Gurgeh bebeu agradecido.

— Eu não esperava vê-la — disse a Yay. — Achei que você tinha ido embora.

— Eu fui embora. — Yay assentiu e bebeu o vinho — E voltei. No verão passado. Chiark está fazendo mais um par de placas. Eu enviei alguns projetos... e agora sou coordenadora de equipe do lado distante.

— Parabéns. Ilhas flutuantes?

Yay ficou com a expressão vazia por um instante, então riu com o cálice na boca.

— Nada de ilhas flutuantes, Gurgeh.

— Mas muitos vulcões — disse Chamlis com desdém, sugando um fio de vinho de um recipiente do tamanho de um dedal.

— Talvez um pequeno. — Yay assentiu. O cabelo dela estava mais comprido do que Gurgeh se lembrava. Preto-azulado. Ainda encaracolado. Ela lhe deu um soquinho no ombro. — É bom ver você de novo, Gurgeh.

Ele apertou a mão dela e olhou para Chamlis.

— É bom estar de volta — falou, então ficou em silêncio, encarando os troncos em chamas na lareira.

— Nós todos estamos felizes por você estar de volta, Gurgeh — disse Chamlis depois de algum tempo. — Mas, se não se importa que eu diga, você não parece muito bem. Nós soubemos que esteve em armazenamento pelos últimos dois anos, mas tem outra coisa... O que aconteceu por lá? Nós ouvimos todo tipo de relato. Quer conversar sobre isso?

Gurgeh hesitou, olhando para as chamas agitadas que consumiam os troncos amontoados no fogo.

Ele largou o copo e começou a explicar.

Contou a eles tudo o que havia acontecido, desde os primeiros dias a bordo da *Fator Limitante* até os últimos, mais uma vez na nave, enquanto ela se afastava do Império de Azad, que se desintegrava.

Chamlis estava em silêncio e os campos dele mudavam devagar, passando por muitas cores. Yay foi ficando aos poucos mais preocupada; sacudia a cabeça com frequência, se engasgou em vários momentos e pareceu estar se sentindo mal duas vezes. Nos intervalos, ela mantinha o fogo abastecido com lenha.

Gurgeh tomou um gole de vinho morno.

— Então... eu dormi por todo o caminho de volta, até dois dias atrás. E agora tudo parece... Não sei, congelado. Não fresco, mas... ainda não em deterioração. Não acabado. — Ele girou o vinho no cálice. Seus ombros se sacudiram num riso sem entusiasmo. — Ah, bem. — Então esvaziou o copo.

Chamlis ergueu o jarro das cinzas diante do fogo e tornou a encher o cálice com o vinho quente.

— Jernau, não sei nem dizer o quanto sinto por isso. Foi tudo minha culpa. Se eu não tivesse...

— Não — disse Gurgeh. — Não foi sua culpa. Eu me meti nisso. Você me avisou. Nunca diga isso, nunca pense que foi responsabilidade de qualquer outra pessoa além de minha.

Então se levantou de repente, caminhou até as janelas no lado do fiorde e olhou para a descida do gramado coberto de neve até as árvores e a água negra, e acima disso para as montanhas e as luzes espalhadas das casas na margem oposta.

— Sabe — disse ele, como se estivesse falando com o próprio reflexo no vidro —, perguntei à nave ontem exatamente o que eles tinham feito em relação ao Império no fim, como entraram em ação para resolver aquilo. Ela disse que nem precisaram fazer nada. Ele se desmantelou sozinho.

Pensou em Hamin, e Monenine, e Inclate, e At-sen, e Bermoiya, e Za, e Olos, e Krowo, e na garota de cujo nome ele havia esquecido...

Sacudiu a cabeça para a própria imagem no vidro.

— Enfim, acabou. — Ele se voltou para Yay e Chamlis na sala quente. — Qual a fofoca por aqui?

Então eles lhe contaram sobre os gêmeos de Hafflis, que já estavam falando, e sobre a partida de Boruelal para viver em um VGS por alguns anos, e Olz Hap – destruidora de muitos jovens corações – mais ou menos aclamada/envergonhada/forçada a aceitar o antigo posto de Boruelal. E Yay sendo pai de um filho no ano anterior – Gurgeh conheceria a mãe e a criança no ano seguinte, provavelmente, quando viessem para uma visita longa –, um dos amigos de Shuro sendo morto em um jogo de combate dois anos antes, Ren Myglan se tornando homem, Chamlis ainda trabalhando duro no texto de referência para o planeta de estimação dele e o Festival de Tronze do ano retrasado terminando em desastre e caos depois que alguns fogos de artifício explodiram no lago e inundaram metade dos terraços na encosta; duas pessoas mortas, cérebros espalhados sobre pilhas de pedras, centenas de feridos. O do ano anterior não tinha oferecido nem a metade daquela empolgação.

Gurgeh ouviu tudo isso enquanto andava pela sala, se familiarizando outra vez com ela. Quase nada parecia ter mudado.

— Eu perdi muita coi... — começou ele, então percebeu a pequena placa de madeira na parede e o objeto montado sobre ela. Estendeu a mão, o tocou e tirou do lugar.

— Ah — disse Chamlis, fazendo o que era quase um ruído de tosse. — Espero que não se importe... Quero dizer, espero que não ache que é... irreverente ou de mau gosto demais. Eu só achei...

Gurgeh deu um sorriso triste, tocando as superfícies sem vida do corpo que antes era Mawhrin-Skel. Ele se voltou para Yay e Chamlis e caminhou até o velho drone.

— Nem um pouco, mas eu não quero. Você quer?

— Quero, por favor.

Gurgeh apresentou o pequeno e pesado troféu a Chamlis, que ficou vermelho de prazer.

— Seu velho vingativo horroroso — escarneceu Yay.

— Isso significa muito para mim — disse Chamlis, de forma contida, segurando a placa perto da lataria. Gurgeh pôs o copo sobre a bandeja mais uma vez.

Um cepo se desfez na fogueira, lançando uma chuva de fagulhas para o alto. Gurgeh se agachou e atiçou os restantes. Ele bocejou.

Yay e o drone trocaram olhares, então Yay estendeu a perna e cutucou Gurgeh.

— Venha, Jernau, você está cansado. Chamlis precisa voltar para casa e se assegurar de que os peixes novos dele não tenham comido uns aos outros. Tudo bem se eu ficar aqui?

Gurgeh olhou surpreso para o rosto sorridente dela e assentiu.

Quando Chamlis foi embora, Yay pôs a cabeça no ombro de Gurgeh e disse que tinha sentido muita saudade dele, que cinco anos era muito tempo e que ele parecia muito mais acariciável do que quando havia partido, e... se ele quisesse... se não estivesse muito cansado...

Ela usou a boca e, em seu corpo em formação, Gurgeh traçou movimentos lentos, redescobrindo sensações das quais quase tinha se esquecido, tocando a pele dourada escura, acariciando as contragerminações estranhas e quase cômicas dos genitais dela naquele momento ficando côncavos, fazendo-a rir, rindo com ela, e – no longo momento de clímax – com ela também, os dois ainda um, todas as células táteis dos dois se agitando em um único pulso, como se iluminadas.

Mesmo assim Gurgeh não dormiu, e no meio da noite se levantou da cama desarrumada. Foi até as janelas e as abriu. O ar frio da noite entrou. Ele estremeceu, vestiu a calça, a jaqueta e os sapatos.

Yay se mexeu e fez um ruído baixo. Ele fechou as janelas e voltou para a cama, se abaixando no escuro atrás dela. Puxou as cobertas sobre suas costas e seu ombro expostos e passou a mão com muita delicadeza pelos cachos. Ela deu um ronco e se mexeu, então continuou a respirar em silêncio.

Gurgeh foi até as portas duplas e saiu depressa, fechando-as silenciosamente atrás de si.

Ficou parado na varanda coberta de neve, olhando para as árvores escuras que desciam em fileiras irregulares até o fiorde negro e reluzente. As montanhas do outro lado brilhavam de leve e, acima delas na noite fria, áreas obscuras de luz se moviam pela escuridão, obstruindo campos de estrelas e as placas do lado distante. As nuvens se moviam devagar e, abaixo em Ikroh, não havia vento.

Gurgeh olhou para cima e viu, em meio às nuvens, as Nuvens, a luz antiga mal cintilando no ar frio e calmo. Via a própria respiração sair à frente de si, como uma fumaça úmida entre ele e aquelas estrelas distantes, e enfiou as mãos geladas nos bolsos da jaqueta para se aquecer. Uma mão tocou algo mais macio do que a neve e ele o pegou; um pouco de poeira.

Ergueu o olhar para as estrelas mais uma vez, e a vista estava deformada e distorcida por algo em seus olhos, que no início ele achou que fosse chuva.

... Não, não exatamente o fim.

Ainda tem a mim. Sei que fui perverso não revelando minha identidade, mas afinal, você pode ter adivinhado; e quem sou eu para privá-lo da satisfação de descobrir por conta própria? Quem sou eu, na verdade?

Sim, eu estava lá, o tempo todo. Bem, mais ou menos o tempo todo. Eu observei, ouvi, pensei, senti e esperei, e fiz o que me mandaram (ou pediram, para manter os modos). Eu estava lá, sim, em pessoa ou na forma de um de meus representantes, meus pequenos espiões.

Para ser honesto, não sei se eu teria gostado de que o velho Gurgeh tivesse descoberto a verdade ou não. Ainda não me decidi sobre isso, preciso confessar: eu – nós –, no fim, deixei ao acaso.

Por exemplo, apenas supondo que o Polo de Chiark tivesse contado a nosso herói a forma exata da cavidade na casca do que fora Mawhrin-Skel, ou que Gurgeh de algum modo tivesse aberto aquela lataria sem vida e visto por si mesmo... ele teria pensado que aquele buraco em forma de disco era mera coincidência?

Ou teria começado a desconfiar?

Nunca vamos saber. Se você estiver lendo isso, ele está morto há muito tempo; teve seu encontro com o drone de deslocamento e foi enviado para o próprio coração lívido do sistema, o cadáver transformado em plasma no vasto núcleo em erupção do sol de Chiark, os átomos separados subindo e descendo nas furiosas correntes térmicas da poderosa estrela, cada partícula pulverizada migrando ao longo dos milênios para aquela superfície engolidora de planetas, de tempestades de fogo cegantes, para cozinhar ali e assim acrescentar as próprias parcelas de iluminação insignificante à noite envolvente…

Ah, bem, estou fazendo muitos floreios aqui.

Mesmo assim, um velho drone deve ter a permissão de algumas indulgências, de vez em quando, não acha?

Deixe-me recapitular.

Esta é uma história verdadeira. Eu estava lá. Quando não estava, e quando não sabia exatamente o que estava acontecendo – no interior da mente de Gurgeh, por exemplo –, admito que não hesitei em inventar.

Mas ainda é uma história verdadeira.

Eu mentiria para você?

Lembranças de sempre,

Sprant Flere-Imsaho Wu-Handrahen Xato Trabiti
("Mawhrin-Skel")

Esta obra foi composta em Caslon pro e impressa
em papel Pólen Soft 70g com capa em papel
Cartão 250g pela Gráfica Corprint para Editora
Morro Branco em outubro de 2021